U0559593

存在的一切

［日］盐田武士——著

何王慧 译

上海文化出版社

图书在版编目(CIP)数据

存在的一切 / (日)盐田武士著 ; 何王慧译.
上海 : 上海文化出版社, 2025. 6. -- ISBN 978-7-5535-
3200-4

Ⅰ. I313.45

中国国家版本馆 CIP 数据核字第 2025LL2663 号

Original Japanese title: SONZAI NO SUBETE WO
© 2023 Takeshi Shiota
Original Japanese edition published by Asahi Shimbun Publications Inc.
Simplified Chinese translation rights arranged with Asahi Shimbun
Publications Inc.
through The English Agency (Japan) Ltd.

图字:09‑2024‑0307 号

出 版 人:姜逸青
责任编辑:王皎娇
封面设计:王 伟

书　　名:存在的一切
作　　者:[日]盐田武士
译　　者:何王慧
出　　版:上海世纪出版集团　上海文化出版社
地　　址:上海市闵行区号景路 159 弄 A 座 3 楼　201101
发　　行:上海文艺出版社发行中心
　　　　　上海市闵行区号景路 159 弄 A 座 2 楼　201101　www.ewen.co
印　　刷:上海盛通时代印刷有限公司
开　　本:787×1092　1/32
印　　张:17.875
版　　次:2025 年 6 月第一版　2025 年 6 月第一次印刷
书　　号:ISBN 978‑7‑5535‑3200‑4/I.1239
定　　价:89.00 元
敬告读者:如发现本书有质量问题请与印刷厂质量科联系　021‑37910000

目 录

序章　绑架 001

第一章　暴露 061

第二章　连接点 117

第三章　目的 177

第四章　追踪 231

第五章　交接点 283

第六章　住所 323

第七章　画坛 381

第八章　逃亡 421

第九章　空白 471

终章　再会 539

序章　绑架

大日新闻连载企划《绑架记录 A 案》——东京警察局、神奈川县分局、横滨支局、厚木支局 / 根据各个负责人的采访笔记编写而成。

《平成三年（一九九一年）十二月十一日》

一切从佛灭[1]的夜晚开始。

下午六点，离日落已经过去了一个半小时。一名少年穿着不应季的薄风衣，骑着自行车从补习班回家。那天神奈川县中部地区的气温很高，中午仿佛秋天一般暖和，即便到了晚上只穿一件风衣也不会感觉冷。如果骑自行车，凉爽的风吹着应该很舒服。

"敦之同学。"

住宅区响起了一名中年男子的声音。

立花敦之按下了手刹，并非因为这是他熟悉的声音，而是条件反射性的动作。

"您好。"

1　日本用于占卜的六曜日之一，有不详之意。

对于敦之礼貌的回应，一名戴着口罩的小个头男子询问道："刚下课吗？"

敦之正打算回答，突然有人从身后将他的头用布一样的东西套住了。

内心的恐惧，再加上被布勒住了脖子，少年还没能发出求救声就被两名男子轻松扛起。在一片混乱之中，敦之听到了车门滑动的声音以及男子紊乱的呼吸声，不久他就被放置在了面包车的后座。

男子用胶带将敦之的手腕和脚腕分别绑住，同时在他的耳边低语着。其中敦之能记住的只有"给我安静点"和"敢逃跑的话就杀了你"。

虽然他没能发出求救声，但有两个声音替他发出了求救信号——自行车倒地的声音和面包车的引擎声。

距离绑架现场大约五十米的香烟店，六十七岁的女店主目睹了犯罪的经过。虽然由于光线昏暗看得不是很清楚，但通过这两个声音还是能对情况做出一个基本的判断。

"可能有孩子被拐走了。"

下午六点零九分，店主拨打了报警电话。警方意识到可能发生了绑架案，于是派了两名机动侦查队员和附近警察局的刑事侦查科和鉴定科的刑警前往了香烟店。

警方通过现场留下的自行车和面包车轮胎的痕迹，以及对目击者的访问调查结果，判断这是一起绑架案件。下午六点二十六分，警方对案件进行了紧急部署。

案件进行到下一个阶段是在十六分钟之后。

下午六点四十二分，在厚木市经营着进口家具公司的立花博之接到了来自妻子明美的求救电话。

"他们让我们在明天早上十点钟之前准备两千万……"

明美与可能是嫌疑犯男子的通话内容、小学六年级的长男敦之行踪不明、香烟店在长男敦之的回家路线上，通过以上这些线索，神奈川县警方判断这是一起勒索绑架案件。神奈川县警察局本部的大房间被用来充当会议室，并成立了综合指挥总部"L1"。本部长、刑事部长、侦查一课的课长等干部陆续进入会议室。为了防止有人从外部监听，侦查员开始测试临时"共通"的无线电台。

当地的警察局也成立了"当本"——当地侦查本部。与此同时，就连东京的警察局也设置了综合会议室，并从侦查一课特殊小组派了一名特殊案件侦查指导官前往厚木市。

总共动员了两百七十九名警察。即便如此，没有一个人是闲着的。

邻近的山梨县警察局、静冈县警察局也成立了"L1"，其余都道府县的警察局也都通过临时的无线电台监听着案情的动态。

不久，神奈川县警察记者协会接到了县警察局限制报道的要求，并缔结了约定。东京警察局也向日本杂志协会提出了同样的要求。

距离小田急小田原线最近的车站步行大约二十五分钟，有一片住宅区。而立花家就在这片住宅区。这片区域都是一些大小不一的民居和公寓，难说有统一感。二百六十四平方米的房子，停着两辆车，还带着院子。从周围的环境来看，十分气派。

这附近没有太高的建筑，如果在路边停车，会很显眼。从嫌疑犯的角度来看，这个地方不容易被监视。

距离神奈川县所属刑警的"第一次潜入"过去了大约十五分钟，县警侦查一课特殊小组的六名侦查员打扮成水电工人陆续进入被绑架者家中，并安装了电话自动录音机和无线设备。

一名男性主任和唯一一名女性侦查员正在向被绑架者的母亲立花明美了解具体情况，这时，丈夫博之回来了。

这对脸色惨白的夫妇对于长男遭绑架一事毫无头绪。博之的公司员工以及明美所属的母亲小团体据说都与他们"没有任何纠纷"。

在对话不断推进的时候，出现了一个意想不到的问题。

"我们家现在没有两千万。"

身为社长的博之露出苦涩的表情说道："最多能凑齐

七百万。"在这类案件中，从未有过公共机关垫付赎金的先例。因为警察会被怀疑参与到案件之中。

"与嫌疑犯必须进行金钱交易。"

无法准备足够的钱来救儿子，明美似乎感到很羞愧，拿出手帕不停地擦拭着眼角。另一方面，博之对于金钱策略没有任何信心，侦查员们察觉出他的公司经营并不顺利。

家住在附近的警察干部的住所被当作了"前进据点"，晚上八点左右往立花家送了饭团等简单的晚餐。除了抓住嫌疑犯，照顾被绑架者家属的身心健康也是警察重要的职责。

"与嫌疑犯交涉确实不是一件容易的事情，但并非没有任何好处。与对方交涉的时间越长，获得的信息也越多，这样也能尽早地解决案件。"

夫妇之间还有一名上小学二年级的长女。虽然并没有跟她详细说明具体情况，但她也隐隐约约察觉出事态不妙。女儿在家中被一群大人包围着也不能好好休息，父母也不愿让年幼的她看到太残酷的画面，因此决定将长女暂时寄养在明美的父母家中，于是长女被祖父母接到了千叶市区的家里。

"哥哥最喜欢妈妈了，一定会回来的！"

在玄关处听到长女安慰自己的话以后，明美又忍不住哭了起来。

立花家的"被绑架者应对小组"让夫妇先去休息，但当天晚上注定是无眠之夜。明美时不时地出现电话声响起的错觉，但实际上嫌疑犯并没有任何动作。

第二天，神奈川县警察不得不面对日本犯罪史上闻所未闻的情况。

《同月十二日》

第二天早上刚过五点，明美从卧室出来，开始做早餐。女性侦查员也走进厨房试图和她进行交流。包括自己的丈夫博之在内，家中总共有八名男性。对于内心本就不安的明美来说，这名女性侦查员的存在让她心中安定了不少。

因为有警察的协助，博之在银行开门前就将家中几乎全部的存款——五百二十万取了出来。但也仅仅只有赎金的四分之一，可以预想到接下来与嫌疑犯进行交涉会很困难。

住着二百六十四平方米带院子的房子，没有贷款，全款买下丰田旗下的豪车"塞利西欧"。公司的经营状况本来十分良好，然而却在夏天开始突然恶化，公司开分店以后的利润额不尽如人意。"经营的表面繁荣"与"经济的实际状况"相差甚远，也确实容易让人误解。

侦查干部认为这起案件的嫌疑犯事前的调查非常不充分。警察至今为止接手的以赎金为目的的绑架案之中，嫌疑犯成功拿到现金并逃跑的案例一个也没有。可以说这类犯罪的风险极大，因此一定要做好充足的事前准备。其中，绑架目标孩童家庭的经济状况可以说是最重要的数据。

　　警察发现嫌疑犯准备得不充分，也感觉到了嫌疑犯的破绽。

　　"L1"在县警察局侦查一课特殊小组和有着侦破绑架案经验的刑警、机动侦查队员之中召集"指定侦查员"，并成立了由二十五名警察组成的核心队伍来应对交付赎金的情况。

　　上午十一点五十七分，立花家客厅的电话响了起来。

　　负责交付赎金的博之拿起了话筒，从中传来使用了变声器的声音。

　　"立刻前往一二九号国道沿线的家庭餐馆'德克萨斯'。"

　　嫌疑犯仿佛在戒备逆向追踪，四秒之后便挂了电话。太过简短的话语让侦查员们都有点失望。因为缺少"携带足够的赎金""到达目的地的时间"等重要信息，警察有充足的准备时间提前潜入家庭餐馆，形成了包围网。

　　天气阴沉，博之驾驶着"塞利西欧"到达"德克萨斯"是在接到电话四十六分钟以后。而嫌疑犯往"德克萨斯"打电话是在这五十分钟以后，也就是下午一点三十三分。

　　"你现在沿着一二九号国道北上，进入相模原。五〇八号县道沿线的轮胎店'猎鹰'的广告牌背后有指示书，你看了以后就明白了。"

变声器的声音只有八秒。这次也没有提到"携带足够的赎金"和"到达目的地的时间"。

下午两点十分，博之到达了"猎鹰"。广告牌背后是用无数被杂乱切碎的白纸拼凑出的一句话——在八王子的小宫公园等我。看来嫌疑犯为了隐藏笔迹，故意用这种方式留下信息。

这样一来，案件就跨县了。

一般来说，跨区域侦查案件需要通过"侦查共助课"从中调节，如果涉及绑架案件，情况就有些不同。特殊小组的刑警平时就对于警察之间相互帮助的重要性深有体会，因此通过警察的跨区域大规模训练，可以熟知邻县的"同行"。

于是，神奈川县警察特殊小组的组长直接给东京警察局特殊小组的组长打了一通电话："我现在去你那边。"省略了烦冗的手续，组长的一通电话让东京警察局部长以下级别的刑警忙碌了起来。仅仅通过这一点，就能明白一旦涉及绑架案件，就必须分秒必争。一般而言，"东京都"与"神奈川县"是水火不容的关系，但只有特殊小组是属于"一个整体"的。

跟在开往八王子的"塞利西欧"后的侦查员意识到嫌疑犯的一系列行为有点异样，因为直到现在都没有感觉到绑架案件特有的"紧迫感"。

天气预报很准，不久便下起了雨，"塞利西欧"的刮雨器毫不留情地将雨水拭去。

下午两点二十七分，警方接到了从横滨市中区打来的报警电话。消息传到"L1"的时候，警察干部们都十分震惊。

"绑架？"

县警察局侦查一课的课长大野健太郎皱起了眉头。

据说报警的男性称自己的孙子被绑架了，嫌疑犯要求交付赎金。

针对以赎金为目的的绑架案件，警方都会集结全力进行侦破。如果放任这样的案件不管，那么社会将变得毫无秩序。因此绑架是风险相当高的犯罪。尽管如此……

县警察局从未想过会发生这种闻所未闻的情况。

两名儿童竟然同时被绑架……

追溯到一个半小时之前，家住横滨市中区山手町的木岛茂接到了一通使用变声器的恐吓电话。电话的大致内容是"你的孙子亮在我手上，下午三点之前准备好一亿元旧钞票。胆敢报警的话，交易立刻取消，从此再也见不到你的孙子了。"

被绑架男童内藤亮今年四岁，生活在一个复杂的家庭。

他的母亲内藤瞳和丈夫的婚姻已经破裂，现在处于分居状态。虽然是单亲家庭，但瞳至今处于无业的状态。她高中辍学离家出走，二十一岁的时候与父亲茂断绝关系，就连结婚仪式也没有让父母出席。

但是瞳和母亲木岛塔子有着联系，茂也因为孙子的存在而默许了。虽然不允许走进家门，但祖母时不时会去看看，默默守护着孙子的成长。

当天，下午一点接到嫌疑犯的电话后，塔子立刻联系了同样住在横滨市区的女儿，但是瞳没有当真。"他肯定和朋友在公园里玩耍呢。绑架穷人家的小孩也没什么好处。不说了，我现在要出门了。"说完，便挂了电话。塔子依然放不下心，立刻出发前往女儿家中，但到达时，不仅家里已经没了人影，而且在附近的公园也没能找到女儿和孙子。

木岛茂创立了保健品公司"海阳食品"，现年六十五岁依然担任社长的职务，领导着年销售额一千亿的"海阳集团"。茂一接到塔子的电话，就立刻给主要银行的分行长打电话，让对方准备好现金。茂带着分行准备好的五千万现金回了家，剩余的五千万会由银行的工作人员一会儿送到家中。

无法与女儿取得联系，也不知道孙子的下落，木岛夫妻走投无路，只能报警。

在此之前，"L1"的所有关注点都在厚木方向。然而，由于第二支箭毫无征兆地从死角飞来，神奈川县警察再次意识到战场的广阔。

为了执行逆向追踪、指定现场的情报支援、无线器材的搬运、准备便当、应对新闻报道等各种任务，"L1"里差不多聚集了一百多人。当消息传来的时候，偌大的屋子里鸦雀无声。

与木岛茂进行通话的是"L1"中的县警察局侦查一课的特殊小组管理官——三村智也。三村有着绑架案件的侦查经验，曾经负责训练被绑架者家属中担任交付赎金任务的maru K（暗号），是这方面的专家。

"木岛先生，今后如果接到嫌疑犯的电话，有一点我想提醒您。您手头有笔记本吗？"

"有的，您请讲。"

"经常出现嫌疑犯伪装成警察给受害人打电话的情况，从而来确认受害人是否报警。这种情况，您一定要装作什么都不知道。"

"那么如果接到了来自您的电话，应该怎么办呢？"

不愧是企业的初代创始人，木岛十分沉着。

"如果我们必须电话联系您的时候，会使用'佐久间'这个名字，您有认识的人叫这个名字吗？"

"没有，至少关系亲近的人之中没有人叫这个名字。我接下来应该怎么做才好？"

"过一会儿，附近的警察局会派两名刑警去您家，您先按照他们的指示行动。"

挂了电话后，三村看向了侦查一课的课长大野，他正抱着头望着天空。

"盂兰盆节和新年的案件一起来了。"

三村向他搭话道。

"到了这把年纪，真是没想到还能收到这样的'压岁钱'啊。"

在张贴着厚木市住宅地图的房间里，充满了一种沉重的气氛。

侦查员几乎都被派去了厚木方向，在这种情况下只能增加可以应对绑架案件的侦查员。

"现在可真是束手无策。"

大野盯着被送到"L1"的横滨市中区的住宅地图，一下子突然转变了态度，说道："好！"随后用饱含力量的目光看着自己的部下。

"三村，你带几个人去一趟被绑架者家属的住宅。"

三村管理官立刻站了起来，仿佛在说"就等你这句话"，他给原本沉浸在绝望气氛的综合指挥本部带来了一个好消息。

"情况确实不容乐观，但唯一走运的一点是第二起绑架案发生在山手町，局里的中泽在那儿。"

"那家伙不是在韩国吗？"

"他好像把妻子和孩子留在了韩国，一个人先回国了。"

接到"L1"的指令，中泽洋一从警察局飞奔而出。

警察的家属旅行，大多是赎罪。他在课长和同事的白眼下，延迟请了"暑假"，陪妻子去了她一直想去的首尔。在乐天乐园坐了过山车，晚上在明洞吃了烤肉。然后回到酒店，收到了"噩耗"——发生紧急事态，请尽快联系。

在距离木岛家两百米的地方，中泽从后辈驾驶的车上走了下来。随后，与刑事一课的另一名后辈先崎隆明一起开始"第一次潜入"。

木岛家是典型的城市住宅街的房子，利用高高的围墙与车库把房子与马路隔开。从一旁的细石子路往上走，就能看到一扇白色的铁门。中泽按下了门铃，说道："我是佐久间。"

不久，门便开了。中泽与先崎一同走了进去。刚好处于车库正上方位置的院子里有一片草坪，报春花、三色堇、瓜叶菊将花坛渲染得十分明亮，客厅的窗边盛开着白色的山茶花。

下午两点三十九分，中泽和先崎在报案过了十二分钟后到达了木岛家，向茂、塔子、保姆阿姨进行了简单的自我介绍。随后，他们立刻将位于玄关螺旋楼梯旁的电话移到了客厅，并安装了简单的录音器。这样一来，在拥有正规设备的县警本部的特殊小组到达之前，可以先记录下嫌疑犯的声音。

紧接着，中泽让被绑架者家属签署寄给NTT的逆向侦查同意书。虽然关乎人命，但对于通信公司来说，"逆向侦查信号源"是否属于刑法第三十七条"紧急避难"有待商榷。因此，必须让被绑架者家属先签署同意书。在附近的居民点设置的"前进据点"派出了警队的侦查员，中泽将签署好的同意书交给了他。他会把该同意书转交给早已在NTT电话局等候的"逆向侦查小组"的同事。

随后，中泽和先崎用两台摄像机将一亿赎金记录了下来。嫌疑犯要求用旧钞现金作为赎金也是一种智慧，毕竟如果用崭新的连号钞票，很容易留下痕迹。

总而言之，"第一次潜入"就是与时间赛跑。悬挂在约三十四平方米客厅的时钟，眼看着时针就要指向嫌疑犯指定的下午三点。

下午两点五十一分，三村管理官带着侦查一课负责性犯罪的女性刑警和通信技术人员进行了"第二次潜入"。厚木市立花家的"第二次潜入"派出了六个人，这次却只有半数人员，而且连变装的时间也没有。

为了不让嫌疑犯听到器材的声音，在客厅的玻璃桌上铺了毛毯，然后放上A3纸大小的自动录音机。自动录音机已经装好了听筒和录音磁带，通话内容将通过无线设备自动传输。

旁边的餐桌上也铺了毛毯，并设置了箱子形状的指挥系无线设备，设备自带螺旋电线的手持话筒。侦查员全员都佩戴着无线耳机，时刻准备着监听无线设备。如果被绑架者家中无线设备的响声不小心被嫌疑犯听到，那可就麻烦了。

三村把特殊小组的旧相识中泽叫到了玄关处。

"怎么样？休息好了吗？"

"嗯，休息好了。不过如果破案现场在首尔就更好了。"

三村笑着将银发往上拨了拨，随后压低了声音。

"我想你应该知道，这次的人手不够。"

"从厚木可以调点人手过来吗？"

"不，这边才是本命。"

"本命？也就是说，厚木那边只不过是诱饵？"

绑架案件同时发生的偶然性；厚木案件的特殊性——缺少"携带足够的赎金"和"到达目的地的时间"等关键信息；使用变声器的共通性。神奈川县警方与东京警方通过这些特点最终得出一个结论——这两起案件的嫌疑犯是同一个人。警方认为嫌疑犯用厚木案件作为诱饵，将侦查员聚集到神奈川县的中部地区，并趁着警力薄弱的空隙从横滨山手町受害者处骗取现金。

以赎金为目的的绑架之所以无法成功，是因为警方集结所有力量对嫌疑犯形成了滴水不漏的包围网。嫌疑犯在制定犯罪计划的时候一定早就想好利用将计就计的方法，并笃定这样至少能分散神奈川县一半的警力。这一招实在是大胆无畏，不过也确实导致神奈川县警察内部出现混乱。

嫌疑犯将舞台从厚木移到八王子应该是为了争取时间，而神奈川县警方能获得经过千锤百炼的东京警察局侦查一课特殊小组的帮助是不幸中的万幸。神奈川县警察局核心队伍中已经有半数被派往了横滨山手町方向。

即便如此，重新制定侦查计划也没那么容易。能够应对绑架案件的刑警绝不算多，因此把中泽从国外叫回来也是必然的。

"中泽，这次你由来指导 maru K。"

"我？但我现在可是隶属神奈川县警察局。"

"傻子！现在这里剩下的人能指导 maru K 的只有我或者你吧？"

"那就由三村先生你来吧。"

"我接下来要去'兜风'。"

立刻就明白他言外之意的中泽想通了，也许这是让现在手里所拥有的线索发挥作用最好的方法。

"谁是我的搭档？"

通常来说，是由一男一女的搭档来指导 maru K。因为如果发生紧急事态，一个人无法应对。

"抱歉，你先一个人行动。等会儿水野会从厚木那边赶过来，让他担任'被绑架者应对小组'的组长。"

"这样的话，应该没有多少胜算吧。"

"只要不输就行了，拜托你了。"

三村虽然身材算不上高大，站姿却像剑士一般挺拔。中泽目送着他的背影，随后用双手拍了拍脸颊，试图让自己振作起来。从现在开始，原本就紧绷的神经可能会被削弱到极限。中泽打开分隔玄关与客厅的那扇门以后，再次感受到了自己肩上的重任。

三村离开以后，暂时仅由四个人来负责"被绑架者应对小组"的所有工作。虽然中泽至今为止早已经历过不少复杂且困难的案件，但这是他第一次负责 maru K 的指导工作，因此压力之大也是前所未有的。

马上就到三点了。中泽向茂和塔子表明自己是负责人，一边说着"我有侦破绑架案件的经验，请放心"，一边给自己埋下心理暗示。

"我们先来模拟一下当嫌疑犯打电话过来时的反应对策。"

说完，中泽从三村留下的包里取出一块白板，在白板上写了擦掉，擦掉又继续写。包里除了白板，还有写着与嫌疑犯对话实例的小卡片。不过，中泽选择了无视这些卡片。卡片中可能没有适合这次案情的，而且现在也没有多余的时间去寻找合适的卡片。

"首先，请不要称呼包括我在内的人为'警察先生'，如果不小心说漏嘴了，麻烦可就大了。除了家人以外，现在家里没有其他无关人员。请以这个为前提进行对话。"

中泽接着解释了电话的性能，逆向侦查是需要一定时间的。因此将对话的时间拖得越长，就越有可能获得嫌疑犯的大致年龄、使用的方言、教育程度、周围的环境音等信息。木岛茂戴着老花眼镜将中泽说的这些要点一一记录了下来。

"对了，请您务必确认孙子的声音。"

在这次的绑架案件中，有几点很特殊。被绑架男童的母亲至今行踪不明，而且被绑架男童内藤亮近期的照片竟然一张都没有，仅仅只有婴儿时期的几张照片。身为母亲的瞳没给自己唯一的儿子拍过一张照片，有很大可能已经放弃抚养了。被自己亲生父母抛弃，但仅仅因为祖父母很富裕而被绑架，中泽十分同情这个孩子。

从木岛家离开后，三村智也管理官搭乘出租车前往"横滨体育场"以东的大栈桥大街。虽然三村是横滨海湾之星[1]的粉丝，但在并非赛季的体育场也无事可做。他付完款，下车以后立刻钻进了一辆停在路边的面包车。

---

1 横滨的棒球队，据点在横滨体育场。

车的后座被挖空，摆放在中间的桌子上的除了住宅地图和文具用品，还有五六个无线手持话筒。

针对绑架案件，启用了在神奈川县以内能够随时互相联系"中枢无线"和现场侦查员交流使用的无线对讲机。在"L2"，为了同时对接这些无线，车内有数名侦查员来应对。但很难知道是哪一个无线响了，所以经常发生拿错话筒的情况。

虽然特殊移动现场指挥车"L2"最多能够装下八个人，但现在车上包括司机在内只有五个人。如果到了交付赎金的阶段，离现场最近的"L2"将成为指挥部。

就像嫌疑犯料想的那样，神奈川县警察内部的局面确实出现了混乱。但是能在可以被称为现场两大重点的"L2"和"maru K 指导"中安排像三村和中泽这样头脑灵敏的刑警来负责，也说明大部分的警察比较有毅力。

三村是一名有能力的管理官，他迅速组织成立了"被绑架者应对""贴身安保""先行游击"等小组。

刚刚他提到的"兜风"，指的就是"L2"。中泽也认为如果案情的指挥者是三村的话，说不定可以赢。

下午三点零七分，电话响了。木岛家沉浸在一片紧张的气氛之中。

先崎握着无线话筒，说着："电话来了，电话来了。""L1"

和"L2"，以及拥有无线话筒的侦查员都竖起了耳朵。

茂从半圆形的白色皮革沙发起身，跪在了地毯上。拿着白板和油性笔的中泽坐到了他的身旁。旁边的侦查员们仿佛约好似的同时压住耳朵。中泽对着茂点了点头，随后茂便拿起了带有自动录音功能的话筒。一旁的录音磁带开始转动。

"喂！为什么会有警察在场啊?！"

虽然是使用变声器后的声音，但是对于被绑架者来说具有足够的威慑力。看着无言以对的茂，中泽用油性笔在白板上写下"虚张声势"。

"是你？是你把阿亮绑架了?"

电话被挂断了，逆向追踪失败。中泽正打算安慰茂，突然电话又响了。

中泽迅速地把白板上的文字擦掉，听到先崎"电话来了，电话来了"的声音后，向茂发出了指示。

"您好，我是木岛。"

"啊，木岛先生?"

这次是没有使用变声器的男声。

"我是神奈川县的警察，刚刚您接到了来自嫌疑犯的电话，对吧?"

是嫌疑犯打来的。茂看到中泽在白板上写的"嫌疑犯"三个字后，立刻用粗暴的声音回复道："什么？警察？你到底在胡说些什么?"

"不，不是这样的。木岛先生，我有事找您那边的警察同事，是很紧急的事情，能麻烦您让他接一下电话吗？"

中泽再次将写有"嫌疑犯"三个字的白板递给茂看。嫌疑犯比想象中更狡猾。第一次听到嫌疑犯声音的侦查员们都紧张了起来。

"你是拐走阿亮的人对吧？都说了多少遍了，我没有报警。只要阿亮平安回来，钱你拿走。"

"不，我真的是神奈川县的警察。"

"都说了，我没有报警！"

电话挂断了。这次也没能追踪到发信的源头。

"木岛先生，您刚刚的表现非常好。虽然对方是十分熟练的老手，但您的反应十分迅速。"

中泽表扬了茂。茂的确根据情况随机应变了，但他发出比较大的声音来威胁对方，而且用了"钱你拿走"这种居高临下的姿态，关于这一部分属于减分对象。因为如果对方是男性，如果态度太差，很有可能使目前的情况恶化。

但中泽并不打算提醒他。表扬，表扬，再表扬。只有这样才能更好地与被绑架者家属之间建立起信任关系。虽然茂接下来可能也会有多余的举动，但"maru K 指导"的第一条就是控制情绪，要忍耐不生气，不着急要思考。

"为了套出嫌疑犯的信息，下一次你再试着稍微放慢一点说话的节奏怎么样？"

中泽一边照顾对方的情绪，一边小心地组织措辞让对方进行改善。

总而言之，这次算是合格了。再过不久，嫌疑犯可能就会进行真正的行动。想到这里，中泽把手掌心的汗水往自己的裤子上擦了擦。

"L2"的三村通过从被绑架者家中的无线电话掌握了对话的整体情况后，再次认识到果然横滨山手町的案件才是嫌疑犯真正的目的。其证据是嫌疑犯一直不停地和被绑架者家属确认是否有警察介入。他和驻扎在"L1"的干部商量后，从厚木又调了四名刑警来山手。

"既然他们使用了障眼法，肯定会想办法在短时间内拿到赎金。我猜交付赎金的地点应该在被绑架者家属的住所附近。"

"L1"和东京都警察局听取了三村的意见，决定在以木岛家为中心，南北三千米，东西四千米的范围内部署"先行游击小组"。虽然打算用智慧和勇气来克服人手不足的劣势，但一想到如果计划失败，头就开始痛起来。

这次的案件难就难在属于"正在进行时"的特殊案件。杀人和偷盗属于已经发生的"过去"的案件，但如果是绑架和挟持人质的案件，接下来的每一个举动都会对其结果产生影响。

三村盯着地图，将"先行游击小组"分散在了"县图书馆""横滨海洋塔""黄金桥""代官坂上交叉口""簑泽入口交叉口""善行寺附近""山手警察局"等七个地方。为了让行动看起来更自然，侦查员们的行动工具以排量小的摩托车和四轮的小型汽车为主。

　　如果嫌疑犯去了完全相反的方向……不，不如说，这个可能性更大吧。正坐在"L2"椅子上的三村内心已经快被压垮。

　　这么多年来，自己的手还是第一次像这样止不住地颤抖。

　　"被绑架者对应小组"收到了新的消息。

　　在伊势佐木町的柏青哥店发现了内藤瞳，但她拒绝回家。侦查员在车上向她解释了事情的来龙去脉之后，她仍旧打算回柏青哥店。因此侦查员只能把她强行带到"当本"的山手警察局。

　　在警察进行询问的时候，她不仅满身都是酒气，还以一副事不关己的语气说着："阿亮在日落之前肯定会回家的。"这样就能说通了，她连自己儿子的近照都没有，还有放弃育儿和虐待儿童的可能性。

　　内藤瞳的情况已经通过耳机传到了侦查员的耳内，这种会扰乱心绪的内容并不会被茂和塔子听到。

两年前，中泽隶属县警本部的特殊小组，曾参与过儿童绑架案件的侦破工作。那时，他负责贴身保护被绑架者家属，而三村则是"maru K 指导"。所幸当时的嫌疑犯是外行，通过逆向侦查成功抓获了，没有出现伤亡。

　　但这次的案件从一开始就不太对劲。厚木的案件很有可能只是一个幌子，而同时发生的两起案件中，一方无法准备足够的赎金，另一方的双亲有放弃育儿的可能性。所有的线索都很奇怪。

　　在被绑架者之中，只有木岛一家的反应是最迅速的。这样想的应该不止中泽一个人。但在大部分刑警的脑中还盘旋着这一切都是"假象"的可能性。但不管嫌疑人的计划是什么，眼前的木岛夫妇都把阿亮看作自己的孙子。

　　等救出男童一切自然揭晓。

　　中泽打开了保姆准备的矿泉水，润了润喉咙。

　　下午三点二十分，电话响了。

　　"电话来了，电话来了。"

　　客厅里瞬间恢复了紧张的气氛，茂根据中泽的指示拿起了话筒。

　　"钱准备好了吗？"

　　是使用了变声器的声音，给人的感觉和厚木的嫌疑犯有点相似。

"准备好了，是一亿对吧？"

"你没报警吧？"

中泽在白板上写着"把孙子还给我"，并递给茂看。

"没有。如果你把孙子还给我，我绝不报警，我绝对不会告诉任何人。"

"我只说一遍，你给我好好记住了。"

中泽做了一个拖延时间的手势。

"稍等一下，我去找笔记本。"

"快点！难道你没有事先准备好笔记本吗？莫非你周围还有其他人？"

"没有其他人！请你相信我！我的手……因为太紧张了，我的手一直抖个不停。"

茂的演技非常好。中泽对他竖起了大拇指，表示"就照这个样子来"。

"石川町有一座非常小的桥，叫'龟之桥'。"

"等一会儿，我现在用笔写下来。"

"不等了。石川町的龟之桥。桥附近有一个叫'满天'的咖啡店。"

"'满天'吗？汉字怎么写？"

"满天的星星的'满天'。在三点四十分之前，你带着钱来这儿。听好了，一定要一个人来。"

给我听听孙子的声音——中泽刚在白板上写完这句话，

电话就被挂断了。

客厅里接连响起了叹气声。

真正的战斗马上就要开始了。

"'L2'先去三个小组，男女一组进入'满天'，在店内等待。"

三村从"先行游击小组"中派出了共计四个小组前往嫌疑犯指定的现场。一个小组两名刑警进入店内潜伏，三个小组共计六名刑警在现场附近游击。向"L2"传递消息的六名刑警在这之后作为"抓捕小组"留在附近。其余小组在"满天"附近形成两百米的包围圈，也就是"二线配置"。

先行游击、抓捕、二线配置——绑架案件的侦查员不断变换着身份，用不同的面容灵活应对。如果没有接受过高强度的训练，是无法担此重任的。

因此，现在的局面才非常不妙，毕竟同时出现了两起绑架案件……

三村着手处理接连从"现场"传来的消息。

"满天"距离木岛家的直线距离约为一千三百米。三村看到此地点在包围网的范围内，稍稍松了口气。然而，内藤瞳的公寓同样也位于石川町，三村同时感觉到了"嫌疑犯的地理知识不足"和"虚假的可能性"，但他摇了摇头试图摆脱这种先入为主的想法。

雨水砸向了面包车的车顶。

六十五岁的"maru K"、恶劣的天气，再加上一亿日元的重量，这些条件加起来绝对算不上乐观，可能无法避免意料之外的情况发生。想到这一点，三村的心中就蒙上了一层阴影。

太阳即将落山。不知能否在今日之内将男童平安救出。

刑警在茂的脖子挂上像项链般的环形天线后，接着让他穿上专用的背心，在背心的左右口袋里放入了超小型的无线设备。发射机和接收机都只有半个香烟盒的大小，二十厘米左右的环形天线使用了能弯曲的柔软材质，这些都不会成为行动的负担。再穿上毛衣和宽松的夹克，装备也就没那么显眼了。

但是在测试无线设备的收发功能时，茂有点不耐烦了。

"刑警先生，这样下去真的来得及吗？"

明明已经跟他事先约好了不要使用"刑警"这一称呼，但他似乎并没有放在心上。

组长水野与器材小组的组员同时走了进来，在装有赎金的包底缝入了"音乐追踪器"，但比想象中花费了更多的时间。当包被提起来的时候，侦查员的耳机就会有音乐响起。这个装置能在无法确认视野时发挥作用。但如果包被拆开，嫌疑犯就会发现有警察介入，所以到底能否真正发挥作用还是一个未知数。

"麻烦快点！"

听到茂发出忍无可忍的声音后，中泽走近了。

"没关系，先行小组已经潜伏在现场了。"

"你的意思是你们不会暴露？那些家伙可比想象中聪明得多！"

"绑架不是嫌疑犯能够犯两三次的案件，对方一定处于不断试探的状态。但是，我们有足够的破案经验。"

中泽用充满自信的语气说道。虽然他的头脑一片混乱，但除了通过这样的方式让自己冷静下来别无他法。

走出玄关的时候，塔子抓住茂的胳膊，低着头，泣不成声地说道："拜托了，拜托了……"

"别担心，我一定把阿亮带回家！"

茂狠下心将妻子的手甩开，双手提起波士顿包。波士顿包加上其包底装置的重量差不多有十多千克，但茂依然迈着坚定的步伐走了出去。

下午三点三十一分，茂将赎金放在副驾驶座，随后踩下了自己驾驶熟练的"日产公爵王"的油门。

在大约一百米之后，先崎驾驶着"日产蓝鸟"跟了上去，中泽在后座穿上了西装外套。与茂联系的 S 型无线设备，与组长水野联系的无线电收发机。他在胸口装上了这两个设备的环形天线，把电线穿过自己的左手袖口，手里握着无线电收发机的小型话筒。

准备好"maru K 指导"的装备后，中泽越来越紧张。

他通过眼前不断摇摆的雨刷，盯着前方的车。茂身上 S 型无线设备的适用范围最多只有一百五十米。先崎控制着油门，不让车距离茂太远或者太近。

"你应该能看到前方有一所小学对吧？在那里左转，然后下坡。"

中泽的声音传到了茂的耳机里。对于拿着赎金的人来说，没有比"maru K 指导"更可靠的存在了，因此中泽必须时刻掌控茂的所在位置。

"日产公爵王"下坡之后，绕着小学形成一个 U 形，随后又上了坡，停在了红灯前。

到目前为止，还没有出现任何问题。中泽用谁也听不到的声音叹了一口气。

"先行第三小组报告'L2'。我们已经到达现场，坐在窗边的座位。"

在茂出发后七分钟，打扮成情侣的男女刑警走进了"满天"。

根据先行第三小组的报告，店内最多只能容纳十五个人。四人座的沙发有两个，窗边两人座的桌子有一个，柜台座位有五个。由于店的规模太小，不可能再让更多的侦查员潜入了，可以说这个现场很难监视。店内的客人目前只有一个坐在柜台的男性，头发花白，看样子年龄在六十岁左右。如果其行为可疑的话，待会儿会进行跟踪。

"L2"的三村从"L1"得到了关于内藤瞳的新情报。

瞳与自己法律意义上的丈夫处于断联的状态，目前和一名叫吉田悟的男性同居。而吉田悟这个名字在今年十月岐阜市内发生的银行抢劫案件的通缉名单里。

根据岐阜县警方的消息，吉田有过偷盗前科，案发之后，似乎一直没有回横滨。作为偷盗惯犯而抢夺的金额大约为一百二十万，并不算"太大的金额"。逃跑资金可能已经见底了。而这时他发现与自己同居的女性其实家庭非常富裕，吉田利用这一点的可能性很大。

今天下午三点给木岛家打来电话，自称是神奈川县警察的男子没有使用变声器。现在神奈川县警方正委托岐阜县警方确认这个声音是不是吉田的声音。

如果男子是吉田，那么亮平安归来的可能性将会增大。作为刑警，三村当然想给嫌疑犯戴上手铐，但是绑架案件的首要任务是确认被绑架者的安全。即便抓到了嫌疑犯，如果被绑架人死亡，也意味着失败。

亮的生父应该并不知道自己的儿子被绑架了。坐在"L2"的硬椅子上的三村有点同情这个从小在缺爱环境中长大的孩子。

茂驾驶着"日产公爵王"通过了山手大街的代官坂上路口，缓缓地爬上坡。中泽的车夹在两台无关车辆之间，尾随着茂。

"马上就到汐汲坂路口了，右转后，沿着靠里的女子学校的路前进。"

虽然中泽一直在给茂指路，但茂在眼前的路就右转了。

"咦？我弄错了……怎么办？"

面对焦急的茂，中泽让他先冷静下来。

"没关系，我们把车停在后方，帮您挡住后面的车辆，您就这样慢慢把车倒回来。"

茂急忙倒车，往汐汲坂大道的方向修正路线。虽然不是单行道，但这段路很狭窄，而且还是一段比较陡的下坡路。

"日产公爵王"的刹车灯不停地亮起，在刑警眼中，这仿佛反映了"maru K"的焦急心情。

后辈先崎驾驶着"日产蓝鸟"与茂的车隔了一段距离，小心地跟在后方。路过幼儿园，到了元町四丁目。

"左转后，进入单行道。"

进入鳞次栉比的元町仲大道后，茂以时速二十千米的速度前进。受到步行者打伞的阻碍，车不断减速，随后从一旁的双车道进入了本牧大道。这时已经下午三点四十四分了。

"已经过了约定的时间了，没事吧？"

面对担心的茂，中泽表面上平静地回答道："店里还没有接到电话，没关系。"内心实则非常焦急。

茂在本牧大道的元町路口左转，进入了"石川商店街"。虽然行人很多，但"日产公爵王"的速度并没有减慢。

"木岛先生，行人很有可能改变行走的方向，请将速度稍微减慢一点。"

"但现在已经过了约定的时间了。"

"如果您在这儿引起了交通事故，那就得不偿失了。"

逐渐恢复冷静的茂减缓速度，通过中村川与"平假名商店街"之间的道路，接着穿过JR"石川町站"下的高架桥。随后，右手边出现了短小的"龟之桥"。

"请在路口左转。看到'满天'了吗？"

"看到了。原来在那儿！"

"我引导您把车停到停车场。您先左转，然后……往南边开，路过信号灯以后，应该有一个比较陡的坡。"

"要爬坡上去吗？"

"是的，您能看到左手边的悬崖吗？路边应该有四五个停车位。"

"我找到了，我应该停在哪个车位上？"

"只要是空着的车位都可以。不用倒车，直接车头开进去也没关系。"

路过"日产公爵王"的时候，中泽看到了双手提着波士顿包一路小跑的茂。

中泽向在车内待机的先崎打了一个招呼后，下了车。打着伞一边走路，一边看着手表。晚了七分钟。中泽装作咳嗽的样子，按下了左手话筒的通话键。

"组长，我现在前往现场南侧的花店。"

"收到。"

水野在路边停靠的车内收到了中泽的报告，并通过"基干系无线"将消息告知了综合指挥本部和现场的侦查员。

"木岛先生，店内有一对情侣，穿着皮夹克的男性和短发女性，我想他们应该坐在窗边，他们其实是警察。"

中泽的本意是想让茂冷静下来，而茂的回答却很尖锐。

"没时间了。"

下午三点四十七分，"maru K"到达现场。

茂坐在靠里的沙发右侧……将波士顿包放在身旁，随后拿出手帕擦拭着脸颊。

通过潜入小组的情报，三村对"满天"店内进行了立体想象。

在下雨天，而且道路大多是单行道的情况下，只比约定时间晚到了七分钟，算是很优秀了。果然交给中泽指挥是正确的。三村喝了一口乌龙茶，着手准备下一步棋。

问题在于接下来嫌疑犯会通过怎样的方式与被绑架者家

属取得联系。店的入口处有一台粉红色的公用电话。会从那儿打来电话吗？要不要提前准备好接听电话的联络员？根据这一点，警方的对策也不一样。

不管怎么说，与嫌疑犯的防守战即将开始。

下午三点五十分，热咖啡送到了茂的桌子上。

这时，粉红色的公用电话响了起来。

"电话来了。"

侦查员紧张的声音响彻了面包车。"L2"为了处理多个无线设备，并没有装耳机，声音随后被引擎声遮盖住了。

"请问木岛先生在吗？"一名似乎是店主的男子问道。

"是我。"茂一边回答，一边朝电话的方向移动。

潜伏在店里的刑警压低声音向同伴汇报店里正发生的事情。

"您好，换人接电话了。我是木岛……"

"你太慢了……"

"抱歉……我有点迷路。"

"在本地还会迷路？是警察的指示吧？"

"我都说了，我没报警。"

"'日产公爵王'，车牌号是……"

"等等，你怎么会知道？"

"那是因为我能看到啊，木岛先生。"

"那你应该就在附近对吧？我立刻把钱给你，请你把阿亮带来见我。这样我们的交易就结束了。"

"不行。"

"为什么？那你先让我听听阿亮的声音。"

"附近不是有花店吗？"

"什么意思？"

"花店前方有一条单行道，你往东走三百米，应该能看到一个叫'电影'的影碟出租屋。"

"等一会儿，我还没有记下来。花店……单行道……影碟出租屋'电影'。"

"影碟出租屋里有一部电影叫《与哈拉斯相伴的日子》，你把这部电影的包装盒打开。"

"请你不要一口气说完，哈拉斯的什么来着？"

"是《与哈拉斯相伴的日子》。你听好了，记得把车留在原地。"

"你的意思是让我走过去？但外面还下着雨……"

"动作快点。"

"等一等，我还没说完……喂？喂？！"

茂双手提着波士顿包，从店里冲了出去。

茂路过刚刚开车经过的中村川沿岸往朝南的单行道走了过去，中泽刚好人就在花店，茂从他的眼前经过。这条小路也同样属于"平假名商店街"。

中泽为了不让茂离开自己的视线，开始小心地尾随茂。

与进店之前相比，茂整个人的氛围明显变了。从远处看，他的眼睛仿佛充着血。

潜伏在店里的刑警应该已经回收了茂的笔记，但通过茂单方面的话语也能推测出刚刚的完整对话。

首先，嫌疑犯责怪茂不守时，茂才会表现得十分慌张。如果嫌疑犯没有告知茂自己正在监视他，那么茂也不会说"那你就在附近对吧"。

但这很有可能是嫌疑犯在下套。有关木岛家的基本信息，只要事前调查一番，能向被绑架者施压的个人信息想要多少就有多少。恐怕即便茂按时到达，嫌疑犯也会说因为茂和警察联系所以没能更早赶到。

其次，嫌疑犯不仅拒绝把亮带过来，而且连亮的声音也不让茂听。

但即便如此，茂依然受到嫌疑犯的摆布，现在正冒着小雨在商店和民家聚集的小路上奔跑着。他双手提着波士顿包，对于六十五岁男性的体力来说是一个比较大的考验。

中泽漫不经心地回头看了看，发现水野组长正走在他后方约五十米的距离。

"先行小组已经确认目的地——影碟出租屋'电影'。"

中泽收到了来自水野关于交易商店和电影的名称，以及刚刚电话内容的情报。他一边用余光警戒着周围的状况，一边向茂搭话。

"木岛先生，我是中泽。您能看到前方本牧大道的路口对吧？'电影'距离路口大约四十米，在前进方向的左手边。《与哈拉斯相伴的日子》是一部讲述与狗有关的日本电影。"

茂加快了步伐。

"请您稍微放慢一点速度。恐怕那儿并不是终点，接下来还要前往其他地点……木岛先生，你打开电影的包装盒以后，如果发现里面有新的指令，请立刻读出来。不管用多小的声音我们也能听到。"

刑警打扮成居酒屋的客人，在"电影"周围进行监视，任务由刚刚的先行游击转变为抓捕嫌疑犯。这时，茂走进了"电影"，他上气不接下气地向店员询问道："请问……"

"您好。"传来一名年轻男性警戒的声音。

中泽从影碟出租屋的门口经过，但玻璃门上贴满了电影海报，无法从中确认里面的情况。他试图将自己所有的注意力放在耳部，仔细聆听从耳机里传来的消息。

"请问有一部叫《哈拉斯的日子》的电影吗？"

"《哈拉斯的日子》对吗？我确认一下，请您稍等。"

"好像是一部日本电影。"

"嗯……啊，是这个吗？《与哈拉斯相伴的日子》?"

"是的！"

"应该在这边的架子上……就是这个。"

"是这个吗？谢谢。"

似乎终于找到嫌疑犯所说的电影了。

从耳机里传来茂紊乱的呼吸声和类似于塑料的杂音。

"元町购物大街的松平家具……店头的电话台……最下方的抽屉。"

从石川町的咖啡店，再到影碟出租屋，这次是元町的家具店。

三村看着横滨市中区的住宅地图，心想着差不多到时间了，随后把铅笔放下。

这三家店都相隔不超过一千米。虽然至今还没有收到有可疑人物的报告，但嫌疑犯应该一直在观察这边的情况。

三村在与干部的会议中主张"嫌疑犯会在短时间内进行赎金的交易"，而事实上，案件的确发生在事前设定好的南北三千米，东西四千米的范围之内，确实与事先料想的一样，但进行侦查时还要顾及厚木的案子，因此核心刑警的人数不足。

在元町购物大街进行监视的话，有利也有弊。侦查员可以混入行人之中，嫌疑犯也同样能混入行人之中。

"来自先行二组的消息。在'松平家具'的店内发现了木制的电话。"

三村在地图上将家具店用红色铅笔圈出。标记完从现场收到的报告之后，他又在红色圆圈的旁边把第三个现场标记为"3"。

　　嫌疑犯很着急，很有可能在这里拿走赎金。

　　下午四点零五分。从咖啡店"满天"接到电话不到十五分钟，天色就已经明显暗了下来。

　　"十字路口旁有一家银行对吧？就这样继续前进。"

　　中泽跟在茂的身后大约七十米的距离。

　　"我知道大致的位置在哪儿。"虽然从耳机传来了茂坚定的声音，但眼前的茂因为身体被雨水淋湿，步伐开始变得有些有点摇摇晃晃。

　　在昼长最短的季节，还下着雨。虽然已经傍晚了，光线昏暗，但正因为在这样的季节，人群聚集的场所才显得繁华。

　　六年前，元町购物大街的车道和步行道铺上石板后，历史悠久和现代流行的店面鳞次栉比，聚集了古今设计风格各异的品牌，仅仅是在大街上走着，心情也会不自觉跟着跳跃起来。

　　时尚用品、杂货、贵金属，还有餐馆。商店排列紧凑的购物大街大约有六百米，已经提前点亮了圣诞节的装饰灯，温暖的灯光将行人笼罩在一片祥和的气氛之中。

在气氛柔和且游客众多的元町购物大街上，木岛茂的行为举止有点格格不入。

被雨水淋湿的白发贴在了额头上，手提的波士顿包也有水滴落下。因为茂喘着气一路小跑，所以路上的行人都下意识地避开他。以他目前的气势，即便是熟人也不敢轻易跟他搭话。

"木岛先生，电话台本应该在店头，但因为下雨，所以挪到了店内。电话台是深红木色调，高约一米，有五个抽屉。在最下方的抽屉里应该能找到嫌疑犯的指示书。"

中泽变换着打伞的角度，尽量避免让路上的行人看见自己的脸。一米八二的身高本来就很显眼，再加上鲜明的五官，在人群中就更突出了。他的脸用几年前流行的话来说就是"酱油脸"，甚至被前辈开玩笑说是"猪排酱油脸"。虽然作为刑警来说有点遗憾，但他很清楚自己并不适合跟踪，因此现在才会绷紧了神经。

茂穿过元町四丁目，逐渐往购物大街的深处走去。

虽然中泽是当地警局所属的警察，但几乎没有在这附近买过东西。虽说经济环境不太好，但时尚精品店和宝石店依然是耀眼的存在。

如果是晴天，夕阳应该已经洒在了身后。但现在落在茂身上的是无情的雨。茂在石板路上艰难地走着，他已经没有体力再继续跑下去了。比起双脚，手腕的压力应该更大。

终于到达了目的地，他甩了甩头走了进去。松平家具是一家店面不大但历史悠久的家具店。

根据"L2"的事前指示，潜伏在店里的刑警向店主搭话。在这段时间里，茂找到电话台，并拉开最下方的抽屉。负责在对面药店进行监视的刑警向"L2"转述店内发生的情况。

茂从店里出来后在附近的大楼停下脚步，把波士顿包放在大楼的屋檐下。随后将自己的手腕活动了一下，并用"哈，哈……"紊乱的声音把嫌疑犯的指示书读了出来。

"你把钱放到'见港湾丘公园'的展望台，然后立刻离开。等我确认周围没有警察之后就会把赎金拿走，随后就放了你的孙子。只要周围有一名警察，你的孙子就没命了。"

又是公园……

厚木事件的最终现场就在八王子的公园，目前案件处于停滞状态。

三村在住宅地图上俯瞰着"见港湾丘公园"。

这个公园在当地也算小有名气，昭和五十年之后，周围逐渐修建了纪念馆和文学馆，文化氛围变得浓厚了起来。在报纸上曾看到今年似乎新修了一座玫瑰庭园，不过还没反映在地图上，因此无法对现场的情况进行想象。

不管怎么样，"把钱放在展望台上"，也就说明那里是最终地点。

为了尽快对现场的人员作出安排，三村将罐装乌龙茶一口气喝光，开始绞尽脑汁归纳总结至今为止的嫌疑人画像和他行动的侧重点。

　　这个嫌疑犯很现实。他知道像电影和小说中那样，将重点放在"夺取赎金的方法"是行不通的。不如降低"警察的侦查能力"，趁着混乱之际夺取赎金。比起在警察的包围网之中下手，在包围网还没有形成的时候下手，成功率更高。治愈感冒最好的方法就是"不感冒"。

　　既然这样的话，那应该怎样行动才好……

　　对于嫌疑犯来说，最关心的事情莫过于警察的介入与否。如果他认为没有警察介入，应该会毫无顾忌地拿走赎金。但若他判断有警察介入，可能立即隐藏踪迹，孩子就再也回不来了。

　　想抓住嫌疑犯，也想保护赎金，但警察首先要做的是绝对不能被嫌疑犯发现。

　　对于现场指挥官来说，减少人员需要相当大的勇气。针对绑架案件，日本警察的目标是一百分。"保护被绑架人""抓捕嫌疑犯""保护赎金"，如果没有做到这三点，就会被烙上失败的印记。

　　但是绑架案件讲究实时作战，并没有刑侦剧中夸张的精彩场面和奇迹的反转，只有"果断"。

　　作为处理特殊事件的专家，三村深切地感受到"挟持人质"和"绑架"的区别。这两类案件的现场都需要绷紧神经，灵活应对，但有一个决定性的区别。

"挟持人质"的训练次数越多就越有信心，而"绑架"案件的训练次数越多，心里反而更加忐忑。在绑架案件中，现场不止一个，因此有很多不确定因素。

三村把目光放在了公园展望台西面的酒店。如果在酒店的高层，应该能俯瞰整个公园。三村让"先行游击小组"确认公园周围的人数以及遮蔽物，同时让其他小组向酒店工作人员说明情况，建立"前进据点"。

三村用手头的红铅笔敲着桌子，长长地叹了一口气，把上半身压在椅背上。所幸嫌疑犯没有指定时间。如果精心考虑人员的部署，应该可以形成一个缜密的包围网。

但前提是，maru K 没有擅自行动。

大楼的屋檐下，茂读完嫌疑犯的指示书后，拿出手帕擦了擦脸并调整了呼吸。

中泽察觉到 maru K 的体力已经到了极限，考虑到还要更换 S 型无线设备的电池，于是联系了组长水野，将这些要点传达给了他。

茂将手腕来回转了几下后，沉下双肩，仿佛想将心中的不安赶走一样深深地叹了一口气。

"L2"通过组长作出了指示——在附近的咖啡店"丹泰

斯"的厕所更换电池。

"木岛先生，这次嫌疑犯并没有指定时间。我们先更换一下无线设备的电池吧。"

"咖啡店？"

"对的，一家叫'丹泰斯'的咖啡店。"

茂打断正在对地址进行说明的中泽，用强硬的语气说道："这样做也太危险了！"

"我们这边也需要时间来重新整顿，而且无线设备的电池，还是更换一下比较好。"

"也不知道会不会有人监视我，去咖啡店太奇怪了。"

"maru K"渐渐熟悉了现场的状况，不太好掌控了。虽然对话的气氛不太好，但中泽试图让茂冷静下来。

"如果不能使用无线设备，万一发生突发状况，我们这边无法及时应对。我们还是先在'丹泰斯'更换电池吧。"

"不，接下来只要把赎金放到指定的地方，不是吗？你们不用抓住嫌疑犯，只要我的孙子能平安回来就行了。"

"木岛先生，嫌疑犯现在还没有发现有警察介入，只是因为害怕才会像这样下套。我记得指示书上写的是……"

"现在我一个人站在这儿说话也很奇怪，抱歉，我还是想先去指定地点。"

"请您先等等！麻烦您听我把话说完，拜托了！"

"我只是去把包放下而已。"

茂双手提着波士顿包，冒着雨跑了起来。

"木岛先生，请您放慢速度，不然就中了嫌疑犯的圈套，木岛先生！"

中泽压着脾气，快步追赶 maru K 的脚步。

最糟糕的情况发生了。社会地位较高的人，自尊心较强而且不太能吃苦，反而导致了事态恶化。

虽然茂不想太引人注目，但他现在拼命奔跑的样子反而引得路人纷纷回头观望。

"从'maru K 指导'传来消息，maru K 拒绝进入咖啡店，现在正朝着展望台的方向跑去。"

三村收到水野的情报后，瞬间有一种想把无线话筒砸到桌子上的冲动。

虽然从先行游击小组断断续续地传来消息，但依然不清楚公园内部的情况。可以俯瞰赎金交付地点的酒店也还没来得及建立起"前进据点"。

还没做好应对准备，事态就已经往下一步发展了。

如果嫌疑犯目前就在展望台，当场立刻拿走赎金，也不知道能否成功抓住。

其实在目前这个最终阶段，神奈川县警察局与东京都警察局的意见相左。

神奈川警察局主张将前来拿走赎金的人逮捕，然后顺藤摸瓜式地进行侦查。而东京都警察局主张先尾随跟踪,再一网打尽。两种方法都有巨大的风险。如果将拿走赎金的人逮捕,会让嫌疑犯察觉到警察介入。如果尾随跟踪失败,赎金就会被彻底抢走。

从以生命为重的角度来看,东京都警察局的主张更合理。但如果失败,将会丢失唯一一条线索。而直接与嫌疑犯接触,若其保持沉默,整条线索将会就此中断。

在绑架案件中,必须时刻做最优打算。有时候并没有"正确"的破案方式。但即便如此,世人只追求"结果"。警察成功破案是理所当然的,做不到就是失败。

这个公园的面积大约是横滨体育场的一点五倍,从北开始由"法国山地区""展望广场地区""英国山地区""近代文学馆地区"四个区域组成。好几个先行游击小组接连进入公园,但无论哪个角度都有障碍物,几乎没有既可以藏身又能监视展望台的地方。而且这种天气也没有可以帮忙掩盖行踪的行人。

三村心想还是把人手调去酒店更实际一点。从嫌疑犯把赎金的交付地定在公园这一点看到了其"实力"。

"从'maru K 指导'传来消息,maru K 穿过购物大街,沿着河边的路朝着公园的方向前进。"

前方再过不久就能看到法国桥了,这时茂像要倒下一样身体前倾，眼看就快摔倒了。

他努力站直身体，将包暂时放在地上，再次转动手腕。恐怕他的脚和手腕已经相当疲惫了。

"木岛先生，您就这样右转，然后爬坡上去。大约三百米之后，您应该能看到派出所。从派出所对面的小路可以进入公园。我想您应该知道，那个坡很陡，请慢慢走上去，时间还很充裕。"

那条路线有先行游击小组的刑警，"贴身安保小组"的车也会经过那段陡坡。

但是茂直接无视了上坡路，径直走过信号灯，从法国山地区进入了公园。

中泽十分震惊，朝着茂呼喊着。公园里应该还没有侦查员潜伏。

"木岛先生，请您往回走！木岛先生！"

茂从石板地的入口踩着半圆形的石阶爬了上去，随后仰着头大口喘气。天色渐渐暗了下来，太阳眼看就要落山了。在橘黄色的路灯下，雨水画出了一条条斜线。

中泽也只好跟着进了公园，毕竟不能让茂离开自己的视野，不然距离太远也会离开 S 型无线设备的可接收范围。他虽然嫌伞很麻烦，但如果像茂一样不撑伞，从一旁看起来也太奇怪了。

茂爬着长长的石阶，途中似乎有点喘不上气来，将包放在石阶上，用手撑住膝盖。他的体力应该已经到达了极限。

"不行，你别跟过来。我接下来……只用把包……放过去就行了。"

茂的声音渐渐变得模糊，随后完全中断了。应该不是距离问题。既然如此，那就是S型无线设备快没电了。

中泽呼唤了好几次，但依然没有回答。没有比人烟稀少的公园更难跟踪的地方了。

从石阶爬上去以后，便是广场。雪松和悬铃木这样的大树在微弱的灯光下显得有点阴森。

茂路过法国领事馆的旧址，虽然步伐不稳，但依然没有停下脚步。他瘦瘦的身躯已经没有体力继续跑下去了。

走下石阶后，便进入了"展望广场地区"。如果从这儿再往上爬三十级左右的石阶，就能到达展望台了。然而……

茂迈出步伐，正打算踩上石阶，长长地吐了一口气后，倒在了石阶上。他松开了双手的包，用拳头敲击着自己的胸口挣扎着。双手提着沉重的赎金不停奔跑，结果导致出现了呼吸困难的症状。

中泽在石阶的下方，用力踩着泥泞的地面，看着五十米前方的茂，不知道该不该上前帮助。

"maru K目前出现呼吸困难的情况，要与他进行接触吗？"

由于一直没有收到回答，中泽有点焦急。情报应该已经通过班长水野传到了"L2"那边才对。前方的茂现在仰着身子，将嘴张开到极限，进行呼吸，但无情的雨也没有停下的征兆，中泽必须赶紧做点什么才行。

"先别接触，再观察一下。"

面对水野传来的无情指令，中泽过了一会儿才回复"收到"。

茂坐在台阶上，弓着背，反复深呼吸了好几次。中泽实在是看不下去了。不久后茂用双手重新提起包，以疲惫不堪的状态踩着一级又一级的石阶走了上去。

因为无线设备没电了，所以即便中泽想向他搭话也做不到。中泽只能默默地看着他，内心深处充满了对嫌疑犯的怒火。同时也因为没能与被绑架者家属建立起信赖关系，深深地懊恼自己的无能。

展望台上浅绿色的弧形房顶，仿佛小鸟展翅飞翔一样，很适合这个场所的氛围。茂将两个波士顿的包放在这儿以后，走到了圆形的石板路上，然后抓住扶手，仿佛在祈祷什么一样垂下头，平息了紊乱的呼吸。

下午四点三十五分。冬日的太阳早已沉下，在一片夜景之中，人们的生活还在继续。从中泽的角度能看到横滨的跨海大桥"H"型的主塔亮着淡淡的灯光。但在残酷的现实面前，这种虚无缥缈的美景也显得格外冷清。

在这短短的几个小时之内仿佛瞬间老去的男子，在展望广场环视了一圈以后，原路返回，从刚刚爬上来的石阶走了下去。

从 maru K 离开，已经过去了三十分钟。

警察与嫌疑犯的对峙，还在无声地继续。三村将自己僵硬的身体舒展开来，随后坐在椅子上抱着胳膊沉思。疲劳渗入了身体的每个关节，他再次意识到自己确实已经五十多岁了。

在雨中，提着十几千克的包不停奔跑，对于六十五岁的人来说是一件苦差事。木岛茂回到家，做好应对嫌疑犯电话的准备，然而不久便开始发高烧，昏睡不醒。他肯定已经用尽了全力。接下来，只能让茂的妻子塔子来应对了。但首先要解决眼前的赎金问题。三村闭上双眼，在脑海中想象着接下来的警力部署。

"见港湾丘公园"果然是一个大麻烦。

首先是指定场所附近的"展望广场区域"——四周没有遮蔽物，如果在这儿安排搜查员，风险太高了。展望广场南边的"英国山区域"——装饰花坛位于平坦的广场之中，而且几乎没有高的植被。西侧的玫瑰园刚开园不久，但现在并非花季，视野很好。"大佛次郎纪念馆"与玫瑰园隔着一扇门，南侧的"近代文学馆区域"——神奈川近代文学馆在雾笛桥还要更往里，距离赎金的交付场所太远。"法国山区域"的话，考虑到距离和视野，已经不能算是"现场"了。

还从未见过这么难监视的现场。

装饰花坛东侧的通道一名、与玫瑰园附近的英国馆紧邻的停车场的车上两名、"大佛次郎纪念馆"与雾笛桥附近两名。再在"法国山区域"安排三名侦查员已经是极限了。

二线配置设定在以现场为中心，方圆两百米以内。

能依靠的只有展望广场前一栋四层高的酒店。

这栋酒店因为选址很好，经常作为婚礼的举办场所，房间数并不多，是理想的藏身之处。警方通过酒店的帮助，将能看到展望台的二楼和室作为"前进据点"，并把无线设备也带了进来。除此之外，一楼的咖啡厅也潜伏了侦查员，窗边的自由活动场所也定时派侦查员巡逻。

"抓捕第四小组报告给'L2'。"

下午五点十二分，收到了雾笛桥附近的一名侦查员传来的消息。稍稍僵硬的声音以及出于职业的直觉，三村回应了。

"雾笛桥有一名可疑人员。"

"相貌特征是？"

"大约三四十岁、身材中等的男性。穿着黑色的夹克。因为他撑着伞，所以无法看到样貌。"

"他一直在这附近吗？"

"我看到他曾站在桥上，但五分钟以后就走了，不久又出现了。"

"他在桥上什么也没做吗？"

"看起来是这样……"

"怎么了？"

"他过了桥，似乎朝装饰花坛的方向走去……"

突然信号中断了。一定是发生了什么。三村没有着急呼唤，而是静静等待对方的联络。

"抓捕第四小组报告给'L2'……可疑人员似乎已经注意到我们了。"

"具体是什么情况？"

"我们感受到了可疑人员的视线。不久他就立刻快步返回桥上，随后从台阶走了下去。我们要追上去吗？"

"具体是什么原因？"

"有线耳机说不定被对方看到了。"

因为同时发生了两起绑架案件，所以无线耳机不太够用。有一部分侦查员使用的是有线耳机。

"现在对方正朝着新山下方向的长台阶往下走。"

"追上去，但别产生接触。"

三村立刻联系了"L1"，说明了现在的情况。虽然他建议再增加两名负责跟踪的侦查员，但因有被对方发现的可能性，而被驳回了。三村让二线配置中的第二小组前往了新山下方向。

他的直觉认为对方的嫌疑非常大。

"抓捕第四小组报告给'L2'……可疑人员跑了起来，步行跟踪有点困难。"

如果侦查员也跑了起来，一定会被对方发现。

"请跑起来跟踪。"

三村有点着急地咬了咬嘴唇。

在桥上观察情况，正打算往展望台方向走的时候发现了侦查员便原路返回。利用新山下方向的昏暗台阶，跑了起来。

越想越觉得这是最初也是最后的线索。既然男子已经察觉到了警察的存在，选择立刻逃跑也太危险了。

三村再一次联系"L1"，主张把男子抓住或者增加跟踪的人手，如果再不做点什么的话，被绑架男童的危险就会增加。

通过三十秒左右的协商，"L1"决定将新山下方向的二线配置中的四名侦查员派去支援跟踪的任务。三村正打算联系二线配置的成员，却收到了执行跟踪任务的抓捕第四小组传来的消息。

"可疑人物跟丢了。"

客厅的枝形吊灯和厨房的圆形照明灯都十分明亮。

这个家却充满了沉闷的氛围。不仅谁也不说话，而且连一点声响都没有。屋内散落的电线仿佛蜘蛛丝一样把"被绑架者应对小组"的刑警牢牢控制住。

下午十点过五分，发高烧的木岛茂依然没有醒来，他的妻子塔子在客厅的沙发上坐着发呆。

侦查员们的耳机里传来了来自"L1"的消息。

"立花敦之在川崎市内被找到了。"

侦查员们互相看了对方一眼，为了不被塔子察觉，偷偷在内心松了一口气。

敦之似乎是在川崎市内的仓库被发现的。他没有外伤，也能清楚地回答问题。

因为木岛茂的擅自行动，让中泽几乎丧失了作为刑警的自信。自从案件发生以来，第一次收到的好消息，也算得上些许心理安慰。

这样一来，侦查的重心就能集中在山手方面了。从敦之口中说不定能获得一些情报。不过最重要的一点是，嫌疑犯没有杀害男童。只要嫌疑犯哪怕还残留着一点人性，都还有交涉的余地。

中泽走出客厅，打算去看看茂的情况。触碰到通往二楼的螺旋楼梯的扶手时，一个不祥的预感出现在了脑海之中。

如果立花敦之的绑架只是诱饵，没有被杀害难道不是理所当然的吗？不如说，如果嫌疑犯知道敦之从仓库消失了，将会使现在的状况恶化。雾笛桥的男子怀疑有警察的介入，而现在敦之也被抓住了，嫌疑犯一定会被逼急的。

在中泽至今为止的警察生涯里，曾经无数次遇到嫌疑犯被逼急之后，做出了令人发指的凶恶行为。

从内心的阴暗处浮现出了连自己都不认识的自己，这种冲动是无法控制的。

虽然雨已经停了，但室内依然充满着潮湿的空气。

立花敦之被找到这一消息给"L2"带来了一点点活力，然而没多久就又回到了目前不容乐观的情况。

实际上，目前没有收到任何有关内藤亮被绑架的后续消息，而雾笛桥的可疑男子也就这样消失了。一直持续着"隐秘"的现场。

"法国山区域"的大门已经关闭了，如果还有人在的话，太不自然了。因此只留下了一名侦查员，增加了二线配置的人手。

不过现在依然无法轻易接近展望台。最多只能让数名刑警打扮成行人，在展望广场徘徊。而在酒店这一面也因为咖啡店关门，很难继续在自由活动区域侦查了。作为"前进据点"的和室也紧紧地拉上窗帘，从缝隙处监视着展望台，但是对于死角处也束手无策。

装有赎金的两个波士顿包，静静地吹了大约六个小时的夜风。

晚上十点二十三分，将疲惫的寂静打破的是从现场传来的无线消息。

"抓捕第一小组报告给'L2'。包底的音乐追踪器响了。"

三村松开无线电收发机的话筒，其余的无线设备一齐响了起来，由"L2"的侦查员分别进行对应。

现场附近侦查员的耳机里传来了电子音乐声。也就是说，包被人提了起来。

"酒店前进据点报告给'L2'。一名男子双手提着装有赎金的波士顿包，步行前往广场南侧。年龄在二三十岁，穿着灰色的长外套，戴着眼镜。"

这个混蛋……终于现身了。三村有点激动，心想这一次一定不会再让你跑掉了，随后在地图上确认二线配置的地点。

"抓捕第三小组报告给'L2'。一名二三十岁的男子，灰色外套，戴着眼镜，正往西侧出口方向前进。"

人物特征一致。在三村的想象中，身在暗处的警察的眼睛仿佛能发光，大家将视力发挥到极限，盯着那个男子。三村的心跳开始加速。

"抓捕第五小组报告给'L2'。男子走出了公园，正在等红灯。"

男子光明正大的行为，让三村感觉有点不对劲。双手拎着赎金，等信号灯？难道他只是联络人吗？

"抓捕第五小组报告给'L2'。他正在过马路。"

三村指示抓捕第五和第六小组进行跟踪。由于男子接下来很有可能换乘汽车或者摩托车，三村让在附近等待的二线配置的侦查员也随时做好准备。

男子到底会怎样行动？到底还会这样继续走多久？

"抓捕第五小组报告给'L2'……"

稍稍的停顿让三村不禁追问道："怎么了？"

"男子走进了派出所……"

"什么？派出所？"

应该是过了信号灯后，拐角处的派出所。

察觉真相的三村顿时浑身无力。

既不是嫌疑人，也不是联络人，而是善良的第三者。既然包作为失物被送到了派出所，也就不能把包再送回到原来的位置了。

雾笛桥的男子在三村的心中化为一团黑影消失了。他把两只胳膊撑在桌子上，将自己的银发挠来挠去。

三村将目光放在了内藤亮幼儿时的照片上。这个没有一张近照的孩子。嫌疑犯不会再使用同样的手段了。也就意味着这次绑架案件到此已经结束。

对于嫌疑犯来说，归还孩子没有任何好处。

平成六年（一九九四年）十二月十四日

那天同样也是佛灭之日。

太阳落山后的下午五点，横滨市中区山手町的木岛家的门铃响了。

前来应答的木岛塔子的耳朵里传来一个有气无力的声音："是我……"

"你是谁？"

"亮。"

"咦？阿亮？你是阿亮吗？"

穿着围裙的塔子，连外套都没顾得上穿，就打开了玄关的门。

她穿着拖鞋，在草坪上拼命奔跑着，白色大门的背后有一名孩子。

"阿亮？你真的是阿亮吗？"

塔子打开门后，背着帆布包的男孩后退了半步。

"阿亮！"

在塔子至今为止的人生之中，从未有过如此激动的时刻，导致她现在不知道该说些什么。虽然没有言语上的交流，但泪水迟缓地流了下来。

塔子双膝跪地将孩子紧紧地抱住，仿佛不管怎么抱都抱不够。她用力抱住小小的身躯，时不时发出呜咽声。

塔子随后仿佛想起什么似的，拉开距离凝视着孩子的脸。没有弄错。

在澄澈的夜空之下降临的，是已经成长了的、自己七岁的孙子。

第一章　暴露

1

在签名簿登记完后，把笔放下，随后按了按消毒液。

横滨市内的寺院。门田次郎将随身携带的小包夹在腋下，像苍蝇一样把手掌心的消毒液搓了搓。这种由手指的皮肤碰在一起产生的干燥声音，随处都能听到。这两年间，认真消毒已经成为大多数人的日常习惯。

令和三年（二〇二二年）十二月。葬礼用的帐篷闪烁着橙色的昏暗灯光，门田穿过帐篷，走在参拜的道路上。他跟随着一名女性负责人的指引，进入了等候室。室内很宽敞，有一百多把椅子，但只坐了一半，后方的空座位还有很多。

门田向熟识的刑警们行了注目礼，然后在没有人的后方落了座。与其说是为了防止病毒传染，不如说是因为人际关系疏远。

十二月也已经过半，日照时长越来越短。室内的暖气很充足，但为了换气，大门敞开着，所以一直有冷气在脚边徘徊。他把外套叠起来和包一起放在膝盖上，并没有什么其他可以做的事情。也有一部分人玩着手机打发时间，然而在这个并不适合打发时间的场所，门田打算全程进行观察。

因为是前刑警的葬礼，所以参加者基本上都是男性。视野中时不时会出现不合身的西服，不久便明白了那是因为身材太好导致的。

门田之所以在意别人的西服，是因为自己的是专门定做的。他做什么事情都追求完美，关于西装也是主张只有适合自己身材的衣服才能穿得长久。从四十多岁的时候开始，曾经关照过自己的人，有很多都入了"鬼籍"，从此正装他都去熟识的裁缝店定做了。大约过了十年，西装只改过一次还依然挺拔。

等候室几乎没有人闲聊，十分安静。五十四岁的门田一直在思考着自己的年龄。今年七月，曾经一周参加了两场葬礼。虽然那两场葬礼都是公司的前辈，但不久他也将送走自己的朋友。曾经一起大笑过的朋友从这个世界上消失，与自己父母的去世，有着不同的悲伤。

活了半个世纪，有限的寿命渐渐变得越来越清晰，容易沉浸在"自己到底留下了些什么"这样独特的感伤之中。作为公司职员，还有退休这一节点，因此心情有点复杂。

一名将白发三七分的男子刚走进来，前方的男性便一齐站了起来。看年龄似乎并不是现役刑警，门田认出他是神奈川县警察局中担任干部的前辈。这样小的细节也能展现出组织的特点。白发男子与好几个人说了话，随后走出等候室，朝正殿的方向走去。

不知从什么时候开始，正殿传来了诵读经书的声音。为了防止病毒传播，只有拥有血缘关系的近亲才能进入正殿。

昨天下午三点，收到了神奈川县前刑警中泽洋一的讣告。未知电话来自中泽的妻子，门田听到"在您繁忙的时候多有打扰"这句话时，就已经对事态有所察觉。

"今天早上，我的丈夫去世了。"

讣告总是突如其来，但这一点永远也无法习惯。门田表达了哀悼之情后，把胳膊撑在公司的桌子上，发了好一会儿呆。

距离最后一次见面大约过了两年，那时在街上还没有随处可见的消毒液。横滨市内的烤肉店，中泽大口喝着兑水的烧酒。随后过了半年，收到了来自他的信。

我得了肺癌，吸烟者的宿命……

到了一定的年龄，根据人际关系的不同，联系方式也会发生变化。虽然为了方便，中泽和门田经常通过电话联系，但自从收到了那封信之后，就一直以信件的方式保持联系。随着信件中歪扭的笔迹增加，门田也渐渐开始做心理上的准备。

从正殿传来的诵读经书的声音，让门田打开了通往回忆的大门。

他们相识的契机是三十年前的案件。在"厚木"和"山手"同时发生的两起绑架案件。

案发当时，门田刚当上大日新闻横滨支局的记者。负责驻扎在市内的警察局，也就是所谓的"警察采访人"。

被绑架者中，立花敦之在案发第二天就被平安救回来了，但内藤亮一直没有下落。横滨支局是门田的第一份工作，在支局工作的三年，有一年三个月的时间都在对绑架案进行采访。

当年还只是一名普通刑警的中泽，因为有神奈川县本部搜查一课特殊小组的经验，负责对交付赎金时的现金持有人——"maru K"进行指导。这件事是后来负责县警本部的前辈记者告诉门田的，并对他打气道："一定要好好深入采访！"

门田好不容易查到了中泽的住址，但并不认为中泽会认真接受采访。毕竟对于从未见过面的陌生人的突然来访，没有人会欢迎。

中泽的家是横滨市内的一幢独栋的房子。似乎从父母的那一代就一直住在这儿。按下门铃时手指紧张的触感，门田直到现在都还记得。

前来应门的是中泽的母亲，中泽似乎不太愿意出面。过了大约五分钟，面对高个子、五官鲜明的中泽，门田有点被震撼到了。有着丰富的现场经验、三十八岁的刑警与大学刚毕业两年的新闻记者。从一开始就不是一个级别的。

"原来是大日新闻啊，找我有什么事吗？"

门田被板着脸的中泽的气势吓到，一句话也说不出。随后中泽便背对着门田，仿佛在下逐客令。门田也无可奈何，正打算离开，看到刑警的右手时似乎突然想起了什么。

"你在着色吗？"

门田条件反射似的指了指喷雾罐。

"对……怎么了？你也做这个吗？"

"我现在正在做 Mk-Ⅱ 模型的勾勒。"

高达的塑料模型从一九八〇年左右开始流行后就一直非常受欢迎。

"是吗？我正在做 F90 模型的着色。"

"我也有这个模型，不过包装还没拆开。"

"那你要进来看看吗？"

"谢谢！"

这个意料之外的发展让门田自己都感到很不可思议。毕竟没有人会把担任"maru K 指导人"的刑警和高达的塑料模型联想到一起。

"但你肯定会问案件的事情对吧？"

门田刚往里迈了一步，中泽仿佛想起了什么似的说道。

"对，我会问的。"

"我可什么都不会说。"

"没关系，先让我看看模型吧。"

中泽用余光瞟了一眼喷雾罐，有点担心地问道："你这样能当好记者吗？"

"我从明天开始再继续努力。"

"你真是三流记者啊。"

"不，我是'自我流'。"

"那你跟我是一样的啊。"

中泽扬起嘴角轻轻笑了笑，打开玄关的门，朝里喊道："有客人来了！"

中泽的房间在二楼的转角处，刚走进去，门田就被房间里所散发的气场吸引住了。高达塑料模型的箱子已经堆成塔了，靠里的工作台上是正进行到一半的"现场"。工作台旁插满了足有五十多支的竹签，竹签的前端都夹着模型的部件。这样是为了将着完色的部件晾干。除了涂料以外，工作台上整齐地排列着垫子、钳子、小钳子、雕刻刀、砂纸、棉签等工具。这些工具，门田家也都有。

中泽的妻子端着装有红茶和点心的托盘走了进来，有点无语地说道："这么大岁数，真是丢人，都说了好几次让他扔掉了……"

"才没有这回事！这个房间里全是宝藏。首先，您看看您右侧的高速机动型扎古的英姿。高达Z系列的一部分防护膜和脚原本是塑料裸露的朱红色，现在却完全不一样！着色后变成更有深度的颜色，这可是技术和热爱的结果！简直太棒了！"

面对门田热情洋溢的话语，中泽感动地擦拭着眼角仿佛在说"谢谢"。而中泽的妻子却眯着眼睛有点同情地说道："原来您也是'同好'啊……请慢用。"随后走出了房间。

门田仅仅通过这一次对话就明白了中泽在家中的地位。不过，这也是高达塑料模型爱好者共同的处境。长大了以后就会从漫画和玩具中毕业，这种说法的确存在。有着不小年龄差的刑警和记者在世俗残酷的压迫下组成了联盟。

在高达塑料模型面前，年龄和立场统统不是问题。从那次开始，刑警和记者的关系就开始逐渐加深了。

听着从远方传来的诵经声，门田再次意识到中泽已经不在这个世上了，顿时胸口涌上一股寂寞和空虚感。

在这三十年间，他们一起吃了无数顿饭，也聊过无数次对高达模型的热爱。在那个不能在社交平台找同好也不能在视频网站上学习模型加工方法的年代，有一位志趣相投的朋友是非常可贵的。

作为一名刑警，在私交上也要时常留意。因为这些人际关系随时可能带来麻烦。在常去喝酒的地方，中泽一定会摸清楚店里客人的底细。而没有任何野心的新人记者、与自己有着共同爱好的门田，对于中泽来说，也是为数不多可以敞开心扉交谈的朋友之一。

而他们二人还有一个共通点。那就是他们相遇的契机——两起同时发生的绑架案。这两起案件失去热度、过了追诉时效之后，中泽仍然在继续调查。

在一名女性工作人员的指引下，参拜者陆续朝正殿的方向走去。为了防止新型冠状病毒扩散，参拜者在敬完香之后就只能直接离开，因此连故人的最后一面也见不着。中泽的遗像是门田三年前拍的。虽然脸上留下了六十多年的岁月痕迹，但柔和的笑容很适合他端正的脸庞。

正殿里的似乎都是中泽的亲人和一部分警察同事。门田敬完香以后，凝视着中泽的遗像，在内心向他告别。然后向中泽的妻子和长女表达了哀悼之情，走出了寺院。

手提着中泽家人回敬的小纸袋，门田有点丧气地踏上了通往车站的路。因为没能见到中泽的最后一面，所以至今都不觉得他已经离世了。阻碍了重要葬礼仪式的新冠病毒，让门田无比憎恨。

"门田先生。"

从背后传来了一阵呼喊声，门田停下了脚步。他一边警戒着，一边回过头。

是同样穿着丧服的两名男性。短发且个子稍微有点矮的男子看起来有点眼熟。

"先崎先生？"

先崎面无表情地点了点头。看着对方耿直的表情，门田渐渐回忆起了中泽的这位警察后辈。毕竟最后一次见面是二十年前了。

"谢谢您还能记住我。"

门田虽然和先崎、中泽一起喝过很多次酒，但他没能与不愿与自己对视的先崎成为好朋友。不管中泽怎么从中解释说"小门可是个好人哦"，先崎依然很顽固。门田觉得有点无可奈何，也就放弃拉近关系了。毕竟警察中有一部分人确实不太喜欢新闻记者。

"当然记得您，最后一次见面还是在二十年前吧？"

"是十八年前。"

先崎立刻回复了，还和那时候一样严谨耿直，一点也没变。他本人就是行走的规则纪律。先崎比门田大三岁，所以再过不久应该就要退休了。但即便如此，他的表情和身体都时刻保持着紧绷的状态。

"中泽先生的事情真是太遗憾了。"

门田不知道他是因为单纯认识自己才打招呼的，还是因为有话要说。猜不准他的心思，门田打算找准时机再问。如果一起坐电车，感觉气氛会有点尴尬。根据情况也要考虑打车的可能性。

先崎回复道："是的。"随后看了看旁边高个子的白发男子。这位比先崎年长的白发男子脸上挂着温厚的笑容。

"不知道现在能否占用您一点时间？"

门田心想果然是有事情找自己。虽然事先也隐约猜到了，但还是有点意外。

"我可没犯什么事哦。"

面对门田的调侃，先崎说道："我明白。"那双眼睛依旧看不出任何感情。

"那我们一起去附近的咖啡店怎么样？不知道现在这个时间点有没有关门。"

门田稍稍想弥补现在这个有点冷场的氛围，于是补充道。

先崎回复道："没关系，在车上谈就可以。"他用一种不容分说的姿态低下头。

门田在心里苦笑着"这仿佛是警察的例行盘问"，不过还是跟在了二人的身后。

2

丰田以法定速度奔跑在夜色的横滨。

虽说是横滨，但并不是在充满近未来感的"港未来"区域，而是普通的市区道路。车窗外是全国每个城市都常见的景色。

丰田停在了附近的投币式停车场，驾驶席的白发男子简短地自我介绍道："我叫富冈。"看来他也是神奈川县警察局的前刑警。门田和先崎坐在车的后座。

明明自己是被邀请的，但对方迟迟没开口。由于车内过于安静，门田开始变得紧张。在守完夜后，被警察相关人士带走。这一连串的发展，并不能期待接下来会有什么高兴的事情发生。

就在车遇到红灯时，先崎从包里拿出了一本杂志。

"您看过这个吗？"

是最新一期的周刊杂志《自由》。门田实在是无法将先崎与绯闻杂志联系起来。这样薄薄的一本杂志里贴上了便条。

"咦？莫非……里面有我们大日新闻的负面新闻？"

"不是。"

"难道是神奈川县警的负面新闻？"

"也不是。"

也就是说除了大日新闻和县警的负面新闻以外，能让先崎感兴趣的事情，在这本杂志中报道了。以前从未与《自由》有过任何交集的门田，戴上了老花眼镜饶有兴趣地看起来。

"我先把车停一停。"

富冈将车停在了深夜寂静的公园旁。不仅考虑到了门田在车辆行驶的状态下看书会晕车，还贴心地打开了车灯。不管如何，都传达出了"请认真读"这一信息。

门田将视线落在了贴着便条的一篇左右跨页的黑白照片的报道上。看到被车灯照亮的词条时，门田仿佛被人打了一拳似的。

《第二弹　人气美男子画家曾是绑架案件的受害者！》

熟悉的"见港湾丘公园"展望台的照片占据中心位置，旁边还有一张身着大衣、身材纤细的男子的照片。刘海搭在漂亮的双眼皮上，让人印象深刻。"帅气"这个词并不夸张。

门田根据自己的职业直觉，这张照片之所以没有占据中心位置，可能是因为第一弹已经发过了。"第二弹"的主题是绑架，照片中的展望台稍稍有点旧，一定是"三十年前的赎金交付现场"。然后，还有另一个准确的事实，照片中身着大衣的男子就是内藤亮。

意识到身旁刑警们的视线，门田加快了阅读速度。

一九九一年十二月发生在神奈川县的两名孩童同时被绑架的案件。这篇报道整理了案件的概要。内藤亮——报道中称为"R君"，三年后，也就是一九九四年的某一天突然出现在祖父母家门前。

亮如今似乎是一名叫如月条的人气写实画家。他在社交网络上发表的"仿佛照片一样"的美少女画作受到关注，是画作稀少且入手困难的画家之一。

比 B4 用纸稍小一点的"4 号"尺寸的原画，价值也接近百万。位于银座、独家销售如月作品的画廊，据说预约已经处于爆满状态。

这家画廊是外界与如月条联系的唯一窗口。人气画家的真实身份至今依然是谜，媒体只知道他是一名三十多岁的男性。因为画作的销量很好，所以近几年也没有在画廊举办个人画展。社交网络上走红的账号也并非如月的个人账号，而是画廊的账号。

不过《自由》的记者通过在画廊的四周潜伏采访，终于成功拍到了他的照片。因为长相比想象中更端正，所以做成了"照片系列"来进行报道。虽然门田没有看过"第一弹"的内容，但很容易想象出标题肯定是"谜一样的画家竟是超级美男子！"这一类的话。

可能是杂志社后来收到了来自看过照片的读者或者网络用户的匿名投稿，于是将"如月条就是被绑架的孩童 R 君"这条令人震惊的事实在"第二弹"中进行了报道。不过如果仅仅是归纳总结了绑架案件的信息和如月条的个人经历，内容太单薄了。所以整篇报道传递的信息就是"如月条就是 R 君"。

将周刊杂志还给先崎后，门田抱着胳膊沉思起来。

"这种新闻确实不会让人开心，明明名字用首字母隐藏了起来，照片却没有进行任何修饰……"

门田在头脑中整理从《自由》报道中获得的信息，并对撰稿人的意图进行了分析。

"不过这正是周刊杂志……也就是媒体的工作。"

通过将主体由周刊杂志换为媒体，先崎撇清了与新闻记者这一行业的关系而占据上风。他将对方的退路堵住，仿佛把车内狭窄的空间变为审问室，将私人关系切断，露出刑警的锋芒。

门田一方面想反驳"真正的新闻根本不会刊登这种没有品位的内容"，但又暗自在内心嘲笑自己"避开政治中的势力关系，盲目报道检察中的'钓鱼侦查'现象"，难道就是有品位的报道吗？

"警察也会经常干蠢事。"

驾驶席的富冈从中调解，再次发动了汽车。看着二人老练的角色分担，门田心想这儿果然还是审问室，不禁打起了精神。

"这篇报道有什么反响吗？"

"毕竟这件事门田先生完全不知道，所以反响也并不大。"

"互联网上呢？"

"有一部分反响，但还好被埋在一大堆新闻里，掩盖住了。"

门田之所以能认出内藤亮，是因为他曾经去收养亮的木岛家采访过，恰好碰到了刚放学的亮。亮当时才高二，就读于县内的重点高中，但整个人散发出一种成熟的气质。

门田在大门前递出自己的名片，亮说了句"非常抱歉"，随后朝玄关的门跑去，就这样再也没有回过头，消失在家中。没办法，门田虽然有点失落，但也只好离开。

"原来他成了画家……"

门田将视线移往车窗外，脑海中浮现出刊登在周刊杂志上的亮的照片。这篇报道刚发表没多久，中泽就去世了。这当然是偶然，但有时事情的发展总是由一条"不可思议"的线将点与点串联在一起。

二〇〇六年十二月，这一系列案件正式过了追诉时效。而在九个月之前，亮高中毕业，没有选择继续升学，从此没了音讯。十五年后，通过周刊杂志首次得知了他的消息。先崎应该是通过中泽才得知了门田即便过了追诉时效，也依然执着于这起案件。虽然这篇报道并没有引起多大的社会反响，但对于与案件相关的刑警以及记者来说，是一个重要的转折点。

"先崎先生和中泽先生当时在同一个小组吧。"

"是的，我们在被绑架者应对小组，驻扎在内藤亮的祖父母木岛家中。"

当时先崎还是新人刑警，和中泽一起前往第二起绑架案的被绑架者木岛家，进行了"第一次潜入"。

祖父木岛茂是赎金持有人——maru K，而中泽是"maru K 指导者"，先崎是负责驾驶的司机。茂将赎金放在了嫌疑犯指定的位置之后就回家了，随后一直昏睡不醒。但木岛家一直处于警戒状态。对于花费了大量精力进行侦查的刑警来说，这起前所未有的悬案是无法轻易被忘记的。

案发后的第三年，内藤亮突然回来了，所有人都十分震惊。虽然门田当时已经离开横滨支局，但也临时去支援采访了。

这三年间，亮肯定和某个人一起生活。与他一起生活，让他吃饱饭的人到底是谁？关于这一点，在互联网还没有普及的一九九四年，新闻、电视、周刊杂志进行了连环报道。

大家都以为案件会就此顺利解决。但是，最关键的人物——亮，一直闭口不言。除了刑警以外，亮与少年课以及女性刑警也有过交流，不过只说了"我不记得了""我不知道"这两句话。媒体大肆宣传的是"被嫌疑犯胁迫"和"木岛茂经营的海阳食品有麻烦"等原因，但"包庇父母"是最多被提及的理由。

在案发当时就有人怀疑亮的父母就是嫌疑犯，而且在那之后，亮的母亲内藤瞳搬到了九州地区，她事实上的丈夫又因盗窃罪被捕，这些行为都非常可疑。亮没有去找自己的母亲，而是回到了几乎没有任何交集的祖父母家中。周刊杂志根据这一点判断亮受到了父母的虐待，并当作事实报道了出来。

侦查过程中最难突破的墙壁，其实是木岛家对警察的态度。

在赎金交付的指定场所"见港湾丘公园"，一名侦查员可能被嫌疑犯看到了，最终导致跟踪失败。各个新闻杂志社对综合指挥总部当时的判断持怀疑态度，在报道协定解除后，将这件事刊登在了杂志上。

本就不太信任警察的茂听说这件事以后，态度变得更加强硬。门田听去采访过的熟人说，对于报警，茂似乎是发自内心地后悔。

孙子平安归来，外界的骚动也渐渐平息，木岛夫妻开始拒绝协助警察查案。中泽认为亮肯定跟祖父母说过一些什么，但最终还没来得及打破这层墙壁，木岛夫妻就去世了。

"因为有新冠疫情，所以我最后一次和中泽先生说话是通过电话。那时也聊到了这起案件，他说他想用这双眼睛仔细地看清嫌疑犯到底是谁。"

中泽和门田也说过一模一样的话。在中泽心中，这起案件一定有特殊的意义。

在无法得到被绑架者协助的情况下，神奈川县警方想尽可能侦破案件。遗留物很少，也无法找到亮曾经居住过的地方。曾经伪装成警察给木岛家打过电话的男子的声纹、亮的所有物都一一进行了鉴别，但并没有得到显著的成果。

"内藤亮可是成了画家！"

先崎之所以这样提醒道，应该是因为他们之间有"共通的信息"。但门田即便听到"画家"这一词，脑海中也没有描绘出明确的概念。

在艰难的侦查过程中，也曾查出几条线索。门田在努力回想的过程中，脑海里浮现出尾崎康夫这个名字，采访笔记中写着"个人贷款"。对消费者进行个人贷款，有诈骗前科的男子。还有一名与尾崎一同因诈骗被逮捕的男子。

野本雅彦。

"原来是野本……"

前方遇到红灯，车停了下来。

"是的。野本和尾崎，与因偷窃罪被逮捕的瞳事实上的丈夫吉田悟有关联。"

都内的违法赌博场所的名簿中有三个人的名字。绑架案发生时，吉田上了通缉名单，正在逃亡。而另外两个人的不在场证明依然不太明确，但因与被绑架人的关联性并不强，也并没有可疑资金的流动，所以警方将他们二人从侦查的线索中删除了。

"野本雅彦的弟弟就是一名画家。"

虽然忘记名字了，但野本的弟弟的确是一名画家。如果知名度高的话，还能调查一下，不过似乎并没有多少新闻。

"可能与案件并没有多大的关联，但我总是有点在意。"

此时，门田终于明白了自己被邀请上这辆车的理由。

"案件的追诉时效已经过了很久，事到如今也不能大张旗鼓地进行侦查。"

"我大概明白了。"

也就是说，先崎想利用门田在新闻社的人脉进行调查。不过就算先崎不提，门田也打算继续调查下去。

门田依然记得中泽那时的样子。他一边喝着酒，一边说着"家属旅行就这样被毁了"。与家人在韩国度假时，他被临时叫回来执行任务。怀着对家人的愧疚感独自坐飞机的刑警，一想到这样的场景，表情也会变得放松。

但那不过是中泽的场面话。中泽当时脑海中一定是被绑架者家属痛苦不堪的样子。他作为一名刑警，怀抱着复杂的心情上了飞机。

中泽偶尔会抱怨警察组织太死板，有时也会羡慕拥有多种兴趣、轻松地生活、比自己年纪小的记者门田。但当酒喝多了，他曾开玩笑地问过。

"所以，小门是为什么当新闻记者呢？"

不知不觉，车已经朝横滨站的方向开了过去。不管是从年龄上，还是从关系上，他们三个人的对话都不太能长久持续下去，在电动模式下，车内显得更加安静了。

"那时，我也在现场。"

从驾驶席传来了富冈的声音。

"现场？"

"对的。也就是'见港湾丘公园'。您还记得雾笛桥的可疑人物吗？"

"是从桥边的楼梯走下，然后行踪不明的男子对吧？"

"当时跟踪那名男子的人是我。"

身材中等、个子中等，年龄在三四十岁。身穿黑色夹克，撑着伞……直至今日，门田都能立刻列举出那名男子的外貌特征。那是警察与嫌疑犯之间唯一的交集。到底是应该放任这名可疑男子自由活动，还是应该对他进行盘问，到现在也不知道哪一种做法才是正确的。就结果而言，跟踪失败，也就此断了线索。

那时，现场的刑警曾报告过……

有线耳机可能被对方看到了。

无线耳机数量不够，一部分刑警佩戴的是有线耳机。耳机线可能被嫌疑犯看到的富冈，当时是抓捕第四小组的刑警。

"原来是这样啊……"门田说完后，车内再次陷入一片寂静。

即便是被世人遗忘的案件，也有人无法忘怀。就算过了追诉时效、被绑架者和侦察员都去世了，也有人需要真相。

"所以，小门是为什么当新闻记者呢？"

中泽的声音再一次在耳边响起。

在即将退休之际，这个来自过去的问题沉沉地压在了门田的肩上。

3

门田慢慢爬下梯子，后退几步，笔直地站立。

他将车库的镜子与连接墙壁的金属部分用黑色的胶带缠住了。意外地花了不少时间，不过还好从镜子里能顺利看到车库外的步行道。

"这样应该就差不多了。"

活干完后，门田扛着梯子走上了支局的楼梯。

一楼是勉强可以停六辆车的车库。二楼是编辑部，三楼是门田的办公桌所在的总务部。

大日新闻宇都宫支局占地面积很小，虽然三楼比二楼人满为患的编辑部稍微好点，但也算不上宽敞。

门田扛着梯子打开了三楼的门，总务部的下田悦子抬起视线，搭话道："您辛苦了。"

门田虽然身材瘦小，但今年也迎来了五十岁，渐渐有了威望。

"我这个支局长现在已经只能干杂活了。"

"原来记者最终要去修车库的镜子啊。"

"早知道我就应该在入社面试时好好问清楚。"

支局长的工作是维持支局顺利地运营。工作人员的面包车撞到了车库的镜子，处理这种三流事故正是自己大显身手的时候。了解事故的情况，让对方承认错误，给本社发送带有事故照片的报告书，订购新的镜子，并用胶带做应急处理。

门田干完这些活，半天就已经过去了。即便如此，社内的评价和工资也没有涨。入社三十年后，做这些事情也变得理所当然了。

以前用来冲洗照片的屋子变成杂物间。门田将梯子放回原处后，走进了靠里的支局长办公室。

本来总务部还有另一名女性，但因为丈夫的工作调动，上周辞职了。继任者的面试以及录用的任务当然就落在了门田这个"干杂活"的人身上。他一边和本社的人事负责人联系，一边在宇都宫版面发布"招聘总务工作人员"的社内通知。

每天光是处理像泉水一般不断涌现的杂务，一天就过去了。习惯之后，倒是很轻松。但如果要保持内心的活力，就不太容易了。

大约十平方米左右的支局长室，门田坐在皮质稍好一点的椅子上，用笔记本电脑写完社内通知的初稿，然后去休息区域用马克杯装了一杯咖啡，回到座位。

他缓缓地坐了下来，把咖啡送入口中。是和平时一样，不好也不坏的味道，所以并没有什么不满。

拿起桌子上的文件夹，将目光放在了很久之前写的竖排原稿。

大日新闻连载企划《绑架记录A案》——东京警察局、神奈川县分局、横滨支局、厚木支局／根据各个负责人的采访笔记编写而成。

这是案件发生五年后开始连载的企划。门田手里正在看的这份是各个负责的记者根据时间顺序制作的大量采访笔记的初稿。因为固有名词和侦查信息都事无巨细地写了出来，所以没有被当时的编辑部选中，变为了被废弃的"A案"。当时门田作为执笔者之一，对这个结果提出了抗议，但现在回想起来有点庆幸还好没有被报道。刑警的心理描写和对话当然是根据采访而变化的，这种新型的新闻报道手法并不符合新闻追求的正确性。

对话中的每个单词都与事实完全一致，是不可能的。即便如此，门田依然确信被废弃的"A案"是距离事实最近的记录。

仅仅是看到开头的日期——《平成三（一九九一）年十二月十一日》，他的脑海就能立刻浮现出当时的情形。

那天，门田在自己原本不该在的地方。

入社第二年，门田当时所属横滨支局，作为采访警察局和地方裁判所的第二负责人，每天都与案件为伴。由于刚进入平成年代，昭和"为工作粉身碎骨"的精神还占据主流。在这样的时代，门田的失误就是入了新闻社这种几乎没有休息时间的行业。

传呼机响了的话，就得立刻跑到附近的公用电话，然后从照相机的胶卷盒子里取出十元硬币，与公司联系。这种情况一般都是上司让他立刻赶往事件的案发现场，进行采访。对于报道时事的新闻记者来说，不存在私人时间。特别是新人，经常被要求时刻准备着赶赴现场。

当时，即便是休息日，门田也不被允许离开自己负责的区域。如果非得离开，必须事先得到主编的允许。如果没有特殊的事情就请示主编，肯定会被骂。运气不好的话，还会被分配工作，好好的休息日就被毁了。因此他在休息日偷偷擅自离开自己负责的区域是常有的事。

那一天，对于门田来说意义非凡。他正和大学同一个研究室的女孩子在有乐町约会。看完电影后，在新桥的居酒屋弯着腰认真听女孩子的牢骚。她当时在一家大型的饮品公司工作。因为听说她刚和学生时期的男朋友分手了，所以门田试着约她出来吃饭，然而从始至终二人都只有朋友之间的距离感。门田正想仔细分析看看到底自己还有没有戏，就被她的一句话给击沉了——"其实现在公司里有一个让我比较在意的人"。

虽然她是一副想找门田"商量"的样子，但实际上是想以此来牵制一些寻求机会的男性朋友。

　　既然如此，那就吃饱了再回家。门田正这样想的时候，传呼机响了。如果是平时，门田肯定已经绝望地连声长叹了，但在这样气氛尴尬的饭局中，简直是雨露甘霖。

　　"抱歉。"

　　不管支局有什么事找他，他都打算直接回去。在店内的粉色公用电话联系支局后，听主编的声音似乎非常着急。

　　"你现在在哪儿？"

　　"在……在负责区域内。"

　　"真的吗？"

　　"发生什么案件了吗？"

　　"是绑架案。"

　　门田通过主编的声音察觉出应该不是普通的绑架案件，于是用蚊子一般的声音说道："对不起，我在东京。"

　　"你这个蠢货！"

　　果不其然主编震怒，门田拿着话筒鞠躬九十度。回过头发现，女性朋友正担心地望着自己。真是一个糟糕透顶的休息日。

　　"五分钟后再给我回个电话！"

　　门田回到座位后，点了一杯乌龙茶，一口气全喝光了。

　　"你没事吧？"女性朋友不禁问道。

　　"没事。"门田逞强地说道。

"不过我看你的反应，对方好像特别生气。"

"如果非要说谁强谁弱，那我应该就是弱的那一方。"

门田留下一句自己都不太明白的话，随后再次打电话联系了支局。

"你小子现在在东京的哪一块区域？"

"我在新桥。"

"太好了，你现在直接去察厅。"

"您刚刚说什么？是察厅吗？"

门田还在脑海中搜索察厅的意思，主编再一次震怒。

"是警察厅！"

出了电梯往左走。看着走廊上的红色地毯，门田以一种"乡下人进城"般诚惶诚恐的心情往前走。

他平生第一次踏入位于政府街的东京警察局。本来他应该在横滨支局待命的，但被一场没戏的约会迷了心窍，导致现在来到了"异世界"。警察厅的负责人，都是由曾经负责过东京或者大阪等大规模警察本部的猛将来担任。也就是现场的"警察能人"。像自己这样刚入行两年的"区域负责人"来这种地方到底能干吗？

从记者室在干部办公室所在的高楼层这一点来看，门田就感受到了不小的压力。他刚从敞开的门走了进去，就被宽敞的房间震撼住了。记者协会由报纸、电视、通信等数十家社组成，在边长大约为三十米的空间里，里里外外全是人。房间的中部有两套沙发，四周是各个媒体社使用的长桌。和县警本部使用的"盒子式"不同，周围用于遮挡的只有长桌正面高高的隔板。虽然可以遮挡前后的视线，但从左右两端可以看得一清二楚。

"请问您是记者吗?"站在入口处的一名女性问道。

门田回答："我是大日新闻的门田。"

随后那名女性便朝着房间里喊道："藤岛先生，您的同事来了!"

从隔板处探出头来的是一名将浓密黑发梳在脑后、身材高大的男性。

"啊，门田?"

房间中部的沙发都被中年男性占据了，"宝冢的那时候……"他们似乎是在说曾经接手过的绑架案。

"真是帮大忙了，听说你打字很快?"

自我介绍刚结束就被藤岛奉承的门田有点尴尬地点了点头。实际上，虽然他确实能熟练使用文字编辑器，但来之前除了被主编骂，什么也没听说。

大日新闻的隔板对面是横放的长桌和三把椅子，里侧是装有资料的收纳柜。长桌上的文件夹和地图凌乱散落着，电话和传真机眼看着就要掉落下来。

"请问这儿没有其他同事了吗?"

其他社都安排了三至五人，只有大日新闻这边没什么人。

"门田啊，因为案件总是发生在'只有今天请饶过我'的这一天啊。"

作为大日新闻警察厅负责人领队的藤岛光一，曾任东京警察局领队和社会部主编，如今是编委会的成员。对于经历过大大小小各种新闻的藤岛来说，警察厅应该是他参加的最后一个记者协会了。虽然藤岛的辈分远远在门田之上，但他非常随和，一点也没有架子。

"实际上，加上我总共有三个人。但一个人因为异常的部门调动，而另一个人得了流感。"

"那今天确实不太凑巧……"

"对吧？你今后遇到的也总是一些不起眼的案件。但是像我这样追案件的人反正也当不了本部的总编辑，接下来就当个支局长，好好地安心退休。"

"这样啊。"

"不过这样一来，我就与绑架案完全没有缘分了。所以我现在打算做自己想做的事情。当局里说派人来警察厅支援我的时候，我立刻就回绝了。开什么玩笑！我只需要能帮我整理资料的助手。"

门田立刻察觉出他虽然很随和，但也有点古怪。横滨支局的主编似乎是他的后辈，不知道他们之间发生了什么导致变成现在这个样子。不过唯一可以确定的是，只有大日新闻是"老手和新人"的二人组合。

"我来之前什么也没被告知，请问我在这里应该做些什么？"

如果是其他主编，早就以一句"蠢货！这你都不知道吗？"的开头语开骂了。但藤岛说着"也是，你不知道也正常"后，从头开始向门田说明情况。

"以赎金为目的的绑架案件，一般由警察厅和现场的警察一起合力搜查。"

当地的县警成立综合指挥本部"L1"的同时，警察厅也成立了"综合应对室"。"L1"用于监听的无线，警察厅也可以实时收听，并能根据绑架案件的实际侦查经验给出合理意见。

"如果将警察厅的工作分为两部分，那就是'指导案件'和'报道协定'。再过十分钟，说明会就开始了，你先看看资料。门田你的主要工作是和我一起参加说明会，做好会议记录，然后将会议内容发送给总部。明白了吗？"

在安静的支局长室，门田静静地看着文件夹中的立花敦之的照片。

一名脸蛋胖乎乎的可爱少年。戴着巨人队的棒球帽，以一副得意的表情骑在自行车上，似乎有什么开心的事情发生。这样一名随处可见的少年，在补习班下课后的回家路上被强行拉入一辆面包车中绑架了。这样的事情就算发生在像自己这样的成年人身上，只是想想都觉得可怕，更何况是一名小学六年级的男孩，他当时一定既害怕又痛苦。

门田在警察厅时经历的许多事情都是第一次，即便如今积攒了丰富的经验，回首再看，那时的事对他来说也是印象非常深刻的。

在记者说明会上，来来回回提出了将近一百多个问题的警察厅猛将。虽然事前有了"报道协定"的约束，但依然乘着出租车在立花家周围徘徊的媒体。对此表示强烈抗议的警察。在长桌下的睡袋里打盹的记者。说起来，藤岛命令自己抢占地盘，而为了占据会场角落里的三段式床铺，自己在晨报截稿之前都不得不躺在床上，为此遭受了不少白眼。

藤岛光一是一名有趣的记者。没有什么事情可做的时候，独自一个人静静地看书。一会儿不见他的人影，却带回了不为人知的被绑架者家属的信息。立花家只能准备赎金的四分之一这件事，他在记者说明会之前就掌握了，一边说着"把这个传真过去"，一边递给了门田一张便签纸。虽然他身材高大，但并没有给人太大的威慑力，一直都处于飘忽不定的状态。

在十二月十二日的正午之前，案件有了进展。立花家接到了来自嫌疑犯的电话，并得到立刻前往市内一家家庭餐馆的指示。仅仅四秒的通话时长让记者们都不太能接受。虽然来自嫌疑犯的初次联络让记者们都很激动，但第二天早上被警察告知"立花家能变现的赎金只有五百二十万"。这个金额远远达不到嫌疑犯要求的赎金。

"嫌疑犯应该事先确认过赎金到底有没有备齐吧？"

"真的只准备带五百二十万现金去吗？"

"嫌疑犯应该指定了到达家庭餐馆的时间吧？"

记者们的提问接连不断。但实际上，立花博之能准备的现金真的只有五百二十万。

从最初的电话开始，藤岛就觉得有些奇怪，因此拜托本社调查立花博之的公司。

随后，嫌疑犯联系指定的家庭餐馆，命令被绑架者家属前往相模原市内的轮胎店，并让其按照广告牌背后的指示书行动。指示书上写的是"在八王子的小宫公园等我"。

博之于下午两点十分到达轮胎店，而记者说明会在这十分钟后召开。随着案件的舞台移到了东京，记者协会的各个社与东京警察局负责人的联系也更紧密了。

下午两点四十分，警察厅的宣传课长单手拿着一枚便条跑进了记者室。他平时都非常冷静、一副经验丰富的样子，这次却在中部的沙发附近扯着嗓门喊道："请各社的记者立刻聚集到我这儿来！有重大案件发生！"

之后，各个社的主编的电话同时响了起来。

门田坐在支局长室里，回想起那时急切的电话铃声，一口气喝光了马克杯里的咖啡，随后再一次拿起了手中的文件夹。

内藤亮的绑架案件，从最初的记者说明会开始就波折不断。

警察厅的说明会会场在记者室与宣传室中间，从两个房间都可以自由出入。在边长约十五米的空间里，自由组合的长桌和椅子占据了主体。会场角落里有两架三段式床铺，昨晚门田就在这儿占了位置。

下午三点过后，警察厅侦查一课的课长真木慎一，独自一人面对大约四十名记者。虽然有四名侦查一课和六名宣传课的成员也参加了，但他们在说明会会场的旁侧拼命地记笔记。

在这场说明会开始前的两个小时，住在横滨市山手町的保健品公司的社长——木岛茂，他的孙子内藤亮不知被何人被绑架了，并接到了来自嫌疑犯一亿元赎金的要求。真木课长以"不确定因素太多"为由，避免言明此案与"厚木"案件之间的关联。

"但是应该可以看作与'厚木案'的嫌疑犯是同一人吧？"

"请问有被绑架男童内藤亮的照片吗？"

"为什么嫌疑犯会向被绑架人的祖父母要求赎金？"

"孩子的父母是做什么的？"

"孩子被绑架时，没有目击者吗？"

处于激动状态的记者提出的这些问题，几乎都成了警察接下来的"功课"。

"总之，请给我们一些整理准备的时间。"

但真木课长被当成沙包。

"请回答我们的问题！"

"什么时候能召开下一场记者说明会？"

类似于这样的声音不断。

因为缔结了报道协定——由于同时发生了两起绑架案，需要有所保留地放缓报道速度——记者协会的警戒心逐渐增强。这种封锁一切采访的协定对于记者来说，就相当于夺走了笔。而且根据往常的经验，公务员"不问就不答""能藏就藏"的情况太多了。

门田作为新人，在记者前辈们的压力下甚至感觉呼吸困难。

根据案件的发生地，记者协会内部将案件简称为"厚木"和"山手"。在场的所有人都没想到竟然会同时发生两起儿童绑架案。眼看着就会演变成一场持久战，还不能自由地收集情报，大家只能将怒气与营养饮料一口气吞进了肚子里。

在这之后，关于"山手"的消息断断续续地传了过来。茂的公司名为"海阳食品"。亮的母亲瞳与丈夫长年分居，至今处于失联状态。亮是独生子。在得知这些信息之后，记者们都将目光放在了内藤瞳的动向上。独生子被绑架了，她却一点消息都没有。这一点太不寻常了。

本应该在下午三点半召开的记者说明会延迟了五分钟。侦查一课的课长真木慌忙地走了进来，一入座就说道："抱歉，我来晚了。刚刚收到了来自嫌疑犯的联络。"会场的五十多名记者立刻凑上前去，大部分人只能远远站着看。

"我按照时间顺序讲述。下午两点五十分，神奈川县警侦查一课的侦查员与先行潜入的当地刑警会合。随后立即安装了自动录音装置等设备。下午三点零七分，嫌疑犯打来了电话，使用了变声器说道：'喂！为什么会有警察在场啊?！'木岛茂激动地回复：'是你？是你把阿亮绑架了？'接着电话就被挂断了。"

在那一分钟之后，有一名自称是神奈川县警的男子打来了电话。真木刚说到这里，会场就一下子沸腾了起来。为了能够正确记录下来，记者们不允许真木省略每一个细节。"方言呢？""'你到底在胡说些什么?！'这句话是用很粗暴的声音说的吗？"面对记者的提问进攻，真木花了整整十五分钟再现这短短的对话。

说明会还在进行中，这时侦查一课的刑警给真木看了一张便条，随后他留下一句话便逃跑似的离开了会场。

"嫌疑犯有了新的动向，接下来由宣传课长来接替我。"

"等等！""便条上写的到底是什么？""明明说好了将案件进展毫无保留地告知我们的！""到底明不明白报道协定的意义？！"会场传来记者们的一片骂声。就连新人门田都能察觉出一定发生了什么重要的事情。

虽然宣传课长以非正规的方式接手了说明会，但也得到了不少消息。在横滨市伊势佐木町的柏青哥店发现了内藤瞳，警察正在对她进行询问。"厚木"案件的博之到达了东京八王子的"小宫公园"。

"孩子被绑架了还去柏青哥店，太离谱了！"

"她以为是骗子吗？"

"母亲有孩子的照片吗？"

当记者们都将注意力放在"山手"的时候，藤岛更加在意其与"厚木"之间的关联性。

"门田，我猜测'厚木'只是一个幌子。"

在宣传课长进行案件说明的中途，作为侦查一课二把手的理事官拿着笔记本走进了会场。

"嫌疑犯有了新的动作。首先是下午三点二十分，木岛家接到了电话，是有关赎金的交付指示。"

"三点二十分……不就是刚刚课长召开说明会的前十五分钟吗？！"

"也就是说，课长早就知道这件事情了对吗？"

"为什么真木课长本人没有来？！"

记者们说得没错，恐怕真木早就知道了赎金交付这件事。他应该在犹豫该不该和记者说得这么详细。但是将案件的进展及时且准确地在说明会上公布，是缔结报道协定的条件。一旦对这种"违反条件"的行为睁一只眼闭一只眼，就很有可能导致今后警察遮掩侦查时的疏漏。经验丰富的记者，至今为止已经不知道被公职人员的误导信息耍过多少次了。

"关于消息延迟的话题，我们稍后再继续，现在先掌握到底发生了什么事情吧。理事官，麻烦您详细给我们讲述下午三点二十分事情发展的经过。"

记者协会里最年长的藤岛的一句话，让现场的记者暂时闭嘴了。

在说明会现场，不仅无法好好听录音的内容，就连条理有序的文章也写不出来。门田握着笔的手从未停下来。

木岛茂双手提着两个波士顿包，每个包里五千万日元，共计一亿日元。下午三点三十一分，开着自家轿车出发。

"赎金持有人比约定时间晚到七分钟，也就是下午三点四十七分到达石川町的咖啡店'满天'。三点五十分，接到疑似是嫌疑犯的电话。嫌疑犯使用变声器进行了下一个指示。因为嫌疑犯的声音无法捕捉，所以只能依靠赎金持有人的便条再现当时的对话……"

理事官将通话内容读了出来。嫌疑犯设置圈套，再次转移赎金交付地点，试图让木岛茂的内心产生动摇。

随着细节渐渐明晰，门田这才真实地感受到现实中案件正在发生。距离这儿四十千米左右的邻县，一名六十五岁的男子正淋着雨搬运赎金。

"店内有什么可疑人物吗？"

"两个装有赎金的包大概有多重？"

"包上有没有什么装置？"

面对记者们的提问，理事官不停地重复："这些问题请容我们带回去研究之后再进行解答。"

下午四点十五分，侦查一课课长与理事官交替，进入会场。从真木严肃的表情来看，案件应该还没那么容易解决。

"现在我将咖啡店'满天'来电以后的情况告知大家。"

下午三点五十六分，木岛茂到达影碟出租屋"电影"。嫌疑犯说得没错，《与哈拉斯相伴的日子》的包装盒中的确有指示书。上面写着：元町购物大街的松平家具、店头的电话台、最下方的抽屉。

嫌疑犯指定的地点范围非常狭小。这时门田的脑海中浮现了几个疑问，是关于嫌疑犯的地理概念、指示书的形状、是否有可疑人物，等等。

真木仿佛看穿了记者们的内心，便说道："我会在说明会结束后统一回答各位的问题，"随后继续进行说明会，"下午四点零七分，赎金持有人到达松平家具，在店头电话台的抽屉里发现了指示书。内容是这样的：你把钱放到见港湾丘公园的展望台，然后立刻离开。等我确认周围没有警察之后就会把赎金拿走，随后释放你的孙子。只要周围有一名警察。你的孙子就没命了。"

真木嘶哑的嗓音因紧张而颤抖着，也向在场的人传达了一个信息——案件已经到了重要的分水岭。

赎金交付的最终地点，以及嫌疑犯明确表达了有杀害内藤亮的意图。不管哪一个都是非常重要的信息。刑警们冒着决不能被嫌疑犯发现的风险进行侦查，压力更大了。

记者们的问题超过了五十个。"剩下的问题请容我们带回去研究之后再解答。"真木说完这句话，便离开了会场。

在下午五点召开的说明会上，得知木岛茂已经将装有赎金的包放在了嫌疑犯指定的地点，并回到了自己家中。

门田将受害者家属与嫌疑犯之间的对话，还有指示书的内容迅速记录下来并发给了本社。随后复印了横滨市中区的住宅地图，将木岛家、满天、电影、松平家具、见港湾丘公园的到达时间以及各个地点之间的距离，用红色铅笔标记了出来。

直到下午八点，每隔一个小时就会召开一场说明会，从而得到了不少信息。警方在能看清公园形状和展望台的酒店设置了"前进据点"。回到家的茂发了高烧，昏睡了过去。和内藤瞳同居的男子是岐阜市内发生的银行抢劫案件的通缉犯。

黄昏之后，"厚木""山手"两个现场都没有任何进展。随着大部分的疑问都得到了警方的解答，记者室里激动的气氛也渐渐平息。

但是在晚上十点的说明会上公布的侦查信息再次让媒体沸腾起来。

"下午五点十二分左右，神奈川近代文学馆前方的雾笛桥，有一名可疑男子。虽然侦查人员及时发现并进行了尾随，但目前这名男子行踪不明。"

不知道真木突然说的这句话到底有何意图，记者们最初都面面相觑。

"也就是说跟踪失败了，对吗？"

面对各大报社经验丰富的记者的提问，却得到："在当时的情况下，判断是否进行跟踪是非常困难的。"这样一个回避问题的答案，让他们的嗅觉敏感了起来。

"这样难道不算放跑了可疑人物吗？"

"既然进行跟踪了，应该是这名男子与案件的关联性相当大，对吗？"

虽然记者们的情绪都非常激动，但真木被太阳晒黑的脸上并没有表现出多余的感情，平淡地应对着这些问题。

"绑架案件目前还没有完全得到解决。如果对可疑人物直接上前进行盘问，反而会威胁被绑架男童的安全。"

"说起来为什么过了五个多小时才告诉我们这件事情？发现可疑人物是侦查中的重要信息才对吧？"

"刚才明明约好了将侦查信息实时告诉我们的！"

真木利用了刚刚记者提出的问题，以"判断与案件的关联性花费了一些时间"为借口敷衍过去了。

但是门田察觉出警察厅和神奈川县警中的一方或许有泄露情报的可能性。比起报道协定解除后，因一家新闻社的报道引起所有新闻社的不满，倒不如在事情发酵之前，也就是在报道协定的生效期间内进行处理。警方一定有着这样的打算。

信息的公布时机能够增大或者减小其威力。坐在门田身旁的藤岛一言不发，只是盯着自己的采访笔记。

在反复的争论中，侦查一课的刑警走了进来，递给真木一张便签。真木与那名刑警说了两三句话后，换了一副郑重的表情走到台前。

"刚刚收到了有关'厚木'立花敦之的信息。"

凭着直觉，应该是有关受害人安全与否的信息，记者们一齐看向了真木。

"晚上十点零五分，在川崎市内的仓库平安找到。"

欢呼声与掌声响彻会场。半数的记者走了出去，分别前往自己社的办公空间，与本社联系。

"我要不要也去？"

门田请求指示，然而藤岛却冷淡地说道："不用，县警那边的负责人应该会上报的。"

案件发生以来的第一个好消息，让氛围都变得柔和了起来。真木从椅子上站起，正准备离开时，侦查一课的另一名刑警拿着便条走了进来。真木问了"人物特征是什么？"等问题后，朝着记者室喊道："'山手'有了新的进展，请大家都过来！"

再一次被记者挤满的会场，真木一边看着便条，一边说道："晚上十点二十三分，在见港湾丘公园的展望台，一名男子提着装有赎金的包，开始移动了起来。"

会场一瞬间鸦雀无声，记者的写字声显得格外响。

"男子大约二三十岁，灰色外套，戴眼镜。从西侧出口走了出去，路过信号灯，将包交给了派出所的警察。"

"派出所？"

会场的正中间传来了不可置信的声音。

"也就是说赎金被当成了失物。虽然男子与案件的关联性暂且不明，但目前的结论是该男子为无关人员。"

面对如此扫兴的收场，四周都是叹气声。毕竟谁也没有料到赎金会被当作"失物"送到派出所。

门田朝旁边看了看，发现藤岛皱起了眉头，嘟哝着："太危险了。"藤岛察觉到来自后辈的视线，摇了摇头说道："把孩子还回来，没有任何好处。"

这时门田终于意识到事情的严重性。

对于本打算为了赎金赌一把的嫌疑犯来说，如今将"危险因素"释放没有任何好处。

同时期被绑架的两个孩子是完全不同的结局。门田深切地感觉到自己身为记者的无力，他为了向本社汇报案件进展，离开了座位。

三十年前的那两天，繁忙又紧张。在支局长室内回忆当年往事的门田，再次意识到作为"maru K指导"站在案情第一线的中泽洋一已经不在人世了。

他望着桌上周刊杂志《自由》的那篇报道。照片的拍摄地点可能就在画廊门前。这名身穿大衣的男子，从三十年前的内藤亮变成如月条。

"太危险了。"耳边响起藤岛当年的声音。

那时，亮到底发生了什么？为什么这个孩子平安归来了？那"空白的三年"，到底是和谁一起度过的？

4

试着印刷的宣传材料从印刷机吐了出来。

土屋里穗拿着明信片大小的宣传材料，调整着印刷位置，确认最终的印刷效果。

主要有六幅画。四幅是油画，日本画与丙烯画各一幅。里穗将齐肩的长发扎起来后，仔细地检查了画家的名字和作品名。

在新宿"若叶画廊"一楼狭窄的事务所，这次她坐在电脑前，将刚刚的宣传材料添加为邮件的附件发送了出去。接着在"发送列表"中加上了几名画家的地址。

里穗策划的团体画展，只剩下不到一个半月的时间了。与"若叶画廊"关系匪浅的年轻画家们挑选以"日常之美"为主题的作品进行展出。男子洗餐具时的指尖、被清晨的阳光所沐浴的书房等，以独特的视角描绘的作品，都在宣传材料的背面有所介绍。

在百货商店的美术画廊工作了七年，父亲的画廊帮着打理了三年，这次是里穗第一次独自策划画展。"koreha"是自己还在百货商店工作的那会儿就一直保持联系的画家。在美术大学做毕业设计时就发掘他了，后来也经常在社交平台上打招呼，建立了良好的信赖关系。现在终于凑齐了能够举办团体画展的画家了。不知不觉六个人中已经有四个人过了三十岁。

里穗花时间凑齐的这六个人，画作都非常独特。只有一小部分人才能成为所谓的"专业画家"，而强烈的个人风格就是通行证。画商的工作就是增加这个通行证的信用度。如何能让画家最大限度施展自己的才华并得到世人的认可。光凭在脑海里想象，是无法轻易实现的。

把"发送列表"补充完整之后，里穗从事务所走向了展示区域。约五十平方米左右的小画廊由父亲启介创立，今年已经迎来了四十周年。虽然父亲说过很多次想把画廊关掉，但这是四十年努力和运气的结晶。

里穗出生的一九八七年，经济还很繁荣。自我成名的DAIKI AKAZAWA的插画卖得非常好，因此父亲能够买下这栋有两层的房屋。以外国港口城市为意象、色彩丰富且轻快的画风也是象征着泡沫经济的光亮之一。最近几年，市场上有一定怀念泡沫经济的需求，因此新作不仅销量好，而且能卖出高价。

除了DAIKI AKAZAWA以外，画廊的成长也得益于与日本画家山本临光的缘分。虽然他如今是知名大家，但在三十年前也曾默默无闻。在他最困苦的时期，启介频繁地造访他位于京都的家并不断给予鼓励，因而启介成了接手这名巨匠画作最多的画商。

工作日的午后，店内一名客人也没有。经年累月的柚木地板变成一种较深的色调，浅浅的灯光打在白色墙壁上有着一定间隔的画作上。虽然心里也能理解，毕竟商品的单价很高，但走在一片寂静的画廊里还是有点发怵的。

走上二楼，里穗在常设展览室的一幅画前停下了脚步。眼看着就要落山的太阳，远处山上的民家灯火。呈渐变色的靛蓝色天空，枯木的旁侧分散着家家户户即将开始夜晚的生活。标题名为《如果能回到过去》。这幅包含标题在内都充满着悲伤的写实画，从里穗小时候就一直挂在画廊里。

这幅画是父亲从画商朋友那儿买的"作者不详"的画作之一。经过多处打听也没能查出画家的名字。提示只有右下角的签名"T.N"。虽然这幅画是非卖品，但每当里穗盯着这幅画看时，父亲总会像昭和大叔一样开玩笑说道："和你一样，都没人要啊。"里穗心想"真是多管闲事"，不过与这幅画产生共鸣也是事实，所以有时会不知不觉地就想来看看这幅画。

展览室里既有巨匠的画作，也有作者不详的作品。画廊绝对算不上大，但只有真正懂得的人才知晓。在百货商店的美术画廊工作后，里穗渐渐明白了父亲的伟大。毕业于美术大学、以成为画家为目标的父亲喜欢画的心思很单纯，尤其珍惜绘画的将来。父亲与来店的客人聊着关于美术的话题常常忘记时间，学生时代的里穗对此很无奈。但她现在终于明白了这份初心的可贵。

对于在这种环境下成长的人来说，百货商店就是迷宫。

里穗曾经在都内的大学学习西洋美术史，于二〇一一年入职了大型百货商店"福荣"。通过五次考试，耗时两个月在各个部门进行研修，终于进入了本店工作。第一次被分配的工作地就是本店，因而周围的人都夸赞她优秀。不过里穗认为最大的原因是她非常清楚自己入职的目的。

大二时，她曾在米兰的大学留学一年，虽然说不上流畅但能够用意大利语与人交流。在面试时，她从经济方面谈论西洋美术史，董事们觉得很有趣因而录用了。因为专业性帮助自己突破了窄门，所以她以一种"自己被给予了期待"的年轻自负感踏入了社会。

里穗被分配到了单次消费额很高的"吴美宝"，一个专门售卖绸缎、美术、宝石和贵金属的部门。虽然她一开始被分配到了"美术画廊"，但"福荣"有着比其他百货商店都严格的等级制度。作为普通社员的里穗上面有四个官职，在这之上还有负责采买和策划画展的"管理"，因此跨级别是不被允许的。

换言之，就是不被允许出风头。作为新人，"美术画廊"最底层的普通职员，里穗的日常与她理想中的完全不一样。

年中和年末的指标，她靠着父亲和朋友勉强完成了，但一同进公司负责食品部门的同事，因指标要求太高，而只能自掏腰包来完成业绩。指标会煽动部门之间的竞争心。就连停车场的负责人以及化妆品公司的员工也有一定的指标。在这样的情况下，商业竞争更加残酷。

里穗后来从前辈的口中得知："如果父母是自己开店的

或者是中小企业的社长，年中年末的销路会更好，所以这些家庭的孩子很容易被录用。"她这时才意识到公司有很大可能把"若叶画廊"的顾客也计算在销量中，还没有脱离学生气的她仿佛被冷水泼了一般。

里穗的麻烦从"管理"的买手越级直接和她联系开始。为了准备两年后的画展，里穗被指派前往一名经验丰富的西洋画画家的家中拜访。本来这件事与作为新人的里穗没有任何关系，但这名画家与自己的父亲启介认识。

因为这名画家有固定的客源，所以买手想尽可能地与其签订合约。毫无悬念，与画家见过几次面的里穗就这样被选中了，主要的工作其实就是讨好对方。

可能得益于父亲这层关系，画展决定按时举办。里穗因此被买手看重，但与"美术画廊"的前辈们之间的关系也发生了龃龉。更是被其中一名年龄相仿的女性前辈町田当成眼中钉。表面上很平静，似乎什么也没有发生。但是町田在安排值班时，巧妙地在里穗的出勤日上做了手脚。"美术画廊"最困难的工作是在一晚上的时间内换掉所有的展示品。只要是由町田安排的排班表，这个工作一般都会被安排给里穗。就连正常的休假也被找理由拒绝，甚至影响到了与朋友之间的交往。

作为新人，一般会担任开店前办公用品的"供应工"，而这个工作是不容轻视的体力劳动。首先要带着胶带和纸箱前往专门负责调度办公用品的部门，但因经费审查特别严格，所以申请单不一定能被批准。然后再将重重的纸箱抬上平板车，在各个楼层移动也不是一件容易的事情。如果出现订购错误，还不得不去其他部门借用，因此里穗时常被町田斥责。

即便她们二人的关系已经明显恶化，周围的人依然打算视而不见。"福荣"的"吴美宝"没有个人指标，不管是认真工作还是偷懒，工资都不会有任何变化。因为把商品卖掉的人还要负责包装和寄送等杂活，所以甚至有人说这份工作"只要努力就会吃亏"。

策划画展的是"管理"，掌握重要客户的个人信息的是"外销"。在这样的组织架构之中，只用照看店铺和柜台的"美术画廊"并不太受重视。职场中沉重的氛围也表现在对话之中，同事之间都尽量避免和美术相关、会让人感到拘谨的话题。因此谈论的话题大部分都是社员和画家的小道消息。

里穗的精神就这样一点一点被磨灭了。

入社第二年，一名看起来很有钱的妇人突然造访了人气风景画画家的个人展览。她一幅一幅地仔细观赏，最终将目光停留在了一幅描绘柠檬盆栽的画作上。雨点落在鲜黄色的果实上，十分有韵味。

"我也很喜欢这幅画。"

独自一人看店的里穗瞅准时机向她搭话。妇人也说着"这幅画确实不错",脸上浮现出满意的笑容。

五十万元的画就被这样简单地卖掉了,里穗很高兴。妇人说道:"请帮忙转达,我叫南云。"里穗目送她离开,随后在画作的标题贴上了"已售"的红色标签。这时,经理一脸铁青地飞奔过来。

"莫非你把画卖给了南云女士?"

里穗点了点头。没过多久,她就被经理带到了后方的办公区域。"外销"的负责人正坐在椅子上,脸色非常难看,开口的第一句话就是:"你为什么要多管闲事?"并瞪着她。据他所言,刚刚来店的南云女士是著名运动选手的妻子。

"那个人最少都会买五十号大小的画,你为什么要推荐四号大小的画?四号大小的画让普通的平民买就好了。我现在也不可能让她再来买一次。你要怎么赔偿我这个损失啊,真是的!"

不知是不是男子正在气头上,口不择言地说:"所以早都说了不要招那些光有美术知识的人,真是多管闲事!"

对于里穗来说,仅仅因为自己喜欢的画得到了客人的认可,就会感到开心。当父亲启介珍视的画被卖掉时,他会开心地给画家打电话,并在当晚喝威士忌来庆祝。里穗从没想过会发生画被卖掉后还遭人怨恨的情况。

"用'多管闲事'来形容也太过分了,对吧?"

听到来自町田敷衍的安慰，里穗第一次有了自己可能坚持不下去的想法。

第二年，里穗被安排了画展访谈会的主持工作。对于还只是一般社员的里穗来说，这次工作是一次很大的提拔。但因为是她以前和"管理"的买手一起拜访过的西洋画画家举办的个人画展，所以从流程上来说也算比较自然。

"没想到里穗竟然会被安排一项这么重要的工作。这与我的生意也有一定的关联，可千万别做出什么失礼的事情哦。"

即便刚遭人诋毁，但因为这次画展是和自己交情很深的画家举办的，里穗的心情依然很好。她在父亲的帮助下，整理了作品解说和创作哲学，花费了大约一个月时间，甚至牺牲了自己的休息日，终于做好了简明扼要的提问表格。

"做成这样应该差不多了吧？"

多次帮助自己修改原稿的父亲似乎也有点期待："要不我当天也去看看吧。"要是父亲真的来了也太可怕了，所以里穗拼命地拒绝了他。

但是在访谈会召开前的两周，里穗被一名男性经理叫了出去。因为被夸赞原稿写得很好，里穗入职以来第一次感受到工作的快乐。但这份喜悦也只有三秒钟。"既然原稿写得这么好，那么无论是谁来主持应该都可以顺利完成。"经理的这句话让里穗察觉形势不妙。

"这次我打算让森尾来担任主持。"

森尾是在"美术画廊"工作了十年的助理经理。作为经济产业部的高级官员的女儿，长得很漂亮但工作能力很差。她自称很擅长英语，但从未有人见过她讲英语，每天都按时下班。大家背后都说她"因为没有能力所以才会来画廊工作"，可即便如此，她依然占据着与自己能力不符的职位。这件事也能体现出"福荣"这家公司的"特点"。而自己作为新宿小画廊老板的女儿，根本不能与她相比。

"但是'管理'指名让我来担任主持……"

"没关系，我已经打过招呼了。因为我们尽可能地想让更多的人来参加访谈会，所以打算采取这样一种分工合作的方式。拥有实力的你来写原稿，由熟悉会场的森尾来主持，也体现了同事之间深厚的感情啊。"

从经理找借口的语气来看，这件事恐怕已经成定局了。也就是说公司想让美女在台前吸引顾客前来参加访谈会。即便事前准备托儿，也不能让画家丢脸。

被抢走功劳的里穗，回到家中大哭了一场。自己辛辛苦苦整理研究才写出的原稿被一个只会打扮、没有半分能力的关系户抢走了。意大利语、巴洛克的代表画家和卡拉瓦乔的研究对她没有任何帮助。在没有流动性的河流中，最好的状态就是浮在河面上。里穗终于理解了这一点。即便自己接下来仕途顺遂，放弃结婚生孩子，当上了"管理"的买手，在规模不断缩小的百货商店里应该也无法策划出自己满意的画展。不买作品，只是承接由画廊策划的画展，并收取高额的场所费。再这样下去，自己一定会成为这样的人。

只要"外销"还掌握着重要客户的信息，就必须通过他们才能联系那些有眼光的收藏家。不过也是理所当然的，毕竟这也是一种生意。而这种太露骨的金钱至上的环境让里穗感到很不适。

此后，里穗忠实地遵守百货商店的准则——按时上下班，过着与世无争的生活。

入职第六年，一名出现在"美术画廊"的男子，让里穗的人生发生了重大改变。

里穗从痛苦的记忆中回过神来，随后来到一楼的事务所，打算查看邮件。桌上的手机有几条新信息，竟然来自自己"福荣"时期的后辈。

三浦奈美虽然是宝石和贵金属部门负责人，但因为和里穗的座位很近，所以能时常碰面。关西出身的奈美性格直率，想到的事情都会脱口而出。她和里穗的性格完全不同，不知为何二人却特别投缘。里穗和她单独出去喝酒，她用关西腔抱怨时，非常善于模仿，堪称"艺术"。多亏了她，里穗有许多压力才能减轻。

这个叫如月条的人，是不是里穗你之前说过的让你很在意的画家？

消息下方有一张杂志图。

里穗刚点开，巨大的标题映入眼帘——《第二弹　人气美男子画家曾是绑架案件的受害者！》。

她一眼就认出主照片是见港湾丘公园的展望台。当她看到照片时，忍不住发出了惊讶声并凑近手机屏幕。

这名身着大衣、身材纤细男子——是内藤亮。"绑架"这个词让她更加确信这名男子就是内藤亮。

快速看完这篇报道的里穗心跳加速，闭上双眼用右手手指按着太阳穴。这是她一感到压力就会有的习惯。

报道上说的是一九九一年神奈川县发生的两名孩童同时被绑架的案件。里穗现在有着两重惊讶。

第一点是如月条和内藤亮竟然是同一个人。里穗还在百货商店工作时就通过社交平台知道了他的美人画，即便在最近的写实画热潮中也非同寻常，十分精湛。不，"精湛"这个词也不足以形容他的画带给人的震撼与感动。如月条的画并非"可爱"与"细腻"，而会让人感受到一种冷静与透彻。他的画笔非常精巧，甚至可以称为写实主义的代表。

里穗也熟知内藤亮的画风。他有很多幅作品，曾经只给自己一个人看过。虽然风景画占大部分，但能从中感受到他对于临摹的执着。如月条和内藤亮的笔锋很相似——自己从未对任何人说过这个想法，却以一种意想不到的方式被证实了。

对，第二点正是这"意想不到的方式"。根据周刊杂志的报道，自己才知晓了亮成为画家这件事，而同时亮曾经是绑架案件的受害者也被公之于众了。在安静的画廊，震惊与愤怒这两种心情交织在一起，里穗感到有些混乱。与艺术没有丝毫关联的过去，而且还是三十年前的案件为什么现在会被翻出来……?

他没事吧?

记忆中的亮总是在一层柔软的纱布背后，青春时期的他被眷恋、悲伤以及缓缓渗入的温暖所围绕着。

内藤亮是自己的高中同学。

和他的相遇是在高中入学的三个月前。坐在那样一个奇怪位置的他，果然不是普通人。

第二章　连接点

1

《兵库新报东京支社记者 / 矶山惠子 / 电话采访》

啊，您太言重了。我总是受到友田先生的照顾。希望我能帮到您，但我也并非美术专业出身……对，是这样的。虽然目前东京支社有负责人，但总人数并不多。我们报社从政治到特产店，只要是有关兵库的人和事，都会进行报道，由此也多次采访了"六花"。

对，当然。听说有一名在东京举办个人展览的兵库县画家。"六花"的岸先生高中毕业之前都在神户，似乎与我们报社的老记者有一些交情。对，是的。是岸朔之介先生。

朔之介先生也上了年纪，所以店铺现在以他的长男优作为中心来经营。二人都非常热心，我记得在写实画热潮还没有来临之前，他们就已经经手多幅写实画了。我当时采访的画家也是写实画画家。因为他们店有许多当红画家，所以经营也比较顺利。

啊，《自由》的那篇报道对吧？我也吓了一跳，没想到会变成这样……因为我关注了"六花"的社交账号，所以我才知道如月条。对，是这样的。如月条没有个人账号，"六花"就是联系他的窗口。

确实很受欢迎呢。他一开始受到瞩目的是《女高中生黑客》。大约是六七年前的作品了。对，是穿着西式制服的女高中生面对着电脑的那一幅。少女看向屏幕的眼神似秋波，非常性感。这幅画也就是所谓的美人画的一种，如月先生的画给人一种特别的感觉，即便是我这种外行人都能看出来。明明少女画得非常真实，而女高中生黑客这种不切实际的地方，该怎么说呢……不过也很符合现代人的思想。

抱歉，虽然说不出很专业的话，但我觉得他的作品如此受欢迎并非偶然。

绑架案件发生时，我还在姬路的中学念书。说起来十分惭愧，在看到这篇报道之前，我都没听说过这起案件。两名儿童同时被绑架，实在是无法想象。咦？您跟踪采访过这起案件吗？我还是新人时，负责过警察署的报道，因此我能想象当时采访的情况肯定很艰难。噢，所以您才想调查这件事啊。友田先生没有跟我详细说明您的情况。

确实是一表人才呢。我最开始看到照片时也吓了一跳。对，是这样。那张照片的背景就是"六花"。自己熟悉的画廊突然上了周刊杂志，我赶紧给朔之介先生发了邮件。当时他就怒发冲冠。优作先生似乎也很生气。不在外界露脸似乎是他本人的强烈意愿。虽然我不知道具体的理由，但因为美术世界的妒忌心也很强，所以如果被贴上"靠脸吃饭"的标签也会让人感到不愉快。何况他本人的实力本就如此强。

第二弹的报道太过火了，毕竟那时候如月先生才四岁。就因为如今成了人气画家，而把他过去的个人隐私全都翻出来也太过分了！不过这种话我们也没有什么资格说。

第一弹报道出来的时候朔之介先生就怒不可遏，因此第二弹报道出来后似乎向出版社抗议过"要采取法律手段"。周刊杂志似乎也并不富裕，如果因为那样小小的一篇文章而上了法庭，就太得不偿失了。周刊杂志最终服了软，把网络上的所有文章都删干净了。

对于"六花"来说，如月先生可是非常重要的画家，当然得尽全力保护。没错，虽然如月先生很年轻，但稿酬并不少。不过本来写实画家的稿酬就相对来说比较高，而如月先生既没有背景也没有获奖经历……您是说稿酬吗？

稍等一下，我的桌子太乱了。门田先生您知道《美术业界年报》吗？嗯，是的。一年才出版一次。这本书里有画家的信息。日本画和西洋画，还有挂画……啊，找到了，我来看看。

如月先生是西洋画，所以……就是这个了！个人简介也太短了，不过稿酬是真的很高呢。上面写的是二十五万，应该是一号大小的价格，如果是四号大小的画就是一百万。周刊杂志上写得没错。

除此之外的信息特别少。"无所属"的话，应该没有加入任何一个团体。最终学历和获奖记录也没有记载。出生地是"神奈川"。联系方式是"六花"，标注了画廊的地址。

这样的话，只能向"六花"打听了。不过应该没那么容易。我想不管是朔之介先生还是优作先生，都一定缄口不言。

您是指年报的信息来源吗？不，不是本人申报。我听说是采访了具有一定影响力的百货商店。何止是一流，因为还举办个人展览，所以很容易收集到信息。那么，百货商店的人说不定会知道些什么呢。

我确实有一些熟人哦。您太客气了，没关系的。我先找找名片，待会儿给您发邮件。请问您的邮箱是……？

《百货商店"福荣"/前员工西尾义明/线上会议采访》

真的非常抱歉。本来应该亲自去拜访您，但我实在是腿脚不便。疫情好不容易平息下来了，本来还想出门转转的。毕竟过完年以后，感染者说不定又会增加。第六波应该很快就来了吧。门田先生您打疫苗了吗？这样啊。我也没什么副作用，但我的妻子当时发了高烧卧病在床。

通过这种在线的方式跟您对话真的是太抱歉了。我去年退休了，生活上无需烦恼，公司也没有延长我的雇佣合同。我固执地一直坚守岗位，但这样下去总觉得心里有愧。

日本的百货商店有美术画廊，这在世界都是很罕见的。只要画家得了某一项大奖，就一定会在知名百货商店举办个人画展。这已经是一种身份的象征了。画家的履历里不是经常会写在哪里哪里的百货商店举办了个人画展吗？

其中既有我们百货商店主动打招呼的，也有画廊上门推销的。我与品性相合的画商至今都保持着联系。画商也分很多种，我比较喜欢的是接下去能够施展才能的人。如果展览会上，宾客盈门，气氛热烈，对作为策划展览的买手来说是一件令人高兴的事情。

您的这句话确实戳到痛处了。如果一幅画被卖掉，百货商店、画廊和画家的分成基本上是四、四、二。即便卖掉了一幅十万的画，能进入画家口袋里的只有两万。考虑到百货商店所拥有的信用及其富裕阶层的人脉，也能稍稍理解，毕竟人工费是很贵的。

画廊上门推销也不是一件容易的事情。除此之外，还要承担广告宣传费用。例如在美术杂志上打广告。这种情况下，广告费用由画廊负担，百货商店最多出借标志。

哎，能成为专业画家的人真的是凤毛麟角。小说家和漫画家能够通过作品加印的方式来增加收入，而画有且仅有一幅。虽然也有版画这种方式，但终究还是与原画不同。如果不控制好数量，就无法维持价格。

我虽是美术大学毕业的，但真心觉得当初放弃当画家，而进入社会工作的选择是正确的。因为我可没有靠画画就能养活自己的才能。

啊，抱歉。是"六花"对吧？不知不觉前面说了太多废话，我认识"六花"的岸先生——朔之介先生，是在三十多年前。20世纪80年代后期，我还在美术画廊当销售员。

虽然朔之介先生比我大一轮，但他非常热情，再加上我毕业于美术大学，所以我们经常会在一起说说话。

周刊杂志那件事情对吧？如月先生的画，我并没有亲眼见过实物。仅凭印象而言的话，他的手法非常娴熟，绘画主题非常明确。虽说都是写实画，但其中也分很多种。既有画笔十分细致的类型，也有画笔模糊而远看却具象化的类型。我认为如月先生是前一种类型。原画带给人的震撼肯定不一般。虽然这样说有点难懂，他的画既冷静地忠实于"实"，还有一种华丽之感，所以人们才会被吸引。

他的画完全没有来推销过。因为在社交平台上就已经有了极高的人气，可以说他是时代的幸运儿。因为很多画家比较内敛，这大概是最理想的销售方式了。不，我和岸先生父子都没有聊过有关他的事情。现在似乎主要是优作先生在负责画廊事宜，就连电话采访也都回绝了。只有一小部分的相关人员才知道他的真实身份。采访大多是通过邮件的形式，但具体是不是本人对应的就无法得知了。至今还没有像他那样对自己的个人隐私保护得这么严密的画家。

但我看到那篇报道时，终于理解了。没想到他竟然是神奈川县绑架案中的受害者。那件事都过去了这么久，而如今突然被曝光，真的让人无法不同情。现在他恐怕更不愿意在外界露脸了。艺术家都是很讨厌杂声的。一旦进入状态，一整天满脑子都是作品。这种人不能受太大的刺激。

啊，我听矶山女士说过。确实是的。因为案件未解决，所以嫌疑犯至今也没被抓到。对于当时跟踪报道这起案件的记者来说，肯定是想知道事情的始末。但我是真的不认识如月先生。以前"美术画廊"的一名女性员工是他的粉丝，曾经跟我说"如果举办画展，他的画肯定会受欢迎"，然而我无意间与优作先生聊起这件事时，优作先生的反应却很冷淡。

朔之介先生吗？我退休时曾写邮件问候过他，后来就再也没联系了。虽然我策划的画展一直都承蒙他的照顾，但我们之间的关系终究还是没能修复……与其说是吵架，不如说是我单方面做得不对。

那是三十多年前的事情了，我至今都特别后悔。我当时还只是负责采购的"买手助理"。朔之介先生有一名非常看好的画家，虽然那名画家还没有取得什么实际成绩，但作画水平非常之高。啊，说起来那名画家也是专门画写实画的。

您问那名画家多大？我想他应该跟我是一个年代的人，画作大多以风景画为主，特别是他画的河流，简直令人叹为观止。光是五彩缤纷的，水也相当清澈。他一定下了不少工夫。不管是构图还是配色，虽然这样说显得有点老套，但真的就是天才的手笔。

因此我也非常赞成举办他的画展，便向上司提了这件事。上司看过作品后，也非常赞同，认为既然是如此高水准的画作应该没问题……然而，最终画展被取消了。

没错。没过多久，上司就说"那个画展还是不太行"。虽然我不能跟您详细解释，简而言之就是上司给我施加了压力。哎，美术圈太小了。这样说有点夸张，有时空有实力也难以避免被埋没的命运。即便是身处局外的我，那些我必须带进坟墓的秘闻也见过不少。

得知画展被取消，朔之介先生怒火中烧，用关西腔喋喋不休道："我要和你绝交！""我看错你了！"他那时正值盛年，想在事业上施展拳脚，然而因为我也处于三十岁左右的年纪，所以我们最终还是为这事争吵了起来。虽然错误完全在我身上，但当时我比较傲慢，心想自己毕竟是百货商店的员工，何必看区区一个画廊的脸色。

之后，我试图和朔之介先生修复关系，但直到现在，这一件不愉快的事情依然横在我们之间。我一直在后悔，当初应该好好向他赔礼道歉才对。

关于上司给我施加的压力……抱歉，我不太想回忆起来。

不，我此后再也没有听说过那名画家的消息了，说不定已经放弃了艺术这条路。名字吗？叫什么来着……我当时的笔记本上应该写过……啊，野口。不，是野本。

那名画家叫野本贵彦。

2

与昨天的寒冷完全相反，午后，千叶市内的风非常柔和。

随着时间的流逝，视线也变得越来越好。散着步很舒服。门田将围巾取下，小心地折叠后放入包里。

从宇都宫换乘新干线和在来线花了两个半小时左右，终于抵达了距离目的地最近的车站。大约还剩两千米左右就能到达目的地。虽然也能坐出租车，但门田被温暖的阳光吸引，决定步行过去。

"TOKI 美术馆"被称为世界第一间写实画的专业美术馆。连接入口处的缓缓斜坡，右手边是开放式的墙壁，顶端能看到对面郁郁葱葱的树木。左手边则"林立"着众多的棒状钢骨架。

这栋获得著名建筑奖的建筑物紧邻着广阔的自然公园，根据观赏的视角不同，既像重叠的立方体，又像缓缓前进的飞艇。外观的设计很简洁但又不失考究。

门田的步伐罕见地非常有力。自己很长一段时间都没有这种振奋感了。作为记者，门田什么样的现场都经历过，好人坏人也都接触过。

从自家公寓出来时，被杀人事件的嫌疑犯搭话，在被威胁的情况下还能冷静地进行一问一答；参加了自己一直很崇拜的指挥家的演奏会，在那之后一起去喝酒还被记住了名字的周六夜晚。

在令人胆怯的现场强迫内心保持镇定，在很少能有机会参加的重要场合流泪，门田在工作中渐渐成长了起来。正是经历过那些令人动摇的场面，才有现在的自己。

不知是不是因为没有太大的野心，他没能成为编辑局干部或编委会成员。虽然时不时会感叹自己没用的经历，但与形形色色的人周旋的过程中，依然勉勉强强继续当着记者。

接着转为幕后，担任支局长，开始主要负责运营和管理的相关事宜。他以为自己再也不会有当年的振奋感了。

但是随着与自己交情甚密的刑警去世，有一个过去的声音向他发问。认真想想的话，这可能是只有老记者才会经历的事情。

"所以，小门是为什么当新闻记者呢？"

酒喝多了的中泽洋一经常会问自己这个问题。没有做过什么大案子的记者的抽屉里往往全是写了一半的原稿。门田一直认为自己会以普通的公司职员终了一生。

但有且仅有一个案件，是自己一直以来都想弄明白的。门田内心非常清楚，这个就是自己作为大日新闻记者最后的采访。

内藤亮与野本贵彦，通过画廊"六花"这条线索连接起来了。

被绑架的男童与在侦查线索中出现过的嫌疑犯的弟弟。被绑架者与嫌疑犯的家属，是同一个画廊的所属画家。这个偶然实在是让人无法轻易忽略。

他们之间的关系在案件的追诉时效过了之后才被知晓。也就是说，警察相关人员是不知道这条线索的。不同于三十年前在警察厅记者协会关照自己的本格派记者藤岛光一，对于门田来说，还是第一次调查警方未曾知晓的线索。没想到自己在五十四岁时，打开了未知的大门。

说起来不知道藤岛现在过得怎么样。如果还健在的话，现在应该已经八十多岁了。门田想起他在记者室独自一人安静阅读时的情形。他是否知晓周刊杂志的这篇报道呢？

在入口处的自动门前，站着一名驼着背、比小个子的门田还要矮的男子。容易发皱的尼龙材质的夹克与牛仔裤的装扮，发量稀少的短发有些凌乱。

"请问您是又吉先生吗？"

门田问道。男子微微笑着点了点头。

又吉圭是门田拜托"福荣"的西尾义明介绍的。因为在两天前线上采访中，出现了野本的名字，门田仿佛找到了头绪一样揪住不放。采访结束的当天晚上，收到了西尾的一封邮件——"我想起了一名认识野本贵彦的画家"，于是门田便赶紧拜托西尾介绍。

曾经在侦查线索中出现过的野本雅彦如果还活着的话，应该已经六十五岁了。与他的弟弟贵彦处于同年代的又吉差不多也六十来岁了，但从外表来看，又吉应该相当疲惫。

"虽然隔了这么久突然接到西尾先生的电话时很吃惊，但得知他似乎是为了打听野本君的消息，就更吃惊了。"

"TOKI美术馆"的入口在一楼，加上地下一层和地下二层，一共是三层。除此之外，还有中庭，是回廊式的建筑。

美术展览室以白色为主基调，天花板嵌满了星星一般的射灯。整体很明亮，但阴影也恰到好处。为了凸显作品，应该花了不少工夫。回廊接近人类眼睛的形状，一直朝里延伸。

"真是太令人震撼了……"

最初的展示室是静物画的策划展示，四十多幅写实画非常有冲击力。

呈螺旋状的柠檬皮和立在银制餐盘的洋梨。这些作品正因为背景是黑色的，才显得主题更鲜明。在准确描绘餐桌上摆放的面包和点心的作品中，能看到白色陶制的茶壶和餐碟散发出有格调的光泽。

"画中的物品有一种即将跳出画框的感觉。不过看到原画，就明白这果然不是照片。"

门田是第一次亲眼看到写实画的原画。每一幅画的存在感都不容忽视，连门外汉也能察觉出。

"这些经常在写实绘画的书里见到。照片的话，相机只有'一只眼睛'，除了焦点以外的其他地方会变得模糊。但是绘画的话，画家通过两只眼睛捕捉对象物，能够更加真实地还原实物，所以物品才显得更立体，就像门田先生您刚刚所说的'跳出画框'的感觉一样。"

又吉身为写实画家，门田的反应似乎让他很开心，即便隔着口罩也能感受到他的生机勃勃。

"'像照片一样'这句话经常被用于写实画的评价，当然，我也明白这是对画技精湛的夸赞，但画家在绘画时的着眼点不仅如此。"

迎合着又吉的自负心，门田说道："完成一幅写实画应该要花不少时间吧？"

"是的。速度快的人一年最多也只能画四五幅，也有人花上好几年时间打磨一幅画。"

"说起来惭愧，我对美术界不太熟悉，在这么长的历史中，竟然没有专门的写实画美术馆，真是有点令人吃惊。"

"如果是'专门的'，全世界应该也很少吧。"

随着照片的出现和识字率的上升，写实画失去了实用性。门田一边走，一边听又吉讲述写实画的历史。

"战后迎来了抽象画的全盛时期，写实画的立场也越来越差。画家前辈们经常这样说。在美术大学甚至有'不画抽象画就不能算画家’这种氛围。"

"那么放弃写实画的人应该相当多吧？"

"确实是这样的。但是每一个时代都会有一部分写实画的需求。以前有一种说法是‘经济不好的时候，写实画的市场就会变好’。可能是‘当外部环境不稳定时就会想要追求更加实际的东西’的心理因素在作祟。"

门田跟在又吉身后，走向通往地下一层的楼梯。

"这间美术馆在开馆前，馆长曾经找过那些让我望尘莫及的写实画家商量，但得到的答案是‘应该不会顺利吧’。"

"这是为什么？"

"针对写实画，能够进行专业学习的地方和热情营销的画廊都很少。写实画作为一种绘画类型得到认可的可能性太小了。而且美术馆找的都是能够代表日本写实画最高水平的画家。不仅仅是这样，我想那样不自信的回答也是一种真实反应。"

地下一层有四间展示室。

在人物画之中，门田在一幅画前停下了脚步。穿着牛仔裤睡觉的女子。柔和的阳光透过白色窗帘照进室内，展现出了美好的午后。门田被这幅画中的褶皱所吸引。半透明的白色窗帘和牛仔裤上的褶皱，准确记录了人的身形和动作，而以女子为中心的米黄色床单上的褶皱仿佛让人产生一种在现实中也见过的错觉。

刚刚的静物画给人的立体感仿佛要跳出画框，而沉睡的女子这幅画仿佛隔着一层纱布，更具有抒情性。

"同样都是写实画，但不同画家所展现的世界观则完全不同呢。"

"是的。写实画并不是照葫芦画瓢。根据画家自身的思想和信条，对主题物的解读也会完全不同。"

"这种画确实想挂在自己房间里呢。由自己来解读画的世界观，只是想想就觉得很有意思。"

似乎又能增加一项兴趣，门田的内心变得雀跃起来。但如此细腻的线条，价格肯定不菲。即便是门外汉的门田也能明白。而事实上，如月条的画作价格就相当高。

"但这个价格的话，自己还是买不起啊。"

"随着'TOKI 美术馆'的成功与社交网络的普及，'写实'作为绘画的一个门类终于被承认了。但写实画的画家很少，现在处于一种供不应求的状态。因为还有来自海外的订单，所以有眼光的画商现在都开始寻找年轻画家。"

"也就是说，向单价不太高的年轻画家抛橄榄枝对吗？"

"大概单价在五十万左右的小画作卖得特别好。但如果不从年轻时就开始挑战类似于挂在美术馆里的大作，也无法提高自己的作画水平。对画廊言听计从，总是画那些用于消遣的小画作只会白白浪费才能……"

又吉直到刚才都还在愉快地谈论，不知是不是自己本身的怯懦流露出来了，说着："不过像我这种半吊子的画手也没什么资格说这种话。"随后自嘲似的笑了笑。

"今天来这儿之前，被与我交情很深的画商委托了一幅四号大小的美人画。虽然在经济上对我来说是一个很大的帮助，但由于我几乎整年都拿着画笔，导致身体有点吃不消。"

"上了年纪，身体没毛病的日子也越来越少了呢。"

"是的啊。一旦开始画小的细节，十多个小时都保持同一个姿势，带给手腕和腰，还有眼睛带来的压力还是不小的。"

"如果眼睛感到疲劳，头也会开始痛啊。"

"对于画家而言，眼睛就是生命。尤其是写实画要忠实地再现主体物，所以凝视时间也更长。"

虽然又吉是一边笑着一边说的，但五十多岁的门田能听出他的声音里夹杂着某种无奈。

展示室里陈列着富有个性的美人画。在阳光的照耀下，室内被斜着分割为光与影两部分，坐在椅子上的少女松懈下来的一瞬；透过清澈的河水能看到凹凸不平的鹅卵石，其中躺着一名少女，少女将头微微浮起，眼神坚定。为了能仔细观赏每一幅画，门田迈着缓慢的步伐前进。

下一间画廊展示的是日本写实画的代表画家所绘的风景画。门田被其中一幅巨大的画作所吸引。

长四米、宽两米的大小，给人一种身临其境的感觉。在广阔的田地深处有一片树林，透过树林能看到远方耸立着山体表面被染白的山脉。画作左手边的火山喷发，随风改变形状的浓烟被白与灰两个极端细腻的颜色区分开来。巨大画布的上半部分是万里的晴空，在有些发白的山顶附近，随着高度的增加，青色的笔墨也越来越重。画中浓烟与晴空的对比表现出大自然宽广的胸怀，是一幅让人叹为观止的杰作。

门田离着一定的距离观赏，虽然不知道是从哪个部分开始画的，但一定花费了不少心思，顿时对艺术家的敬意油然而生。

"光是找到能放下这块画布的画室都不太容易啊。刚刚也问过您，完成这幅画大约要花多久啊？"

这幅画作的水平之高已经超出了门田的想象。

"'艺术没有完成品，有的只是放弃。'"

"咦？"

突然听到格言一般的话语，门田有点吃惊地朝身旁的又吉看了看。又吉盯着画上的蓝色天空，眼神非常愉快。

"达·芬奇的名言。野本经常将这句话挂在嘴边。"

野本的名字又出现了，门田不禁增加了对这次采访的期待。

"又吉先生，您和野本先生曾经就读于同一所美术大学，对吗？"

"是的。不过读书时，我们其实没怎么说过话。但毕业后在同一所培训班当老师，从那时开始我们渐渐变得要好起来。"

"您二人画的都是写实画对吗？"

"对。不过野本的水平和我根本就不在一个层次。"

"'福荣'的西尾先生也对野本先生的画赞不绝口。"

"虽然目前没有展出，但这间美术馆曾经买过我的一幅作品。自己的作品能在被称为写实画殿堂的这间美术馆展出，是一件非常值得自豪的事情。但野本……如果……能够走上正统道路，应该有很多作品能在这儿展出。"

又吉话中欲言又止的部分，就是门田的采访目的。既然是如此有才华的画家，为什么没有走上又吉所说的"正统道路"？

"听西尾先生说，他是在'虚幻画展'的策划阶段才第一次看到野本先生的作品。但自那以后就再也没有听过野本先生的名字了。"

"是在策划阶段被突然终止了的'福荣'的个人画展对吧？'六花'的？"

"是的。岸朔之介先生当时似乎非常生气。"

"我也认识朔之介先生。他当时的确相当生气。"

"当时野本先生应该也很失望吧？"

"是的……因为那时野本在画作上花了不少心思。不过，对于画展终止这个结果，他自己或许也隐隐约约察觉了。"

"听说是有人施加压力。"

听到"压力"这个词，又吉无奈地笑了笑。门田注意到这个反应，静待他开口。

"这件事说来话长。虽然现在的美术界也很狭窄，但是在以前更加封闭。明明是文化类，却变得像体育类一样。等级制度非常森严，如果不遵守，就无法在这一行立足。"

"等级指的是有类似于师父那样的存在吗？"

"像我们这种情况，师父就是指美术大学的老师。野本和我都加入了老师所属的大型公募团体'民展'。广泛征集作品并决定入选作品，类似于这种。"

门田想起很久以前全国的报纸都曾报道过的关于某个团体展的重大新闻。一篇揭露在审查过程中，有不正当的关系和金钱交易的报道。

"虽然公募展也会有大作展出，不过是由老师决定的，举办个人画展的画廊也是由老师来决定。也就是说，对于我们这些美术大学的学生而言，如果没有老师帮衬，也就没有未来。"

"公募展与美术大学也有关联对吗？"

"那是当然的。因为一般都由教授来担任审查员。虽然每个团体都有所不同，但在我们所属的'民展'，'入选'之上还有'特选'。如果拿到两次'特选'，就能成为会员。然后担任几次审查员之后，再拿到类似于'大臣奖'的大奖，作品的单价就这样慢慢涨起来了。"

"那么，主从关系就必然会越来越稳固吧？"

"是的。而且因为通过收取出展费用才能举办公募展，所以需要尽可能号召更多的人来参加。因此就连在我们的补习班，也会劝说学生参加'民展'。刚刚也跟您说过，如果具体展开讲的话，天可能都要黑了。而且这些事情也并不怎么让人愉快，我就暂且说到这儿。"

似乎快看到真相了，但门田没有插嘴，静静地听又吉继续说。

"虽然我不太擅长送礼和派系争斗，但野本更加不擅长。他平时也很少抱怨这些，只有在喝酒的时候，偶尔会说'我只是想好好画画而已'。即便我只是在一旁看着，都能感受到他的痛苦。"

不管是多么优秀的记者，在担任管理职位以后就会变成组织人。至今为止这种人门田不知道见过多少了，因此他一点也不吃惊在美术界也发生了同样的事情。

"和团体展的审查一样，如果为了获得某一个职位，在进行选举活动时，会有一大笔资金流动。我经常听说'芝华士'的盒子里恰好装着一千万的钞票。"

门田想起中泽洋一曾经说过的话。

"曾经有嫌疑犯要求受害者将一千万的赎金装入'芝华士'的盒子。那个盒子刚好能装下一千张一万日元的钞票。"

美术与绑架案通过威士忌的盒子联系起来了，门田不禁苦笑了一下。一牵扯到钱的事情，人就会变得疯狂。

"如果能在团体展上获奖，教授就会建议举办个人画展并介绍'租借式画廊'。"

"租借式画廊？"

"画廊大致分为两种，'策划式画廊'和'租借式画廊'。'策划式画廊'能够买卖作品、培养新人，对于画家未来的发展很有帮助。但'租借式画廊'仅仅只是提供作品的展出场所。"

"那么，野本先生的教授也介绍的是'租借式画廊'，对吗？"

"没错。即便教授给他介绍了租借式画廊，他也无法认识有眼光的画商，只是白白支付场所费而已。当然，场所费也是由自己掏，而且教授似乎还会收取该费用的一部分作为回扣。"

"这样的话，难道不算间接向学生收钱吗？"

"对的。但是他平时总被教授教育'不要画商业用途的画'，所以也无法自己主动向策划式画廊推销。他除了在补习班当老师，还会去做其他兼职，根本没有时间画画。"

"也就是说，何止是画卖不出去，而是根本没有时间画画。"

"而且野本的教授野心特别大，把学生当奴隶一般使唤。

他在与创作无关的事情上消耗了太多精力，精神已经到达极限，最终退出了'民展'。"

门田能隐约感觉接下来话题可能会牵扯到"六花"和"福荣"，于是竖起了耳朵。

"退出团体也就意味着与教授断绝关系，至今为止积攒起来的经验全都白费了。再想要成为画家，将会变得十分困难。所以我拼命地阻止了他。但是那时候，他遇到了伯乐……"

"是'六花'的岸朔之介先生对吗？"

"是的，朔之介先生独具慧眼。三十岁左右的野本应该也认为如果想要改变人生，只有抓住现在的机会，所以才能下定决心退出吧。"

门田渐渐明白了"福荣"的西尾口中所说的"压力"。随着过去的事情渐渐明晰，又吉回想过去的表情变得复杂起来。

"就像刚刚提到的达·芬奇名言，野本也经常说'正因为不可能所以才能相信'。不过这也有可能是听别人说的。"

正因为不可能所以才能相信——门田从这句话中看到了追求完美的艺术家内心的两面，纯粹和危险。

"但仅仅与教授一人为敌，对百货商店的运营也会产生影响吗？"

"不，不。不仅仅是教授一个人哦。教授也有自己的师父，而师父之上还有泰斗级别的人物。如果那名泰斗说要去其他百货商店开个人展览，会对营业额产生巨大的影响。而且那名泰斗还曾与部长级别的人物吃过饭。百货商店可不是一个有人情味的组织。"

对话的方向渐渐变得奇怪起来。又吉看到门田一脸不解的表情，便说道："因为三十年前可没有互联网啊，所以大家都默认了这条潜规则。"

确实，由于现在互联网的普及，各个领域中的潜规则都被打破，仿佛是与三十年前完全不同的世界。

一名有才华的年轻画家与一名充满热情的画商相遇，跳出了靠关系吃饭的组织。但是，等待他的却是残酷的现实。

"您现在与野本先生还有联系吗？"

"没有，我们已经三十多年没有联系过了。"

"咦？也就是说，从'福荣'的个人展览被取消的那时候就断了联系对吗？"

"应该……是的。"

"在那之后，野本先生发表过什么作品吗？"

"我好像没有听说，可能他自那之后就没有再继续画了吧。"

"您还记得他是什么时候辞去补习班的工作吗？"

"我不太记得了，抱歉……"

野本是什么时候消失的？这个问题很关键。

在陷入沉思的门田身旁，又吉小声地嘟囔道："通过新年贺卡说不定能知道。"

3

三十年前，站在桥上的那名男子。

大约三四十岁、身材中等、穿着黑色的夹克、撑着伞——这就是所有的信息了。唯一的目击者，当时隶属"抓捕第四小组"向特殊移动现场指挥车"L2"报告的，就是富冈。

中泽的守灵夜过后，他之所以和先崎一起出现，应该是因为直至今日也无法忘怀那起绑架事件吧。

可疑人物跟丢了——富冈的这句话被记录在《绑架记录A案》之中。在这之前，他曾汇报自己的有线耳机可能被那名男子看到了。

担任"maru K 指导"的刑警去世了，与绑架案件有关的人员接下来应该会一个接着一个地离世吧。作为没有完成跟踪任务的刑警，不知道富冈当时是以一种怎样的心情握着丰田的方向盘。

今年的最后一个星期日。在阴沉的天空下，门田穿着皮质运动鞋拿着当时的住宅地图在现场往返穿梭。

从木岛茂的宅邸到赎金交付的第一个指定地点咖啡店"满天"之间的道路，也就是商店鳞次栉比的元町仲大道，由沥青路变为了石板路。第二个指定地点影碟出租屋——"电影"前方的道路现在有了一个时尚的名字，叫做"Risennu小路"。第三个指定地点"松平家具"所在的元町购物大街，道路上设置了长椅，景观也发生了变化。

虽然这三个指定地点都是商铺，但现在已经完全没了踪迹。木岛茂当时驾驶的"日产公爵王"，以及中泽、先崎坐的"日产蓝鸟"，现在都已经停止生产了。厚木的被绑架者家属立花博之驾驶的"塞利西欧"也一样。

这一点一滴都表现出了三十年岁月的流逝。最后，也是第四个指定地点——"见港湾丘公园"也留下了时光的痕迹。

门田从雾笛桥向红砖的"大佛次郎纪念馆"前方移动。从展望台的方向能看到装饰花坛的变化。平成三年的那时候，这片地方更加空旷，几乎没有什么植物。中央被鲜花围绕起来的喷泉，以前似乎在更边缘的地方。变化最大的是被玫瑰花缠绕的两列拱形门，一直延伸到深处。五年前重新翻修的"香氛花园"种植了近百种玫瑰。虽然现在这个季节只剩下褪色的藤蔓，但到了春天，鲜花与绿叶相映衬，在阳光的照耀下，拱形门会显得更加明媚多彩。

在当年，如果有这样如同多米诺骨牌似的连在一起的拱形门，应该就更容易隐藏身影。曾经事前探查赎金交付场所的嫌疑犯一定是看中并打算利用这片区域开阔的视野。门田站在现场才切身体会到了这一点。只要当时装饰花坛的周围再多两支"抓捕小组",说不定就能顺利地进行跟踪。

门田往前走了一小段路,随后停下了脚步。西南处的公交车站消失了,变成一段通往喷泉广场的小路。旁边的"山手111号馆"是一栋由红褐色瓦屋顶和白色墙壁两种颜色搭配、富有特色的西班牙式洋馆。虽然这栋洋馆现在由横滨市来管辖,但门田记得当时是归私人所有的。

从这里通往英国馆和玫瑰园的道路,以前有一个类似于黑色的拱形门。玫瑰园也在五年前重新翻修时,作为"英国玫瑰的庭园",完完全全变成英国风的花园。虽说现在并非花季,但草木的茂盛程度和当年旧的玫瑰园没办法比。

与"英国玫瑰的庭园"仿佛共存一般建造的就是"英国馆"。和"山手111号馆"一样,"英国馆"有着雅致的红褐色瓦屋顶和白色墙壁,作为其特色的圆形窗户,仿佛让人以为身处一艘游轮。曾经英国馆前有停车场,案发当日侦查车辆里有"抓捕小组"的刑警潜入。

因日落较早,气温不断下降。而车上的两名刑警在既不能发动引擎,也不能盖毛毯的情况下,一直盯着展望台的方向。

门田穿过旧玫瑰园的正面入口,来到了视野宽阔的展望广场。在短短的石阶之上,等间隔地伫立着十一根白色的柱子。这些柱子支撑着呈弧形的淡绿色屋顶。

先走上石阶随后立即下去,眼前出现了由石板铺成的圆形展望空间。门田将双手放在大概到腰部的铁制栏杆，眺望着这座港口城市。

刚刚还悬浮在头顶的乌云渐渐散去，微弱的阳光照亮了浅蓝色的天空。虽然这里海拔并不算高，但俯瞰着横滨大街让人的心情舒畅不少。住宅区的对面是仓库群，能看到堆积的集装箱以及像长颈鹿般群集的起重机。弯曲的首都高速海岸线深处那架巨大的桥就是横滨的跨海大桥。

门田看到跨海大桥"H"型的主塔时，想起了中泽曾经说过的话。

中泽作为"maru K指导"，一直跟在处于疲惫状态的木岛茂身后。据说曾经一度倒下的茂，用尽全身的力气将装有赎金的包放到展望台之后，双手握着栏杆，在横滨的街景之下耷拉着脑袋。那时，从中泽的位置看到的是被虚幻的灯光所照亮的跨海大桥。对于现场的刑警来说，案件的紧迫性与悠然耸立的建筑物形成鲜明对比。当时的场景一定令他印象深刻。

门田望着山脚港口的方向，不禁发出"哦……"的热情声音。

随后立刻拿出手机开始拍摄。正当他一边变换焦距，一边拍照时，背后有人向他搭话。

"是高达吗？"

门田回过头，一身西装的先崎面无表情地站在他的眼前。

十八米的高达在横滨出现，是二〇二〇年的夏天。这架高达作为时间限定开放的"横滨高达工厂"的招牌策划，在当年的十一月底才向媒体公开全貌。

这个景点面对一般民众开放后，门田便早早地去欣赏了。重新设计的初代模型"RX-78F00"高达在河村隆一《BEYOND THE TIME》的歌声之中散发着光芒。看到如此景象，门田的内心无比激动。虽然高达的动作幅度有限，但作为从小就开始制作高达塑料模型的人而言，与实物一般大的高达仅仅是张开手掌的动作都令人感动。

初代高达模型以横滨港湾为背景，正面站立着。在稍远的船坞处的高达，从头到脚都能看得非常清楚。正因为是从山丘往下俯瞰，才能鲜明地感受到高达的巨大。门田不由得因初代模型的气派而感叹。

而他正在用手机记录这一气派景观时，被先崎搭话了。

"抱歉，我来晚了。"

虽然现在离他们约定的时间还差十分钟，先崎守礼地鞠了一躬。

"没这回事，是我来得太早了。"

港口城市的天空随着时间的流逝慢慢放晴了。先崎站在门田身旁，面对这片美景眯起了眼睛。虽然是周日，门田看到先崎依然身着西装打着领带，不禁在心里庆幸还好自己穿了一件比较正式的商务外套。

"虽然曾听说这架高达和实物一样大，但没想到竟然会这么大。如果与它为敌，我们县警也是束手无策。"

毕竟是他主动邀请门田的，先崎罕见地说了一句玩笑话。不管怎样，他们已经认识有四分之一个世纪了，关系应该稍有些拉近。

"横滨市内的话应该很安全吧，高达基本上都在宇宙中战斗。"

"原来是这样。"

"不过，也有在陆地上战斗的场面。"

结束尴尬的对话后，双方都苦笑了一下。五十多岁，不擅长交朋友也已经几十年了。朋友会减少，但不会增加。

"抱歉周日把您叫出来，关于之前那件事，我有一些话想跟您说。"

"没关系，其实我刚好也有一些事情想跟先崎先生您聊聊。"

"也就是说，关于画家那方面的对吗？

门田点了点头，随后将至今为止的采访以时间顺序回顾了一遍。

通过兵库新报记者矶山惠子得知，因周刊杂志《自由》的报道，导致经营着画廊"六花"的岸父子非常生气。如月条一号大小的稿酬大约为二十五万左右。而通过百货商店

"福荣"的西尾义明得知，本应该在大约三十年前举办的由岸朔之介策划的画展，迫于压力而无奈取消。

门田讲得很简洁。

"朔之介策划的是一名画家的个人展览，而那名画家就是野本贵彦。"

"咦？野本？也就是说野本与'六花'之间是有联系的？"

"没错。换句话说，内藤亮与野本贵彦有画廊'六花'这个共同点。"

"抱歉，我拿笔记一下。"说完，先崎从外套的内口袋里掏出了笔记本，开始挥动着手里的圆珠笔。

"我还见了与贵彦毕业于同一所美术大学、曾在同一个美术补习班担任讲师的画家又吉圭。"

贵彦曾经隶属于公募团体"民展"，处于美术大学教授的控制之下，业界金钱交易混乱，不被允许画商业画，只能在教授熟识的租借式画廊举办个人画展。门田大致解释了贵彦所处的压抑环境。

"我采访的又吉先生是一名专业的写实画家。又吉以专业人士的身份，也能从野本的画中感受到其才能。"

"门田先生您看过贵彦的画吗？"

"没有。但是岸朔之介曾向'福荣'的西尾先生推销过他的画，西尾先生当时也认为他非常有才能，我想他应该是拥有能被专业人士夸赞的实力。正因为如此，在与艺术无关的事情上消耗精力，这种环境让他感到厌恶。"

"根据您所说的来推测，贵彦因到达忍耐的极限，与教授断绝关系，从此失去了后盾对吗？"

"是的。他退出'民展'后，以个人名义成为'六花'的专属画家。但这对于统治学生的教授而言，是一个非常严重的背叛行为。因此教授向'福荣'施压，导致他的个人画展被取消。"

"切断了至今为止的一切阻碍，进入了大海。但由于想法太天真，而导致不得不在海上漂流。大概就是这样一回事对吧？"

听到同样的故事，没想到着眼点竟然会如此不同，门田心想。针对野本贵彦的经历，门田抱着一种同情的心情，而先崎则完全以第三者冷静的视角看待。可能早已将这名画家当作嫌疑人了。

"那名叫又吉的画家与贵彦的联系一直持续到什么时候？"

"他们二人会通过在新年贺卡上画画来保持联系，我拜托又吉先生确认过后，发现收到的最后一张新年贺卡是在平成三年。"

不用说，先崎一定将关注点放在了"野本贵彦在绑架案件后就销声匿迹了"的这件事上。知道得越多便会被主线所吸引，门田自己也有这种感觉。

"贵彦有家庭吗？"

"他似乎有妻子，但没有孩子。"

对话就此中断，接下来的时间他们各自开始欣赏眼前的美景。

门田的目光自然是固定在了"RX-78F00"上。因为正好是一年前面对一般民众开放的，那时候中泽早已被病魔折磨。信上没有提及，不知道他有没有去山下的码头看实物大小的高达。

到了最后，因顾及他的身体状况，而一直无法把信寄出去。受到他的关照却无法报恩，这份后悔之情，随着中泽的离世，在门田心中变得越来越重。

"要坐一会儿吗？"

先崎指了指支撑浅绿色弧形房顶的柱子。柱子四周围绕着一圈窄窄的 U 字型椅子。如果并排坐，可能有点拥挤。因此以柱子为中心，背对着背坐下刚刚好。这样谈话时也不用面对对方的脸，对于中年人来说，椅子的距离感恰到好处。

"这里曾经放着两个波士顿的包对吧？"

门田背靠着柱子，看着圆形的展望台说道。

"对，还淋着雨。话虽如此，但我也并没有亲眼见到。"

当时先崎还是警察局的新人刑警，曾和中泽一起对木岛家进行了"第一次潜入"。交付赎金时，还担任了中泽乘坐的"日产蓝鸟"的司机。

"第一个指定场所是咖啡厅'满天',中泽先生在附近就下车了,我则一边听着无线,一边开着车在周围等候命令。"

"看来对于先崎先生您而言,这个案件也没那么容易忘记啊。"

"当然。与嫌疑犯进行电话沟通,以及当时车内的紧迫感,我至今都记得清清楚楚。虽然也因为那时候我还比较年轻,但在我的职业生涯里从未经历过如同那次案件般气氛紧张的现场。贵社的报道中也曾提到,绑架案件是正在进行中的案件。仅仅因为一个小的失误,就可能导致被绑架者丧命。"

随着时间流逝,中泽渐渐透露了一些案发当时的信息。虽然是在酒桌上,但每当从曾身处现场的刑警口中听到有关案件的消息,都让人感受到现实的沉重。

"因为当时身心真的都处于崩溃的边缘。不管是木岛先生,还是我们。中泽先生曾经跟我说过的一件事,让我至今都无法忘记。"

门田从柱子后方探出脸,点了点头。

"木岛先生来到这座公园之前不是已经失控了吗?"

为了争取重整态势的时间,中泽收到来自"L2"的指示,向木岛先生建议在元町购物大街的一家咖啡店"丹泰斯"更换电池。但是茂以"也不知道会不会有人在监视我,去咖啡店太奇怪了"为由拒绝了，随后便开始不听指挥，擅自行动起来。

茂没有走中泽指定的路线，而是从"法国山地区"进入公园，淋着雨跑向展望台。

"原稿中也曾写道，那时茂摔倒了对吗？"

"对的。高龄的 maru K 因呼吸困难，摔倒在地，而且还用拳头捶向自己的胸口。如果眼前出现这种状况，无论是谁都会想伸予援手。但在当时无法做到，中泽只能听从指示。"

"当时的茂重复着深呼吸，将装有赎金的包放到了这儿……"

"实际上，那时木岛先生哭了好一会儿。"

"什么？他摔倒时哭了？"

这件事门田还是第一次听说。没想到过了三十年竟然还有第一次了解到的真相。

"据说木岛先生通过深呼吸，恢复冷静后，用右手将眼睛遮盖住，哭了好一会儿。"

与女儿绝交后，茂没能见到亮，但他心里还是非常疼爱自己的孙子。所以他才会拒绝去咖啡店，想尽可能更早地交付赎金。

仅凭一己之力就将公司发展成为知名企业，茂一定拥有着过人的胆识。即便如此，在绑架犯面前也显得相当渺小。自己不再年轻力壮，就连装有赎金的包都不能顺利搬运。既懊恼自己没用，又担心孙子，当时茂的内心一定十分痛苦。

最终，亮回来了。但那不过是奇迹一般的好运，并不代表绑架犯的罪行就此消失了。淋着雨、发出呜咽声的男子。门田想象着这副情形，又重新认识了将孩子作为人质的绑架犯的卑劣。

"木岛先生那时不是刚回到家就立刻发高烧，昏睡过去了吗？那是因为他的身心都已经到达极限了。"

门田作为新闻记者，内心十分矛盾。既因为得知了一条关于案件的新信息而感到喜悦，同时也因为没能从警察口中挖出这条与被绑架者相关的重要证言而感到羞愧。

中泽之所以对门田闭口不言，是为了保护被绑架者的尊严吧。"刑警与新闻记者"之间的信赖感毫无疑问是存在的。但不管怎样，他们二人的关系都依然是"刑警与新闻记者"。哪怕只有万分之一的概率，中泽都担心这件事会被写在报道之中。

如果是以前，可能会闹别扭。但现在的门田，深刻感受到了中泽的人情味，自己真是遇到了一个好人，内心不禁充满了对这份友谊的感谢。

"我今天来这儿之前，按照当年的路线走了一遍。"门田说道。

"这周围变化很大对吧？"先崎回复道。从口吻来看，他最近应该也来过现场。

"让我不得不感慨，城市也是一种生物啊。"

"没错。一直存在至今的……应该就只有那栋酒店了。"

先崎看向了展望台广场对面的一栋四层酒店。神奈川县警曾经在该酒店的一间房间设置了"前进据点"，还在咖啡店和自由活动区域监视着展望台。

"谁都没想到最后竟然是那样的结局。"

门田想起了在警察厅的记者说明会上四周的叹气声。装有赎金的包被作为"失物"送到了派出所，在场的所有记者中没有一个人猜到这个结局。

"音乐追踪器响起时，富冈先生似乎铆足了干劲。毕竟刚刚跟丢了嫌疑犯，因此更加在意……同样作为刑警，我非常理解他的心情。"

不仅有绿意盎然的庭园与能看到大海的广场，还有文学馆与西洋馆等文化设施。这座公园一直以来都受到市民的喜爱。然而对于那起绑架案的知情者而言，这个地方只能带来痛苦的回忆。

"今天从门田先生您那儿得到了非常有用的情报。其实，我也有一件事情想告诉您。"

似乎终于要进入正题了。

门田从与自己背对背坐着的先崎手中拿过 A4 大小的褐色信封。里面只有一张纸。门田立刻明白了这是警方制作的案件关系图表。

上方写着"太阳能系统"债券诈骗案例。

"这个是……?"

"五年前在县内陆续出现受害者的诈骗案例,但最终没能立案。"

根据先崎所言,对外宣称运营着太阳能发电设施的空壳公司"太阳能系统"在上市之前,怂惠民众购买公司债券后,将非法获取的资金占为己有。随后嫌疑犯伪装成证券公司的工作人员连日给被骗者打电话,出高价拜托被骗者转卖公司债券。这是为了获取被骗者信任的常用手段。

可以说这个是债券诈骗的典型案例。五年前的话,就是二〇一六年左右。在随处都有监控、互联网发达的现代,以赎金为目的的绑架成了不现实的案件,而随之增长的案件类型是特殊诈骗。将目光落在图表上的门田,察觉出两种类型的案件存在一定的关联。

图表中有"名单""实施犯罪人员""器材"等分工,下方有侦查对象的名字和出生年月。整个犯罪团伙包括指挥者在内,总共大概三十人左右。门田在其中发现了"野本雅彦"的名字,突然把头抬了起来。

"野本……"

"没错。主犯是一名叫黑木充的男子。这家伙是黑社会组织的成员。黑木曾经找过'海阳食品'的茬儿,引发了一些矛盾。"

有七个人因吃了"海阳食品"的保健品而引起了肠胃炎，对方要求赔偿五百万。公司担心会影响形象，没有报警，而是选择私下和解。黑木的名字曾经出现在侦查的线索中，但因无法掌握他的犯罪事实，这条线索也就此断了。

这些男子原本只是点与点的存在，但在过了追诉时效之后，通过特殊诈骗事件联系了起来。

野本贵彦与内藤亮。野本雅彦与黑木充。案件的中心有野本兄弟的身影。

"真亏您能找到这个案件。"

"毕竟追诉时效已经过了十五年了，被埋在里面了。如果那起诈骗能立案，可能案件又会有不同的结局。"

以中泽的去世为契机，当年的侦查人员又开始交换案件信息了。先崎的情报就是第一步。

"野本雅彦和黑木……他们二人还健在吗？"

"野本六十五岁，黑木六十九岁。但不知道这二人目前具体在哪儿……门田先生。"

"怎么了？"

"您没有察觉出什么吗？"

"您指的是……？"

感受到先崎有些意味深长的眼神，门田将目光再次落在了关系图表上。随后在"实施犯罪人员"下方看到了一个名字。门田无比震惊，不由得指尖用力，导致纸张出现了不自然的皱纹。

立花敦之。

名字下方的出生年月，印证了这不合理的现实。

他一定是三十年前厚木案件中被绑架的男童。

4

左手边能看到色彩缤纷的集装箱像乐高一样堆积起来。

里穗坐在乘客稀少的市营公交车上，在到达目的地时，想起了父亲有点愚蠢的游戏，不由得扬起了嘴角。不知道是去年还是前年，因为画廊实在是太闲了，所以父亲启介提出玩游戏。

"里穗，我们来玩'魔法香蕉'吧！"

以前在猜谜节目里流行过的、将关联词有节奏地串联在一起的游戏。与词语接龙一样，不知不觉就开始了的家属游戏。但也只玩到小学，自己早就忘记还有这么一个游戏了。

"突然怎么了？"里穗不禁皱起了眉头，但因为父亲说着"说起香蕉，就能联想到黄色"强硬地开始游戏，她也不得不跟上。当时只是抱着一种陪父亲进行大脑训练的心情，不过针对"死角"这个关键词，父亲说过的一句话让她在公交车上想起来了。

"说起'死角'，就能联想到'横滨港标志塔'。"

里穗在本牧码头站下了车，穿过几乎没什么车辆的停车场，进入了铺着瓷砖的通道。施工现场四周等间隔地围绕着绿色细叶子的观赏松树，看到这个景象，里穗沉睡的记忆渐渐苏醒了。

"横滨港标志塔"是标高五十米左右的信号塔。针对进出横滨港的船舶，用英文字母"I"和"O"来发出信号。整座塔呈白色，设计简单。虽然最上方有能够三百六十度欣赏美景的展望室，但由于没有电梯，所以只能爬楼梯。

对于父亲通过"魔法香蕉"联想到的宣传语"港口的死角"，里穗深有体会。不管是游客还是当地居民，这座塔属于"恰好没看到"的存在。如果用"不为人知的好地方"来形容，不足以显示出这座塔的寂寥。

类似古坟形状的草坪土台，中央有长长的楼梯，上面耸立着塔。里穗站在塔的正面，用手机拍了一张照片。曾经有一段时期，到了春天，"草坪土台"的斜面会有樱花盛开。但听说在两三年前也停止栽种了。

里穗来到草坪土台上的圆形广场，随后便坐在长椅上静静地眺望着大海。海面上漂浮着颜色形状均不同的十来艘小船，常见的港口景色，四周都是看上去似夫妇的高龄男女。这个地方视野开阔，让人感到舒畅。

不知从何时起，在被物品和事情充斥的日常里，开始拼命寻找其中的意义。正因为如此，当身处没有任何特征的空间时，能稍稍放松一点。放下手机，哪怕只是一会儿也好。

时间安静下来，仿佛能够洗去平日的疲劳。

恢复了一点能量后，里穗从长椅站起了身。她爬上楼梯，朝塔的方向前进。贝壳上立着富士山等小物件的立体作品叫"遥远的物品横滨"。这个作品的边长约六米，不锈钢材质，随着时间的流逝，颜色变得有点斑驳。塔的入口正是在这个引人瞩目的作品后方。

穿过长椅和自动贩卖机所在的地方，接下来就只有看不到尽头的楼梯。每爬七级台阶就会改变方向。蓝色、绿色、黄色、红色。每间隔六米，台阶的颜色就会发生变化。因为爬着通向展望室的楼梯，不过是重复乏味的运动，所以如果能知道到达终点的大概距离也能给内心一种激励。

里穗将齐肩的长发扎了起来，以此来为自己打气。她先看了一眼双脚，随后戴上了无线耳机。白色运动鞋和乔治·温斯顿，都和那时一样。

自那之后，已经过去了十八年十一个月。现在回想起来，依然觉得那次的相遇很奇怪。

二〇〇三年一月。那时还没有视听套餐和社交网络。如果想听歌，只能老老实实地买 CD。如果想抒发喜怒哀乐的情感，则是利用博客和公告牌。那个年代，时间流逝得非常慢，"BBS"这个词甚至还没过时。

里穗独自一人爬着楼梯，走上"横滨港标志塔"。

即将参加高中的入学考试，本来的话，应该多记一个英文单词、多解一道数学题。当然，对于里穗来说，认真学习考上重点高中固然很重要，但自己还是更优先消除日渐紧张的应考情绪。

对于没有兄弟姐妹的里穗来说，很早就习惯了一个人独处。先乘电车，跟随心情下车，接着找一家咖啡店。一边喝着红茶，一边在脑海中回想最近看过的电影中印象深刻的场景，随后沉浸在小说和诗集的世界。那是属于自己最幸福的时刻。

从横滨的家到新宿的画廊，单程要花一个小时以上的时间。虽然并不太频繁，但如果有自己喜欢的插画家的作品展示会，她会专程跑一趟画廊。

现在想来，自己也许从那时候开始，就已经能够良好地利用属于一个人的时光。帮自己整理堆积起来的信息和感情的好友，是精心构造的虚幻世界。接受好友的"心灵按摩"之后，抑或怀抱着希望，抑或察觉出错误。

那天上午，里穗从家出门，逛了逛书店，慢悠悠地往车站的方向走，然后坐上电车。自己将没有目的地的行程终点定在"横滨港标志塔"并没有什么特别的理由。硬要说的话，不是想"散散心"，而是想"放空自己"。

下了公交车，里穗在"草坪土台"的长椅上呆坐了一会儿，随后往标志塔的方向走去，打算去展望室看看大海。

她将 MD 切换成乔治·温斯顿的《孤独的爱》。自己很喜欢由开头清澈的高音切入抒情的主题，自打记事起，父亲就经常听这首钢琴曲。虽然也从朋友那儿借来了宇多田光和决明子的碟，并装在了 MD 里，但至今听得最多的还是没有人声的纯音乐。

交通不便，再加上也没有能和朋友玩耍的场所，自己并不会经常来这儿。但是透过展望室的窗户能看到一望无际的大海，里穗很喜欢。

虽说是周末，但这儿几乎没什么人。里穗快速地一级接着一级台阶飞奔而上。楼梯的颜色从蓝色变为绿色，再变为黄色的时候，她慌忙停下脚步。

有人坐在狭窄的楼梯平台。

"啊，抱歉……咦？"

里穗感到吃惊的是那名男孩子坐在一把小小的折叠椅上。

正常情况下，会坐在这里吗？

虽然里穗在脑中立刻就得到了"不正常"的答案，但有三个理由让她无法挪动脚步。

第一点是他正在画画。第二点是他和自己似乎同龄。第三点是他身上沉稳的气质。非常符合"港口的死角"这个形容，在自己从未料想过的地方竟然会有人出现。

而且，在这个没有丝毫风趣的狭窄的楼梯平台，到底在画什么呢？里穗十分好奇，按下 MD 的停止键，摘下了耳机。

"请问……你在画什么呢？"

对于不善社交的里穗来说，向陌生人搭话需要相当大的勇气。

"楼梯。"

"楼梯？这里的……眼前的这个楼梯？"

"算是吧……"

"可以给我看看吗？"

男孩子沉默着将画纸连同画板一起递给了里穗。他将长长的刘海不耐烦地拨弄了一下，但似乎并没有感到不满。

里穗偷偷看了看他那双眼皮的眼睛，随后将视线转移到了素描上。里穗不禁被他细致的笔触所震惊。

中央有白色的分割线、总共大约七级左右的黄色台阶。从正面能看到的平面部分——楼梯的垂直部，被涂上了夸张的黑色。而台阶突出的部分——狭窄的沟槽，则显得非常暗淡。从扶手散发的白色光泽，到折回的楼梯内侧的阴影部分，他都描绘得非常细致和精密。

没有使用任何巧妙的技巧，仅仅是忠实地还原自己所看见的实物。里穗好歹也算是画廊的女儿，能从这幅画中感受到他拥有写实的才能。

想给父亲看看这幅画……

如果自己喜欢，父亲也一定喜欢。里穗一边小心地让自己的长裙不落在地上，一边在他的椅子旁蹲了下来。

"结实的线条太让我惊讶了，观察力也十分敏锐。"

里穗等待着对方的回应，但他仅仅是微微行了一礼。

"你的理由……你为什么要画楼梯呢？"

如果来这里写生，一般都会选择大海。毕竟楼梯很难与"美丽"这个词沾上边。

"因为没什么人来这儿。"

面对这个扫兴的回答，里穗附和道："不过……确实是这样。"

"但是，大海很美哦。"

说着里穗将画板还给他。

"在这儿能够画得更细致。"

他一边回答，一边继续专注于素描。

施德楼[1]蓝色的铅笔芯，与画纸摩擦时发出的声音让人感到很舒适。

他迅速地将楼梯上不容易被人察觉的肮脏和凹陷处，通过笔尖记录在画纸上。看着他的动作，仿佛是另一个世界的人。他的瞳孔颜色明明和自己一样，但所获取的信息量却有那么大的不同。

1　德国著名的文具品牌。

"你的目标是美术大学吗？"

"不，我并没有这方面的想法。"

"那也太可惜了！"

他面无表情地开始收拾东西，似乎准备离去。里穗这才终于意识到了自己的厚脸皮。自来熟地向他搭话，突然变得有点不好意思。本来想向他表明自己是有边界感的人，但后来明白无论说什么，在他看来都不过是借口。

他将椅子折叠起来，扣好大衣的扣子后，把画纸从画板上取下来，递给里穗。

"如果你不嫌弃的话……"

里穗急急忙忙地站起来，双手接过突如其来的礼物，不知道该说些什么。近距离看这幅画，给人一种很强的压迫感。

心跳突然加速，一阵喜悦涌了上来。里穗至今从未有过这样的体验。

小个子的里穗抬起头，说着"我会好好珍惜的！"，将画纸抱入怀中。

他将包背在肩上，微微低下头行了一礼，然后缓缓下楼而去。刚刚的喜悦之情随之转为焦虑。

以后应该不会再见面了吧——一想到这里，里穗的内心就突然变得有点寂寥。

"稍等一下……"

虽然叫住了他，但是当他回过头，里穗看清他的脸后，脑海中原本想说的话都消失不见了。里穗拼命地找下一个话题。

"我的父亲在新宿经营着一家画廊，叫'若叶画廊'。如果你有空的话，可以来玩。"

他点了点头。里穗说着"因为我想回礼"，但由于心跳加速而不知道后续应该接什么话比较好。她非常清楚地意识到自己现在的表情有点紧张。

"你在听什么？"

他指了指里穗的耳机。反应过来后，里穗犹豫着要不要回答最近的流行乐曲，但最终还是老实回答了"乔治·温斯顿"。

听到里穗的回答后，他一瞬间睁大眼睛，立刻扑哧一声笑了出来。

他的笑容在里穗的眼中仿佛加了一层滤镜。至今为止虽然也有过暗恋的对象，但在自己的内心有一种冲动，想把现在的心情与之前的那些都划清界限。

仿佛与自己无关的事情一样，心想：原来这就是恋爱啊。里穗的心中夹杂着喜悦与寂寥之情，深呼吸了好几次。

他在哪一所高中呢？等到看不见他的身影后，里穗再次蹲了下来。如果自己能够和他上同一所高中，那该是多么幸福啊。

将手里的素描与眼前的楼梯放在一起比较，依然令自己无比震撼。发出一声"啊"之后，里穗轻轻敲了敲脑袋，忘记问他的名字了。

里穗抱着画纸，踩着楼梯，朝着展望室的方向飞奔而上。从上面看的话，说不定还能捕捉到他的身影。

就只有一会儿也好，想再继续感受他的存在。

5

看到收件栏出现了哥特字体，里穗条件反射性地点开来看。

里穗在内心擅自期待可能是画家的采访委托，而没有仔细看邮件名称。当她看清邮件的内容后，不禁发出了不耐烦的声音。又是来自报社刊登广告的"请求"。每当收到全国报纸的子公司大幅降价的消息时，都会感慨纸质媒体的生存困境。如果是有一定知名度的画家的个人展览，刊登广告可能还会有一些效果。但如果是"若叶画廊"有潜力的年轻画家，效果约等于没有，因为选择范围很狭窄。将广告刊登在对绘画有兴趣的人会看的美术杂志上，效果会更好。

里穗在画廊的事务室，单手拿着马克杯，将泡得过浓的红茶送入口中，然后叹了一口气。过完元旦，里穗策划的团体展就迫在眉睫了。六个人预计展示四十幅左右的作品。画家们现在应该正争分夺秒地将注意力集中在创作上吧。对于里穗来说，这是第一次由自己完全负责的策划展览。应该传达出了比起画的数量，更重视质量的态度。自己并不想举办那种以卖剩下的画来充场面的展览会。

收到了一封新的邮件，是来自六个人之一的木津川美和。新作品好像顺利完成了。

"刚刚签完名了！我想最后一幅画应该能勉强在截稿日期之前完成……"

美和一笑起来，眼睛就会眯成一条缝。这种可爱之处也体现在她的文字上。明明没有喝酒，但她总给人一种仿佛有点喝醉酒的感觉，然而一进入作品创作，就会展现出自己的倔强。美和直到自己满意为止绝不放下画笔，里穗从中看到了她的才能。美和才二十九岁，接下来画技也会渐渐提高。

里穗打开邮件里的附件，带签名的写实画在电脑画面上呈现了出来。看着画中细致又精美的花，里穗的心情也不知不觉变得明媚起来。

白色、紫色、粉色。这些花仿佛铺满了地面。芝樱将自己的"势力范围"划分成了不规则图形。画中清爽的色调让人仿佛沐浴在清晨的阳光之下，同时也是这幅作品的魅力所在。

虽然没有去实地看过，但里穗不知为何通过芝樱联想到了"横滨港标志塔"。春天，由芝樱点缀着的"草坪土台"成为著名景点不过是近几年的事情。对于里穗而言，说起标志塔果然还是那个楼梯。

里穗用双手拿起放在事务所工作台上的小画框。粗糙的绘画用纸，简陋的楼梯。但是她能感受到画家的"眼睛"散落在这幅画的细节中。楼梯的肮脏之处与尘埃确确实实在那儿存在着。

从那次奇怪的相遇后，过了三个月，里穗在一个意料之外的地方与他再次重逢。

就像被修剪掉的枝叶一样，一些琐碎的小事从自己的记忆中脱落。

明明是自己的第一志愿，而除了在体育馆举行的高中入学典礼以外的事情，却怎么也想不起来。

里穗考上的是一所神奈川县内的私立高中。

听着无聊的寒暄、齐唱连歌词的意思都不大明白的校歌。这些入学典礼的流程结束后，新生们各自往事先分好的班级前进。

里穗寻找着初中时期的朋友，不知不觉被人潮挤了出来，最终变成一个人。

毕竟关系不算太好啊……考入同一所高中的朋友与自己隶属于不同的女生团体，除了初中二年级时在同一个班级以外，基本上没有过多的交集。

好像也没必要刻意找那个朋友吧。里穗转换了一下自己的心情，爬上楼梯时，因为实在是太吃惊了，她甚至怀疑自己是不是出现幻觉了。她立刻停下脚步，背过身来调整呼吸。

为什么他会在这儿？但当里穗转过身时，他的确站在那儿。

身着校服的他站在楼梯的平台处，望着窗外。

仿佛晴天霹雳一般，里穗用手抓着衣角愣住了。真正感到惊讶的时候，胸口发胀而无法发出声音。她正在亲身经历"失语"这个词。

"啊……"

他发现里穗后，也不禁发出惊讶的声音。她一眼就看出他身上的藏青色西装是全新的。

里穗很开心他还记得自己，但扑通扑通的心跳声让她更紧张了。

"又是在楼梯呢。"

这句话让她终于松懈下来，果然他没有忘记自己。

"你今天也在画素描吗？"

听到里穗的玩笑话后，他温柔地笑了一笑。里穗顺势继续说道："你是一年级吗？"

他轻轻地点了点头。

原来他和自己同龄……他身上成熟的气质甚至让人以为是大学生。

"你是哪个班的？"

虽然心里清楚班主任说不定已经开始点名了，但里穗想继续保持两个人独处的时间，于是依然站在原地回答："三班。"

"和我一样啊。"

不知道是不是无意中做了什么好事，里穗对于自己的幸运不禁产生了怀疑。

原来比较长的刘海，不知是不是因为在意校规，现在剪得有点短了。有力的双眼皮与紧闭的嘴角还是里穗记忆中的样子。

两个人缓缓走上楼梯，他突然说道："抱歉，我没去成。"里穗一时没反应过来他指的是哪件事，不知该作何回答。"若叶画廊。"他接着补充道。

"原来你还记得啊。"

虽然里穗装作若无其事，用比较熟稔的口吻说道，但实际上对于她来说需要相当大的勇气。

接下来对话没有继续，在清冷的走廊里脚步声显得格外大。自己不小心又表现得过分亲近了，里穗正后悔的时候，不知不觉已经走到了班级门口。

稍稍走在前方的他把手搭在教室门边，侧脸看着里穗，突然开始自我介绍。

"我叫内藤亮。"

看到他有些害羞的表情，里穗不禁放下心来，他似乎并没有生气。同时通过这次重逢，里穗有一种即将开始新生活的预感。

"亮"……汉字应该怎么写呢？里穗正发着呆时，门被打开了，教室窗外的缤纷色彩一下子映入眼帘。

校园里绽放的樱花。浅粉色的花随着风飘入里穗心中，仿佛在告知恋情的到来。

明明里穗平时很擅长读取别人的心思，但对于喜欢的人却什么也看不透。

从入学典礼开始算起，里穗与亮一学期也没说上过几次话。

里穗能想到几个原因。首先是座位离得太远。其次是他们二人都没有参加社团活动，没有聊天的话题。最后是学校没有举办能够让班级团结起来的活动。但里穗认为最大的原因恐怕在于他们的性格都比较内敛。

他们二人都没有兄弟姐妹，话比较少，性格比较稳重沉静。他应该不讨厌里穗，但也谈不上"喜欢"，可能对里穗并没有太大的兴趣。想到这儿，里穗不由得感到有些寂寥。

同年级有好几名女生毫不掩饰自己是亮的粉丝。被热情的同年级的同学搭话时，虽然亮绝不会表现得冷冰冰，但也不会进行过多的非必要交流。

里穗一方面有点安心，但另一方面想到自己可能也是被这样对待，就无法再继续往前更进一步了。

就这样从春天到了初夏，度过了令人焦急的梅雨季。虽然里穗只是在远处看着他，但对他的好感日益增加。

即将迎来暑假的七月，关于内藤亮的奇怪流言开始在校内传开。

里穗与入学后交到的第一个朋友奈津子一起坐电车回家。奈津子靠着车门，仿佛想起来什么似的说道："啊，你听说内藤同学的事情了吗？"

只是听到他的名字，里穗就开始心跳加速，但在奈津子面前装作一副毫不关心的样子，问道："是什么事呢？"

"好像是他以前被卷入了一个很大的案件中。"

"案件？"

"哈哈，里穗你也不用摆出那么严肃的表情，是以前的事情了。"

被奈津子嘲笑后，里穗说着："抱歉，抱歉。"表情缓和下来后，便向朋友问起流言的细节。

虽然是比较含糊的流言，但对于高中一年级学生来说还是冲击比较大的。

十二年前，神奈川县发生两名儿童同时被绑架的案件。如果不是听奈津子说，里穗完全不知道这起案件。一开始是厚木的一名小学生男童被绑架，第二天，横滨的四岁孩童也被绑架了。横滨的受害者似乎就是亮。

其中最令人吃惊的信息是"嫌疑犯是亮的父母"。奈津子说着："他身上总有一种阴郁的气质对吧？"寻求里穗的认同。当时里穗虽然简单地敷衍过去了，但亮的确有一种让人难以接近的独特气质。

那天晚上，无论是吃饭还是写作业，里穗的思绪都有点恍惚而无法集中。她原本以为绑架案件离她很遥远，但仅仅是听到自己身边人的流言，都觉得很可怕。对于本人而言，肯定是一种心理创伤。里穗在内心暗下决心，绝不撕开他的伤口，至少自己要和他站在一边。

但是高中时期总有一些好事者喜欢揭人伤疤，有一天放学后，同班的一名男生直言不讳地问了亮："你是不是绑架案件的受害者？"

亮回答了一句："谁知道呢？"便飒爽地离去。

一部分男生对于亮冷淡的回答有些生气，但是大部分同班同学都对亮巧妙的处理方式抱有好感。

暑假结束后，大部分学生对于这个没有参加任何社团、总是在看书的男生已经失去了兴趣。朋友奈津子也一样。即便只有她们两个人的时候，也几乎不会谈到亮的事情。

但是里穗与其他人正相反。她将横滨市内的图书馆里所有的全国性和地方性缩小版印刷的报纸都读了个遍。这样一来，她终于准确掌握了案件的始末。其实她本打算也看看周刊杂志，但不知道该如何查找，网上的公告牌上也几乎没有任何消息。

不过流言还真是可怕。亮的父母并不是嫌疑犯，案件本身就是未解决的悬案。

在里穗读的众多报道之中，大日新闻在案件发生五年后写的纪实文章非常出色。这篇纪实文章生动丰富地再现了受害者的悲痛与嫌疑犯的卑劣，以及在现场竭尽全力侦破案件的刑警。

亮被大人强行带走的时候，内心一定非常害怕。对于亮的平安归来，里穗由衷地感谢神明。而对这起案件知道得越详细，里穗心中的疑点也越来越大。

针对未解决的案件，通常会将焦点放在"嫌疑犯是谁"这一点上，而与亮有关的这起案件有着更大的谜团，那就是……

空白的那三年究竟发生了什么？

亮从四岁到七岁的三年间，究竟是被谁抚养长大的？一想到这世上有着这样的成年人，里穗就不禁起了鸡皮疙瘩。从亮独自一人回来开始算起，已经过了九年。嫌疑犯还活着也不奇怪。而且，亮本人很有可能还记得当年的事情。

里穗想起入学典礼的那一天，他站在楼梯平台望向窗外时的侧脸。他那时究竟在想些什么？为什么不把他知道的事情告诉警察呢？难道他就不憎恨嫌疑犯吗？

里穗越想知道答案，就感觉自己离他越远。

好不容易成了同班同学，里穗与亮依然保持着一定的距离，没有任何进展。文化节和运动会都顺利结束，流逝的只有时间。

唯一令她安慰的是因为亮与所有人仿佛都隔着一堵墙，所以也没有女朋友。里穗在放寒假前偶尔听到亮的粉丝之一的女孩子问他有没有女朋友，而亮回答道："我不太擅长这种。"

每次都是这样。放下心来，意识到自己也没有被他喜欢的资格之后就变得有点丧气。

虽然名字是内藤，但他住在门牌为"木岛"的家中。是报纸中写过的他祖父母的房子。里穗曾经有一次在休息日的时候路过他家门口。一边走着，一边心想如果偶遇他了该怎么办。不过当然什么也没有发生。唯一得到的信息是木岛家非常有钱，里穗心想他果然和自己不太般配，有点失望地回了家。

他的父母如今在哪儿呢？明明每天在教室都能看到他，别说关系变得亲近，在自己心中，亮身上的谜团越来越大。看着他用长长的手指夹着黑色皮革制的书皮，想象着他到底在看什么书。里穗也想和他看一样的书，不过连"你在看什么啊？"这一句话也无法问出口。虽然他并不是这样的人，但如果他一脸不耐烦地回答自己，里穗一定会不想活了。

高二分班时，他们不在一个班级了。里穗每天上学时都抱着一种绝望的心情。没有他在的教室没有任何意义，就连教学楼在里穗眼中都褪色了。

亮没有加入任何社团，放学后都是直接回家。里穗无法忍受见不到亮的枯燥日子，无数次想过要放弃。明明脑海中一浮现出他的脸，胸口就会发闷，然而麻烦的是里穗从痛苦的暗恋中能感到一丝愉快。她总是将这些青春期的懊恼归结为画框中那幅楼梯的素描。说到底，里穗是被亮的才能所吸引。

到了樱花散落、绿芽萌发的季节，里穗已经不满足于和亮只是偶尔在走廊擦肩而过。她开始独自一人进行、不能告诉任何人的"社团活动"。这项隐秘的行动连父母也要彻底隐瞒。

里穗直到采取这项行动之前，从未想过自己会是这样的人。如果周围的朋友也做了和自己同样的事情，她一定觉得很可怕。

意料之中的是，由于这项隐秘的行动，里穗陷入了危机。

第三章　目的

1

《立花明美／神奈川县海老名市内的自家住宅／当面采访》

（她将玄关的门稍微打开一条缝，露出了脸。在交谈过程中，始终没有放开门把手）

请问您是？大日新闻……我不需要订报纸，真的很抱歉……咦？记者？（接过名片）啊，绑架案件的话，我并不太清楚。抱歉，女儿马上就要回家了，我需要提前做一些准备。

儿子？不，他已经成年，开始工作了。警察？这个……（四秒钟的沉默）看来您是知道一些什么对吗？我儿子……对的。是的。啊……几年前警察确实来过好几次。但是我完全不明白到底发生了什么。警察也没有告诉我详情，只是一个劲儿地问我问题。我儿子是犯了什么事情吗？

"太阳能系统"……警察好像跟我说过这个词。诈骗嫌疑？被逮捕了吗？咦？究竟是怎么回事？虽然我不太了解具体案情，但我儿子并不是会做这种事情的人。既然没有被逮捕，也就说明不存在犯罪事实对吧？

（在笔记本上写上"黑木充""野本雅彦"给她看。）我不认识。不过，警察列举了好几个人的名字问我"认不认识"。不，我不记得都具体列举了哪些人。这两个人吗？可能被问过……

您知道现在我儿子在哪里吗？啊，这样啊。

没有，我与那个人很早之前就离婚了。二十年前了。我儿子之所以变奇怪都是因为那个人。骗局？这个词我不知道听过多少次了。虽然不知道您信不信，至少孩子和我是毫不知情的。

谁知道呢？不过，他对我撒过太多谎了。其实我早就隐约察觉出了店铺的经营情况不太好，但他嘴上总是说着"还有可以卖掉的股票""要去国外开分店"之类的漂亮话。因此当听说他无法准备足额的赎金时，我着实是惊呆了。

明明平时总把漂亮话挂嘴边，但一到关键时刻连儿子都救不了……真是太丢脸了。还好儿子最终平安归来，但是经过那件事之后，我无法再继续信任他了。

已经是很久以前的事情了。我想想……大概是在绑架案发生的前一个月，经常接到一名陌生男子打来的电话。那个人态度非常冷淡，给人的印象不太好。抱歉，具体的我也记不清了，但应该并不年轻。这件事我可不敢告诉警察。虽然我认为嫌疑犯不是那个人，不过如果真的是他，那我们家也就此结束了。

您真的不知道我儿子在哪里吗？这样啊……对，我们很多年没有联系了。

莫非那个叫黑木和野本的人和绑架案有关联？

（双手提着两个大购物袋的女性——明美的长女走了过来）

您是哪位？咦？妈，你干吗说这么多啊？您怎么会突然来我们家？无可奉告。无可奉告！您到底是来打听什么的？我是她的女儿……请您别这样，我不相信任何媒体记者。你们总是在报道上写一些有的没的，全是捏造的信息。

请您立刻离开！要不然我会在社交网络上公开您的名片。请您别再来我们家了。您要是再来，我一定会叫警察的！

2

这栋建筑物再现了明治时代的西洋馆，已经成了当地的景点之一。砖块造的建筑物前方，有曾经被当作牛马饮水处的旧址和让人感受到时代气息的木制公用电话亭。常年被雨水浸染的石制阳台上挂着的法国国旗正随着午后的微风飘扬，国旗上有以煤气灯为灵感设计的店标。

但是门田没有时间在馆前驻足，他已经迟到了十分钟。

门田着急地打开木框玻璃门，一眼就看出一楼的咖啡店已经坐满了。随后他立刻将注意力集中在了一名白发男子身上。对方坐在靠窗的四人座位上，正看着书。

“藤岛先生。”

听到门田的声音后，那名白发男子的眼角随着笑容挤出了一些褶皱，接着举起了一只手。虽然年龄增长了，但他明快的性格一点也没变。

"门田啊，太令人怀念了，你变成一名优秀的绅士了啊。"

"抱歉，我来晚了。"

"没这回事，你赶紧坐下吧。"

门田在对面的红色皮革椅子上坐了下来。

"在我出门前，突然收到了螃蟹……"

"从草丛里钻出螃蟹确实会让人大吃一惊啊。"

因为藤岛的形容实在是太有趣了，门田不禁笑出声来。

门田周末从宇都宫的支局回到都内的公寓，突然收到了冷冻的包裹。

寄件人是富冈克己。中泽守灵夜的那一天，和先崎一起现身的丰田的司机。那起绑架案件中，唯一一名看到疑似嫌疑犯的刑警。包裹中还有一封信，富冈似乎回了一趟北海道的老家。

门田将肥美的帝王蟹肢解后，把冰箱的冷冻室稍微整理了一下，放了进去。

因为收到了意料之外的礼物，所以才迟到了。

"啊，是那名雾笛桥上抓捕小组的刑警啊。"

门田讲述自己迟到的原因后，藤岛立刻想起来了。关于那起绑架案件，他一定连细枝末节都记得清清楚楚。

"送你那么豪华的螃蟹，一定对门田你非常期待。"

"不，也太可怕了。我会好好准备回礼的。"

"如果被螃蟹的钳子夹到了，一定很痛。"

看到藤岛点了蛋糕套餐，门田作为后辈也点了和他一样的。

曾经乌黑浓密的头发，如今已经变成一头能看到发际线的白发了。门田一想到以前关照过自己的前辈已经八十五岁了，就由衷地感慨白驹过隙般的时间。但另一方面，看到藤岛将青紫色的粗花呢夹克穿得既年轻又合身，而感到高兴。

听说他退休后的这二十五年间，将大部分时间花在了看书和短途旅行上。

"我的记者人生一大半都在采访'腥风血雨'的案件或者事故。门田啊，现在反而正是看哲学和历史书的时候。"

对于有许多爱好的门田来说，很羡慕能够拥有退休后的自由时间。皮革制品的养护、木制餐桌的涂蜡、西服的打理、英国推理小说，以及高达模型的制作……一天的时间根本就不够用。

看到热咖啡与装有栗子蛋糕的碟子一齐被摆放在桌子上，门田将口罩取了下来，进入正题。

"上个月，案发当时担任 maruK 指导的中泽去世了。"

"明明还很年轻，哎，我打过吊唁电话。"

在中泽守灵夜现身的先崎与富冈给自己看了一本周刊杂志，一名叫如月条的画家实际上就是当年的内藤亮，亮与野本贵彦通过银座的画廊"六花"联系在了一起。门田将这些事情一一告诉了藤岛。

"野本雅彦的弟弟啊……这个确实是盲点。原来矿山在那儿啊。"

"贵彦在案件发生当年就行踪不明了。更令人震惊的是在一起未能被立案的诈骗案中，黑木充与野本雅彦似乎有牵连，而案件关系图表里出现了立花敦之的名字。"

藤岛将折叠好的口罩放入纸质盒子后，面带愁容地喝了一口咖啡。

"那个圆滚滚的男孩子对吧？他当年得救的时候，倒是松了一口气。"

"我记得他应该是在川崎的仓库被发现的。"

这是气氛沉重的警察厅记者协会收到的第一个好消息。门田还记得自己当时效仿着前辈记者，热烈鼓掌。正因为如此，当先崎把案件关系图表给他看时，他十分震惊。

"敦之的父亲立花博之已经去世了。"

传达重要信息的时机以及简短的言语，让门田不由得看向了当年的优秀记者。

"我现在也和当年的刑警保持着联系，这件事大概发生在十五年前。"

"死因是什么？"

"自杀。不过是因为债台高筑，资金无法周转。创业失

184

败时，人际关系似乎也会恶化。真相我也不清楚。"

如果是自杀的话，则不会有警方通报。绑架案件发生后，没过几年，立花博之的进口家具公司就倒闭了。随后，他们一家就离开了厚木市。

"其实我昨天去拜访了目前人在海老名的立花明美，她似乎非常憎恨博之。"

门田还告诉藤岛，在案发前一个月，她经常接到来自陌生男子的电话。

"黑木充那伙人不是对木岛茂的'海阳食品'进行了投诉吗？据说有七个人得了肠胃炎。其中一个人似乎是以前立花博之在打工时认识的朋友。"

又是一条新的信息。博之和黑木通过"海阳食品"联系了起来。

"当然，有很多种说法。但至少在我眼中，'厚木'本就是诱饵。"

今天来见藤岛真是太好了。案件过了追诉期之后，有一些知情人开始透露当年的内情。如果没有继续调查，是无法知道这些消息的。

"如果'厚木'是诱饵，那么是不是'山手'可能也是……"

藤岛抱着胳膊，看向了被挖空的天花板。室内的天花板上嵌入了半圆形的彩色玻璃，在阳光的照射下显露出基本色调。

"内藤亮很有可能说过一些什么，而且只告诉了自己的祖父母。"

藤岛指的是空白的那三年。门田催促道："这是什么意思……？"

"那时，被绑架者应对小组里不是有一名女性刑警吗？"

"对，我记得。侦查一课负责性犯罪案件的刑警。"

"她曾经有一段时间和茂的妻子关系非常好。"

在几乎全是男性的宅邸里，包括保姆在内只有三名女性。对于茂的妻子，也就是塔子而言，那名女性刑警的存在让她的内心宽慰不少。

"我想你应该也知道，茂非常不信任警察。因此警方将突破的希望放在了塔子身上……"

"结果最终还是没能拉拢塔子对吗？"

"没能得到决定性的证言。但是亮很黏塔子。据说三年后，亮回来时对自己的祖母说过'请让我在这个家生活'。"

"这句话真的是七岁的孩子说的？"

"塔子曾经和那名女性刑警说过，亮被教养得很好。"

藤岛的采访笔记上记录着塔子曾经说过的一句话："虽然很丢脸，'生恩不如养恩大'，看来这句话是真的。"这里的"养恩"可能指的是木岛夫妇。但是门田有点在意前面那句"虽然很丢脸"。

如果将塔子话中的对比看作"没有好好教导孩子的亲女儿"与"三年间教养孩子规矩礼仪与读写的神秘人",思维也太跳跃了。警方当然将木岛家的亲戚都查了一个遍。其中并没有人与亮接触过。

将别人的孩子绑架过来养育三年——会有这么离谱的事情吗?但即便自己的双亲被警察怀疑,周刊杂志上真假不明的报道满天飞,亮依然选择保持沉默……

"木岛家的两个人都已经不在人世了。"

藤岛一边说着,一边将栗子蛋糕送入嘴里。

木岛夫妻的晚年并不算幸福。亮高中毕业后,过了两年,也就是二〇〇八年,"海阳食品"因背负高额的债务而不得不倒闭。二〇〇九年和二〇一三年,茂和塔子相继病逝。位于山手的木岛宅邸已被拆毁,现在那块地皮已经被分成了三份,与木岛家毫无关系的人在那儿建了房子。

"这件事是我前段时间听先崎说的,木岛茂在搬运赎金的时候,不是摔倒了吗?"

"我记得是在他情绪失控后,进入公园那会儿对吧?似乎是在展望台附近的楼梯处,突然出现呼吸困难的状况。这是门田你挖出的信息吧。"

"没错。实际上那时候在调整完呼吸后,重新出发之前的那段时间,木岛茂用右手遮着眼睛哭了好一会儿。"

"仅凭这一点,就能否定'自导自演'这个说法。"

"我想中泽应该是考虑到茂的立场，才没有跟我说这件事。"

"有很大概率是这样。"

虽说有助听器，与藤岛之间的对话出乎意料非常顺畅。门田这时喝了一口咖啡。

意识到后辈似乎有些欲言又止，藤岛便说道："被绑架者家属当时紧迫的场面。换言之，就是未能将极限状态的人写在报道中。不，未能将这一信息挖出来。门田你更在意这个对吧？"

不愧是观察入微的前辈，门田不禁苦笑了起来。本以为自己理解了"刑警与新闻记者之间存在难以跨越的鸿沟"这个事实，但其实心里总还是有些难以释怀。

"门田啊，其实中泽还有很多事情都没有告诉你。"

"咦？是哪些事情呢……？"

"具体的我也不清楚。但是，他绝对隐瞒着一些不能告诉新闻记者的事情。"

藤岛的语气非常肯定。

"信息的公布，有时也需要等待合适的时机。任何刑警都不可能一次性地将案件信息和盘托出。因为就连到了我这个年纪，也有第一次听说的信息。"

大前辈现在正打开通往未知道路的大门。门田被这句话激励着，向藤岛低下了头。

"恐怕这是我最后一次采访。"

三十年前，初次见面的藤岛似乎也对自己说过同样的话，没想到自己现在竟然到了和当年藤岛一样的年纪。

"我至今为止写了太多有头无尾的报道，所以想在返还员工证之前，至少抓住一件有始有终的事情。"

作为支局长，虽然偶尔会给后辈提建议，但几乎没有什么机会向别人说自己的心里话。门田作为组织人，已经很久没有过这样心情舒畅的时候了。

"门田，你现在是为了知道真相才去采访的吗？"

面对藤岛突如其来的直接问题，门田一时间不知该如何回答。这和中泽经常问自己的问题"所以，小门是为什么当新闻记者呢？"是一个性质的。

"我时隔多年再一次读松本清张的随笔。"藤岛说着举起了手中皮革书皮包住的文库本。

"据他所言，所谓的文学作品'并不是以解决问题为目的来写的'。这句话同样也适用于记者。记者可没那么厉害，并不能解决问题，能做到的只有传达问题。"

可能是有点累了，藤岛将上半身靠在椅背上，双手环抱在胸前。

"重要的是为什么要传达这个问题。"

在至今仍然与刑警保持着联系的前辈记者的沉重话语中，门田以一种当学生的心情，端正了坐姿。

藤岛点了点头，随后压低声音说道："内藤瞳，现在在北九州，似乎在商店街工作。"

3

第二周，门田下飞机后，转乘火车，终于来到了北九州市。

从走出家门开始算起，大约过去了六个小时。然而迎接疲惫旅客的却是冰冷的冬雨。

JR 黑崎站倚靠桥而建，出站后就是通向广场的连廊。门田一边走，一边观察着桥下的屋檐，在合适的地方坐了下行的电梯。眼前是经常被介绍为"放射状"的商店街群。

黑崎地区作为江户时代长崎那一片的驿站，十分繁荣。明治时代以后，逐渐成为以官营八幡制铁所为主的工业地带，人口不断增加。但是在地区经济的中心由工业转为服务业的过程中，和其他地方城市一样出现了不景气的现象。走在当地，仿佛能感受到这个国家衰落的痕迹。

门田为了掌握这块区域的地形，先在附近绕了一圈。在高高的拱廊下方，彩色的小三角旗连成一串，在中间垂了下来。设置在主要街道"kamuzu名店街"的指引板上大概标识了十五家商店街和市场。

门田在实地走了一圈，发现事情没有他想的那么简单，不禁叹了一口气。主干道上有便利店和连锁的居酒屋、服装店等比较新的店。但距离车站越远，就都是一些星星点点不规律分布的蔬菜店和水产店。这些"星星点点不规则分布"的店正是门田叹气的原因。

虽然主干道上也有一些空店铺，但是到了小市场，拉下卷帘的店铺就更多了，还能看到大块的空地和停车场。与整年都在进行城市开发的东京相比，一强多弱的现实让人无法否认。

藤岛从自由记者的熟人那里听说内藤瞳在黑崎站附近的商店街工作，而且还是十年以前的消息，因此可信度就像流言一样。独自调查神奈川两名儿童同时被绑架的案件的那名自由记者已经去世了，门田几乎没有任何线索就来到了九州。

为了在当地寻找线索，开业多年的老店铺就成了打听消息的关键。然而这些店铺都没开门，门田着实束手无策。即便如此，他像探访草原犬鼠的巢穴一样，在大街小巷中走访。不仅在钟表、照明、乌冬、烧烤和烧酒等店铺挨个打听，还去了大街上的理发店、旧书店和小吃店等没有拱廊的扇形区域调查。然而没有遇到一个认识内藤瞳的人。

虽然门田确实抱有一种侥幸心理，在事先没有收到任何信息的情况下就进行走访，但真当走访没有任何收获的时候，心中还是无法释怀。回首自己至今为止的记者生涯，像这样来到这么远的地方却没有任何收获的情况还从未有过。

反过来想，这也是作为在全国都有支局的报社的长处。但门田也不太好意思向西部本社的记者请求帮助，毕竟线索太少了。

在非用餐时间段，门田走进了一家看上去没什么人的餐馆，点了炒饭和啤酒。抱着在旅行途中毫无顾忌的想法，向店里的老板娘抱怨了几嘴。老板娘告诉他："虽然隔得有点远，但有一个很小的市场。"

"在哪里?!"

面对仿佛看到光明，向前探出身子的中年顾客，老板娘说着："但是那边很多店都关门了哦。"试图让门田冷静下来。

离开店以后，门田沿着老板娘告诉他的国道行走。虽然雨水将他的鞋子淋湿了，但最后的一丝可能性促使着他前进。

门田路过早已停止售卖、只剩样品稀疏陈列的自动贩卖机和一群在天桥下用嘴戳着垃圾的乌鸦，走了大约一千米左右，眼前出现了仿佛电影布景般的旧市场。

虽然面积很小且只有为数不多的店铺，但波浪般的白铁皮拱廊一直延续到深处。整体都呈生锈般的颜色，除了一家商铺以外，其余的商铺都感受不到任何"生气"。白铁皮、三合板和卷帘门像打补丁似的组合在一起。

门田站在空无一人的市场的正中间，在这个仅仅依靠微弱阳光照明的空间，内心充满了挫败感。

既然没有人，根本无从调查。

被市场带有的特别氛围所吸引，门田凭着自己当记者的习惯开始拍照。无法挖到线索的时候，就只能借酒消愁。既然有市场，也就说明这个地方曾经有一定的人流量。

门田一边感慨着时光的流逝，一边变换着拍摄对象，对准照相机的镜头。就在他按下快门时，发现有一张贴在墙上的纸质公告出现在镜头前。纸的四周已经破损，用油性笔写的文字虽然已经变得很浅了，但仍然可以识别。

"'黑市'搬迁了"的标语下方，记载了地址和电话。门田看到最后一行的时候，不禁凑近了脸。

虽然笔迹算不上工整，但"内藤"两个字绝不会看错。

在黑崎站台等了二十分钟，接着坐了三十分钟电车，到达了JR九州鹿儿岛本线的始发站门司港站。

门田在电车里提前调查了目的地附近的地区。车站本身似乎就是一个观光景点，似乎因为这座车站是第一个被指定为国家重要文化财产的车站。

站台没有长椅，始发站特有的宽敞的开放空间。虽然是大正时期的复古设计，但让人感到车站鲜明亮丽，应该是因为三年前的车站大整修刚刚结束。

厚重的旧一、二等车厢的候车室，现在变为售票窗口和观光问询处。而宽敞的旧三等车厢的候车室一直沿用至今。外资咖啡连锁店和餐馆的装修也带有一定的历史风格。

车站由两层的中央楼栋和东西各一层的楼栋构成，外形是左右对称的。中央楼栋的外壁刷上了奶油色的水泥，贴上了横纹等距的贴片石，与格子状的阁楼窗很搭。有一种说法为这是以汉字"门"为灵感设计的。实在是非常出色的象形设计。

站在车站外的门田，望着车站前复原的喷泉，猜测三年前的大整修一定经过缜密的设计。

仿佛象征着玄关口，门司港站周围作为"怀旧区域"在旅游观光上下了不少工夫。面对着关门海峡，建起了不少名为"旧门司三井俱乐部"和"旧大阪商船"的木制和贴有瓷砖的洋馆，营造出一种大正浪漫的氛围。

如果有时间的话……不，如果没下雨的话，应该能好好参观一下。但是隐藏在厚厚的云层背后的太阳，发光发热已经到了极限。很简单的道理，到了晚上，人的警戒心会增强。门田想趁着天还亮的时候，尽快找到线索。

因为是沿海的街道，所以风也很大。每当伞快被风吹走时，就不得不用双手握紧伞柄。

门田眺望着雨中的关门桥，随后往与观光地"怀旧区域"相反的方向前进。目的地依然是商店街。进入拱廊后，他将伞收起，在嵌满不规则绿色、褐色和奶油色瓷砖的地面上跺了跺脚。虽然这里拉下门帘的商店也有很多，但是在大路中央设置的简易广告牌上有手写的酒铺和鞋店的优惠信息，门田能从中感受到一点商业气息。

在商店街的一个角落，有一条昏暗的小路。太阳下山后，日光灯和看板似乎能为这条小路增加一丝色彩，但店铺现在关着门，给人一种仿佛能听到睡觉呼吸声的氛围。

狭窄的大路上还残留着稀稀落落的餐馆，但并没有"黑市"。根据纸质公告里写的地址找到的是小吃店"海岸沿线"。不知该如何理解眼前的状况，门田在陈旧的皮革门前茫然地站了一会儿。

因为从黑崎市场的氛围与"黑市"这个名字来看，他还以为是水产之类的店铺，没想到竟然是小吃店。难道"黑市"倒闭了，因而开了"海岸沿线"？

不，在这条狭窄的小路上鱼和肉应该卖不出去，如果是小吃店的话，店内的构造相差得也太远了。

因为不想无功而返，所以以为自己抓住了最后的救命稻草。但其实从一开始，纸质公告上的"内藤"就是"内藤瞳"的概率非常小。

当了三十年的记者，没想到会做这么没有任何依据的采访。门田感到很难为情。本想着至少打声招呼再回去，但小吃店的门锁着，店里似乎也没有人。

"你在干什么？"

突然有人从背后搭话，门田慌忙回过头去。

一名双手提着大塑料袋的小个头男子一脸不可思议地站在门田身后。个子不高，但身体很壮实，一头短发全白了。

"我……在找熟人。"

"熟人？这家店的老板娘？"

本来对走访已经半放弃的门田说着："对，这是内藤女士开的店对吧？"

"是的，原来你是小瞳的熟人啊。"

"瞳"的发音立刻在门田的脑海中变换成"内藤瞳"。

原来纸质公告上的"内藤"就是"内藤瞳"啊……有点激动的门田说着"我是她的老熟人"，朝那名壮实的男子走近了半步。实际上门田只见过她一面，而且还是在三十年前。

"现在店还不开门营业吗？"

"其实……小瞳生病了，这几天一直停业休息。你看，我本打算给她带点吃的过来。"

看来男子似乎与瞳很亲密，能找到内藤瞳的概率增加了。门田在脑海中思考着怎样才能问出瞳的个人信息。

"你……能帮我一个忙吗？"

男子像对待朋友一样不客气地将双手提着的塑料袋伸了出去。

"什么忙？"

"这些，我想让你帮我带给小瞳。离这儿不远的。我现在要去做开店准备，实在是分不开身。"

虽然男子长着一副严肃的脸，但一笑起来眼角的褶皱加深，显得有些和蔼可亲。面对求之不得的请求，门田非常爽快地答应并将装着蔬菜和鱼的塑料袋接了过来。

"要是待会儿饿了就来我这里，那边的小餐馆是我开的。"

门田目送着男子走进他的店，一边用双手感受着食材的重量，一边心想"应该不会是同名同姓的陌生人吧"。

然后不得不直面现在的首要问题。

在双手提着塑料袋的情况下如何撑伞。

4

往东北方向走了大约三百米到达了目的地——一个细长狭窄的市场。

双手提着重物的门田灵活地将伞收起，走了进去。不知道是不是当地的风俗习惯，自从来到了北九州，几乎就全是这样的拱廊。

众多的店铺反映出了这个市场曾经的繁荣，原本就狭窄的路左右两边都拉下了白色的卷帘。虽然此景让人不禁感到一丝寂寥，但存活下来的蔬菜店和米店在货架上放满了商品，门田仿佛看到了地方城市商人的倔强与坚持。

走在仿佛门牙一般排列的卷帘街道里，门田看到了刚刚那名男子所说的自由区域。大约有两家店铺的大小，自动贩卖机的旁边立着一块写着"大家的免费休息区，请自由使用"的看板。

三合板墙上贴着禁烟、禁酒的标语和日本红十字会的海报，还挂着供市场联系使用的白板。墙的前方面对面摆放着一对没有靠背的简易长椅，正中间是一张野营用的桌子。在这儿长坐的话应该很难受，但这个空间很适合路人短暂休息。

一名没戴口罩坐在长椅上的女子，正弓着背玩手机。包裹在她身体上的羽绒服，看起来像又薄又硬的棉被。

"请问您是内藤女士吗？"

女子的反应稍微钝了一下，抬起头的瞬间，门田就确信她就是内藤瞳。头发清爽，颜色明亮。虽然脸上的皮肤整体下垂了，但和三十年前一样身材瘦小，浑身萦绕着倦怠的气息。

终于找到了！因为太久没有过这种激动感，门田的心跳开始加速。通过微小的线索找到了新的采访现场，门田作为记者从未有过如此兴奋的时刻。

"你是谁？"

门田听到她沙哑的声音后，当年采访时的情景仿佛历历在目。当年还很年轻的瞳从柏青哥店出来后，看到新人记者门田的第一反应也是"你是谁"。门田将标有读音的名片递了过去，"门田……"她读出声来，"真是个奇怪的名字。"

门田把从经营着小餐馆的大叔那儿拿到的又大又重的塑料袋放在桌子上，从外套的内口袋里拿出名片。

瞳接过大日新闻的名片，伸直手臂，用老花眼也能看到的距离，嘟囔着"门田次郎……"，随后对着拿着伞呆站着的门田，歪着嘴说道：

"真是个奇怪的名字。"

没想到三十年后又进行了同样的对话，作为记者经历了这么多场面，仍然没能逃出佛祖的手掌心，门田不禁想苦笑。

但另一方面，从语气和用词上也不是不能感受到时间的变化。眼前已经没有了仿佛以全世界为敌、盛气凌人的二十六岁母亲，只有平静地接受了无法改变残酷现实的五十六岁女子。而门田自己，也早已不是当年通过一个哈欠就能缓解熬夜疲劳的年轻记者。他如今已经是从二十多岁的年轻记者看来不知工作有何乐趣的管理人员。

门田拿着从自动贩卖机买的罐装咖啡，坐到了瞳的对面，打开笔记本，灵活地转动圆珠笔。

"你是听谁说的？"

瞳一边拉住罐装咖啡的拉环，一边补充道："我的地址。"

门田告诉她，自己像无头苍蝇一样在商店街来回走访，瞳有一丝无语地笑着说"辛苦了"。从对话的进展来说，接下来的话题应该是"黑市"或者"海岸沿线"，但是她并没有谈及自己的现状。

"你想了解案情？"

门田看着主动先提及案件的瞳，察觉出可能有其他报社来找过她。虽然是被遗忘的案件，但去年距离案件发生恰好三十年。

"有周刊记者来过吗？"

"完全没有。你怎么会问这个问题？难道周刊记者在找我吗？"

因为她似乎完全不知道《自由》报道的这回事，所以门田从自己爱用的挎包里拿出《第二弹　人气美男子画家曾是绑架案件的受害者！》的复印件。

"有点难看清啊"，瞳有点不好意思地说着，随后双手拿着复印件尽可能地远离自己的脸庞。

她眉间出现的褶皱应该不是字太小的缘故。只是稍微瞟一眼，就能知道报道的内容有关神奈川两名儿童同时被绑架的案件。自己的儿子如今已经成了一名画家，还被杂志曝光了长相。

老花眼的瞳虽有些着急，但看得十分认真。门田仔细观察着她的样子，断定她应该真的不知道《自由》报道的这件事。

瞳将复印件放在桌上，为了缓解眼睛疲劳、调整焦距，她紧紧地闭上眼睑，随后仰起头长长地叹了一口气。

"原来他当了画家啊。"

从瞳的第一句话里，门田就察觉出了他们母子关系的断绝。虽然这是在门田的料想范围之内，但亲眼看到瞳的表情时，还是增加了一丝寂寥之感。

"你们已经没有联系了吗？"

"差不多吧……"

"内藤女士您来到九州，是在90年代后期对吧？"

通过神奈川县警的采访报道和周刊杂志的报道，能够得知瞳离开横滨后，最开始去的是博多。一九九八年到一九九九年，因为绑架案件发生时的恋人吉田悟被判处了实刑，所以瞳后来好像和其他男性在一起了。

如果换算亮当时的年龄，大概是十一岁或者十二岁。那时亮已经在木岛家生活了，也就是说亮在小学时，就已经与自己的生母断绝联系了。

"您来到九州后，与亮见过面吗？"

"没有，他应该也不认我这个母亲吧。"

"电话和信呢？"

"我没有把电话号码和地址告诉家里，即便想联系也无法联系。"

瞳再次把报道拿到手中，呆呆地看着，似乎在看亮的照片。

"他从小就很擅长画画啊。"

看着瞳眯着眼睛的柔和表情，门田有点意外。难道她并不是连一张儿子照片也没有的薄情母亲？还是说在与儿子分别的这二十多年，她培养出了母性？

门田认为亮之所以不停地画画，是为了逃避现实。对于还幼小的亮来说，除了自己眼前的静物，就没有其他可以相信的了。

将这个案件变复杂的，毫无疑问就是内藤瞳。

当自己的孩子失踪时，父母一般都会拼尽全力去寻找。但是，瞳即便从自己的母亲那里听说了绑架犯的事情也没有认真对待，依然去了柏青哥店。不仅不配合警察的调查，而且在"空白的三年"也没有向社会呼吁继续搜寻儿子的下落。

因此世人理所当然地对她产生了怀疑。原本就不太融洽的邻里关系，这下几乎完全断绝了。一些媒体记者由于无法得到关键的信息，开始大肆宣扬自导自演和蓄意谋害等说法。但是瞳对于偷偷观察她的街坊邻居和介入她私人生活空间的记者，都一律采取了冷眼旁观的态度。

可即便如此，也一定有巧舌如簧的人存在。门田的记者前辈也是其中一员。那位前辈曾经有且仅有一次成功进入了瞳的公寓。

采访笔记上是这样描述的。在两室一厅的房子里，每个房间都堆满了垃圾袋，时不时还能听到虫子窸窸窣窣的声音。早已没电的日光灯没有更换电池，因而房间里很昏暗。厨房水槽里的餐具和空罐头已经堆成山了。在起居室的一块狭小的空地坐下后，喷嚏就一直打个不停。

看到如此不卫生的居住环境，那位前辈记者曾经怀疑瞳有吸毒嫌疑而向警察反应了这件事，但警察内部经过搜查后否定了这一点。

门田自身从中泽得到的消息中，印象最深的是亮的嘴里几乎全是蛀牙。自己的孙子因为牙痛而无法正常吃饭，塔子实在看不过去，似乎强行带着亮去看了牙医。

通过对瞳的街坊邻居进行采访，得到了不少信息。

关于亮的信息是："在亮小时候，瞳没有及时帮他换尿布，导致尿布越来越重，太可怜了。""曾经看到亮拾起地上的面包直接塞进嘴里，让我着实吃了一惊。""我曾经在韩国食品店把食物分给了亮。""虽然亮很瘦，但也有吃太多而导致拉肚子的时候。""我从来没看到他笑过。""我曾经看到过他坐在楼梯画花纸牌。"

关于瞳的则是："总是在柏青哥店。""周末一边走路一边喝酒，直到黎明。""叼着烟走进超市和店员大吵了一架。""有男人过来留宿的话，不管是夏天还是冬天都会把亮关在门外。""儿子被喝醉酒的男人揍了，她似乎也没有阻止。"除此之外，她曾经拜托邻居托管亮一天，结果一周以后才回来把亮接走。"给我带了一个无聊的钥匙扣作为伴手礼，说了句'受您关照了'，就这样轻描淡写地过去了。"从话语中能感受出邻居男子对她非常不满。

十几岁就背负了四五百万的债务，曾企图自杀。在亮之后怀上的孩子都打掉了。这些是记载在共同采访笔记上的信息，但都是从没有直接交流过的熟人那儿听说的，因此并不知道是否正确。

周围的邻居谈到与亮有关的话题都离不开食物。关于食物的感觉能从每天与父母的交流中培养出来，而亮关于这方面的交流几乎没有。也有人认为这也是导致亮缺乏生动表情的原因之一。

负责与瞳沟通的刑警曾经这样评价她："她的举止行为虽然没有暴力性，但是她的心理年龄极其幼稚。"

也就是说她的精神状态还算比较正常，并没有大的波动。不过，并没有人向警察和儿童咨询所反映，也可以说这也是三十年前日本的现实。

国家从一九九〇年才开始统计应对虐待儿童案件的数量，当年有一千一百零一件。在这之后修改与实施防止虐待儿童的法律，改善福利设施环境，二〇二〇年的应对数量超过了二十万件。

内藤亮刚好站在了当年警察不介入民事纠纷时代的死角。

瞳喝了一口罐装咖啡，开始用指尖急促地操作手机。随后滑动手机放大图片，不禁发出了感叹的声音。

"原来……他能画这样像照片一样的画啊。"

瞳点开的画面是以公园为背景，将一只脚放在蘑菇形状物件上的少女。是如月条的作品。

"他的画很受欢迎呢。"

"这应该算是从鸡窝里飞出了凤凰吧。"

瞳静静地盯着手机的画面，身上有着一种与过去不同的氛围。门田有意识地不让自己的先入观影响判断。

"您想见您的儿子吗？"

门田看准现在的时机，问了一个直接的问题。

瞳说着"嗯……"歪着头，将视线从手机上移开。

"非要说的话，我想在远处看看他。"

"您这是一种怎样的心情？"

"我对他还是心有愧疚。毕竟因为我自己爱玩，基本上都没怎么照顾过他。二十多岁的时候，我实在无法想象为了他而放弃自己想做的事情。与并不怎么喜欢的男人交往，有了孩子。其实当时也想过打掉这个孩子，但去医院检查后，医生说由于月份太大，无法打掉，实在是没办法才把他生了下来。"

虽然她说得太过于直截了当，但事实应该就是如此。瞳怀着亮，顺势结了婚，至今也沿用内藤这一姓氏。

"带孩子去公园以后，小孩子们就会在一起玩对吧？我不太喜欢被不认识的家长搭话，总感觉人家在炫耀自己完整的家庭，时常会变得有些自卑。丈夫在结婚后不到半年就消失了，而我与父亲也断绝了关系，况且我也不是那种可以一直稳定工作下去的人。"

就像负责与瞳沟通的刑警所说，她从小就缺乏独立性。有了孩子以后，在一定程度上要融入社区。工作以后，就要置身于人际关系的蜘蛛网里。年轻的父母都会一边烦恼一边应对这些现实，而无法与人正常沟通交往的瞳从一开始就拒绝了这些义务，毫无计划地走进了死胡同。

"您的母亲塔子女士一直在帮助您对吗？"

"嗯……对的。她有时会帮我照看一会儿孩子，也会借钱给我。但是因为有父亲在，所以也不过是在外面偶尔见一面。亮跟我母亲很亲近，所以我想着还不如把亮给我父母养。"

瞳之所以可以不工作应该是因为有母亲的资金援助吧。这应该也是瞳可以随心所欲的原因之一。

"内藤女士您小时候是什么样的孩子呢？"

"我小时候很普通。"

瞳说完突然沉默了，随后开始搜索"如月条"。门田顿时觉得气氛变得有些尴尬。每当她打开一个网页，都会用手指滑动屏幕放大文字，看得非常认真。

她的这副样子，让门田确信她的确很长时间没有与亮联系了。这样的话，想了解亮的近况估计不太可能了。

"果然我这种人不应该当母亲。"

瞳还看着手机，突然又开口了，门田重新握紧了圆珠笔。

"刚刚的问题，我小时候是一个怎么样的孩子……其实我从小学开始就基本上没有和父亲说过话，大部分时间只是与母亲，还有保姆说话。因为父亲身体还比较健康，所以工作很忙，经常会有公司的人来家里。毕竟住在那样的房子里，家庭还是挺富裕的，但是我无法喜欢'海阳食品'这家公司。"

"这是为什么呢？"

"保健品这种东西很玄乎，在集团里也有一些来路不明的公司。初中时我曾经因为这个被欺负过。"

据瞳所说，"海阳食品"集团中还有销售健身器材的公司。因为有父母跟自己的孩子说这些几乎全是诈骗，所以瞳会被周围的同学嘲讽，那时她还在上初中二年级。

"我有一段时间拒绝去学校，老师介入后，这件事就不了了之了。因为发生了这种事情，所以我高中去了私立的女子学校。不过是那种只要申请就一定能被录取的学校。其实我在读高中的时候，也无法很好地融入进去，但没告诉父母，总感觉有点丢脸，而且说出来也有点麻烦。"

门田猜测着在内藤瞳的人生中可能一直都有这种孤独感。不管是和父母住在一起的时候，还是和幼小的儿子在公寓住的时候，抑或是搬到远离横滨的北九州的时候。

就连对待自己的儿子都像对待陌生人一样毫不关心，仿佛在她的内心，名为喜怒哀乐的种子还没生根发芽就已经枯萎了。

按照现在话题的走向，门田本打算开口询问"海阳食品"之前发生纠纷的那件事，突然想起了上周在横滨的咖啡店与藤岛见面后，临走时他对自己说的话。

"嫌疑犯，往往都很无趣哦。"

那时，藤岛曾问自己："门田，你现在是为了知道真相才去采访的吗？"门田不禁重新考虑起了亮的事情。

作为内藤瞳的儿子的过去——内藤亮，作为成功画家的现在——如月条。在这之间存在着三年的岁月，足以改变一个人的人生。在有限的时间里，作为新闻记者的门田应该抓住的并非引起有始无终绑架案的嫌疑犯。这起特殊的绑架案件指向的是更加深层的某种东西。

就像无法抵达终点站的旅行一样，门田感到焦急的同时，继续提问。

"一九九四年，亮回来的时候，跟您说过那三年他在哪儿做什么吗？"

"完全没说过，而且我也没听父母提起过。"

"亮回来以后，您和他见过面对吧？"

"对的，但不是很频繁。"

虽然对于这个话题对方似乎有点难以启齿，但门田并没有顾虑这点而是继续采访。

"我想经过那三年，亮的变化应该很大。能请您跟我说说在这些变化之中，有没有让您印象深刻的？"

"变化的话……个子长高了，果然还是外表的变化最大吧。"

门田不满足于如此浅显的回答，于是默默地看着瞳的眼睛，向她施压。

"他本来就是沉静的孩子，让人完全猜不透他在想什么。不过他确实经常画画，明明没有学过却画得非常好。真是不知道他到底像谁。他有时会画路边捡到的石头，一坐就是很长时间，而且一直盯着石头看，一动也不动。"

"一般的小孩子都是好动的。"

"就是说啊！就像时间静止了一样，不知道他到底还有没有呼吸。有时会让人发怵。即便是母子也不一定亲密无间，我和那个孩子是真的合不来。"

瞳说完这句丧气话后，又补充道："说到变化……那个孩子画得比以前更好了，可能是因为他一直都在画画吧……"

自己的亲生孩子消失了三年。正常父母都会想知道那三年究竟发生了什么，但是瞳依然保持着一定的距离感。

"比起我，我的母亲可能知道得更多。那个孩子一个人回来时，对着一边哭一边抱着他的祖母说过'请让我在这个家生活'。"

和藤岛说的一模一样。塔子当时曾向女性刑警透露过"亮被教养得很好"。

亮是凭借自己的意识选择了木岛家。可能因为从小生活环境很复杂，所以比较早熟。但是仅仅七岁的少年真的能说出那种话吗？

门田总觉得有在一旁教导他的成年人，而且是与警察所描绘的嫌疑犯画像完全不同的另一个人。这个世界上一定有某个人教导少年今后的出路，并把他带到了木岛家的附近。门田的脑海中有一定的方向性，但无法通过这些线索描绘出具体的画像。

"啊，对了。"

瞳仿佛想起了什么似的，从放在长椅上的布制托特包里取出有一定年代的红色笔记本，然后将夹在其中的一张明信片递给了门田。

"这是那个孩子寄给我的。"

"咦？亮寄给您的？"

明信片整体发黄，能看出时间应该过去了很久。明信片上内藤瞳的名字和她以前在横滨的地址，都是大人的笔迹。

"你看一下反面。"

被催促着的门田将明信片翻了过来，顿时被眼前精心勾勒的铅笔画所吸引。虽然并不是非常讲究，但这幅桃子的铅笔画明显超过了小孩子的水平。

"内藤女士，请问这张明信片，您是什么时候收到的？"

"具体的时间我记不太清楚了，应该是那个孩子回来的两年前左右收到的……"

"等一下，也就是说这个是他被绑架的那三年间收到的对吗？"

门田过于激动，导致声音都不自觉地上扬了。终于有一束光照进了"空白的三年"。

"是这样的。"

"您可别说'是这样的'……这可是非常重要的事情啊！关乎被绑架的孩子是否安全啊！我从未听说过这件事……您应该没告诉警察吧？"

面对门田的气势，瞳并不在意而是扬起嘴角轻轻一笑。

"这种事情我当然不会说出来。警察肯定会说这个是我自导自演绑架案的证据什么的，将这张明信片没收。这些人对记者还是好声好气的，但像我们这种人都是当蝼蚁一样对待的。而且，我母亲让我别把这件事说出去。"

"塔子女士也知道收到明信片的这件事？"

"因为我给她看过这张明信片，然后她一脸严肃地跟我说'如果被警察知道而采取行动的话，亮说不定就危险了'。"

"莫非木岛家也收到明信片或者信了？"

"我没问过，所以我也不知道。"

为什么连这种事情都没有确认过？这难道不是关乎自己儿子性命的重要信息吗？门田虽然对于瞳这种毫不关心的态度有点生气，然而另一方面，她把明信片夹在笔记本里，非常珍视的样子也是事实。

门田有点难以理解刚刚瞳展现出的对于儿子忽近忽远的独特距离感。内藤瞳这个人太不均衡了。

"那个孩子知道我很喜欢桃子。"门田一边听瞳说话，一边再次将明信片翻转过来，看了看邮戳。虽然颜色有点变浅，数字难以辨别，但能确认形似折扇与石垣的图画。

门田在脑海的数据库中搜索，并没有花太长时间就得到了一个答案。

这个不就是京都的风景邮戳吗？

5

翻着图像书，看到"情景-79"的三张照片时，面部深处眼睛与鼻子的神经仿佛连在了一起。

眼角发热，单方面的感伤传达到了脸颊，里穗慌张地拭去泪水，将视线移向窗外。

斜对面大楼的二层，有一家叫"水溶液"的咖啡店。他二十分钟前落座的位置已经被一名中年男性所占据了。里穗所在的咖啡店"丹泰斯"，也在大楼的二层。

高中生活也进入了第二年。虽然即将进入梅雨季节，但多亏了"社团活动"，里穗的内心非常充实。

高二与内藤亮分到了不同班级，里穗因此十分消沉。不过这种日子并没有太久，她想起了亮的例行路线。每周三放学后，由于祖父公司的干部到家中拜访，认生的他总会去元町购物大街的"水溶液"打发时间。就像调查绑架案那时一样，里穗发挥天生就拥有的调查能力，寻找着能够"埋伏"他的最佳地点。只要是和他有关的事情，无论多繁琐，里穗都不嫌麻烦。从"丹泰斯"小小的窗户只能够看到"水溶液"窗边的桌子。但很幸运的是他的固定席位就在窗边。"丹泰斯"是一家古色古香的咖啡店，主要的客户群体是退休人员。店内一直很冷清，十几岁的年轻人占据一扇小小窗户前的特等席位并不用费太大的劲儿。

每周三的"埋伏"成了里穗活下去的希望。他一边喝咖啡，一边安静地阅读的侧脸，里穗怎么看也看不腻，还会时不时满足地扬起嘴角，想象着内藤亮不为人知的另一面。正因为不在一个班级了，里穗的思念也日渐加深，如今她已经变成一个十足的跟踪狂。

里穗将视线移回图像书。这是将上个月上映的人气爱情电影里的场景照片整理成册的书。电影讲述的是在高中时期失去了罹患白血病的恋人，男子经过了十七年，终于迈出了新的一步。里穗被朋友邀请时，对于"因绝症失去恋人"这个设定并没有多大兴趣。但是她看完电影后，哭得稀里哗啦，把朋友都吓住了。

"什么叫'太俗套'了啊，你可是电影院里哭得最厉害的人。"

里穗被朋友狠狠嘲笑了一番，实在是太丢人了，她便一直埋着头。她有如此强的代入感，原因之一是因病去世的女主角和自己同龄。通过磁带里的声音想起了十七年前的事情，男主角对待本已经失去的爱情的认真态度让人感动。

那时，她确实活着，陪在我的身旁——感受到"真实存在"的那一刻，里穗的脑海中浮现出了亮的面容。

现在桌子上打开的图像书"情景-79"是这样一个场景。女主角说着"被遗忘是一件很可怕的事情"，和男主角穿着结婚典礼的装束，一起拍照的场景。穿着婚纱的女主角脸上柔和的笑容仿佛在陈述这段短暂恋情的残酷。这段有些虚幻的场景，让里穗产生了一种预感，身上总缠绕着脱离现实氛围的亮有一天可能会突然消失。

里穗将夹在图像书中的书签取了出来。这张书签似乎可以作为电影的打折券。

下次我一个人去看吧——里穗一边想着一边再次看向窗外，不禁发出了"啊"的声音。竟然下雨了，自己总是在这种时候忘带折叠伞。

里穗看了看手表，已经六点多了。虽说现在处于昼长的季节，但是再晚一点回去的话会被父亲骂的。她匆忙地将图像书装进了书包，一把抓住付款单。

穿过大楼狭窄的楼梯，来到一楼，望了一眼室外，雨势还挺大的。行人之中，比起撑伞的人，将手提包顶在头上的人更多。

里穗做好被淋湿的心理正准备打算跑起来，视线的角落出现了一个熟悉的身影。她急忙将身子藏到楼梯拐角处。当她看到从东边走过来的男子时，不由得倒吸了一口冷气。

是年级主任奥田。走样的灰色西装、用一只手将错位的裤子往上提的动作、泛着神秘黑色光泽的尼龙制挎包……随着信息量的增加，里穗的危机感也越来越重。

大约两周前，高三的男学生之中有人携带麻药的流言在学校传开了。自那以后，"有老师在闹市区巡逻"的小道消息人尽皆知，放学后大家都不敢在外面乱逛，校内人心惶惶。

总是喋喋不休的奥田非常不受学生待见。突如其来的肢体接触，让女生都对他格外警惕。里穗曾经也被他突然拉住手腕，虽然当时笑着糊弄过去了，实际上那一整天她都郁郁寡欢。

奥田的伞压得很低，应该还没有发现自己。但是明明走在对面人行道的他，不知为何突然朝"丹泰斯"所在大楼的方向前进，正横跨着石板主干道。

里穗在心中诅咒自己的不幸。对于学生的味道，奥田似乎拥有着狗一般的嗅觉。如果他现在把伞稍微举高一点，朝楼梯的方向看过来的话，就完蛋了。要不要再回店里躲一躲呢？但是万一奥田的目的地是"丹泰斯"，那自己就真的无路可走了。现在只能赌一把，朝着远处跑起来远离他可能比较好。

敌人摇晃着圆滚滚的身体走近了。他大腿处的布料被肉挤得发出悲鸣……里穗与奥田之间的距离已经缩短到可以看清细节了。

差不多该走了，虽然里穗在心里下定了决心，但身体僵硬地动弹不得。如果被奥田发现自己放学后在外闲逛，肯定会被絮絮叨叨地责骂，说不定可能发生更糟糕的事。虽然里穗距离人行道只有一步之遥，但这短短的二十厘米显得十分遥远。

死角处出现了一把带有光泽的藏青色的伞，从里穗眼前路过的时候，她的手腕突然被什么人抓住了。下一个瞬间，那把漂亮的伞下变为两个人。

"现在往左拐哦。"

内心混乱的里穗抬头看向身旁的男子，是一脸冷静的内藤亮。

"你怎么会……"

二十分钟之前还穿着校服的他，现在以一身黑色衬衫和牛仔裤出现在里穗面前。一眼看上去还以为是大学生。

"从那个转角处再往左拐的话，应该就安全了。"

从这句话能知道他应该也察觉到了奥田。他飒爽地出现，并帮助里穗脱离困境，而自己连一句感谢的话都没来得及说。

两个人挽着胳膊前进。被奥田这样拉住手臂的时候，里穗恶心到想吐。而现在却感到从未有过的心动。里穗为了表达自己的意志，在微微挽着的手臂上施加了力道。

"谢谢。"

面对终于表达了感谢之意的里穗，亮道歉道："这么突然，真的很抱歉。"

"没这回事，真的帮了我大忙。而且我还没带伞……内藤同学你真是神明啊。"

"穿着牛仔裤的神明，还是很不靠谱的。"

共撑一把伞的尴尬，从格外响亮的雨声中也能察觉。虽说只是手腕，有了肢体上的接触，温暖也传递了过来。每走一步，里穗的心跳声就会变大一点。

没有明确的目的地，让两个人的距离忽近忽远。解决了奥田这个棘手的问题，被解救的人与伸出援手的人都不知道下一步该怎么走。

如果亮现在解开手臂，说着"再见"和她告别……里穗有点害怕这样的未来。她还想继续和亮再像这样一直走下去，于是她寻找着可以打破沉默的话题，但脑海中浮现出的都是一些虚情假意的客套话。

"你没带伞对吧？"

"啊，嗯，没带……"

"这样的话，你要来我家借把伞吗？"

前半句话让里穗心里不禁咯噔了一下，由于他制造了两个人能够继续待在一起的借口，里穗的心跳开始加速。

虽然她想着出于礼貌还是应该先拒绝一次，但如果亮就这样放弃了可就麻烦了。里穗一边开玩笑似的说着"您的恩情小人一定会牢记于心"，一边调整着呼吸，不让对方察觉。

然而此刻里穗的内心萌发了纯粹的疑问。

本已经回家的亮，为何又会出现在那栋大楼跟前？

6

这种事情原本并不会发生，里穗觉得自己现在仿佛活在电影之中。

喜欢的人帮助自己脱离了"前有大雨，后有老师"的困境，而且还是以一种半胁迫的方式把自己拉进伞下。两个人就这样挽着手臂来到了带有庭院的豪宅。

果然，这一切都不太真实。

里穗坐在一把古董椅子上，将这仅仅十几分钟发生的事情梳理了一番，回味着自己的幸运。

"抱歉，这儿什么也没有。"

坐在三十号大小的画布前，亮一边说着，一边以一副感到很抱歉的样子将屋子环视了一圈。

包含一楼的车库在内，宅邸一共三层。这间二十平方米的房间似乎被亮专门当作画室来使用，卧室在别处，除此之外，似乎还有两间未使用的房间。里穗只能在心里苦笑道："这哪里是什么也没有啊。"

这里简直就是能称得上宅子的气派住所。沿着车库旁狭窄的石阶往上走，打开白色的铁门后，一片经过精心照料过的绿色草坪便映入眼帘。被雨水淋湿的草坪对面是开满了绣球花与桔梗花的彩色花坛。客厅的那扇大的玻璃窗旁，树木的枝干粗壮，郁郁葱葱。里穗在走进门之前就已经非常紧张了。

玄关处铺着看起来就很贵的石头，整个门厅的大小仿佛都可以住人了。亮告知自己已经到家后，有一名高龄女性从眼前的折返楼梯走了下来。虽说在自己家，她穿着有品位的米白色衬衫，脸上带着精致的妆容。楼梯走到一半，察觉到里穗的存在后，仿佛十分惊讶，她优雅地用手遮住了嘴。

"她是我的奶奶。"

听到亮在自己耳边这样说道，里穗急急急忙忙地行了礼。

"打扰您了……初次见面，我叫土屋。"

"啊，原来是你啊。土屋小姐、土屋里穗小姐。"

没想到她竟然知道自己的名字，里穗既惊讶又紧张地再次行了一礼。

"稍微等一等哦，你应该喜欢甜食吧？"

塔子还没等里穗回答，就小跑着朝客厅的方向走去。宽阔的客厅深处，有着不锈钢厨房的餐厅。

"原来你奶奶知道我的名字呀。"

亮有点尴尬地说着"对"，接着帮脱下鞋的里穗拿出了一双拖鞋。

来到画室并不是里穗央求的，而是亮主动提出的。虽然里穗也想看看亮的房间，但作为画商的女儿果然还是更钟情于画。

画架有两台，上面都分别放着画板。亮现在似乎正在着手画手边的这幅，旁侧的长桌上放着能够水平放置画笔的木质底座，带有颜料软管、按照颜色分类的塑料盒，还有翻卷着使用的纸质调色板等物件。

绿色和白色的颜料调出了多种调色板的表面，似乎盖着一层透明的薄膜。

"这个是……保鲜膜？"

里穗用手指了指，亮不好意思地笑了。

"如果包上一层保鲜膜，颜料能用得更久。"

明明有这么气派的画室，却依然很节约的亮实在是太可爱了。对于平时总是一脸沉静的亮与现在的反差，里穗不由得心动了。除此以外，还有一块有一点年代感的木质调色板，似乎用的是朱樱木。

进入画室后的右侧墙壁是书架，画集和单行本紧凑地陈列着。毛姆的《月亮和六便士》是自己也喜欢的书。除了绘画以外，还有许多哲学和音乐相关的书。房间里侧的物件也是看起来很昂贵的扩音器。有四把带椅背的椅子，但没有任何统一感，而且毫无规则性地散落在房间。在这间画室里随处可见的、只能用来当作落脚处的空间，宽阔与寂寥的意义相同。

"画布旁的那是什么？照明灯？"

将日光灯排列成正方形，并用木头架子围绕起来。里穗从未见过这样的装置。

"啊，这个是我自己做的。因为窗帘基本上都是紧闭的，所以我一般用这个来将主体物打上灯光。"

"你自己做的吗？也太厉害了吧。"

"我也不怎么出去玩，所以还是有挺多空余时间的。"

里穗想象着独自一人在这空旷的地方进行创作的亮，不由得觉得他离自己仿佛很遥远。来到他家之后，神秘感反而增加了。

"我第一次见到你的时候也说过，你真的不考虑去艺术大学或者美术大学吗？"

自身有才能，而且还有如此专业的环境，里穗认为他应该沿着画坛的王道走下去。但是至今为止从未听他说过有关今后的出路。

亮垂下眼帘认真思考了一会儿，随后抬起视线，用里穗没有料到的稳重的声音说道："因为我画的是写实画。"

里穗沉默了好一会儿，不知道该如何回应这句话。

难道是说没有能够专门学习写实画的大学？不，应该不是这么浅显的原因，亮应该看得更长远。从他刚刚的语气，以及临摹的精细程度来看，他似乎对"写实"这一类别有着特别的感情。

实际上，眼前的这幅三十号大小画布上所描绘的河流风景画，真实得让人不禁目瞪口呆。大小不一的岩石分散在各处，水流遇到岩石后分开又汇合。野外生长的小草反射着阳光，绿色显得格外耀眼。白色的水花表现出了河流蓬勃的气势。

"这条河真漂亮啊。"

里穗用手指了指，亮回头看了看画布，回答道："这是涌水。"

"也就是涌出的水吗？"

"对，顽强的水流很有趣啊。"

里穗有点想去实地看看，刚打算开口问这幅画中河流的所在之处，这时响起了敲门声。

亮迅速地站起来去开门。塔子拿着一个大的托盘，一边说着"打扰你们谈话了"，一边走进了画室。亮从祖母手中接过托盘，放到了一旁带有轮子的工作台上。

虽然像做梦一样来到了这栋宅子，仔细想想已经到了晚饭时间。里穗站起身，道歉道："这么晚还来打扰您真的很抱歉。"

"没关系，没有这么回事。如果你不介意的话，要和我们一起吃晚饭吗？我和这个孩子两个人的话，吃饭也没什么胃口。"

里穗实在没有这么厚的脸皮留下来吃饭，于是像小狗甩掉身上的水珠一样，用力摇晃着脑袋。如果自己在男性朋友家吃饭这件事被昭和年代的父亲知晓，还不知道他会说些什么。

里穗将附近的椅子搬到塔子跟前，催促着她坐下。

"没事，没事，我马上就走了。"

因为塔子靠在门边，所以里穗也没有靠在椅背上而是直立着身子将双手叠放在大腿上。

"土屋小姐的父亲在东京经营着画廊对吧?"

"没有'经营'这么夸张,只不过是新宿的一家小画廊,至今还没有倒闭已经是奇迹了。"

听到里穗的回答,塔子用手遮住嘴角,笑了起来。

"虽然这个孩子不怎么说学校的事情,但会经常讲起土屋小姐的事情呢。"

"咦? 是吗?"

"是的哦,他还多次拜访过'若叶画廊'。"

里穗吃惊地看向了亮,而亮移开视线,将工作台推到自己和里穗中间。

"你真的来过吗?"

"嗯,去过几次。"

"来了的话,就跟我说一声嘛!"

既开心又觉得有些可惜,里穗没有在内心处理好这两种情感,声调不由得上扬。

"但是一般父亲都不太喜欢自己女儿的男性朋友来玩吧。"

"才没有这回事! 他看到你的画之后一直想见见你,说你非常有才华。"

事实上,喜欢写实画的父亲启介看到"横滨标志塔"楼梯的那幅画后,说着"眼睛真好""这个孩子,人物、风景、静物，什么都能画"，对亮赞不绝口。

"亮，下次再去的时候，就让土屋小姐当你的向导吧。"

"没问题，欢迎奶奶您也一起来。"

"真的吗？谢谢你。这个孩子性情不是很冷淡吗？所以我有点担心他能否在学校里和同学好好相处。"

"您不用担心，亮在学校里很受欢迎。"

里穗斜着眼睛偷偷看了他一眼。慌忙之下试着叫他"亮"，他似乎并没有任何不愉快的表情。其实从一开始里穗就一直想这样称呼他，但奈何没有勇气。

里穗掩饰着自己的心情，重新看向了塔子。

"你们慢慢聊，不用着急。留下来吃晚饭吧，真的不用客气。如果时间太晚，我会帮忙联系土屋小姐的家人。"

塔子从孙子手中取走托盘，意味深长地看了两个人一眼。

"你的奶奶很宠爱你呢。"

"毕竟我是她的孙子。"

里穗之所以能认出红茶的茶杯与茶托是"韦奇伍德"，是因为"若叶画廊"也用这个品牌的茶具来招待客人。圆形的蓝色盘子上放着多种曲奇饼干，特别是点缀在果酱曲奇上的橙色，非常漂亮。

里穗一边喝着红茶，一边顺势讲起了她今后想要在大学里学习西洋美术史等等有关未来的出路。除此之外，从画布的底色到绘画的修复，两个人互相交换了自己所储备的知识。整个谈话过程虽说没有欢声笑语，却是一段非常令人愉悦的时光。

"这个，我能看一看吗？"

里穗将工作台下方架子上的素描本拿了起来。

"不过这是我很早之前画的，上不了台面。"

里穗从书包里取出手帕，擦了擦手，接着翻开了素描本。

果然像亮所说的，画笔稍显稚嫩，可能是小学时期画的吧。里穗一边想着，一边一页一页地欣赏。

"这个是什么？"

"被子烘干机。这个是昭和时代的旧型号，市面上应该已经买不到了。"

"是吗？我们家似乎没有被子烘干机。"

素描本上的画都没有脉络。桃子、海边的雪景，还有公园……似乎只是将自己所见到的东西用绘画代替照片记录了下来。

里穗一直翻着素描本的手，突然在一幅梯田的风景画那里停下了。她想起了那部电影中的场景。

以绿色的梯田为背景，少年的自行车后座载着女主角，在田间小路间穿梭奔跑。虽然只有几秒钟的镜头，但看起来十分幸福的二人给自己留下了深刻的印象。

独自一人情绪高涨的里穗，看向了正在读维米尔作品解说书的亮。他在高中入学仪式时剪短的刘海，现在已经长得和自己初次见面时一样长了。里穗很喜欢他那隐藏在刘海后方的温柔双眼。

毕业以后，是不是就再也见不到他了……

受到电影的影响，里穗不由得感到很悲伤。她终于回过神来，可惜已经晚了，她眼睛和鼻子的神经又连在了一起。虽然她想努力掩盖过去，但被亮从正前方看到了自己正在用右手的手指擦拭泪水。

"你没事吧？"

"抱歉。我只是想起了一些往事。"

为了遮掩自己有些害羞的感情，里穗用双手当扇子，在眼角处扇了扇。然后避免画被自己的泪水淋湿，她合上了素描本。

现在不说点什么的话，就太尴尬了。

"你……要不要为我家的画廊画一幅画？"

面对突如其来的请求，亮的脸上挂满了惊讶。

"我？但我可是外行人。"

"我认为亮你一定可以成为画家的。"

"这个可不好说啊。"

"毕竟'若叶画廊'是你的第一个委托人，价格就由我们来定哦。"

亮稍作思考后，将表情缓和下来，爽快地答应道："好。"

"但我也有一个请求。"

真是太阳从西边出来了，里穗感到有点意外。亮朝房间的一隅走去，随后拿起光盘盒，将其中的一张光盘放入了播放器中。左右扬声器开始播放钢琴曲，里穗立刻在心里蹦出了曲名。

乔治・温斯顿的《孤独的爱》。

在"横滨港标志塔"的楼梯处遇到他的时候，自己听的就是这首曲子。临别时，亮曾经问过自己在听什么，当时里穗回答的是乔治・温斯顿。不过现在这个情况到底是……

"其实我也一直很喜欢这首曲子。"

里穗还记得那时亮听到她的回答后，睁大双眼，爽朗地笑了起来。平成年代的中学生竟然通过乔治・温斯顿联系了起来。原来他是因为高兴才笑的。

可能这就是命中注定吧，里穗这次开心得想哭。多巴胺使塔子的话再次在她的脑海中浮现了出来。亮在自己的家中时常提起自己，还去了画廊。即便里穗再谨慎，也不得不有了期待。

他刚刚之所以会出现在"丹泰斯"所在的大楼跟前，不会是因为……

《孤独的爱》日本版 CD 被翻译成了《憧憬》。正是受到这首曲子的影响，里穗与房间另一侧的亮对上了视线。

在寂静的画室，美丽的钢琴旋律将二人围绕在其中。

难道这是要告白吗？里穗发挥了女人的第六感。

亮慢慢从房间的另一侧走了过来。里穗的心跳已经到达极限。虽然她的双脚已经开始颤抖，但仍然用力站了起来。

拿着光盘盒的亮，径直地看着里穗的眼睛说道：

"要一起学钢琴吗？"

第四章　追踪

1

《美术通信／平成六年十二月刊／望月彻氏专栏〈千里眼仍然还有千里要走〉》

如果不怕被误解，我认为艺术是一种"解读"。

关于这个世间的真理，艺术家通过身心的过滤后得到原液。通过将其注入作品之中，普遍性与时代性，抑或是情感与新的发现浮现了出来，向观赏者的内心诉说着这一切。

也就是说，只有原液并不能称为艺术。我之前一直是这样认为的。但是我在三年前遇到了一名画家，他颠覆了我这个浅薄的观点。

将主体对象如实地描绘——写实画，在照片普及之后，失去了实用性。日本在战后，抽象表现迎来了全盛时期。通过"如何将主体抽象化"，才能体现出一名画家作品的艺术性。在当时的美术界，"单一的临摹"几乎被视为没有什么深度的画技。

虽然这样说显得有点自大，我之所以开始进行作品收藏，初衷是为了鼓励国内一些有前途的画家。我一直对抽象表现有着浓厚的兴趣，因而也不例外曾经和许多人一样，有一段时间热衷于收集概念艺术品。说实话，当时我从未考虑过"写实"。不，可能甚至都没有意识到"写实"是绘画的一种类别。

但是在三年前，说起来有些惭愧，作为工作的一环，我需要委托他人帮我画一幅肖像画，因而遇到了我前面所说的那名画家。其实我一开始委托的是有一定名气的专业画家，然而最终收到的成品过于美化，让我感到有点扫兴。我后来才听说关于肖像画，有一种比较多的纠纷。肖像画的成品没有达到"理想中的自己"——也就是经过美化过的脸，从而引发客人的不满。

那名专业画家应该也是顾及这一点，在心中给自己拉了一条警戒线。在我眼中，那幅画中只有明显的恭维与奉承。虽然我最终还是收下了，但一想到那幅画要一直留在公司，就有点丧气。

因此我找到了从以前就保持着交情的 K 氏。他经营着一家位于银座的画廊"R"。那时他说着"有一名十分有趣但没什么名气的画家"，把 N 氏介绍给了我。

这名 N 氏，虽然于一九八○年代中期毕业于东京的美术大学，但在团体展并不怎么引人注目，也不怎么活跃。我记得他当时在美术大学的培训班当老师。话特别少，也不怎么笑，才三十多岁，浑身就散发出一种威严的气质。

我最开始惊讶的是，他让我给他尽可能地多腾出一点时间来。在他之前的那名肖像画家只是拍了几张我的照片，然后以此作为依据来作画。但是 N 氏似乎想看着我本人，面对面地画。

我毕竟也是白手起家，因此非常欣赏这种有毅力、不怕麻烦的态度。我当时爽快地答应了，但不到一个月就开始后悔了。半年时间里，他至少每周会来两次公司，看着我本人作画。N 氏完全不理解商务人士时间的重要性，而且也毫不打算理解，只是一心扑在创作上。

只要是参加过工作的人，谁都能够理解工作会有繁忙期。我也以一种"上了贼船"的心情，尽可能地调整自己的时间来配合他。但面对如此配合他的委托人，N 氏依然说着"请您别动，线条会变乱"等毫无顾忌的话。

我不知道因此生气过几回了。但另一方面，我对于他直言不讳的性格抱有好感。作为社长，周围的人都不会对我讲真心话，有时会感到孤独。而这名年轻的画家，虽说处事不太圆滑，但眼神很真挚。我已经很久都没有这种被人认真对待的感觉了，因而很开心。

半年后，当我看到肖像画的成品时，着实不知道该用什么词来形容。

脸的轮廓与五官自不用说，整幅画充满了"望月彻"的气质。并非"像"这么简单，就仿佛还有另一个"我"的存在，让人产生这样一种错觉。我的灵魂似乎都要被画布吸进去了，在鉴赏画作时，我还从未有过这样的感受。

我很感动，向他表达了我的感激之情，N 氏的脸上第一次出现了笑容，说道："我肩上的重担终于卸下了。"

看到如此让人印象深刻的作品，作为收藏者自然开始考虑收集他的作品。

大约过了半年，我处理完手里一个大的项目后，再次联系了银座的画廊"R"，想请对方将 N 氏的作品都转让给我。然而，我从未想过 K 氏会给我这样的回复，再一次不知道该说些什么了。

"他已经不再画画了。"

我的第一反应是：这怎么可能?！有如此才华的年轻画家，为何要封笔？然而，不论我如何打破砂锅问到底，K 氏依然含糊其词不肯透露。

意志消沉的我，甚至有一段时间对于欣赏画作都提不起兴趣。那幅画对我的影响就是如此深刻。大概去年的这个时候，我从朋友那儿听说了一件让我大为震惊的事情。

我那名住在京都的朋友是我的同行，而且也喜欢收集美术品。因而我与他时不时会一起吃饭聊天。听说他请人将家中的一间英国风的书斋画了下来，他家的书斋的确非常精致，我在那间书斋一边抽着雪茄，一边和他聊天，无比幸福。

我想您应该已经知道了。与我朋友关系亲密的陶艺家给他介绍的画家就是 N 氏。

N 氏在他家住了大约一个月，回到附近自己家中大约过了两个月，终于画好了。当我看到成品的照片时，又一次被震撼到了。他将随着时间流逝愈显魅力的桃花心木的美表现到了极致，引导着观赏者进入这片寂静多彩的世界。这是由真正的画家所绘画出来的真正的作品。

我当然询问了有关 N 氏的消息。但是我的朋友以及陶艺家都联系不上 N 氏了。似乎从家里消失了。

这样一来，也算得上是一起推理事件了。

不拘小节的天才画家 N 氏到底是何方人物？

虽然我很想知道他的真实身份，但对于比较敏感的艺术家，我不太想从外界施压。

他一定还在绘画的修行路上。当 N 氏结束修行之旅，成为真正独当一面的画家之时，到底会是什么样的水平？

虽然没有赌注，但我认为他将成为给日本画坛带来重大影响的人物。他如今在哪儿旅行，又在画些什么呢？

请一定多多丰富阅历，成为独一无二的画家。

我相信我们一定会再次见面。就此搁笔。

2

踏上餐饮大楼的楼梯时，夜晚东京的冷风似乎稍微变得柔和了一点。

门田走上二楼，在有格调的米白色门帘右侧，确认店名无误，调整呼吸后，将店门拉开。

几个吧台边的座位与两个有桌子的席位。店铺整体采用的是比较新的木材，给人一种整洁感。现在还不到六点，狭窄的店内没有一名客人。

吧台里侧一名穿着白色厨师服的男子走了出来，满脸笑容地说道："请问您是门田先生吗？"

门田打过招呼后，自称是店主的这名男子一边说着"我带您进去"，一边往里走去。

店内深处奶油色的墙壁，其实有一块地方是隐藏的门，店主熟练地将滑动的门打开。

门背后的房间大概七个平方米左右，天花板很低。房间内有桌椅、花瓶和书，是一个非常简洁的空间。

"啊，您好，您好！"

发现门田走进房间后，一名又高又瘦的男子站起身来打招呼。

店主关上门离开，二人交换完名片后，面对面坐了下来。

名片上写的是"银座画廊六花岸朔之介"。

"非常感谢您这次能够抽出时间来见我。"

门田低下头郑重地道谢，朔之介笑着摆了摆手。

"没关系，我正好很闲。毕竟今天可是情人节。"

神户出身的朔之介说着柔和的关西腔，让门田稍微放松了一点。自己已经很久不是"相关者"了,所以完全忘记今天是情人节这回事了。他本以为最初的谈话会很生硬,不愧是与形形色色的人打过交道的七十多岁的画商,心胸很广阔。

门外响起了一声"打扰您了",店主端着盘子走进来。

"其实今天是定休日,是我请店主特地为我营业的。"

"咦? 是这样吗? 那真是给店主您添麻烦了。"

门田很惶恐地欠了欠身,店主说道:"没这回事,我的店已经受到岸先生三十年以上的照顾了。"

不一会儿,分装好的盘子和小碗就被摆放在了两位客人的面前。

腌黄瓜、上汤煎蛋卷、葱烧鸭肉,还有类似馒头一样的食物。

"门田先生,您能喝酒吗?"

"我还挺能喝的。"

"是吗? 既然这样的话,那就再来一合[1]冷酒和烤鱼吧。"

不知是不是已经提前准备好了,店主摆上了白桃色华丽的志野烧的酒瓶和小瓷酒杯,说着"请慢慢享用",随后将门关上。

"那我们先喝一杯吧。"

---

1 约180毫升。

门田与朔之介互相给对方斟酒，随后将日本酒送入口中。一丝有品位的香气钻入鼻腔，口感非常清爽，能喝出制作这酒的米磨得非常精细。

将荞麦店整个包场，还有酒可以喝。门田不由得变得更加期待了。

"冒昧给您写信，真的给您添麻烦了。"

"不不，我还是很感兴趣的。应该说我比较执着。"

看着一边说话，一边用手抚着嘴边白胡子的朔之介，门田回想起自己在寄给他的信上写的内容。

要想进一步获取野本贵彦的信息，最重要的一环就是对岸朔之介进行采访。作为一名记者，没有比不带任何武器接近受访者更愚蠢的行为了。第一面是有且仅有的一次机会。

门田从九州回来后，没过几天就收到了来自兵库新报矶山惠子的一封邮件——朔之介先生可能不久将隐退。几乎同一时间，还收到了千叶"TOKI 美术馆"的写实画家又吉圭发来的 PDF 文件。既是投资公司社长，又是绘画收藏家的望月彻，在二〇〇八年已经废刊了的《美术通信》上连载的专栏。根据专栏，他似乎与野本贵彦有所接触。

门田感觉信息已经汇集到了一起，于是立刻在电脑上开始写信的草稿。

首先他如实地写了自己正在调查神奈川县两起儿童绑架案件，尽可能详细地描述了至今为止调查的全过程。面对即将隐退的朔之介，表达了自己想要亲眼看一看野本贵彦画作的想法。关于望月彻的专栏和内藤瞳收到的明信片，刻意没有进行详细说明，以"我想当面给您看一件东西"结尾，向对方抛出了橄榄枝。

他将草稿重新用钢笔誊写了一遍，把信交给了朔之介信赖的矶山记者。如果这个方法不行的话，就真的束手无策了，就看信封里名片上的邮箱会不会收到邮件了。

门田把腌黄瓜送入口中，又喝一口冷酒，味道很清爽。

"那个叫《自由》的周刊杂志真是太胡来，不仅把不愿露脸的画家的照片公开，而且还把小时候的事情曝光了……"

如果没有周刊杂志的报道，门田可能也不会继续调查，于是他慎重地寒暄。朔之介嘴上批判着《自由》，可能是为了牵制那些想把过去的事情重新翻出来的记者。

"好吃。"朔之介吃着上汤煎蛋卷，满足地点了点头。门田将自己手里的第一张牌打了出来。

"您看看这个。"

门田从包里取出文件夹，把 A4 纸递了过去。朔之介将挂在内侧口袋的老花眼镜戴上，一边喝着酒一边默读。

"这么小众的杂志，真是难为你找到了。不得不说术业有专攻。"

"文章中，银座画廊'R'就是'六花'，'K 氏'就是

'岸先生'您，对吗？"

"没错。我还是先告诉你，'N 氏'就是'野本贵彦'。"

没想到他竟然坦率地承认了，但从这里开始才是关键。

"专栏的后半部分，野本先生曾经在京都画过的书斋的画。岸先生您知道这件事情？"

"京都的书斋……有这回事吗？我也记不清了。"

门田根据自己的经验，能够看出朔之介现在是一边含糊其辞，一边观察对方的态度。这种飘忽不定的受访者是最麻烦的。

"文章中所写的京都的书斋大约是在平成四年画的。那段时间，野本先生在京都对吗？"

"抱歉，我也不知道。"

"他从东京的大学毕业，在东京的美术大学培训班授课，与东京的画廊'六花'有交情。虽然这一切都围绕着东京。但莫非他其实是京都人？"

"不，他是东京人。"

"望月先生的专栏里是这样写的。'N 氏在他家住了大约一个月，回到附近自己家中大约过了两个月，终于画好了。'……也就是说他曾经在京都住过一段时间。"

朔之介没有回答这个问题，而是将类似于馒头一样的食物用筷子分成了好几份能够一口吃下的大小。

"这个是汤荞面糕，很好吃哦。"

门田听从朔之介的推荐，把汤荞面糕送入口中。平滑的口感，能够直接闻到荞麦粉的香味。

"确实很好吃。"

两个人又喝了一口酒，随后朔之介开口道："你见过内藤瞳了对吧？给我的信中是这样写的。"

门田通过这一点察觉出此事可能与专栏有关。

"我还想让您看看这个。"

门田点了一下手机画面，显示出瞳所持有的明信片。

"这幅桃子的画，似乎是孩童时期的内藤亮临摹的。"

朔之介将脸靠近手机屏幕，不自觉地发出了一声感叹，似乎并不知道明信片的事情。

"这张明信片是……？难道正面写着亮的名字？寄信人是亮吗？"

"不，正面是这样的。"

门田点开明信片的正面，随后将手机递给朔之介。

"寄信人的名字……好像没有写啊。不过收件人的地址好像是大人的笔迹。"

"没错。瞳从这幅画的笔触以及自己很喜欢桃子这一点，因而认为明信片是儿子寄来的。岸先生您觉得这幅桃子的素描有如月条的感觉吗？"

"这个的话，我还真不清楚。"

"实际上，我比较在意的是风景邮戳。"

"风景邮戳?"

"是的，您看一看邮票那儿的红色邮戳，应该能勉强辨认出来形似石垣与折扇的图画。"

"啊，这个啊。"

"这个是京都的风景邮戳。"

朔之介将手机还给门田后，拿着小瓷酒杯轻轻地回应了一声。

"这张明信片寄到瞳手中大约是在平成四年。野本贵彦在京都帮人画书斋也是在平成四年。同一时期分别从东京和横滨消失的画家与少年，又在同一时期出现在了京都。"

朔之介什么也没说，将纯米大吟酿从酒瓶倒入了小瓷酒杯。看来现在正是关键时刻，门田穷追不舍地继续发问。

"我实在无法理解野本贵彦这个人。认识他的人都毫无例外地称赞他非常有才华。然而，他不仅没有自称画家，还在完成被委托的工作后就消失了。难道不是很奇怪吗?"

朔之介将葱烧鸭肉送入口中，依然继续无视门田的问题。

"在采访调查的过程中，我想亲眼看看野本作品的愿望越来越强烈。这与案件没有关联，仅仅是出于我的好奇心。"

朔之介将右手放在额头，皱了皱眉头。

"野本先生现在在哪儿? 您真的没有跟他联系吗?"

"我好像有点喝醉了。"

因为对方似乎正在思考该如何接话，所以门田也喝了一口酒，静静地等待答复。朔之介长长地叹了一口气，随后看着门田的眼睛说道："真的与案件没有任何关联对吗？"

门田没有回避视线，点了点头。

"我不接受任何提问哦。"

门田再次点了点头。"行！"朔之介小声说道，随后站了起来，将拉门拉开，对着吧台处的店主说道："烤鱼的话，我还是下次再来吃吧。"

朔之介提议说想走一走来醒醒酒，门田也跟在他身后走在神田的大街上。

"其实我本来还想让你尝尝荞麦面的。"

"盐味的吗？"

"没错，用粗盐煮的荞麦面，再配上剩下的纯米大吟酿，很美味。"

因为天气很冷，所以朔之介穿着羽绒服。蓬松的羽绒服与他瘦弱的身材形成对比，看起来像仙鹤一样。

二人一边吐着白气，一边走着。大约过了七八分钟，就走到了一栋旧的写字楼楼下。在税理士事务所和广告公司等各种五花八门的公司聚集的写字楼，"六花"将其中的一楼和地下一楼作为仓库使用。

银座与神田之间的距离，开车大约十分钟。刚刚的那家店并不在能够步行走到的范围之内，大街上的氛围也不一样。面对门田单纯的疑问，朔之介开玩笑说道："隔墙有耳。"

从通往地下一楼的昏暗楼梯走下去，能看到亚麻油毡的通道两侧共计有四扇门。每一侧都有两扇简单的蓝色大门面对面立着。朔之介踏着有节奏的脚步，拉开了右手边靠里的那一扇门，并按下了灯的开关。

日光灯发出轻微的金属声，忽明忽亮，不一会儿就将整个房间照亮了。

门田看到眼前的景象后，不自觉地发出了惊叹的声音，并后退了半步。左右和中央总共三面墙壁上挂着不同尺寸的油画，正因为是悬挂在拳击场般大小的室内，所以作品显得格外有存在感。

每一面墙上挂着四幅，共计十二幅。这些作品大部分都是风景画。门田之所以会后退半步，是因为每一幅作品都非常逼真。在展览会，目光一般都会聚集在自己喜欢的画作上。而这儿的所有画作都给人一种压倒性的真实感，仿佛吸引了所有的焦点，营造出一种异样的氛围。由于轮廓太过鲜明，明明是二次元的内容却仿佛跳出了画框。

"这……可一点也不普通啊。"

"这正是'写实的魅力'所在。看到的一瞬间就会刻在记忆里对吧？"

就像朔之介所说的，野本贵彦的画里仿佛藏着一束强光，只要看过一次就不会忘记。并非靠抽象，而是因为太过于写实才会让人如此印象深刻。主体物的魄力与画家的力量是做乘法的，现在的门田心中有了这样一种印象。

即便在如此单调简单的空间，仅仅十二幅画，如果能够观赏的话，花钱也是值得的。门田甚至有这样的想法。正因为感受到了真正的艺术性，才会觉得这些画被藏在仓库里很可惜。就像之前又吉圭说过的，野本所创作的作品是能够被珍藏在"TOKI美术馆"那样一流的展示室里的。

"这些画被藏在这里数十年了吗？"

门田的话语里，包含着对朔之介独自占有这些画作的责备。

"嗯……是的。"

对于朔之介而言，这个回答少有地支支吾吾。他脸上的笑容消失，浮现出一丝愧疚。也是因为如此，他才会把门田带到这儿来的吧。朔之介就这样从美术界隐退的话，"野本贵彦"这名画家也会消失。身为画商的话，一定会这样想。野本的写实画就是如此直击人心。

"这个房间全年保持着二十摄氏度的恒温和百分之五十的湿度。当然同时也注意着颜料的龟裂以及画布的老化，以我个人的方式守护着这些画。"

朔之介仿佛在为自己找借口，茫然地看着这些画。

门田看着老画商的侧脸，在内心猜测着这个人这么多年应该在寻找着一个契机。他一直都想向人诉说。他沉默至今的意义里，仿佛能看到内藤亮幼年的身影……

打破这片寂静的是来电铃声。

朔之介看了一眼手机屏幕，皱了皱眉头，说了句"抱歉"，走了出去。然而过了几秒钟便回来了。

"真的太对不住了，有客人来了，我现在必须回一趟银座。看完以后，能麻烦您关好门，并将钥匙交给荞麦面店的店主吗？"

对于门田而言，简直是求之不得的事情。朔之介离开以后，又等了一会儿，门田从里侧上了锁，用数码相机将每一幅画都精心地拍了下来，随后再次把这些画细细欣赏了一番。每一幅画都有"T.N"的签名。

左手边墙壁的作品中最吸引眼球的是一幅绿油油的水稻梯田的画。缓缓倾斜的稻田上的楼梯一直延续到山的另一侧。水稻仿佛动物的绒毛一般，看起来很柔软。石板那样平坦的水渠也是呈楼梯的形状，从中能窥探出自然与人的共存关系。

旁边的一幅海滨雪景的画也十分有魅力。海岸的砂石被白雪取代了，远处淡蓝的天空泛着一丝粉红色，平稳的海面上散发着温柔的光泽。水面像镜子一样把陆地深处的防风林也倒映了出来。画框里的是朝霞所展现的幻想世界观。

中央的墙壁有一幅大的长方形画作。朦胧的天空呈牛奶色，像纱一般薄薄的雾让前方的绿色草坪与后方的街道变得模糊起来。静静地盯着看了一会儿，正因为这幅画没有过分强调美感，才显得很真实，仿佛这片景象确实存在过。

同一面墙壁上还挂着一幅描绘河川的画，反而是充满跃动感的画作。用白色的水花来表现水势之大，墨绿的树叶与青苔贪婪地吸收着阳光。仿佛让人身临其境地听到了声音并感受到了清凉，门田不由得看入迷了。

右侧墙壁有一幅画是这样的。牛皮色屋顶的建筑物似乎是某个设施。前方有一个环形交叉口似的广场，可能是火车站。

当门田的视线转移到旁边的一幅作品时，不禁产生了一股熟悉的感觉。虽然是一座空旷的公园，入口处的草坪上并排立着两个石造的小物件。这两个物件仿佛呈蘑菇的形状。

这股熟悉的感觉让门田立刻回想起了在北九州仿佛门牙一般排列的卷帘门街道里，那片休息区。

他拿出手机，将那时内藤瞳看过的写实画点开，并放大了少女脚下蘑菇形状的物件。整体看上去，伞的部分是黑色，柄的部分是白色。但是颜色并不鲜明，黑色伞的部分有一些白点，白色柄的部分也有黑点。可能一开始涂的是白色油漆，后来油漆掉了。而这个细微的变化才是关键之处。

门田将画框里的画与手机里的画进行了对比。蘑菇的大小、形状、斑驳的颜色……如果光用肉眼看，这两个物件是一样的。硬要说的话，背景公园草坪的枯萎程度都是一样的。

正因为是写实画，所以这个巧合才是有可能的。内藤亮与野本贵彦于同一时期在京都，画了同一个物件。虽然调查进展很缓慢，但的的确确有了实际的收获，门田不禁激动起来。

接下来只要去京都市的公园管理处咨询，应该就能查出具体的地点。

门田近距离地拍摄野本的这幅公园画的细节。不管怎样，一定要从这儿找到野本的线索。

手机振动了，似乎有电话。屏幕上显示的是没见过的电话号码。由于电话没有立刻挂断，门田按下了接听键。

"啊，小门？"

通过这一活泼的声音，门田立刻认出是刚刚去世的中泽洋一的妻子——美纪子。

"啊，美纪子女士。"门田用轻松的语气回复道。不过他在心中犹豫着要不要再继续对美纪子女士表达慰问，毕竟距离葬礼已经两个月了。

"我有一件事想请你帮忙。"

多亏美纪子立刻开口说起正事，门田刚刚的小烦恼也随之解决了。

"没问题，您尽管吩咐。"

"我家不是有很多高达的塑料模型嘛，能麻烦你把那些都收下吗？"

"真的吗？！"

很久没有使用过"真的"这个词，门田脱口而出。听到美纪子的笑声后，门田意识到自己似乎不小心流露出了本心。虽然有点不太好意思，但是仍然爽快地答应了。

"乐意之至！"

3

门田已经很久没有去中泽家拜访过了。

门田二十多岁的时候，还在横滨支局时，中泽经常邀请他来自己家。不过门田的工作调动后，不再为了采访而"起早贪黑"了，因此二人经常在外面聚餐喝酒。最后一次来这儿应该还是三十多岁的时候。中泽得了癌症以后，虽然门田给这个地址寄过信，但实际上走进这个家门隔了有二十多年了。

"小门啊，你也开始穿这么精致的西装了啊。"

在自己曾经吃过饭的中泽家的餐厅，门田和美纪子面对面坐了下来。和那时候相比，感觉桌子都小了一圈。

最开始因采访"晚归"来到中泽家的时候，门田才二十四岁，觉得西装不过是消耗品。实际上，作为负责采访警察的门田而言，必须掌握"在哪儿都能打盹"的基本能力，不然身体会吃不消。对于美纪子来说，看久了穿着全是褶皱的休闲裤的门田，从服装上的变化感受到了岁月的流逝。

"三十年真是一晃眼就过去了。"

"就是说啊，时间真是过得太快了。没想到我现在都已经退休了。"

虽然两个人年龄都长了，但在聊天的过程中，仿佛回到了过去。美纪子依然保持着本就瘦高的身材，开朗的性格也没有变。

昨天，门田在神田的仓库里接到电话后，本着"好事不宜迟"的想法，第二天就拜访了中泽家。对于支局长的工作，自己最近总是偷懒，导致经常受到同一楼层总务部下田悦子的冷眼相待。

"小门你最开始来我们家的时候，我着实吓了一跳。"

"因为我看起来有点像学生吗？"

"不是这样。实际上，那个人不怎么喜欢记者。至今为止，从未让记者进过家门。"

自己又得知了"时隔三十年的真相"。门田从未想过自己会是第一个走进中泽家的记者。

"我本来想着是一个好机会，能说服他把家里的高达模型都扔掉，没想到碰到了'同好'。"

美纪子开玩笑似的瞪了一眼，门田仿佛回到了新人时期，低下了头。当时看到中泽的房间后，门田曾激动地对美纪子说过"这些都是宝藏"之类的话。他至今都还记得最后一边说着"请慢慢看"，一边走出房间的美纪子的无奈身影。

二人喝着红茶，谈笑了一会儿后，美纪子朝着中泽房间所在的二楼望了一眼。

"其实我本就已经整理过了，但果然还是因为数量太多了，所以还剩下来了一些。其实我的弟弟也很喜欢高达，让我都留给他。不过，小门你先挑你喜欢的吧。那个人和你说话的时候，是真的非常快乐。"

从中泽去世到再次联系门田，可能的确需要两个月的时间。比起自己的亲生弟弟，而优先了门田，虽然感到有些惶恐，但心里还是很高兴的。

二人走上楼梯，为门田引路的美纪子用比三十年前更温柔的声音说道："请慢慢看。"随后，她走下楼梯，回到了一楼。

自己以前经常和中泽在这个房间一起聊天，如今房间变得很整洁。堆积如山的塑料模型的盒子已经全都消失了，自己从未见过的木制展示棚里装着三十多个立起的模型。

门田回过头，看了看长方形的桌子。

桌子上摆放着制作塑料模型的道具，按照"组装"和"上色"分类，严谨地排列着。能看出垫子、钳子和小钳子都用了很长时间，工具上无数的伤痕和铁锈非常耐人寻味。

而另一方面，雕刻刀变成新设计的小刀，用来晾干刚上完色部件的竹签变成市面上销售的油漆夹子，也增加了很多门田以前没见过的东西。

门田最初来采访的时候，中泽手里拿着给塑料模型上色的喷雾罐。看到喷雾罐的门田说了一句："你在着色吗？"从此改变了事情的走向。那时，特殊小组刑警的脸上所展现的惊讶神情，对于门田而言，仿佛昨天刚发生的事情一般记忆犹新。

喷枪与暴露"机械感"的压缩机通过软线连在一起，这是当年房间里所没有的。这样专业的自制设备仿佛也象征着不擅长与人交际的中泽的私生活。

门田在房间里环视了一圈，能看出模型的确是被处理掉了一些。毕竟还要考虑美纪子的弟弟，自己也不能厚着脸皮拿走太多。门田仔细地观察展示棚里的作品。

他找到了"高达F90"，拿在手里。是一九九〇年发售的模型。躯干部分的青色比市面上卖的模型颜色更深，更接近群青色。刚遇见中泽的时候，他正是在着手给这个模型上色。

能看出他比自己更细心且认真地对待模型。为了体现出真实感，刻意采用"风化"的方式将模型弄脏、弄伤。展示棚里这样的作品不在少数。

中泽的声音突然在门田的脑海中响了起来。

"高达出现的时候，我还以为案件终于有了眉目。"

亮独自一人回到横滨时，书包里装着"Z高达"的塑料模型。和"F90"一样都是一九九〇年发售的。神奈川县警原本希望能以此为线索找到嫌疑犯，于是彻底调查了一番，结果并没有找到有关嫌疑犯的任何踪迹。

门田再次回头看向了工作台。砂纸、粘合剂、涂料、溶剂、树脂涂层剂、清洁剂、胶带、笔、记号笔……看到中泽曾经用过的这些工具，脑海中不禁浮现出了一个画面——这个意识到自己寿命将尽的男人孤独的作业背影。门田用手帕擦了擦眼角涌出的泪水。

在居酒屋喝酒的时候，中泽曾经告诉过自己很多事情。警察这一组织、刑警最珍视的东西、对于一些无法立案的案件的懊悔、面对不讲理的现实却只能忍气吞声的被绑架者和嫌疑犯的生存方式，看清了社会的不公平。通过这些无法用文字记录而真实存在的声音，门田从中学习到了一件事——这世间"容易理解"的反面，是无法释怀的现实。

真的受您关照了。对中泽的感谢之情变为泪水，门田手里拿着塑料模型，在原地蹲了下来。在简单朴素的守灵夜没有哭出来，但是像这样在故人曾经待过的房间，感受着他曾经在这儿度过的时光，才会重新意识到自己所失去的东西有多珍贵。一想到以后应该再也不会来这个房间，门田的心仿佛被针刺了一般难受。

门田站起身，来到了走廊，朝着房间行了一礼，随后走下了楼梯。

"咦？你只拿这些就够了吗？"

在一楼的餐桌旁看书的美纪子似乎有些意外。

"是的，这些已经足够了。"

门田将两架塑料模型装进了自己从家里带来的收纳盒。美纪子又重新泡了红茶，所以门田再一次在餐桌旁坐了下来。

话题谈及了成为他和中泽相识契机的绑架案件，于是门田便告诉美纪子，自己在北九州见到了内藤瞳。

"你竟然去了九州？真是行动迅速的支局长。"

"还好最终见到了她本人，如果跑空了，肯定会非常失望。"

"我的先生就经常毫无收获地回家呢。那个人，退休以后还在继续调查当年的绑架案件。"

"是自己独自调查吗？"

"是的。他退休以后才更有活力呢。还在职的时候，毕竟组织结构森严，有很多事情即便在意也无法着手调查。所以退休后他跑遍了全国。对于我来说，刚好可以不用做饭，就任由他去了。"

"那他找到什么线索了吗？"

"这我还真的不清楚。虽然我不是很明白具体发生了什么，但他有好几次一回来就立刻给三村先生打电话。"

"三村先生是指当时的三村管理官吗?"

"对，不过现在应该已经变成老爷爷了。那个人在去世之前，把自己调查的资料都寄给了三村先生，那两个人真的挺合拍。"

三村在县警一路爬到了侦查一课课长的位置。中泽经常称赞他，说他既有才干，又有胸襟。案发当时，三村担任"L2"的指挥官，而中泽担任的是"maru K"的指导工作。二人扮演的角色非常重要。

而三村手中握着中泽退休以后独自调查的资料。这些资料上很可能有自己不知道的内容。

"美纪子女士，我有一个请求……"

美纪子似乎立刻察觉了，叹了口气，望着天花板。

"你要去找三村先生吗?"

"没错，所以……"

美纪子用右手轻轻摆了摆，表示不用多说了。看来有戏。

"可以是可以。不过，高达的模型，你能再多拿一点吗?"

4

神奈川县警侦查一课课长——三村智也的孙女，一直表现得非常谦卑。

既然三村现年八十一岁，可以推测出她的年龄应该在三十多岁。说得夸张一点，她依然保留着一点学生气。

"让您在这么冷的天气来寒舍就已经很抱歉了，没想到您还特地带礼物过来。"

在引路的途中，她一低头，黑色的长发就会垂下来遮住脸。

"没这回事，我才要感到抱歉，明明是休息日却上门打扰。"

在拜托美纪子介绍后，过了五天，门田拜访了位于横滨市内的三村家。虽然处于新冠病毒的第六波，但三村以"保持一定的社交距离"为条件，同意和门田见面。而为门田引路的是住在这个家中的三村的孙女。

"对不住，房子很小……"

三村的孙女十分谦逊，门田回复道："没这回事，非常棒的宅子，让我很羡慕呢。"实际上，这栋和式的建筑大约一百三十多平方米，有着灰色的瓦片屋檐与淡茶色的木质外墙。是一栋既庄严又有品位的宅子。

大门的踏脚石一直延续至玄关处，左手边是一片小小的庭院。虽然这是一片没有花坛和摆件的朴素庭院，但有一棵开着可爱的白色花朵的梅树来迎接门田。

三村的孙女将走廊的木框玻璃窗打开，走廊深处是一间大约十三平方米的和室，有一名白发老人坐在无腿靠椅上。即便他戴着口罩只能看到一半的脸，可仍然能从他身上感受到一种文雅的气质。腿上盖着毛毯，所以看不到脚部，但据说双腿依旧很灵活。

"抱歉在这种地方招待您，您请坐。"

三村的孙女看向门田，指了指走廊的坐垫，随后便朝着玄关处走去。门田当场鞠了一躬，老人也随和地笑着行了一礼。

"您好，我是三村。劳烦您特意过来，真的非常抱歉。之前的那个，那个……"

"新冠吗？"

"对，对。因为新冠，家人们都非常小心谨慎。虽然现在开着瓦斯暖炉，但如果您还是感觉很冷的话，请告诉我。"

虽然第六波的感染者人数有减少的趋势，但是对于三村的家人而言，这时候门田的来访的确算不上是一件好事情。从门田所在的走廊至三村坐着的地方大约有一辆汽车的距离，可以称得上是绝对安全的"社交距离"。不仅如此，玻璃窗都开着，就换气这一点而言，也没有什么可指摘的地方。

坐在走廊的门田，为了看到三村的脸不得不歪着身子。门田从包里取出笔记本和圆珠笔后，对抽出时间来接受采访的三村表达了感谢。

"毕竟是中泽夫人的委托，而且，其实昨天，我还接到了藤岛先生的电话。"

上个月，与门田在横滨市内的咖啡店见面的藤岛，据说还未退休时与三村的关系非常好。以防万一，门田将今天要与三村见面的事情告诉了他，看来他帮自己事先联系了三村。藤岛的这份顾虑也表现出他作为记者的态度。正因为是通过美纪子和藤岛的介绍，所以三村才会如此爽快地答应吧。

三村的孙女端着托盘来到了走廊，将装着茶杯和小点心的盘子放下后，静静地离开了。

"梅花开得真漂亮啊。"

门田将绿茶送入口中，在进行采访之前，稍稍歇了一会儿。

"不知道我还能欣赏多少次。没想到中泽竟然会比我先离开，我心里还是希望他能够遵守先后顺序啊。"

"中泽先生从我刚当上记者的时候就一直很关照我。在接触的刑警中，受到他的恩情也是最多的。"

"他既是一个好人，也是一名好的刑警啊。"

中泽的死是这一系列采访的开始。门田将自己从中泽的守灵夜开始的调查，按照事先整理好的内容，向三村讲述了要点。

"画廊'六花'的那名经营者，是叫岸先生对吗？他应该是关键人物吧。"

拥有着慧眼的三村，似乎仅仅通过门田的一次说明就立刻理解了事情的全貌。

"我想请您看看这个。"

门田在走廊双膝跪地，伸长手臂将两张 A4 纸递给了三村。

"女孩子的那幅画是如月条，也就是内藤亮的作品。另一幅是野本贵彦的作品。"

三村戴上老花眼镜，将两幅画进行了比较。

"他们……画的是同一个地方吗？"

"没错。请您仔细看看公园入口的蘑菇形状的物件。"

"原来如此……关于这一点，岸先生说了什么吗？"

"说来惭愧，我和岸先生约定好'只看画，不聊案件'，所以无法提问。"

仿佛自己不彻底的采访被指摘了一般，门田苦笑道。

"也就是说，他算是半坦白了。"

三村指的是岸先生这个不太完美的合作行为吧。门田赞同地点了点头。

"岸先生不久就会引退。因为周刊杂志的报道，岸先生的确十分生气。而作为一名与绘画打了多年交道的画商，眼看着野本的作品就这样被埋没，我想他心中一定无法释怀。虽说野本的作品被他放到了仓库，但他花了不少心思来保存这些作品。"

"作为发掘才能的人，如果将优秀的艺术作品断送在自己手中，应该多少会有点愧疚吧。"

听到"愧疚"这个词，门田不禁想起了岸先生在仓库时表现出的一副难为情的神色。

"野本贵彦的作品越是受到关注，那段灰色的时光被暴露在阳光之下的可能性也会越大。简直就像松本清张的《脸》。"

对于比喻的巧妙之处，门田在口罩后轻轻笑了起来。藤岛上个月也引用了清张的话。可能是同一年代生人的默契。

"对于公园的具体位置，您有头绪吗？"

"暂时还没有，不过我想应该在京都那一片。"

门田将三张 A4 用纸，以同样的方式递给了三村。

"明信片的正反面，分别是两张纸。杂志上的随笔，是一张纸。随笔是从中途开始的，用红色线条圈出来的部分是与野本有关的内容。"

"明信片的收件人，是内藤瞳啊。"

"是的，我上个月与她见过面。"

"是吗？她现在也在九州吗？"

看来虽然藤岛给他打过电话，但似乎并没有告诉他详情。

"内藤瞳目前在北九州经营着一家小吃店，但因身体原因，店铺暂时处于休业状态。这张明信片是我去采访时，她给我展示的。据说明信片反面的桃子是亮画的。"

"是亮小时候画的呢。"

"没错，虽然邮戳的文字已经看不清了，但是据说这张明信片收到的时间是在亮回来的两年前，也就是被绑架后的一年左右。"

"也就是说，差不多在平成四年十二月左右对吗？但既然是桃子，难道不应该是在冬天吗？"

不仅是藤岛，三村也将案件的时间线完美地刻入了脑中。自己在八十多岁的时候肯定不可能做到像现在这样的对话，门田不禁在心中这样想。

"明信片的收件人处，很明显是成年人的字迹。三村先生，能够辨认嫌疑犯笔迹的遗留物，现在还有吗？"

"已经没有了，过了追诉时效之后，都被销毁了。不排除侦查员个人持有的可能性，不过找起来应该很困难。说起来，我完全不知道这张明信片的存在。"

"内藤瞳说如果告诉警察的话，这张明信片肯定会被没收。"

三村笑着说："但只要调查完以后，肯定会还给她的啊。"

"而且，塔子女士也让她不要把这件事告诉警察。"

"这样啊……"

三村摘下口罩，喝了一口茶。

"随笔的话，都写了哪些内容？"

门田给三村详细解释了一下。野本给一名收藏家画完肖像画后就消失了，而在那之后，他又给另一名收藏家画了书斋，再一次失去了音讯。

"请野本画书斋的那名收藏家住在京都，野本本人当时也住在京都的可能性非常大。而明信片的这幅画是平成四年左右画的……"

"也就是说明信片与这篇随笔联系起来了，他们二人当时可能一起在京都生活。"

"没错。我刚刚之所以提出在京都找公园，也是出于这一点。"

门田联系了京都市的公园管理处，并说明了情况。然而负责人却有点困扰："仅凭画来判断还是有点难办……请问有照片吗？"当时发现这两幅画的共同点时，自己高兴得仿佛飞上了天，可是将这么一个小小的物件作为依据仿佛大海捞针。在网上搜寻关键词也没有任何成果。

"门田先生您连这也查出来了，真厉害，不愧是藤岛先生的弟子。"

藤岛先生还未退休时，在公司与门田见面的次数其实寥寥无几。不过门田还是新人的时候，的确受了藤岛很大的影响。门田没有否认，而是笑着向三村道谢。

"我也有一份礼物要送给您。"

三村伸长手臂，将一册笔记本递出，门田跪立着接了过来。

"这个是……？"

"中泽留下来的笔记。您应该从他夫人那儿听说了吧？"

中泽去世前给三村寄的资料。也就是说这本笔记是其中一册吧。

"我能打开看看吗?"

三村点了点头,于是门田翻开了没有标题的 B5 大小的笔记本。笔记本很厚,而且其中文字和表格排得密密麻麻,地图和宣传单也夹杂在其中。能看出中泽是将信息整理后,才誊抄在笔记本上的。

其中最吸引门田目光的,是最开头的数十页、类似于地址簿一样的内容。

"这些记载着姓名和住址一样的东西是什么?"

"这些都是还没来得及一一查证的线索列表。内容还是挺丰富的,不仅有嫌疑犯的相关信息,还有目击情报。"

每一条线索下记载了数名人员的名字,备考栏里面也记录了详细的内容。

门田寻找着有关京都的信息,然而在列表上并没有发现。不仅如此,就连大阪和兵库的信息也没有。关西方面的信息只有滋贺。就像"京滋"这个词一样,京都和滋贺的地理位置很接近。

"高岛市……"

"正如您所知道的,警察通常是分成很多小组来进行侦查的。因此其他小组进行了怎样的侦查,又有怎样的收获,其实并不完全知道。在案件过了追诉时效之后,中泽依然没有放弃，继续向相关刑警询问打听，将得到的信息一条一条地整理了出来。"

虽然门田知道中泽在案件过了追诉期之后仍然在调查，但没想到他竟然整理出了这么详细的侦查笔记。就像上个月藤岛曾经对自己说过的。

门田啊，其实中泽还有很多事情都没有告诉你。

"列表里有大约二十条线索对吧？中泽利用退休后的时间，把这些地方都跑了一个遍。"

东京、神奈川、埼玉、山梨、富山、石川、宫城、岐阜、三重、岛根、广岛、福冈、长崎……还有，滋贺。虽然也有重复的地方，但一想到他利用好不容易能够放松的假日，在全国各处跑，门田的内心不禁激动了起来。而张口闭口便是"太累了"的自己不由得感到很丢脸。只不过去了一趟北九州，并没有什么大不了的。

"刚刚听你说，木岛塔子让女儿瞳不要告诉警察明信片的事情，让我想起了她曾经说过的一句话。'虽然很丢脸，生恩不如养恩大，看来这句话是真的。'"

原来藤岛的这个信息来自三村，门田一边想，一边静静地听着。

"关于'养恩'这个词，我一直在思考。在内藤亮被绑架的那段时间，木岛家似乎会定时收到信。只不过到最后也没能弄清楚寄信人的身份。还有一件事是案件过了追诉时效之后才知道的……"

这时三村咳嗽了一下，摘下口罩，喝了一口茶，然后再次戴上口罩，低头看着脚边盖着的毛毯，沉思了一会儿。

接下来可能有一个很大的消息是自己不知道的。门田的这个预感正确来说应该是根据多年的经验推测出来的。门田坐在走廊，身体僵直，等待三村开口。

"塔子向关系亲近的女性刑警不小心说漏嘴了。据说内藤亮回来时，背包里有'牙齿'。"

"牙齿?"

"没错，是脱落的乳牙。在手工做的盒子里大约有十颗乳牙，以嘴型排列……也就是说能清楚地知道脱落的是哪一颗乳牙。而且就连每一颗乳牙是什么时间脱落的都细心地记录了下来。"

这是只有为数不多的人才知道的信息。就像彩票中了头奖一样，"天时、地利、人和"，聚齐了这三个因素得到的真相，带有强烈的"人为色彩"。"脱落的乳牙"给案件带来了新的思路，让门田十分在意。

"那个盒子现在在哪儿?"

"据说塔子只给那名女性刑警看过，就连照片也没让拍。毕竟案件已经过了追诉时效，也不好再提要求。"

"关于那名照顾了亮三年的人物，木岛塔子透露过什么吗?"

"没有，她非常顽固地表示自己要行使沉默权。"

越接近"空白的三年"的真相，自己最开始的成见便渐渐瓦解。

亮回来后，衣着干净、能够读写、画技提升，还懂礼貌。非常讽刺的是亮过的生活似乎比被绑架之前更好。而现在更是得知了被细心保管的十颗乳牙……

"到底该如何解释这起案件，我们这些刑警直到现在连一点头绪也没有。我也明白这毕竟是现实中发生的事情，不可能像推理小说一样找到一个合情合理的解释。不过嫌疑犯的目的究竟是什么？他只要能告诉我动机就行，我想应该也不会受到法律惩罚。"

虽然现在三村的眼角处洋溢着温和的笑容，但他的遗憾之情也传达给了门田。对于可疑人物的跟踪以失败告终，而被绑架的孩子归来之后也仍然无法逮捕嫌疑人。诚然，也有指摘的地方，但是警察也已经尽力了。

动机——与"空白的三年"互为因果关系，这是肯定的。门田其实早已隐隐约约察觉到了，却刻意忽略了一个调查方向。

通过走访当年案件的相关者，将得到的信息拼凑在一起，浮现出了本应该与犯罪毫无关联的"爱情"。

二人沉默了一会儿之后，三村看着窗外的梅树，缓缓开口道："只要不无辜，在审问室时的嫌疑人的心境通常都模棱两可。尤其是半坦白的情况，有很多时候都是在追寻着指引自己的某个'东西'。而作为刑警，只能通过搜集证据，找出那个'东西'。"

门田立刻明白了这句话的深意。对于半坦白状态下的岸朔之介的"自白"中得到的信息——内藤亮和野本贵彦曾经生活在一起，是需要证据的。而迈出那第一步的入场券，现在已经拿到了。

门田抚摸着从三村那儿拿到的中泽整理的调查笔记本，站起身来，向他告别。

"直到现在，他也经常会让我们带他去公园走走。"

三村的孙女把门田送到门外，看了一眼走廊的方向，笑了笑说道。

"是去展望台眺望吗？"

"虽然展望台也去，但他会沿着当年现场的刑警走过的路再慢慢地走一遍。"

"那么也会去'雾笛桥'对吗？"

"没错。好几年前，他曾经一直盯着那座桥，一动也不动。"

如果当年进行了审问……在绑架案的调查中，最忌讳的就是"如果"。但是对于曾经负责指挥过案件的刑警来说，那可能是一辈子也无法忘怀的选择吧。

"大概是因为在那片区域走来走去，走得累了，他那天不仅食欲好，而且睡得也很香。"

门田深深地鞠了一躬，离开了三宅家。

不仅是中泽、三村和先崎。就算那起案件被世上的所有人都遗忘了，与案件有关的刑警的执念依旧聚集在这册笔记本之中。在柏油路上每走一步，门田的心也就越坚定。同时心想：他们真的会在自己藏身的京都寄出明信片吗？

莫非……二人在滋贺？

5

若要列举自己无法喜欢上的东西，就会没完没了。

虚伪的人、没有实质性的提问、喉咙疼痛的早晨、突然改变服务的大企业、上门的推销员，以及祭典结束后的时间。

二月下旬，"若叶画廊"入口处左手边的时钟柱上显示着下午七点二十五分。大小不同的薄纸箱叠放在墙边。接下来要把用画框装裱好的画放入黄色的袋子，并装入这些薄纸箱中。大部分画都要被送回画家自己的家和仓库。直白地说，这些画也就是所谓的"没卖出的"。

里穗初次在"若叶画廊"策划的团体展，值得期待的六名新人画家带着各自的代表作与新作，做好了万全的准备。然而，共计三十八幅作品中，只有两幅画被画上了红色的圆圈，而且还都是四号的小作品，八十号至一百号的大作品没有一点动静。

"新冠……到底怎样才算是结束了呢?"

让里穗另眼相看的木津川美和,一边将自己的作品装入黄色的袋子中,一边搭话道。她手里拿着的作品所描绘的是白色、紫色、粉色的芝樱混合在一起,而清晨的阳光洒在这样的天然绒毯之上,是一幅非常清爽的作品。当里穗拿到这五十号大小的实物后,坚信着"能卖掉",而最终这却成了一种奢望。

通过四处寄明信片,以电话和邮件的形式告知客户等方式,也产生了一定的宣传效果。第一天和第二天来的人并不算少。然而,一到了工作日,人就突然变少了,就这样迎来了最后一天。看来硬着头皮在美术杂志上刊登广告似乎一点效果也没有。

"这么说来,高龄的客户确实占很大一部分呢。"

新冠病毒第六波的感染人数到达高峰时,恰好是展览会开始的第一天,而眼看着感染人数不断增加,又发生了俄乌冲突。新冠带来的疲惫,以及担心战争给多方面带来的坏影响,整个世界充斥着忧郁感。这几年的闭塞看不到尽头。

今年夏天,美和即将满三十岁。在"若叶画廊"的网店上也有她的作品,但只卖掉了一幅。而作为"期间限定",她利用自己个人的社交账号,售卖作品,接连卖掉了五幅。

如果单纯是因为喜欢她的画,倒很值得高兴。而画的买家，三名全是男性。其中一个人一口气买了三幅。虽然全都是通过社交账号购买的，但里穗认为这与美和端正的容貌有一定关联。

美和提出在保证"若叶画廊"份额的同时，也在社交账号上进行销售。但里穗的态度并不是很积极。二十九岁的女子是不可能不知道男人的私心。只要存在着想通过购买画作来获得"拉近关系的权利"的男人，里穗就无法轻易赞同。

对于将自己的过去变为内心的铠甲的里穗而言，这是一个不容忽视的问题。

"我们先走了。"

一男一女两名画家将自己的作品搬上货车后，向里穗打了个招呼，离开了画廊。非常冷淡的离场。两个人都毕业于美术大学，存在着事实婚姻。

里穗与美和意味深长地交换了眼神，耸了耸肩膀。小画廊的企划展览，在进入到撤展阶段时，最能体现画家的人格。既有在自己的画作打包完毕后帮助他人的，也有像刚刚那二人一样冷淡地回去的，还有热衷于聊天的——能看到各种各样的处事方式。

当然这些都是画家的个人自由，里穗喜欢像美和这样帮忙到最后的人。这并非因为省事，而是单纯对于能够以常识来看待问题的创作者持有好感。在艺术的世界，存在着人格丧失的天才，而里穗深知自己是无法与这些人相处的。

善后的工作结束后，大家就这样解散了。里穗站在画廊前目送画家们离开，看着美和他们渐渐消失在冬夜里，她的内心不禁涌上一股寂寞感。直到看不见他们的身影后，里穗还一直站在原地没有离去。寒冷的感觉逐渐转变为一种无力感，里穗的右脸颊终于有了泪水的痕迹。

在空荡荡的屋内，里穗独自一人随意地坐在椅子上，呆呆地望着画作被取下后白色墙壁上的灯光。

如果新冠结束，或是团体展呈现出一种盛况，现在可能正与画家们一起开庆功宴吧。也有可能在这些人心中，"若叶画廊"只是一个微不足道的存在，展览结束后就被立刻抛诸脑后。

疑神疑鬼是内心的沼泽地。只要一个人待在安静的场所，就会止不住地胡思乱想。比起依靠没有名气的画廊，美和是不是更想以社交账号为中心开展活动？在六个人之中，是不是已经有人想换到其他画廊了？

里穗作为一名画商，有时心里会感到非常不安。发掘新的才能，向迷途的羔羊提供建议，并提供展示的舞台——是一份"传达"的工作。但最终还是有名为"画手的世界"，这个无法侵入的圣域，能够作为鉴赏者来判断的只有观众。

从小就饱受绘画熏陶的里穗，到了三十多岁终于看清了一件事。那就是画家与鉴赏者之间没有"立足点"。画商夹在中间，向两个方向拼命地伸长手脚，尽可能地支撑身体平衡。如果不小心偏向了哪一方，就会丧失平衡，使身体置于不稳定的环境之中。

里穗走上了二楼，站在常设展览室的一幅画前。

日落前，从山顶俯瞰的街景。呈渐变色的靛蓝色天空，枯木的旁侧有着星星点点的民家灯火，仿佛暗示着无法重来的那一天，充满着寂寥。标题名为《如果能回到过去》的这幅画，里穗时不时地会突然想走过来看一看。

如果时光能够倒流，每次一想到这儿，里穗的脑海中浮现出的总是那一张脸。

回到横滨的家中，已经晚上十点了。

父亲启介还没有回家。似乎与新宿的画廊朋友们久违地聚在一起，但父亲也已经六十五岁了，里穗不由得有点担心他会感染新冠。

回到房间的里穗，在脖子贴上了蒸汽布，倒在床上。虽然很想洗澡，但她实在是提不起劲儿从现在开始放洗澡水，而淋浴的话又太冷了。她已经卸完妆，也刷了牙。说不定就会这样趴着睡着吧。

脖子微微发汗，很舒服。而内心却仍然无法平静。这几天是不是还有明明可以做到、却没有提前做的事情。脑子里不停地想着团体展的事情。在开着灯的房间，意识渐渐模糊，内心的后悔渐渐变成另一副样子。

十八年前，每周三的"社团活动"从高二暑假开始变为钢琴课。塔子的一名熟人恰好是钢琴家，亮和里穗开始一起往返那名熟人的家中学习钢琴。

钢琴老师和塔子是同一年代的人，她也住在一个大宅邸里。在被当作教室的房间里，虽然立式钢琴和三角钢琴各有一台，但室内依然还有空间摆放一套待客用的家具。

钢琴课结束后，里穗与亮坐在老师对面的沙发上，吃着茶点，仿佛祖孙一样，度过了一段既柔和又温暖的时光。代替不善言辞的亮与妇人聊天，是里穗的职责。

原本就性格沉静的亮，让他更加变得寡言的是他对于音乐的品位。二人都是初学者，从八十八个按键中寻找"do"，学习手指编号、音符和休止符。课程结束后，会弹一些简单的童谣。

里穗看着他在画素描时的笔触，本以为他的手指非常灵活，而实际上他是一个让人费心的学生。亮一直都无法找准八度音的长度，即便是节奏非常缓慢的曲子也会立刻变得毫无章法。在一边弹，一边念着音阶的课上，由于太害羞，到了中途就没了声音。

三个月过后，亮与里穗之间的钢琴水平产生了一定的差距。每逢周三，亮就会很失落，但由于他素来不会轻易放弃，所以钢琴课从未请过假。他的目标是能够弹乔治·温斯顿的《孤独的爱》。

毕竟是对于自己来说很重要的人，虽然里穗很想鼓励他，但一想到那几乎看不到终点的目标，就仿佛快要窒息了。即便亮在键盘前仿佛电池用尽的机器人一般停下动作，他纤长的手指也是一道景观。这种"差距"实在是太让人心动了。同为艺术，美术与音乐才能的差距竟会如此之大。

两个人是骑自行车去上钢琴课的，而亮每次都会把里穗送到家的附近。明明学的是钢琴，他们却会谈起卡拉瓦乔和安东尼奥·洛佩斯等自己喜欢的画家的作品。当天晚上，里穗会满足并沉浸在亮的温柔之中。

里穗本想着这样的幸福时光，至少在高中阶段会一直持续下去。毕竟《孤独的爱》不是一两年就能学会的曲子。如果毕业后也一直上钢琴课，说不定还是能够每周见到他……

然而这样的希冀一下子就变成泡沫。给他们上钢琴课的妇人被诊断出大肠癌，不得不住院做手术，因此钢琴课也被迫暂停。

屋漏偏逢连夜雨。坏事总是接二连三地发生。第二年一月，还在放寒假，里穗骑自行车时，不小心把左手腕摔骨折了。自从过上了缠着绷带的生活后，别说钢琴课了，就连"社团活动"也不知何时停止了。

每当提起人生中后悔的时刻，里穗的脑海中一定会浮现出那次骨折的事情。如果那时没有骨折，或许他们会一起在别处上钢琴课，这样一来……

在那段难熬的时光里，唯一的救赎是亮来家里探望自己。由于男性朋友突然来访，导致父母的情绪非常高涨，特别是父亲启介，仿佛就等着亮来一样，不停地对他发问关于写实画的创作。

到了里穗的房间后，只剩下两个人独处。仿佛自己的私生活完全被暴露了出来，不由得既害羞又尴尬。里穗坐在床上，亮盘着腿坐在了地毯上。

"抱歉，在这么小的房间招待你。"

亮没有做环顾四周的无礼举动，轻轻地摇了摇头。

"没有这回事，真是奇怪，我明明是第一次来……却感觉很安心。"

"是吗？因为有那样的父亲，我还想着尽可能早一点搬出去一个人生活。你在家里有自己完全的个人空间对吧？"

"也不好说，不知道还能在那个家里待多久。"

"咦？什么意思？"

亮没有回答这个问题，而是喝了一口刚刚启介端过来的牛奶咖啡。他穿着深灰色的山羊绒毛衣，手持马克杯的身影显得很成熟。

"在那个大房子里，我总有一种寄住的感觉。"

"寄住？但那儿不是你祖父母的家吗？"

"话虽如此……"

亮叹了口气，笑了笑，随后看着里穗的眼睛。

"我小时候被绑架的事情，你知道吗？"

在还没做好心理准备的时候，突然谈及这么敏感的话题，里穗不由得有些慌张。不愿被亮当作太世俗的人，她想找一个合适且委婉的说辞，而由于对话间隔的时间过长，导致不能撒谎了。

"知道是知道，但详情并不清楚。"

"四岁的时候，我被不认识的陌生男子带走了。在那之前，我和母亲住在一栋公寓里。"

他的母亲曾经被怀疑是嫌疑犯。里穗在图书馆看过缩小版的报纸，得知了内藤瞳这个名字，但怎么也无法对亮说出自己曾偷偷调查过。

"房间里非常脏乱，全是垃圾。"

亮垂着眼眉，补充道："非常寒酸的住所。"

"有时候如果晚上不在公寓外的楼梯坐一会儿，我可能就没有勇气继续生活下去。虽然我也不怎么喜欢夏天，但冬天更是难熬，实在太冷了。而且因为鞋子不合脚，所以索性脱掉，楼梯像生锈的铁板一样冰凉……"

亮依然垂着眼眉，像被附身了一样不停地说着。虽然感到有些疑惑，这与平时的他完全不一样，因内容比较严肃，所以里穗并没有插嘴。

为什么突然对自己敞开了心扉——虽然里穗没能准确推测出这其中的缘由，但亮想让自己倾听的意志传达了过来。

在复杂的环境下成长起来的少年，展现出了极度的孤独感。

"但是最难受的还是虫牙。我自认为是比较能忍的，但唯独牙痛，怎样也无法忍受。"

这是生活没有太大起伏的里穗所无法共鸣的。一方面为他感到难过，而另一方面里穗想要更进一步了解他的内心。而此刻除了静静地倾听，什么也做不了。但这应该是现在最适合自己的角色。

"所以对我来说，现在住在那么大的房子里，简直像做梦一样。该怎么说呢，真是太没有条理了，这个世界。被母亲抚养与被祖父母抚养，竟然会有这么大的差别。这其中并没有什么特殊的理由。毕竟和谁一起生活，小孩子是无法决定的，正常来说。"

亮住在豪宅，还拥有罕见的绘画才能。但是在里穗羡慕的眼神之下，他因生活环境的落差之大，而对于自己的存在感到不安，仿佛不分好坏地厌恶着周围的环境。

里穗隐约能感觉出亮会踏入写实画的世界是一种必然。在这个真真假假的世界，真正能相信的东西究竟有哪些呢？而眼前实际存在的东西才是亮唯一能够抓住的。

"抱歉，我今天明明是来探望你的，却和你说这些无趣的事情……"

里穗回过神来，慌张地摆手不停否认。可能自己的沉默被亮曲解了。

"不，我不是这个意思……"

虽然聊的不是很开心的话题，但亮对自己敞开了心扉，里穗感到很高兴。不过"高兴"这个词不太符合当下的气氛，而里穗一时又找不到合适的词语来替换，不由得沉默地低下了头。

"那我们学校再见。"

里穗想要解开误会，但对于站起身的亮，自己的大脑一片空白，最后只是尴尬地笑着向他道谢。

亮好不容易向自己打开了心扉……实际上，自从那天两个人在一种奇怪的氛围下分别后，他们之间产生了一段说不清的距离感。因为自己没有好好地回应，亮应该很失望。即便说不出什么大道理，也应该明确表达自己对他的理解与支持。

第二次的后悔，代价十分大。高三时也没有和亮分到同一个班级，里穗通过专注于学习，以逃避现实。

自己再次重新开始听乔治·温斯顿的曲子，已经是即将毕业的二月份了。

趴在床上的里穗睁开眼睛，慢慢起身，不知不觉地走向了书架。

以前，一名画家曾在百货商店开过个人画展。里穗拿着介绍画展中展示作品的小册子，端坐着翻了起来。

果然是这样，自己的这个想法只是闪现了一会儿，就使本已经在大脑中沉寂的、关于"过去的企图"的记忆再次浮现了出来。

虽然当年的策划非常愚蠢，自己也很无语，但如今不一样。因为自己似乎渐渐明白了"浪费"与"没有意义"之间有着本质性的区别。

里穗撕掉了脖子上的蒸汽布，坐到桌前，从抽屉里将整理了画家联系方式的笔记本拿了出来。

第五章　交接点

1

《中泽洋一在滋贺县高岛市的调查 / 二〇一六年十月七日》

事前信息

一九九二年六月，警方接到了一名住在滋贺县高岛郡牧野町（现高岛市牧野町）的男子的匿名电话。据说去年年末搬过来的一对父子，行为很可疑。同一年七月，接到了两次可能是来自同一男子的电话，内容与之前的相似。"父亲与儿子的单亲家庭，儿子大约四岁""父亲大约三十岁，没有稳定的工作""每天在周围闲逛""父亲从不打招呼""孩子非常瘦弱"——每次报警的电话时间都非常短，没有透露任何关于住址和身份的具体信息。

报警者的年龄在五六十岁，三次都是在警察询问他的名字等个人信息时突然挂断了电话。像这样的匿名电话不胜枚举，因此神奈川县警的侦查本部并没有派刑警走访调查。

一九九三年三月，警方接到了一名住在滋贺县高岛郡今津町（现高岛市今津町）的女子的匿名电话。据说她朋友的女儿就读的英语补习班的女性讲师突然行踪不明。

电话中提到的补习班是位于"JR近江今津站"附近的

"彩虹英语班"。匿名电话仅打来过一次。"那名叫桥本的女性讲师,上个月突然辞掉了英语班的工作,仿佛跑路一样离开了这座城市""虽然桥本结婚了,但和周围人说过自己没有孩子""据说她的丈夫和黑社会有关联"等等内容基本上都只是流言。

报警者的年龄在四五十岁左右,同样也是在警察询问她的名字等个人信息时突然挂断了电话,因而也没有派刑警调查。

现场调查

以上,两名人员,共计四起匿名报警电话,缺乏具体信息,可以断言与绑架案之间的关联性很弱。而且因不能确定报警者的身份,所以也无法期待接下来会有新的进展。作为民众提供的众多信息中的一部分被暂且搁置了。

关于继续调查这件事情,中泽氏在笔记本上列举了三点理由:牧野町与今津町相邻、能查到"彩虹英语班"这个固有名词、这件事情警方还没有好好地认真调查过。

二〇一六年十月七日,中泽氏根据一九九二年的住宅地图找到了"彩虹英语班",并在周围四处打听。最终找到了当年给自己女儿报了英语班的户边敦子。

据敦子所说,女儿有香上小学三年级的时候,补习班里有一名叫桥本孝子的老师。桥本的年龄在二三十岁左右，已婚，没有孩子。一九九二年至一九九三年年初在彩虹英语班任教。

中泽氏询问了关于"跑路"和"丈夫的黑社会嫌疑"，敦子的回答是"虽然具体情况记不太清了，但应该没有这回事。"

有香似乎有桥本孝子的照片，但并没有拿到手。除了与户边敦子有了接触之外，并没有其他可以称为收获的情报……

2

对方的反应着实令门田有点意外。

去受访者的家中，十有八九是从怀疑开始。从对方的角度来看，门铃响了，一名陌生人突然站在家门口，向自己搭话。警惕也是理所当然。

"啊，大日新闻先生。"

但是通过户边家门口的对讲机传出的女性的声音，让身体本来有些僵硬的门田感到有些意外。

朴素的木制门打开了，出现了一名圆脸的女性，她看着围了很多层围巾的记者，表情似乎很惊讶。

"咦？不同的人？"

门田意识到她可能误解自己是收取报纸费用或者更新订

阅合同的人，便递出了自己的名片。

"很抱歉在您繁忙的时候来打扰您，我是大日新闻的记者，想向您询问几件事情……"

"明白，明白。好几年前来过对吗？大日新闻的记者先生……不过名字我倒是记不住了。"

门田本以为她还接受过其他采访，但头脑突然闪现的想法立刻否定了这个单纯的推断。

"对的，是我们社的记者，个子很高。"

"没错，没错。五官很鲜明，我一开始还以为是外国人呢。"

门田在心中不禁苦笑。

那个以前在神奈川县警被戏称为"酱油脸"的男人，伪装成大日新闻的记者进行了走访调查。虽说已经退休了，但他作为公务员应该不太想通报自己曾经的职位。中泽见惯了这世上的善恶是非，因此不想再给县警添麻烦吧。

"您想打听那时的事情对吗？彩虹英语班的？"

门田点了点头，确认道："您是户边敦子女士对吗？"从中泽的调查开始算起，过去了六年，敦子应该已经年过花甲。她的气色看起来很好，灰色的毛衣上已经起了毛球，门田感觉她似乎是一个不拘小节的人。

"啊，我忘记找之前的那名记者要名片了。"

其实本来就没有名片。不太圆滑的中泽竟然撒谎了。门田觉得有些意外，而另一方面，一想到中泽选择了大日新闻应该是受到自己的影响，也感到有些开心。

"补习班的那个地方对吗？离这儿很近，总之，我们先过去？"

莫非中泽曾经给她送过礼？敦子非常配合。也有可能单纯是因为她很闲，走在前方的门田回过头看了看，发现她已经穿上外套，锁好了门。

"刚刚还在下雪，现在天晴了呢。"

走在潮湿的柏油路上，敦子亲切地向门田搭话。门田的眼角瞟到了路边残留的雪，不由得想起今早的寒意。

门田昨天刚到京都，租了一辆车，不抱希望地挨个走访市内的公园，为了寻找那个蘑菇物件。在网上能搜到的只有府立植物园的"蘑菇文库"和长在公园里的真正蘑菇。门田没有任何头绪地开着车。

理所当然没有任何收获。在夜晚来临前，门田前往了滋贺县大津市内的酒店。清晨，拉开遮光窗帘后，窗外静静地飘着雪，门田不由得看入迷了。

"确实是的呢。"

没过多久，敦子就停下了脚步。

眼前是一栋发黑的两层混凝土建筑。左手的门边是一扇巨大的长方形落地窗，里侧挂着的浅粉色窗帘正在随风飘荡。一楼与二楼的正中间似乎挂着一块看板，但实在是锈得太厉害，上面的文字已经看不清了。一眼就能看出这儿已经废弃很久了。

"英语班大概是什么时候关掉的？"

"二十多天前吧，之后这儿也开了卡拉OK和咖啡店，但不知何时也都关掉了。"

虽然这附近零零星星能看到一些餐饮店，但像曾经的"彩虹英语班"一样时间停滞的建筑物不在少数。没有着落的空地随处可见，明明是冬天，却能看到杂草顽强地在土地上扎根。

"桥本老师是在很突然的情况下辞职的吗？"

"这是谁说的？"

"我也不知道，不过应该是这附近的人说的。"

"以前东京的绑架案件，大家都说桥本老师可能是嫌疑犯。但绝对没有这回事。她是一个很温柔而且喜欢孩子的人。"

不是东京而是神奈川的案件。但听到敦子拼命地否定，门田也提不起劲去订正她了。

门田寻找的是野本贵彦和他的妻子优美，还有内藤亮。不管桥本是否在深夜跑路，与绑架案件也几乎没有任何关联性。虽然心里一开始就明白，但一旦真的没有任何收获时，还是有点失落的。

"您的女儿……有香小姐参加了英语班对吗？"

"我也问过有香，桥本老师辞职并不是很突然的事情，似乎很早之前就提过，而且老师本人也很舍不得，甚至还哭了……啊，对了！之前来过我家的那名相貌端正的记者曾经问我有没有桥本老师的照片，我的女儿刚好找到了。"

敦子从布制的托特包取出一枚长方形的信封，从中抽出了一张没有光泽的布纹照片。

"我的女儿旁边有一个非常漂亮的人对吧？那就是桥本老师。"

在扎着马尾辫的少女的身旁，有一名长发女子温柔地笑着。女子身穿白色的衬衣，显得非常清秀，给人的印象很好。从这张老照片之中，没有嗅出任何有关案件的气息。

不管是昨天的公园，还是今天的英语班，都完全是白跑一趟。一个一个地将所有的"可能性"去掉，也算是一个进步。只不过步伐太小了。

"有香小姐还想起了什么其他的事情吗？"

"桥本老师的丈夫似乎会开车接送她。"

"她的丈夫是做什么的？"

"这个倒是完全不清楚。有香也不过是看到过几次老师钻进车内的身影。是哪儿来着……他们好像住在海津。"

门田对"海津"这个地名产生了反应。

第一通匿名电话所提到的单亲家庭。经常有人在"海津"看到那对父子。两通提供线索的电话，有了细微的联系。

总之，只能先去当地看看。

海津的道路是红褐色的。

似乎是因为用于融雪的地下水含有铁元素。能像这样悠闲地查询当地的信息，也从侧面反映了门田的采访遇到了瓶颈。虽然顺势来到了海津，但看到鳞次栉比的房屋时，门田不禁感到很绝望。

即便想展开采访，但手里的信息太模糊了，不知道该如何开口。如果按响门铃后，问："您还记得三十年前住在这儿的一对行为举止很奇怪的父子吗？"可能这次会轮到自己被举报。

从去年年末持续到现在的采访，到了现阶段，似乎真的到了尽头。

中泽的笔记本上还记录了其他十三县的信息，不过门田看完后，发现几乎都是一些关联性不是特别大的线索，因而无法继续追查。但不管结果如何，中泽对于案件的执着，门田感到十分敬佩。一面懊恼自己的无能，一面紧握着方向盘。

虽然现在差不多可以回东京了，但冬日的暖阳让门田不由得想再多待一会儿。附近海津大崎的樱花行道树是一个著名景点。可惜现在只有枯木，不过雪花应该还是能看到的。

通过手机地图发现琵琶湖沿岸的风景似乎不错，门田想着留个纪念，于是打算兜兜风。

刚刚还飘着雪的云朵已经从舞台上消失了，眼前是一片淡蓝色的天空。进入县道五五七号西浅井牧野线后，能看到一块写着"欢迎来到海津大崎"的看板。就是在那之后立刻察觉到的。

将视线转向琵琶湖的门田好像有一种似曾相识的感觉，在行道树旁踩了刹车，把车停了下来。随后立刻打开车门，穿过单行车道，来到湖畔。对面岬角的构造似乎像防风林一般，直觉告诉门田，他见过此景。脑海中本就模糊的画面似乎隐藏了一部分。同时感到很焦急，总觉得哪儿不太对劲儿。

想不出答案的门田久久地站立着，突然想起了一道风景。太过激动了，不由得用手捂住了嘴。角度……角度不一样！门田在脑海中回忆着那道风景，着急忙慌地回到车里。

他将车掉头，回到了来时的那条路。在这种时候，还能注意着安全驾驶，应该还是因为多年的经验。在红褐色的柏油路上缓缓前进，狭窄的道路中寻找着停车场。

大约回到高木浜后，左手边出现了一个巨大的像门一样的设施，是门田刚刚没有注意到的。设施的前方，有一片铺着草坪的停车场。门田停好车之后，抬头望向了数十米高的混凝土设施，上方好像有一个阳台似的圆形空间。

门仿佛画框一样，分割出了一个鲜明的长方形的蓝色世界。琵琶湖的颜色接近蓝色，湖边的颜色与自在飘浮的白云混合在一起，浅灰色的天空非常耀眼。眼前的这片美景，通过水平线显现出颜色的浓淡，并非颜料，而是大自然本身所描绘出的颜色。

门田踩着石砖，朝海滩的方向走去。木制长椅对面的沙滩上还残留着些许积雪，能够交替地听到强风吹拂的声音与微弱的波浪声。

越靠近海滩，脑海中的那道风景也就变得越明晰。接着门田到达了与脑海中的风景一致的地点，门田用手机显示出画像，摘下口罩静静地叹了一口气。

在画廊"六花"的仓库拍摄的那幅海边雪景的画——海岸边，直到海水与陆地的连接处都被雪覆盖，让人联想到朝霞的寂静的白色世界。

门田举起手机，将手机里显示的画像与眼前实际存在的风景进行了对比。他直到刚刚都还以为野本贵彦的这幅画是在海边画的，因而想要寻找取景地几乎不可能。不过没想到画的取景地并非海边，而是一望无际的湖泊……

眼前的湖畔与野本的作品当然存在着一些细小的差别。天空的颜色、残雪量、湖面的反射……但是，美丽的U字形海岸线和深绿色的松树林，以及远方山的背阴处，仿佛用了复写纸一般，与实际景象几乎完全一致。

门田站在作品的取景地，经历了从实景到画作的逆向欣赏，感触很深。在二次元与三次元的旅行中，深切地体会到了野本贵彦捕捉"实"的才能。

野本究竟注视对象物多久，才能画出这样的画作。门田在脑海中回想着在仓库看到的那幅作品，再一次被原画的分量震撼了。

不过还是不一样的。那种"仿佛要跳出画框"的感觉，如果画家用肉眼所看到的与内心所感悟到的没有产生共鸣，是无法表现出来的。画布与颜料的凹凸感，也正体现出了为捕捉真实存在的那一瞬间所花费的大量时间。

耳边传来令人感到舒适的琵琶湖平稳的波浪声，门田兴奋的心情也随之沉静。湖边吹来的冷风让门田不由得开始自省。

自从他开始着手调查绑架案件，越接近野本贵彦这名艺术家，仿佛越能看清身为组织人的自己。年轻的时候，前辈曾告诉他"新闻记者是个人商店"，似乎有些骄傲，但至今为止他还从未有过"个人"的实际感觉。

每当工作有了调动，门田所属的记者协会都会产生变化，他自认为能看到一个新的世界。"安全地掌握没有错误的情报"，其实非常难，而记者协会的优点就在这里。但人们总是会有一种优越感——掌握一小部分人才知道的情报。这已经不是记者这个职业的问题了，作为人的心思就不正确。不知从何时起，比起问题意识，更优先填补纸面的指标。等回过神来，发现自己不过是在机械地完成工作。这个强大的系统会逐渐削弱个人的意志，而这也正是门田一直以来的心结所在。

作为有组织的记者，没能找到可以作为人生课题的报道。但是门田为了自称的"最后的现场采访"，拼命地东奔西跑，内心也随之变得舒畅起来。然后，遇到了"写实"。虽说画家与记者从本质上就有区别，但二者其实都共同寻求着"真实"。被这样的目标指引着，门田终于能够追寻真正的新闻业了。

门田驻足思考着，渐渐恢复了一些对采访的信心。看着湖面上闪烁的光泽，心情也变得明媚起来。

果然野本曾经在这儿住过吧？在海津被看到的父子应该就是贵彦和亮吧？

门田忘我地不停按下快门。如果给朔之介先生看这些照片，说不定能够获取新的信息。

门田拍完照片后，回头发现一名女子正看着他。似乎很年轻，不过从她干净利落的打扮上来看，有着三十多岁的稳重成熟。虽然有点在意她的视线，但似乎并不是自己认识的人。

二人都没有戴口罩，因此只是点了点头打了个招呼就擦肩而过了。在返回的途中，门田停下脚步，回过了头。

那名女子望着琵琶湖，似乎正用厚外套的袖口擦拭着眼泪。

3

运动鞋被淋湿了，导致脚指头都是冰凉的。清晨稀薄的空气显得眼前的雪景更加冷彻而美丽。

土屋里穗站在田间小路，抬头望着被雪染白的梯田。缓缓的坡段一直延续到山的尽头，民家稀疏地排列着，房顶上都残留着积雪。

高空的云流动的速度非常快，因而晴空的位置也不停地变化。远处传来一阵狗吠声。它一定是通过敏感的耳朵与鼻子，察觉到了这片梯田多出了一名外来者。

终于找到了……

高二的时候，亮曾经在画室给里穗看过素描本。之所以对梯田的那幅画印象特别深，是因为当时里穗很喜欢的爱情电影中有一个名场景是在梯田拍摄的。虽说有着积雪与稻苗的差别，但现在里穗眼前的景象与内藤亮曾经用铅笔描绘的一模一样。

不知道他是何时画的那幅素描。也可能是先拍照，后来画的。但是亮在成年之前应该来过这儿。如果时间可以倒流，在某一个时间点说不定能与他重合。正因为有真实存在的"地点"作为支撑，脑海中的幻想仿佛也变得真实起来，里穗的内心浸染着一丝喜悦。

　　她还在百货商店"美术画廊"工作的时候，一名男性画家的个人画展上曾经展示了一幅梯田的画。第一眼就感觉"很像"，而那名画家被"外商"牢牢掌控着，里穗几乎没有机会搭上话。

　　第一次在"若叶画廊"策划的团体展没能取得任何成果，里穗宅在家中郁郁寡欢，那天夜里，她决定解开一直以来的心结。第二天给画家打电话时，虽然对方特别吃惊，但没想到现在成为画商的里穗还记得自己的作品，似乎令他感到很开心，于是将梯田的取景地告诉了里穗。

　　向父亲说明了情况后，得到了"你自己拿主意就行"的爽快回复，于是里穗想着正好可以放松休息一下，决定去旅行。久违地与大阪出身的同学聚餐后，她直接在大阪市内的酒店住了下来，搭乘始发车来到了滋贺县大津市。考虑到交通因素，在当地租了辆车，大约花了一个半小时来到同县高岛市的梯田。

　　里穗驻足在田间小道十字交错的地方。放眼望去，四周都是纯白的梯田。有一定规则的"大楼梯"仿佛印证着自然与人的共存，非常美丽。

　　她走在雪白的小路上，身后留下一串脚印。耳边传来的潺潺流水声变得越来越大，走着走着她发现了像石板一样的平坦水渠。根据梯田的构造以及落差的原理，水渠应该有一定的高低。流水在阳光的照射下闪闪发光，眼前的景色似乎都变得清澈起来。

三十四岁的现在，离开东京来到了滋贺的银白世界。自己到底有多久没有度过像这样安静的时间了？说起来，最近的这几年一直都忙于工作，特别是那件事情发生之后，里穗辞掉了百货商店的工作，她的人生似乎也从那时被打乱了。

那个男人出现在"美术画廊"，是在五年前。

某个抽象画家的个人展览。由于画风难懂，参观者也很少。展览的第三天，刚开门就有一名大约四十岁的中年男性走了进来。看样子并不是顺路来参加展览的，有很大可能是专门为了展览而来店里的。最开始里穗以为他是画家的熟人。

男子在会场匆忙地转了两圈，在一幅描绘大海的画作前停下了脚步。因为他盯着画看了有一会儿了，所以里穗看准时机搭话道："很漂亮呢。"

虽然里穗并不怎么喜欢这名画家的画，但将自己在工作中所掌握的知识一点一点地利用了起来。

"我买了。"

因为这是来到展馆还没到五分钟的客人所说的话，所以里穗有些不知所措。当然她是很开心的，但总感觉有一些不协调。男子的衣着与二十万的画、男子的知识与难懂的作品……

男子允许在画展期间继续展示这幅已经被买下的作品，接着里穗让他填写收货信息。男子在那期间一直在聊"宝可梦"的话题。

"你要看看吗？"

男子将她的恭维话当真了，点开手机上的软件，开始介绍自己获得的宝可梦。里穗感到有些疑惑，看了看收货信息，确认了姓名栏——"中田刚志"。

第二周召开的是都内画廊的团体展。在会场里确认画作展示状况的里穗，突然被人从身后拍了拍肩膀。

"这么快就给我把画送来了，真是太谢谢您了。"

对方似乎是想表达感谢，但像这样直接当面表达感谢的客人还是头一次。不过是见过一次面，就单方面拉近"客人与店员的距离"。虽然里穗觉得男子有些可怕，但还是用习惯性的笑容回了礼。

只是微笑的话，会产生一种奇怪的间隔，于是里穗开始给男子介绍眼前展示的作品。她并不打算将这幅画卖给男子，只不过是为了争取时间。里穗用现学的知识给男子介绍完毕后，中田又说了同样的话。

"我买了。"

实在是太出乎意料了，里穗不由得吃了一惊。这次是二十七万的画。

在百货商店的"吴美宝"——吴服、美术、宝饰，是没有短期指标的。是因为单价太高，而无法用销售数量作为业绩的衡量标准。"美术画廊"二十多万的作品算是便宜的了。但是除了配有专属"外商"的出手阔绰的老客户，两周内连续购买两幅画的人的确不常见。

中田从外套到运动鞋，都属于快消的时尚单品。一头天然的鬈发似乎也没有去理发店好好打理过。折叠式的钱包也是看起来有点脏的合成皮，银行卡与打折券胡乱地塞在其中，明显就是不会在百货商店买画的那种人。

比起这一点，里穗更在意的是中田对于自己购买的画作似乎一点兴趣也没有。仿佛对于美术作品一点也不在意。既没有喜欢的画家，也没有喜欢的画风门类，实在不知道他到底是看中了哪一点而最终选择买下画作的。

既然如此，那么中田为什么会买画呢？通过两次接触，里穗总算明白了他的意图。客人递过来的写有联系方式的小纸条，以及在"美术画廊"外被偷拍照片，至今为止，这样的事情发生过好几次。

作为一名女性，里穗时刻警惕着不停变换着形式的男人的私心。但不管再怎么小心谨慎，即便自己不主动靠近，危机总是在日常中潜伏着。

虽然作为店员表达了自己的谢意，但里穗的内心一直非常阴沉。在进行购买手续的时候，中田一直在里穗的耳边说着手游的事情，她不禁产生一种用手帕将刚才中田触碰过的肩膀擦拭干净的冲动。

又过了一周，中田再次出现在了"美术画廊"。三次都是同一个工作日、同一套衣服、同一张笑脸。因为是新星的人气女画家的画展，所以工作日来的人也很多。里穗尽可能地和其他客人多聊了一会儿，希望中田能尽快离开，然而他并没有欣赏画作而是无所事事地站着。

里穗实在是忍受不了他的视线，于是向他搭话了。中田仿佛摇着尾巴似的无比开心。

"这个是给你带的土特产。"中田说着将手里的三袋腌野泽菜递给了里穗，单方面说着自己旅行的见闻。塑料袋的提手仿佛快要嵌入手掌心一般，袋子非常沉。但中田仿佛没看到似的激动地讲述轻井泽的美妙之处。

"你有推荐的画作吗？"

闲聊告一段落之后，中田这才终于想起了什么一样朝展示厅的方向看去。虽然里穗提不起太大的兴趣，但毕竟是工作，于是给他介绍了一幅挂在柱子上的小画作。

"我买了。"

本该是令人开心的话语，但不知怎的里穗有些害怕。虽然是一幅小画作，但价格为三十三万，而且没有任何折扣。新锐的画家所描绘的紫阳花，在幻想性的画作之中也是十分富有韵味的，价格很合理。但如果买下这幅，那么中田仅仅三周就花了八十万。虽然完全不清楚他的职业和家庭资产，但是在百货商店"吴美宝"工作的里穗，拥有着推测出对方经济实力的第六感。而她并不认为中田拥有连续购买三幅画作的经济实力。

"我今天分期付款。"

他用食指与中指夹着信用卡递了出来，脸上透露着显而易见的虚荣。八十万的金额，换算成对自己好感。仿佛细菌繁殖一样，蕴含着极大的危险。

"我想跟您商量一下……"

关于今后预定召开的画展，能告诉的里穗都告诉中田了。在不伤害他自尊心的前提下，小心翼翼地挑选着词语，建议他眼光放长远，多看几幅画作再购买。中田认真地听着，将信用卡收回去的时候，里穗顿时松了口气。

在那之后，中田会时不时去"美术画廊"和里穗站着聊天。虽然也会邀请里穗出去吃饭和看电影，但都被她委婉拒绝了。百货商店的同事都已经把中田看作"单恋着里穗的中年大叔"。

那年夏天，里穗至今为止的人生中，最难受的事情发生了。母亲突然病逝了。母亲是家庭主妇，偶尔会出去打零工，经常介入自己与父亲的争吵之中，是最理解自己的人，也是伙伴。

迎来三十岁的里穗，曾经描绘着这样的蓝图。没有明确的目标，在百货商店继续工作，与条件合适的人结婚，然后尽快让父母抱上孙子。只要愿意妥协的话，并不是什么难事，还是入学考试和求职的难度更高。但这样平凡的人生有一个很大的陷阱，那就是无法确定具体的时间。"总有一天"永远都是"总有一天"，只要产生一丝缝隙，就会瞬间崩塌。

对于在出生前和年幼时分别失去祖父母的里穗来说，母亲的离世是她第一次对于血亲的死亡有如此强烈的意识。

噩耗是里穗还在工作中收到的。父亲打了很多通电话，她心想这应该不是普通的事情，于是接了电话。

"抱歉，在你工作的时候打扰你。"听到电话那头传来父亲生硬的声音，里穗仿佛全身冻僵了一样，非常紧张。

"今天早上，你母亲去世了。"

里穗非常慌乱，不停地问着"为什么，为什么"。父亲利用本就不多的信息给里穗解释，也花了一番工夫。

定期体检、身体也没什么大毛病的母亲，早晨被发现在卧室里身体变凉了。死因是心肌梗塞。对于父亲而言，几个小时之前还和自己一起正常生活的妻子，突然就从这个世界上消失了。

里穗提前结束工作，从东京赶往横滨市内的医院。在此期间，她的身体止不住地发抖。虽然工作之后就开始在东京一个人生活了，但为了从家务活中解放，休息日她会经常回家。四天以前，母亲明明还很健康。

躺在病床上的母亲，虽然脸色很安详，但是从半张开嘴的样子中，已经感受不到任何生气了。在文学世界里经常会有"睡得很香""仿佛下一秒就会睁开眼睛"等描述，但里穗第一眼就能看出母亲已经不在人世了。

在母亲火化前，里穗情绪崩溃，大哭了一场。而过了守灵夜、葬礼和头七后，里穗的心情也渐渐平复了下来。

习惯了悲伤之后，这次席卷而来的是寂寞。悲伤伴随着疼痛，而寂寞则会令人产生不安。里穗进入社会后，在工作和生活中堆积的压力，母亲像吸尘器一样全部帮她吸走了。

像母亲一样为了孩子奉献一切，里穗自己是无法做到的。长到一定的年龄后，母亲也依然为她操了不少心。高中时期，每天的便当都是母亲亲手做的，现在回想起来，应该不是一件容易的事情。本来非常不喜欢坐飞机的母亲，也曾经为了看望里穗，来到了她留学的意大利。

而最重要的一点，母亲是唯一一个能够让里穗毫无保留地交心的人。对于亮的感情，里穗只告诉过母亲。

在梦中见到母亲，而醒来时意识到斯人已逝时，里穗变得非常难受。这样的早晨，她通常都会尽最大努力把即将陷入沼泽的自己拉上名为"日常"的岸边。在前路迷茫的大海上，母亲一直是自己最温暖的港湾。面对心中的巨大空缺，里穗只能选择接受。

职场的同事也因此在工作上照顾了她一段时间，但过了"末七"后，就开始正常地对待里穗了。当然也包括负责"接待"中田的人。这个麻烦的男人的接待工作自然而然都推给她了。

从中田最开始出现在画廊，已经过去了半年。到了夏末时节，中田突然消失了身影。虽然上司打趣道"是不是意外地很寂寞？"，但里穗反而觉得清静了许多。母亲去世之后，用笑脸回应对方都变得特别难受。自己曾经装作不经意想要套出中田的职业，而直到最后依然是一个谜。她得出的结论是中田可能被公司调到其他城市去了，内心渐渐恢复了平静。

然而，里穗并不知道，宁静，有时候反而是暴风雨的前兆。

当年的晚秋，事件发生了。

下班后，晚上九点左右，里穗穿过家附近车站的闸机口，迈着比平时更快的脚步朝家的方向走去。因为积累了一周的疲劳，导致腿部有点发胀，所以想尽可能地早点回家好好休息。

大概走了七八分钟，从大路刚走进住宅区，背后传来了男人的声音。

"里穗。"

当回过头看到中田刚志的笑脸时，里穗的心脏仿佛被人捏住了一样，受到了强烈的打击。因恐惧而没有做出回复，她往后退了两三步。

里穗陷入混乱的状态有几个原因。第一点是夜晚的道路上行人很少。其次，已经被她放到"过去的文件夹"中的人物又突然出现了。再者，眼前的男子似乎喝醉酒了，给人一种毛骨悚然的感觉。还有，对方对自己的称呼非常亲昵……但最可怕的还是中田进入了自己的生活圈。

"你有什么事吗？为什么你会出现在这里……？"

"太久没看到你了，我想和你说说话。"

"如果你想和我说话的话，难道不应该去百货商店吗？"

"抱歉。"

"你这样完全是违反规则了，你究竟是从哪里得到我的住址的？"

面对里穗的怒气，中田非常慌乱，一个劲地道歉。

"真的非常抱歉。我们最近都没怎么见面，所以我就是想来这儿和你说说话而已……"

中田竟然以为自己会接受这样的方式，里穗感到十分震惊。还有，他用"没怎么见面"这样一副仿佛是自己男朋友的口吻，让里穗非常生气。

"中田先生，我现在真的感到很害怕。"

"抱歉，让你感到害怕了。"

"请你别再来百货商店了。"

里穗干脆地拒绝后，因喝醉酒而衣冠不整的中田脸色变得惨白。

"如果下次你再来找我，我就报警了。"

看到里穗从包里取出手机，中田仿佛要把臼齿吞下一样，脸颊凹陷了下去，沉默地离开了。

里穗跑着回到公寓，给上司打电话说明了刚刚发生的事情。但是上司似乎并没有理解事情的严重性，确认里穗没有受伤后，建议她"不要刺激对方"，先静观事态发展。

这个结果与里穗所想的完全不一样。补助一部分从车站到家门口的出租车费用、早点搬家等等，公司应该采取一定的对策。而根据上司所言的"静观"，也就意味着下周一里穗要若无其事地正常去上班。

五天后的晚上，里穗回到公寓后，看到中田站在公寓的自动门前，不由得发出悲鸣。

"吵死了。"

中田一脸的不满，还原了他本来的邪恶面目。脸部泛红，一眼就能看出他喝醉了。

里穗心想这次一定要报警，然而发抖的手无法顺利拉开包的拉链，金属部分好像咬到了包内侧的带子。

"你不用报警，我把话说完就离开。"

中田迅速与里穗拉近距离，将两枚邮票大小的纸扔给里穗。那是中田购买画的收据。

"给我还钱！"

"什么……"

"我已经不需要画了。赶紧把钱还给我！都是因为你骗了我！"

中田穿着和五天前一样的衣服。在现在这个季节，他穿着薄薄的风衣和全是褶皱的芥末黄的棉质短裤，踩着连鞋带都变得又脏又黑的运动鞋的鞋后跟，当拖鞋一样穿着。

里穗实在不认为他现在的精神状态是正常的。至今为止，她虽然时不时能从中田的用词中感受到他的癫狂，但是擅自调查自己的住址，甚至还追到了自己的家门口，不讲道理地要求还钱的这个男人，现在被负面情感所包围着，仿佛马上就要爆发似的凶悍。

"说起来只不过是在纸上画了画，就要花上数十万元也过于离谱了。你太巧言令色了，我迷迷糊糊地被你骗了！"

"被骗了？您说被我骗了？这些应该都是中田先生您自愿购买的才对。"

虽然内心很恐惧，但里穗唯独无法忍受因为画的事情，他把自己当诈骗犯一般对待。

"你别说得这么一本正经。"

"而且，在您想买第三幅画的时候，我不是阻止您了吗？"

当时中田收回信用卡时的懦弱表情仿佛与现在面目狰狞的表情形成鲜明对比。归根结底，是不论何事都无法灵活应对的中田缺少从容的心态。

"所以说性质更加恶劣。伪装成亲切热情的人，其实满脑子只有钱。"

"美术画廊的店员向客人推荐画，难道不是理所当然的吗？"

"但是一听说客人不买了，态度就立马变差了。"

他到底是为了什么来到百货商店的？对于耀武扬威的无能客人，里穗早已厌烦了。对于中田而言，现在理由什么的已经不重要了，重要的是让对方屈服。对于这样的男人，竟然还妄想和他正常沟通，自己真是愚蠢至极，之前在画廊对他尽心周到的服务全都白费了。

"别说废话了，赶紧还钱！"

"这个不是我能决定的事情。请您明天去一趟百货商店。"

"什么？为什么我必须去百货商店？我今天不是特意来你这儿了吗？"

"请您别再胡闹了！不然我要报警了！"

"那你试试？"

刚看到中田有了动作，下一秒里穗的脸就受到了冲击，并摔倒在地。左半边脸仿佛麻痹了一样发着热，似乎还有一阵耳鸣。里穗被打后，大脑一片空白，不知下一步该做什么。

"别给我装模作样！"

里穗的头发被他抓了起来，不由得大声呼喊求助。

"您没事吧？"

里穗听到年轻男子声音的同时，自己的头发似乎被中田松开了。里穗坐在地上，抬头看了看，发现穿着运动服和西装的两名男子将中田制服了。

还好周围有行人。

"我什么也没有做！我们是朋友！"

中田一直不停地反抗着。大约五分钟后，警察骑着摩托车到达的同时，两台巡逻车也赶到了现场。

住在同一栋公寓的年长女性将里穗带到了附近的石阶，让她坐了下来，并拿毛毯盖在了她的膝盖上。从看起来似乎是那名年长女性的丈夫手中接过温热的罐装咖啡，里穗才终于有了"得救了"的实际感觉，泪水止不住地往下流。

中田被穿着防刃背心、身强力壮的警察夹在中间，仿佛精力耗尽了一般上了巡逻车。

里穗呆呆地望着这样的光景，至今为止模模糊糊感受到的幸福似乎都变得不真实，第一次对自己的人生产生了怀疑。

难道人类的设定就是随着年龄的增长都会变得不幸吗？——里穗被这种想法包围着，内心深处渴求着母亲的安慰，然而母亲已经不在这个世界上了。她的心仿佛快被压垮了。

里穗将包的拉链恢复原样，从里面取出手机，给上司打了电话。本打算只汇报目前所发生的事情，但讲着讲着，自己渐渐无法抑制心中的怒气。

看到中田留下的两张收据被风吹起，仿佛所有的景色都褪色了。

"我要辞职。"

虽说这是会影响人生的重大选择，但是里穗轻轻松松地就说了出口。

抛下因为太震惊而说不出话的上司，里穗挂断了电话。

里穗蹲下来，侧耳倾听从水渠里传来的温柔的流水声。没有任何杂质的哗啦哗啦声在清冷的空气中回荡，令人感到很舒适。

辞掉百货商店的工作后，里穗通过让自己忙碌起来保持内心的平衡。虽然不是很想用逃避这个词来形容，但里穗感觉自己需要"转移注意力"的旅程。因此，在一个人旅行的奢侈时间中，里穗开始正视自己的过去。

再次站起身来，里穗望向覆盖着白雪的梯田，唤起了鲜明的记忆。

亮在他的画室给自己看过的素描本中有描绘梯田的画。里穗想起似乎还有海边的雪景。

梯田与海边……可能并不是大海。

用手机搜索图像的里穗，在看到屏幕中显示的照片后，立刻朝车的方向跑去。

4

因为对方指定的见面场所是"福荣"，所以里穗的内心难以避免地出现一个疙瘩。

从一个人的旅行回来后，才过了不到两天。自己之所以给一直没能联系的人打了电话，是因为她在滋贺有了新的发现，内心产生了动摇。

"抱歉，让您久等了。"

很长一段时间没见了，岸优作的身体变得十分健壮。与其说是胖，感觉不如说是肌肉更多。虽然大冬天只穿着一件薄薄的毛衣，但他看上去似乎并不冷。

"突然联系您，给您添麻烦了。"

"没事，谢谢你还记得我。而且，我们现在还是同行呢。"

"您这句话真是折煞我了，我家的画廊可是只要被风吹一下就倒了。"

"没有这回事，启介先生的眼光很好呢。"

"您认识我父亲吗？"

"没错，我们见过好几次面呢。不过比起我，我的父亲可能更了解，毕竟他在这个行业的时间更长。"

里穗还在"福荣"工作时，在画展上与优作见过面。说不上是熟人，但因为他待人接物非常有礼貌，所以对他的印象也很好。

"仔细想想，虽然楼层不同，但是来到曾经的工作场所，你应该很不自在吧？"

"不，我自己偶尔也会来这儿购物。"

为了使对话愉快地推进下去，有时候撒个小谎也是必要的。里穗现在购物基本上都在横滨解决，来东京的话，会去其他的百货商店。

"我家画廊的接待室太死气沉沉了。"

因为优作负责的画家正在"福荣"开个人画展，所以便和里穗约在了百货商店里的甜品店见面。

比起七八年前刚见面时，岸优作整个人显得更有威望了。身上散发着四十多岁、正值壮年期的气质，短发、五官鲜明的脸显得自信满满。

被问到近况，里穗笑着开玩笑说："到了这个年纪，每天都会被父亲骂。"优作仿佛想起了什么似的，嘟囔着：

"说起启介先生，我父亲曾经抱怨过……"

"咦？家父给您添麻烦了吗？"

"不，不是这样的。是我的用词不太对。以前，我父亲曾经给启介先生转让过一幅画。"

"这我还是第一次听说。"

"具体的我也不是很清楚，二十年前，抑或更早。启介先生曾经来过我家的画廊，当时他非常喜欢一幅装饰在接待室的画。不过，我父亲一开始拒绝了……"

岸朔之介与启介似乎关系并没有特别亲近，据说启介在那之后还写过很多封信，最终朔之介终于同意了。虽然里穗有些无语，但是这个的确是直性子的父亲的做法。如今深知经营画廊不易的里穗，非常敬佩这份能够绵延不断地燃烧着对于绘画的热情。

"那是什么画来着？好像是日落前的山？能看到星星点点的民家灯火，有一丝悲凉之意……"

"莫非是《如果能回到过去》那幅画？"

"啊，对，没错！那幅画脱手之后，我父亲很后悔呢。土屋小姐你也看过吗？"

"那幅画以前被挂在常设展览室。虽然也有客人想买，但父亲都一概拒绝了。毕竟他自己也是多番恳求才买到的……"

"啊，是这样吗？如果令尊真的如此珍视那幅画，我父亲应该很欣慰吧。"

在画廊不太忙的时候，一边欣赏《如果能回到过去》一边思考人生，里穗很喜欢度过这样的时间。意外得知了对于自己而言很重要的画作的趣事，感觉是一个吉兆。

占用了忙于画展的优作的宝贵时间，里穗感到有些抱歉。她通过展示梯田的照片，进入了正题。

"这个是位于滋贺县高岛的梯田的照片。"

里穗一开始讲正事，优作便以一副似乎早有预料的样子，用低沉的声音回应道："嗯。"

"其实，我和如月条老师是高中同学……"

"嗯，我听他本人说过。"

"您听他提起过我……?"

"你们一起学过钢琴对吗?"

里穗太过惊讶，因为双手刚好放在桌上，手指不小心碰到小豆汤的漆制勺子，掉在了地上。

"土屋小姐意外让人很容易猜透呢……不过，亮说你是一个好人。"

优作没有以画家名而是用本名来称呼，拉进了距离感。虽然很好奇亮是如何形容自己的，但还有另外一点在意的事情。

"我还在百货商店工作的时候，您就知道我是亮的同学了吗?"

优作似乎有些不太好意思，说着"嗯"承认了。既然如此的话，明明可以直接告诉自己的。里穗有一丝不满，而同时想到这有可能是亮的意思，感到有些失落。

说起来，因为毕业与他离别时留有遗憾，里穗本来早已放弃，可能再也见不到他了。在那段时间，虽然感情会有深浅，但对于亮的思念一直没有断过。这份情感绝对没有虚假。每当里穗整理卧室时，总会盯着亮留下的东西叹气。

遇到的大部分人，如果不见面，就会自然地被遗忘。但是，所谓特别的人，分开的时间越长，神秘感也会增加。

没想到本以为离自己很遥远的亮，竟然不知不觉通过一名男性产生了交集……而且，很讽刺的是，这个只有优作掌握的信息，从单向转为双向的契机是周刊杂志的报道。如果没有《自由》的那篇过分的报道，自己如今也不会坐在这儿。

"周刊杂志的那篇报道，你看了吗？"

内心仿佛被看穿了一样，里穗吓了一跳，还没来得及思考就点了点头。

"其实我想着土屋小姐总有一天会来联系我的。"

"请问……那种报道出来之后，他还好吗？毕竟他不太喜欢别人到处打听自己的事情。"

"他的确不喜欢社交。但作为有血有肉的人，对那种报道，他肯定会有一些想法，但表面上还是一副平静的样子。"

偷拍的照片，连同私生活一起被曝了出来，无论是谁，内心都会产生动摇。更何况亮为了保护隐私，拒绝一切采访。遇到这样的事情，亮的精神变得失常也不奇怪，而里穗听到优作的话，稍稍有些放心了。

"看样子你去了一趟高岛啊。"

优作指了指照片，将话题拉了回来。或许他所剩的空余时间不多了。

"你为什么会去看梯田呢？"

里穗将高中的时候亮给自己看过他的素描本这件事告诉了优作。"咦，那家伙把素描本给你看了啊。"优作的反应似乎很意外。

"那时素描本里有一幅描绘梯田的画，让我印象很深刻……"

里穗解释了确定梯田位置的来龙去脉后，优作便说起了成为契机的画家的事情。听着听着，里穗的脑海深处浮现出了中田的脸，不由得感觉很恶心。

发生那起事件后，脸和脖子受伤了的里穗让医院出具了诊断书，中田的嫌疑从暴力行为升级为故意伤人。虽然她配合了警察的调查，但一次也没有去法院旁听，所以直至今日也不知道判决的内容。

据多管闲事的同事所说，中田还有其他类似的跟踪行为。量贩店的兼职被辞退之后，因为外债，资金似乎周转不过来了。

里穗自然与他不想有任何关联了，但吃一堑长一智，她知道了这个世上想要趁虚而入的男人，几乎无处不在。

正因为如此，里穗很担心木津川美和。通过社交平台一下子买了三幅她的画的男子，对于美和而言说不定就是"中田刚志"。不管是百货商店，还是社交平台，即便舞台不一样，他们的目的都是一样的。最终本应该是主角的画，就会被玷污。

"土屋小姐你还记得素描本里的画吗？"

面对优作的提问，不知何时开始回忆往事的里穗回过神来。

"我还记得。素描本里还有旧的被子烘干机和公园之类的。"

"土屋小姐，你果然天生就适合干这一行啊。"

"没有这回事，只是因为我比较年轻，所以记忆力稍微好一点……啊，对了。"

里穗将夹在记事本里的另一张照片放在了桌子上。

"这个也是出现在素描本上的风景。一开始我以为是大海，因为梯田在滋贺县，所以直觉告诉我可能是琵琶湖。"

这个是里穗看着梯田上的雪和水渠，脑海中突然闪现的想法。用手机搜索"雪琵琶湖"时，出现了与这张照片构图相似的图片。

在高木浜看到一名男子不停在拍照，里穗猜想着这儿说不定是一处景点。与男子点头打过招呼后，独自一人站在还残留着积雪的沙滩边，素描的线条似乎出现在了眼前，里穗仿佛能感受到亮的存在。

原来他曾经住在这儿……里穗明白这与"空白的三年"

有关，但比起案件本身，她更想知道亮是如何度过那段时间的。

里穗骨折后，亮来探望自己，讲了许多他儿时艰辛的往事，而那时自己没有认真地倾听。后悔之情在内心膨胀，里穗站在空无一人的湖畔忍不住哭了出来。那个瞬间毫无疑问是他们的分岔点，可惜这是里穗事后才意识到的。

里穗看着坐在对面的优作，不知该如何开口。虽说去了高岛，但这并不构成亮愿意与自己见面的理由。而且在此之前，见到亮之后想要做什么呢？里穗自己也不知道。

二人就座后，已经过了二十分钟。优作非常熟悉亮，从他说话的口吻中能够感觉得出来。所剩的时间已经不多了，里穗下定决心，把手伸进了托特包。

"这个是高中毕业前，亮送给我的，我还没有来得及道谢。"

优作从里穗手中接过 F6 号大小的画框，沉默地仔细欣赏。认真的眼神让里穗感到有些意外，她不由得僵直了身子。

"亮把这个……送给你了？"

优作沉重的视线仿佛被画框吸了进去。看着他精神集中的样子，与绘画一起生存的画商的魄力传达了过来。

优作似乎终于明白了一样，一边道谢，一边把画框还给里穗。

"你想见亮对吧?"

面对优作单刀直入的问题,里穗认为此处不应该欺骗他。带着对亮日积月累的思念,里穗重重地点了点头。

"对,我想见他。"

优作一开始欣赏画的时候的略显紧张,他渐渐放松下来,叹了口气。看着他仿佛释怀了的样子,里穗的心跳开始加速。

"土屋小姐,你能给亮写一封信吗?"

第六章　住所

1

《解约报纸订阅合同的问卷调查/从回答中摘录/二〇二一年本社销售部》

·新闻基本上都是免费的，大日新闻的报道在网上也能看（同样的意见有很多）。

·消息太慢了。在网上早已知道的消息，第二天竟然出现在了报纸的头刊，吓了一跳。

·所谓的"优等生"新闻太多了。希望能挖得更深一点，缺乏真实感。

·社会娱乐版面的新闻感受不到任何品位。特别是那些故意写得既有趣又可笑的报道太无聊了。给人一种公务员在敷衍了事的感觉。

·不感兴趣的新闻报道大概占了九成，不知道自己至今为止为何要花钱订报纸。

·带有偏向性的新闻实在是看不下去了。观点固定的社评也让人无法接受。

·还不如社交平台上的解说动画有趣。

·价格上涨得太多了。实在不明白为什么在如今这个网络新闻发达的年代，报纸的价格还要上涨。正常来说，应该相反才对。

·我认为旧报纸的回收袋不应该收费。价格上涨而服务
却下降了。真的变成夕阳产业了。

·每个月有两次没收到晨报，很不开心。

·单纯是因为没有时间看，报纸再薄一点也没关系。

·对于"每天不得不看"的义务感到疲惫。

门田看到一半，将资料放在桌子上，用指尖揉了揉眼角。
他将身体沉入立方体的沙发，发出了小小的叹息声。

"请用。"

不知何时总务部的下田悦子站到了门田的身旁，她似乎
帮自己泡了一杯热咖啡。

门田说着"谢谢"，伸直了背，接过塑料杯。

"有什么好事发生吗？"

"看起来像吗？"

"完全不像。"

"对啊，报纸真的不受欢迎呢。"

门田将销售部整理的报纸解约理由的资料，开玩笑地用
手晃了晃，发出了"哗啦哗啦"的声音。

长期以来，作为信息来源的报纸，有时会在经营困难的
时候通过涨价来生存下去。但是，由于网络的普及，报纸的
优势渐渐被削弱，没有计划的涨价导致了退订数的增加。

现代读者对于被庞大的媒体新闻漏掉的事实非常敏感。正因为隶属组织，所以不写或者不能写——每当个人在社交媒体上的发声产生了较大的社会影响，就能显现出传统媒体的懦弱与傲慢。

几天前，门田与关系不错的报刊店的店主一起去了居酒屋。当时对方说的话至今仍然在门田的脑海中挥之不去。

"'报纸有需要被特殊对待的价值吗？'孙子问了我这样一个问题……"

店主一只手拿着装有烧酒的岩石杯，一边问道："这种情况，我应该如何回答比较好……？"面对这个问题，门田不禁愣住了。

进入网络社会之后，价值观被撼动，大部分新闻人仍然不明白自己存在的意义。

能够动摇社会的个人发声产生了一定的影响力时，对于没有被报道的批判声反而应该更加真挚地倾听。但是，将有坚定想法的告发与充满着消磨时间、表现欲望以及个人私欲的虚假消息一起放入"网络"这个巨大的袋子里是非常危险的。作为新闻人，不能视而不见。

记者协会、再次销售时价格维持制度、减轻消费税……不仅是店主的孙子，现代人在世间寻找着"特殊对待"的价值。报社的社员们代代传承的方法论和采访据点是重要的文化。为了将更加正确、更加安全的信息传达给世人。

去现场、见当事人、寻找资料。这种理所当然的麻烦事，报社一直坚持了下来。而另一方面，即将退休的记者有着无法抹掉的愧疚之情。最近的几个月，重复着数不清的自问。

自己是否在真正意义上进行实践了？

在这个将网络上模棱两可的事件作为消遣、缺乏质感的时代，记者应该实现的是……

"冰咖啡会更好一点吗？"

从头顶上传来的声音将陷入沉思的门田拉回了现实。他看到悦子指了指塑料杯。

"毕竟最近开始变热了。"

"不，我现在是想喝热咖啡的心情。"

初夏的爽朗天气渐渐减少，日照渐长的季节来临了。

"我倒是很喜欢呢，报纸。"

虽然悦子正在将文件夹一个个放入书柜，听她的声音，似乎是发自内心的。

"不久前，门田先生您不是被公司的人骂了吗？"

"啊……真是太丢脸了。"

由于门田太过专注于绑架案件的采访调查，而疏忽了支局长最重要的工作——与当地的来往。有人向本社告密，因此他在三月份的时候被编辑局长指摘了。

"忘我的采访持续了将近三个月，不是吗？虽然门田先生平时的性子总是让人摸不透，但果然还是记者啊。"

"可惜最后还是有始无终啊。"

在滋贺县找到了野本贵彦与琵琶湖的交集。门田将这唯一的线索用邮件砸向了岸朔之介，但直到现在都没有回信。门田尝试着给他本人的手机和画廊打电话，然而都没能联系上。只能认为这是他刻意地躲着自己。

由于缺少亮与野本贵彦，或者优美曾经生活在一起的物证，要写成报道的话还是缺少材料。

因为采访看不到希望，而且还被编辑局长斥责了，门田这两个半月以来对于支局长的工作非常热心。

"看起来非常专业呢。"

"可我的确就是专业人士……"

因为与门田同年代的悦子性格开朗，所以他在职场的人际关系上并没有太大的压力。悦子发出爽朗的笑声，随后出去采购文具了。

门田喝了一口咖啡，然后叹了口气。他看了一眼并不怎么让人愉快的材料，有点感谢悦子的关心。虽然只是职场上短暂的交流，但门田的心情变得稍微轻松了点。

手机振动了，显示的是不怎么眼熟的电话。

"啊，请问是门田先生吗？"

一听到声音门田就认出来了。是神奈川县警察局的退休刑警——富冈克己。对于他一月份给自己寄的帝王蟹，门田再次表达了感谢。

"您太客气了，我才要谢谢您。我收到的回礼太贵重了，还在想是不是反而让您费心了……"

被他问到了最近采访的进展，门田不好意思地说："在那之后，我一筹莫展"，随后突然想起了一件事。

"说起来，上个月内藤瞳住院了。"

"她的身体哪儿出毛病了？"

"似乎是肝脏不太好，具体情况我也不清楚。"

北九州"小吃店 海岸沿线"附近的小餐馆的店主打电话告诉门田的。一月的下雨天，与瞳见面后，门田独自一人去小餐馆吃了饭，店主十分高兴。

"不过，内藤瞳竟然随身携带着那张明信片，着实让我有些意外。"

富冈的感想似乎和门田一样。看来采访的成果通过先崎也传达给了他。

"对啊，我以为她一点也不在意自己的儿子。"

"我也是这样想的。不过让我难受的是亮还在明信片上画上了画给瞳寄过去这件事。即便是那样失职的母亲，对他来说也是母亲啊。他的内心实在是太坚强了。"

"我在当地见到瞳，和她说过话之后，发现她其实是一个琢磨摸不透的人。"

"她软弱得让人感到生气。遇到人品不佳的男人，自己受难也就算了，连孩子也被牵扯进去，实在是做得太过分了。实际上，亮被拐骗时，与瞳交往的吉田悟就经常虐待亮。"

"我记得吉田不是没有动过手吗？"

"不，动过手。而且还会让亮一整晚都站着，或者端坐着。这些在瞳的调查书里都曾提到过。"

门田原本以为吉田并没有暴力行为，但退休刑警富冈所说的话还是有一定可信性的。虽然一般而言，每个人所掌握的信息都是有差异的，但门田一想到先崎还有信息瞒着自己，就不禁有些生气。

"我今天之所以在您繁忙的时候给您打电话，是因为……"

富冈应该并没有察觉出门田有点不高兴，但还是用柔和的语调转换了话题。

"关于前一段时间，门田先生您在岸朔之介的仓库里拍摄的照片，有一件事情想告诉您……"

"是野本贵彦的画对吗？"

神田的仓库，出现在眼前的壮观景象，门田至今依然记得很清楚。

"不是有一幅描绘飘着浓雾的街景的画吗？"

中央的墙壁上挂着的长方形的大作品。牛奶色的天空之下，模糊的街景，前方有一片草坪。很普通的一幅画，但反而有一种很真实的感觉。

"我想您应该也知道，我的弟弟在北海道，对于那片街景，他说他似乎有点印象。"

"咦？真的吗？也就是说那个地方在北海道对吗？"

"啊，没错。这件事的确有点莫名其妙，您稍微有个印象，把话听一半就可以了，他说那片景色似乎在伊达那儿。"

"抱歉，我不是很了解。请问北海道有伊达这个地方对吗？"

"有的，在北海道中部的洞爷湖附近。画的上方，左右两侧能隐隐约约看到山一样的形状，我弟弟认为可能是驹岳和有珠山。"

"我倒是没有看出来那儿是山，真亏他能认出来啊。"

"他似乎因为工作偶尔会去那儿。我也夸他说'真亏你能认出来啊'，他说'那儿与从有珠山的服务区看到的景色很相似'。"

"服务区？是指高速公路吗？"

"对。还有，门田先生您给我发过来的画的照片中，有一张描绘褐色建筑物的画作对吧？建筑物的前方有一片用来疏散交通的圆形地带。"

富冈指的应该是挂在右侧墙壁上的画。浅褐色的屋顶，不知该如何形容的形状。不过那栋建筑物的前方的确有一片圆形地带。

"我弟弟总觉得有些眼熟，那儿可能也在北海道。"

两幅画通过北海道这个地方联系了起来。门田最开始的确是以富冈最开始打电话过来时所说的"把话听一半"的心情来对待的，然而随着手表的秒针不断前进，他感觉可能性越来越大。

"伊达"这个他第一次听说的地名，在脑海中越来越有真实感了。

挂断电话后，门田用手机输入"北海道""伊达"，还跟随自己的直觉加上了"站"，进行了搜索。

手机画面显示的"伊达纹别站"，有着与门田在神田仓库里看到的画一样的外形。

2

不知为何没有心情听音乐，门田一边听着汽车的行驶声，一边开车。

虽然这辆小型租赁汽车的引擎声有点令人在意，但是跑起来问题不大。要说后悔的话，就是忘记带 ETC 卡了。

门田一大早赶到羽田机场，早上十点前就到了新千岁机场。他搭乘租赁公司的接送巴士先去了营业所，开着租来的车，这才意识到自己忘记带 ETC 卡了。不过，虽说出行多少有些不便，但所幸北海道中部高速公路的车流量不是很大。

结束与富冈的通话后，门田立刻开始做前往北海道的准备。订机票和酒店，然后取消了当地商工会的新商品说明会和海关的信息交流会。采访如果不选在工作日，可能无法进入一些公共场所。

办完事回来的下田悦子，凭借着天生就良好的直觉，笑着说"我会和本社说您生病了"，似乎愿意帮门田圆谎。

门田慎重地沿着车行道，朝着登别方向前进。大约过了一个小时，到了"有珠山服务区"。这个服务区非常小，面积大约为停满五十辆小轿车的停车场大小。商场的一楼有许多美食店铺，二楼似乎是展望台。门田在商场旁侧的广场找到了带有照片的指引板，停下了脚步。

上方写着"远望有珠山服务区"，有一张晴空万里的全景照片，下方还有两张变换焦距拍摄的驹岳和有珠山。在这三张照片之中，天空与海洋的蓝色让人目眩。如果天气晴朗，这儿应该是一个不错的观光景点。

但是现在门田的眼中没有一点蓝色。全景的那一侧仿佛盖上了一层烟幕，非常模糊，看不见大海和山峦，只能勉强辨认出伊达市内的街道。

门田在内心嘟囔着"这就是春天的雾霭啊"，接着用手机将照片显示了出来。虽然从他目前所在的位置来看，驹岳和有珠山都被雾霭遮挡住了，但大体上与照片中的画是一致的。

在这座城市的近郊，据说春日雾霭是季节的风景诗。伊达属于比较温暖的区域，因温度差，导致城市被雾霭所覆盖。

面对着本应该感到失望的景色，门田突然浑身充满了力量。正因为追踪着写实画家，所以这个采访才具有独特的魅力。画的取景地在日本的某座城市真实存在着，像解谜一样，充满着乐趣。

透过琵琶湖的湖滨和"有珠山服务区"的景色，仿佛能够超越时空地看到野本贵彦真实存在过的足迹。

"有珠山服务区"位于北海道中部的机动车道"室兰关口"和"伊达关口"的中间，因为这段路于一九九二年开通，所以野本很有可能在同样的季节来过这个地方。

门田下了高速公路，朝伊达市区的方向开去。因为在"伊达纹别站"还有一幅画等着他对答案。

到达车站前的圆形地带时，几乎就已经得到结果了。门田走下车，一边看着手机里的画，一边在牛皮色屋顶的车站周围寻找着野本作画时的角度。

走近看才发现车站正门前其实还有一扇防风玻璃门，很有北国的特色。门田站在车站前的派出所，眼前的景色与野本画里的线条重叠了，证明了富冈弟弟的想法是正确的。

门田想不通为何野本要画这个毫无特点的车站。在旅行的有限时间内，将车站作为画的取景地似乎并不适合。既然如此，门田猜测野本说不定在这儿住过一段时间，可惜没有实证。

看来只能再多走一段路了。从车站往东北方向延伸的道路既新又宽敞，店的墙壁外侧很明亮。但是离开主干道之后，沥青路上的白色线条已经有些剥落了，曾经繁荣的店铺拉下了生锈的门帘，周围都是一些没有生气的医院和旅馆。明明正值正午，但四周安静得能听见风声。

可能这儿曾经很繁荣。这种地方城市的寂寥景象，在日本能够经常看到。无论是在九州还是在滋贺，门田都怀抱着同样的想法进行走访调查。耳边传来了格外大的风声，听上去仿佛放弃的叹息声。

回到车站前的门田，往反方向也走了一圈。进入一幢白色的小型建筑物后，坐电梯上了二楼。然后穿过带有屋顶的天桥，在另一侧坐电梯下去了。

车站的南侧是自行车和机动车的停车场，显得更加安静了。路过一片杂草丛生的空地，往南前进，有一座被民房包围的小公园。公园里没有人的身影，左侧有一些不太丰富的游乐设施。

虽然天空朦胧，阳光很微弱，但门田走着走着竟有些冒汗了。他用手帕擦了擦额头，朝公园的方向走去。在入口处看到了一个物件后，不禁停下了脚步。

草坪上并排摆放的是两个蘑菇物件。

蘑菇物件是石造的，伞的部分是黑色的，柄的部分是白色的。高度约五十厘米。白色油漆剥落的斑点模样，正是一种证明。

门田将在神田的仓库拍摄的野本所绘的公园，还有亮画的将单只脚放在蘑菇物件上的少女的作品，依次在手机屏幕上显示了出来。

没错。他一直寻找的东西，既不在内藤瞳的明信片邮戳上显示的京都，也不在高木浜美丽的沙滩所在的滋贺，而是在北海道不知名的小城市里某个不起眼的儿童公园。

野本和亮总算在"土地"上连在一起了。二人离开神奈川，恐怕路过关西，来到了这片北方的土地。

作为一名新闻记者，门田突然非常想写稿子。至今为止，他去了关东、九州、关西、北海道，每走一步都有一些小的进展。根据写法，说不定已经聚齐了写稿的材料。但是现在门田有一种奇妙的感情在心中高涨。

想好好珍惜这份采访。就像阅读名著时所剩的页数越来越少，而不禁产生的寂寞心情。正因为自己是真心想要追寻真相，所以才希望最后的稿件能有一个高的完成度。

门田能够忍住这份想写稿子的心情，是因为在这个世上待的时间还算比较长。年龄的增长带来的似乎也不完全是坏事。

门田下一步的想法非常简单，但意外花了不少时间。

他开车来到伊达市立图书馆，打算从一九九三年的住宅地图和伊达市发行的宣传报纸着手，看看能不能找到野本与亮的痕迹。门田的脑海中浮现出自己根据当记者这么多年的经验总结出来的格言。

没有效率的事情最怕的就是热情。

这间图书馆与综合性公园相邻，图书的阅览区域都是落地窗，风景很好。图书管理员帮自己寻找住宅地图和宣传报纸的这段时间，门田翻了翻与伊达市相关联的书。过了一会儿，管理员给自己拿来了九三年和九四年的住宅地图和同年伊达市的宣传报纸。

为了鼓足干劲，门田脱掉外套并把袖子往上卷了卷。管理员非常抱歉地说道："为了防止新冠病毒的扩散，所以阅览时间限制在一个小时以内……"

对于要寻找线索的人来说，一个小时不过是热身运动。

门田忍住脸部的抽搐，绅士地回答道："足够了。"

虽然门田这两年曾经多次憎恨过新冠病毒，但从未像今天这样生气过。

根据九三年的住宅地图，从伊达市的中心部开始寻找"野本"这个姓。不仅没有效率，而且还排除了使用假名的可能性，实在称不上是专业的做法。但是，进入新闻行业三十多年，自己好像也没有使用过专业的做法。和人见面交谈，查找资料所需要的并不是专业的做法，而是毅力。

大约过了四十五分钟，感觉到疲惫的门田滴了一滴眼药水，转动肩膀。不过随后他没有心情再继续看住宅地图，而是转向了宣传报纸。可惜并没有任何收获，一个小时的时间限制很快就到了。

"明天我再来打搅！"

与烦躁的内心相反，门田的声音十分爽朗，说完便离开了图书馆。

过了五十岁之后，身体的状态会影响事情的走向。

门田考虑到身心在旅途中肯定十分疲惫，因而在酒店方面增加了预算。位于洞爷湖畔的这座酒店，其特色是所有的房间都能看到湖景。即便是标准间，空间也不小，一推开门就能看到洞爷湖。

不仅是房间的照明，伊达作为蔬菜的名产地，自助餐形式的晚餐全是当地的特色菜，这点也让门田十分满意。

但他印象最深刻的还是露天温泉。浴池没有边缘，是"无限延展"的形式，对面是没有任何遮挡物的洞爷湖。从悬挂式出水口流淌出来的热水仿佛直接落入湖面一样，有一种融入自然的感觉。

"洞爷湖花火大会"是从每年四月末至十月末召开的花火大会。从一九八二年开始，持续至今，已经有四十年多年的历史了，可以称之为点缀洞爷湖夜空的代名词。也就是说，在这附近，一年中有一半的时间在放烟花。

下午八点四十五分，门田正泡在露天温泉舒缓疲劳的时候，头顶上开始放烟花了。湖面上的小船被照亮，一束光冲上天空，过了几秒，随着"嘭"的一声巨响，画出一道绿色的光环，随后变为金色，绽放在夜空中。在那之后，一声声"嘭"与人们的欢呼声交织重叠，漆黑的夜空呈现出五彩缤纷的颜色。

露天温泉中还有另一名中年男子，沉默地望着天空。烟花像喷泉一样冲上天空，把对面的观光船渲染成了调色盘。

将初夏夜空变为画布的绚丽的宴会结束后，被打乱的心跳渐渐平稳，洞爷湖又恢复了一片寂静。

一边泡着露天温泉，一边欣赏烟花。门田度过了非常幸福的二十分钟。不知不觉发现浴池里只剩下了他一个人，深呼吸之后缓缓地叹了口气。

如果野本和亮曾经在这附近住过的话，不可能没有看过这持续将近半年的花火大会。他们仰望着北部的这片天空，究竟在想些什么，又说了些什么呢？

金黄色的观光船回到栈桥，门田呆呆地眺望着，脑海里浮现出在旅途中独自一人默默行走的中泽的身影。

门田仿佛给自己鼓足干劲似的，用双手拍了拍脸颊，离开了浴池。

3

第二天，门田算准开馆时间，再次来到了图书馆。

和昨天同样的女性管理员将眉毛皱成"八"字，说道：

"请您在一个小时以内阅读完毕……"

从她手中接过住宅地图的门田，依然很绅士。

"足够了。"

清晨的阳光穿过图书馆巨大的玻璃窗，温柔地洒了进来。门田盯着一九九四年的住宅地图，拼命地寻找着"野本"。

当年车站前还有很多店。一九八六年，国铁线被废止。而六年后，北海道的中央机动车道室兰至伊达之间的道路开通。就像渐渐失去张力、皱纹增多的人类的脸一样，地方城市的表情也会发生变化。

大约过了四十五分钟，野本应该不会把真名挂在门牌上的这种想法在门田的心中渐渐膨胀。既然这样的话，就要寻找其他的方法了。

但是门田拼尽全力，再一次将视线落在了市区地图上。他瞪大双眼，用食指在纸上滑动着。

"不对，不对。"他一边嘟囔着，一边移动着手指。突然，滑过某个假名的瞬间，有一种熟悉的感觉。

手指又沿着原来的线返了回去：英语班彩虹。

门田一时间愣住了，仰头看向了天花板。

滋贺与北海道的交点，竟然在自己从未想过的地方。事情即将有进展的预感，变为有实际成果的兴奋。

门田用双手将大大的地图捧起，凑近了自己的脸。随后拿起一九九三年的地图，翻开同样的页面进行确认。

是空白的。

也就是说"英语班彩虹"在一九九三年调查的时候并不存在，而是第二年才开的。并非"彩虹"，是"英语班彩虹"。真的会有这样的巧合吗？

仿佛波浪般起伏的脉搏强烈地否定了这一点。

本以为滋贺的采访是一场徒劳。门田取出手机，将一张照片显示了出来。穿着白色衬衣的长发女子。站在少女身旁爽朗地微笑着的，是本应该与案件毫无关联的桥本孝子。

那名少女的母亲证言说孝子可能住在高岛市的"海津"。而"海津"的当地居民举报过一对父子，仔细想想"海津"与高木浜之间的距离相当近……曾经排除过的可能性涌上门田的心头。

门田先请求管理员帮自己复印一份住宅地图，随后用笔记本电脑发了一封带有照片附件的邮件。他从管理员手中接过复印件后，道完谢便飞奔出了图书馆。

可能因为地处市区，所以开车只花了五分钟就到达了现场。沿着大路的那一侧有很多商店，还有不少一九九四年的住宅地图上记载过的店。

门田在目的地前方把车停下后，不禁哑然。曾经"英语班彩虹"所在的场所，已经完全变成未经处理的空地。

他被眼前的占地面积所震惊了。虽然看地图的时候就有所猜测，但用肉眼看到实景后，却反而有一种不真实的感觉。面对眼前三百多平方米的空地，门田想象不出这儿曾经存在过补习班。

根据住宅地图上的标记，门田从这条街道上以前就有的店铺着手，进行走访调查。他一边展示住宅地图的复印件，一边询问英语班的事情，但是并没有得到什么有用的信息。不仅如此，能记得"彩虹"的人都很少。

门田在人行道停下脚步，喝了一口茶，然后用手帕擦了擦汗。发丝上也有了热气，他后悔没戴帽子出门。由于在店铺走访没有成果，于是他打算将范围扩大至医院。

他当了这么多年的新闻记者，如果受访者是医生和律师，那么被骂的概率会非常大。虽然他的确不擅长应对这类人群，但眼下别无选择。

午后，门田来到了离他最近的内科医院。毕竟在诊疗时间之外，中年的女性护士虽然有些不情愿，但还是将门田的来意转告了医生。

"请。"

他意外顺利地进入了里面的门诊室。

医生的年龄相当大，头上几乎没有头发了，但圆圆的脑袋与阳光的笑容非常相称。

"对于我的突然造访，真的非常抱歉。"

除了看病，门田还是第一次坐在内科的圆椅子上。

门田解释说自己正追寻着一名画家的行踪，而"英语班彩虹"的讲师是那名画家的熟人。他讲得非常暧昧,但是尽最大限度不说谎。

医生看着门田的名片,说着:"讲师……不过她是独自一个人办的补习班。"仿佛想起了什么似的,紧闭双眼,晃了晃右手的食指。

"我记得是……桥本女士。"

听到桥本的名字,门田立刻从包里取出手机。

"是桥本孝子女士对吧?"

"啊,没错!桥本孝子女士。"

"请问是这名女士吗?"

门田在手机上显示出桥本穿着白色衬衣的照片,并递了出去。医生戴上老花眼镜,开心地笑着说:"啊,就是这名女士。"

"再次跟您确认一下,桥本女士与画家的关系是否亲近呢?"

"画家……画家……"

医生的嘴里不停重复着"画家……",但似乎并没有想起来,摇了摇头。

"刚刚您说桥本女士是独自一个人办的补习班,但作为补习班而言,占地面积未免也太大了。"

"那儿本来是一栋个人所有的房子。庭院很大,天气好的时候,似乎还会在室外授课。"

门田将"个人所有"这一点记在脑中，继续进行采访。

"您还记得桥本女士是什么时候搬来这儿的吗？"

"抱歉，具体时间我记不清了。不过，我曾经让她帮过一个忙，是在'武士大会'的时候……"

以伊达家的家臣团体移居来到这座城市为背景，伊达市每年八月都会召开武士游行大会。因为昨天在伊达市的宣传报纸上读到过，门田立刻就能想象出来。

根据医生所言，当时带澳大利亚的朋友去参加游行时，曾经拜托孝子进行翻译。

"也是理所当然的事情，她的英语十分流畅。不仅如此，她还很细心，事先调查了武士游行大会的知识。是非常优秀的人。"

"您还记得那是什么时候的事情吗？"

"这个我记得。是日本职业足球联盟开幕那年的八月。因为我喜欢足球，你看！"

医生说着将印有"札幌冈萨多"标志的马克杯举了起来。

一九九二年居住在滋贺县高岛市的桥本孝子，在第二年八月来到了北海道伊达市。门田想查找的人再一次出现在了视野。目前他大脑中得到的答案早已不是推测了。

虽然没能得到更多情报，但友善和蔼的老医生告诉了自己一条重要的信息。门田郑重地道谢后离开了内科医院。

在去其他地方继续进行采访前，门田给支局的年轻记者打了一通电话。

"啊，真的非常抱歉……"

虽然他在委托完事情之后仍然继续走访采访，但毫无收获。

不知不觉已经下午一点半了，他打算先去吃午饭，便把车停在了拉面店的停车场。这时，手机突然响了。

"啊，我是又吉。"

"您好，太久没问候您了。"

门田坐在驾驶室里，继续着对话。打电话过来的是以前在"TOKI 美术馆"为自己担任向导的写实画家又吉圭。

"关于刚刚您发给我的照片……"

又吉在此处停顿了一下，听声音仿佛吞咽了什么似的。因为又吉与野本在同一个美术补习班担任讲师，所以门田今天早上在离开图书馆的时候把桥本孝子的照片发给了他。

"这个人，是野本优美啊！"

"真的吗?！"

在提高音量的同时，门田紧握的拳头颤抖着。

桥本孝子就是野本优美。终于找到突破口了。

"您找到优美女士的住所了吗?"

"非常遗憾，没有。不过，她一九九二年的时候在滋贺，九三年的时候在北海道教过英语。"

"这样啊……看来她不停地在各地辗转啊。我记得优美女士在东京的时候，也在补习班教过英语。"

"优美女士好像自称'桥本孝子'。"

"啊，看来她用了假名……野本呢？野本也曾经在滋贺和北海道住过吗？"

"很有可能……"

门田有些含糊其词，无法说得更详细。因为如果提到野本的画，就不得不说到朔之介将野本的作品藏在仓库里的这件事。

但是门田不自然的停顿，反而让又吉察觉了真相。

"是野本画过对吗？"

如果被已经有所察觉的人反问，撒谎会显得很丑陋。面对写实画家的思考回路，门田投降了，回答道："野本画过琵琶湖和北海道的街景。"

"大概在十多年前，我曾经拜托朔之介先生给我看看野本的作品，但当时他回答的是他那儿没有野本的作品……"

在那之后，门田以回答又吉提问的方式，告诉了他神田仓库的存在。

"也就是说那十二幅画一直不为人知。"

又吉轻轻地叹了一口气，嘟囔道："真是可惜了。"

"我想朔之介先生也有自己的原因。"

"是啊，应该是这样。毕竟朔之介先生与野本之间也没有多大仇恨。周刊杂志的报道一出，你来见我……优美女士使用假名在各地辗转。我大致能够想象出门田先生在调查什么。不过，我好歹也算是一名专业人士，非常清楚野本的才能及其价值。"

又吉的话语非常有力，毫不动摇。正因为同样作为写实画家才会抱有的对野本的敬畏之情传达了过来。

"但是，既然朔之介先生给你看了野本的画，那说不定意味着他内心的想法发生了变化。他也是拥有不俗鉴赏能力的人，应该怀抱着不小的愧疚感。"

关于收藏在神田仓库里的作品，又吉问得很详细。他想亲眼欣赏自己尊敬的画家所画的作品，这一点从他的话语里能够感受出来。

"野本和优美女士究竟为何会选择那样的道路，我不清楚。只不过，门田先生，野本贵彦是一个品行高尚的人。他是与生俱来的艺术家。如果你今后有机会见到他，请帮我转达几句话给他。'无论发生什么，我都是你的伙伴，请依靠我。'"

这片真挚的话语体现出了对于朋友的担忧之情。门田回应道："我一定会帮您转达。"随后挂断了电话。

在等待拉面的时候，门田打开笔记本电脑，确认邮件。

在收件栏中找到了年轻记者的名字，立刻点开了。因为是一名非常优秀的记者，所以很快就调查完毕了。

点开邮件里添加的附件后，显示出一张不动产登记副本的照片。

最开始在现场看到实物时，只是单纯觉得面积太大。在门田心中，与滋贺的"彩虹"有些不匹配。再加上医生所说的"个人所有"这一点。

门田猜测可能会有第三个人的存在。

根据登记副本，那片土地在昭和四十八年，所有权转移到了"酒井龙男"的名下。

门田将酒井的住址记下，随后给支局的记者回复了一封答谢邮件。接着在网上搜索"酒井龙男"这个名字。

酒井在小樽经营着一家名为"北星物流"的公司。

从公司的主页来看，以从出入库到配送的物流事业为主，近年将事业发展至物流商业不动产以及物流设备的自动化系统开发。从业人数约三百八十人，是一家非常优秀的企业。

根据网络上的一些报道，酒井在十一年前将社长之职让给长男，自己则就任了董事会会长。作为当地的大企业，关于酒井龙男个人的报道少之又少，看来他可能并不怎么喜欢接受采访。

不过，他年轻的时候可不好说。

门田走出拉面店，立刻联系了大日新闻北海道支社请求帮助。当他再一次开车前往"英语班彩虹"的路上，接到了来自小樽支局的一名男性记者打来的电话。门田简明扼要地讲述了事情的经过，那名似乎有些年长的记者情绪高涨地说道："那起神奈川的绑架案件啊，我记得。"看来他比较渴求刺激性的新闻。

"没想到那起案件竟然与小樽也有关联。明白了，我会立刻着手调查。"

关于酒井龙男，"我听说过这个名字。"那名记者留下这样一句可靠的话，随后挂断了电话。

感觉到有些疲惫的门田暂时中断采访，为了整理头脑中的信息，决定去兜风。转换心情也是工作中的一环。

从市区开车大约十分钟，便被一片没有任何遮挡物的壮丽景色包围。绿色的芒草融入自然，仿佛绒毯一般铺开。风一吹，细长扁平的叶子摇晃着，形成一道波浪。

门田在叶子繁茂的土豆田附近把车停下，下车后大大地伸了一个懒腰。他深呼吸，将清新的空气吸入肺部。今天的天空没有一丝云彩，非常晴朗。

颜色较深的耕地的前方是一片树林，透过树林，能看到远处有珠山的山峰。白云的形状仿佛浓烟一般。这座偏棕色的火山，在二〇〇〇年喷发后，形状有了很大的改变。

蓝天下的大自然充满着光亮，小鸟的啼叫声让人非常舒畅。

野本优美离开东京，来到这座平静舒适的城市生活。虽然没有见过她，但门田能够想象出优美在这片土地上与孩子们快乐地生活的身影。

此时接到了来自小樽支局记者的电话，对方似乎将酒井龙男过去的经历以及报道的复印件发到了门田的邮箱。记者与门田出生于同一年代，关于绑架案件他们闲聊了一会儿。随后门田挂断电话，回到车上打开了笔记本电脑。

他点开"过去报道"的文件，地方版的大篇幅报道铺满了屏幕。

【小樽】（北星物流）酒井先生在札幌的特别展览上展出了作品。

通过文章的开头，得知酒井龙男是一名绘画收藏家，门田的心中不由得有些忐忑。

这篇文章是一九九五年刊登的，具体内容是酒井参加了札幌美术馆召开的特别展览。这个特别展览是北海道的绘画收藏家将自己所藏的名画一齐公开展示的策划，而酒井的出展品之中也包括日本写实画家的作品。

对于地方报纸而言似乎是一个大新闻，照片足足有三张。主照片是圆脸络腮胡的酒井豪爽地笑着接受采访的样子。接着是他本人提供的合照，最后是札幌美术馆的外观照片。

他本人提供的照片下方有一行说明文：*和东京的美术伙*

伴在一起。*即便再繁忙一个月也会去一次东京。（由酒井先生提供）*

餐厅里椭圆形的桌子，大约有十名穿着西装的男子围着坐在上席的酒井。大家仿佛被爽朗笑着的酒井感染到了，一齐看向了镜头。

这时，门田终于找到了刚才内心忐忑的原因。

他将画面放大，说了句"找到了"，接着静静地叹了口气。

在酒井身旁举起酒杯的，正是岸朔之介。

4

酒井龙男，一九四七年出生于北海道伊达市。

高中辍学后，前往札幌，开始在一家包装公司工作。六年后，也就是大阪世博会的那一年，他入职了家乡的前辈在小樽市内创办的仓库公司"北星仓库"。最初他的工作仅仅是包装和商品管理，但在担任社长的前辈因交通事故亡故后，他接过公司的经营权，将"北星仓库"与运输公司合并，把公司名改为"北星物流"。

八十年代，在东京、仙台、名古屋、神户依次建立起分公司，扩大了业绩。在平成年间经济不景气的情况下，虽然不得不缩小规模，但作为小樽当地的企业，依然保持着一定的名望。二〇一一年，卸任社长，现在担任董事会会长的职务。

从北海道中央机动车道进入札幌机动车道的门田所走的路，正像走出伊达、来到小樽做出了一番事业的酒井龙男所走的"梦想道路"。

在他这一代就带领企业走向成功，可见酒井拥有着凡人不具备的胆识。将租借的仓库变为所有物，在首都和政令指定城市开设分公司时，应该都伴随着很多风险不小的决断。而公司能存续至今，也体现出酒井的先见之明。

现如今，物流业界面临着"二〇二四年问题"。这是因为防止长时间劳动的劳动方式改革的方案，导致了涨价与驾驶员收入的减少。但是，继任社长的长男，挑战了被称为"金钱游戏"的商业不动产和自动化设施，取得了一定的成果。由此可见，长男继承了父亲的魄力，今后应该也会带领公司闯过一个又一个难关。

如果将他隐退前的人生算作成功的话，那么酒井龙男毫无疑问是少有的成功人士。

伊达与小樽，位于北海道中央的南北两端。从北海道整体的地图来看，似乎距离并不算遥远，但实际上直线距离约为一百三十千米，开车的话大约需要两个半小时。门田隔个几年就会来一趟这片北方的土地，每次都会感慨土地之辽阔。

门田通过小樽支局的记者拿到酒井的家庭住址和电话号码后，立刻拨打了他家中的固定电话。

接起电话的，没想到竟是他本人。门田表明自己的记者身份，并询问了有关"英语班彩虹"的土地的事情，对方说着"我也不太清楚"，糊弄了过去。即便提到野本优美的名字，对方也依然没有做出任何反应，因此门田将本打算见面后再亮出的情报都一口气说了出来。

"在'画廊六花'的仓库，我看到了野本贵彦的作品。"

面对一直保持沉默的酒井，门田不住地说着自己所掌握的消息。

"一九九五年，我们社的报纸曾经刊登过酒井先生您的事迹。那篇报道的内容是在札幌美术馆召开特别展览时，您曾经将自己收藏的作品展示了出来。有三张照片，其中的一张……"

"你会写出来吗？"

酒井的这个问题问得实在是太突然，门田没能立刻反应过来。

门田没想到自己一直往后拖延的问题会被人突然插上一刀。

作为一名记者，最终的目的自然是"写"。但是从去年十二月开始，在这场持续了将近半年的采访中，门田将精力主要放在了"探知"上。他的内心十分清楚"输入"与"输出"都是同时进行的，但关于要"写"的内容，他一直没有明确的想法。

但是，他通过门田次郎个人的眼睛，以及通过自己作为新闻记者的眼睛，还是能够看出一些东西。

神奈川两名儿童同时被绑架的案件，毫无疑问是一起犯罪案件。虽然因为受害者平安归来，所以在世人眼中，这起案件仿佛已经被解决了，但是并不意味着犯罪事实就此消失了。被大人强行带走的幼小孩童，他们内心所感受到的恐怖与绝望，是确实在这个世上存在过的不幸。

如今案件过了追诉时效，刑警被剥夺了武器，现在正是以笔为枪的记者将"未解决"的"未"字去掉的时候。

"我会写出来。"

门田的直觉告诉他，在此处决不能退缩。

"这样啊……"

酒井说完后，在电话的另一头再一次沉默了。至于关键点——"写什么"，二人都没有戳破，而是一直保持着沉默，来制约对方。

接着，酒井率先开口了："请您先来一趟我家。"

从通话结束后，大约过了两个半小时，门田在终点前方的交叉口下了高速，朝附近住宅区的方向前进。

下午四点半左右，虽然阳光已经呈现出疲惫之色，但小樽的天空湛蓝，风吹着很舒畅。

酒井龙男的家在坡道上的一座宽敞的公园附近。门田按照酒井所说的，将车停在了他家宅邸斜前方的一块小空地上。那片土地似乎也在他的名下。

虽然四周很广阔，但似乎并没有所谓的高级住宅区之感。不过，再稍微往前走走，就能从高地上眺望大海，是一块很宜居的住宅地。

酒井家玄关旁侧的卷帘门，从宽度上来看，似乎能够停三辆车。实在是非常有门面。门田拨通了内线电话，从中传来酒井的声音："请移驾至右手边的接待室。"于是门田打开了比他的个子还高的铁门，走了进去。

可能是因为停车区域像仓库一样占据了比较大的面积，庭院并没有想象中那样宽敞。可即便如此，院子中也有走廊，还有几棵刚长出嫩叶的品种不同的树木。粉红色和紫红色的杜鹃花鲜艳地绽放着。

不过最吸引门田的还是房屋。二楼的外墙上钉上了奶油色的雨淋板，排列着五扇格子状的竖向窗户。逐渐铺展开来的瓦屋顶有一种厚重感，能看出建筑师在设计时费了一番工夫，着实是一栋和洋结合的住宅。

门田拉开有光泽的木制门，说着"打扰了"，右手边的房间里立刻回应道"请进"，声音有些许嘶哑。

走进大约十六平方米的接待室时，门田的眼睛立刻变为照相机的镜头。坐在一人座的皮革沙发上的酒井龙男与里侧墙壁上悬挂的肖像画。完全相同的脸上下并排着，面对这样具有代表性的画面，眼前的空间仿佛静止画一般。

门田再一次说着"打扰了"，随后坐了下来。

"您很在意我身后的画吗？"

"那是一幅肖像画对吗？"

酒井的短发全白了，嘴边的胡子也一样。就像被时间雕刻过，他脸上的皱纹也加深了。而画中的酒井龙男，头发乌黑，一副充满活力的表情。

但是门田并不怎么在意这些外表上的变化。随着年龄增长，这是每个人都会经历的道路。不过是在画框中男子的时间延长线上，存在着现在正坐在沙发上的男子而已。

比起这些，从画中传达出的"强大"并没有发生变化。酒井龙男这个男人所拥有的精悍与沉稳如实地表现了出来。虽然门田并不怎么了解眼前的这个人，但从画中能感受到他的人格魅力。而那并非闪耀着的光辉，而是更接近深沉的光芒。

这幅画恐怕是三十多年前画的，在画家的眼中仿佛看到了酒井龙男如今的样子。这幅画拥有着不容分说的威信度。

"您可以走近一些看。"

门田将自己的采访包放在了对面的沙发，接着绕到了酒井的身后。

他站立仰望着这幅镶在朴素的木质画框中的肖像画。尺寸为 F6 号，A3 用纸大小，背景很厚重，画很有分量。

画布的右下角有着"T.N"的签名。神田仓库里的画也有同样的签名。毫无疑问，这是野本贵彦的画。

这样一来，野本夫妇就通过酒井龙男这条线索联系了起来。虽然酒井刚刚在"彩虹"的那件事上装了糊涂，但现在既然邀请门田来到了自己的家中，也就说明他已经不打算再耍心眼了。

门田递出名片后，便在酒井对面坐了下来。他们中间隔着一个很大的圆形桌子。酒井的跟前是一瓶葫芦形状的"轩尼诗 XO"。很适合日本酒的切子玻璃酒杯呈琥珀色。虽然能看出他很爱喝酒，但七十五岁的高龄，在傍晚时分就开始喝，看来他平时经常锻炼。

"开始喝吗？"

酒井说着，将切子酒杯举起。

门田不假思索地回应道："荣幸之至。"对于饱经历练的人，托词并不管用。自从进入这个房间，酒井就已经开始评估自己了。

玻璃杯呈三角形与菱形的几何模样，手感很好。不愧是出自玻璃之城小樽的杰作。

门田给自己倒一杯白兰地，酒井说着"我先喝为敬"，举起了玻璃杯。门田先感受着酒的香味，随后也小嘬了一口。

喉咙燃烧的同时，浓厚的味道在唇齿回荡，醇香穿过鼻尖。

门田平时喝酒时会加入冰块，但这种不添加任何杂质的白兰地，隔了这么久再一次喝，的确是非常芳醇，正是振奋精神的一杯。

"门田先生似乎喝得很享受呢。"

"我在自己家里也会喝白兰地。"

这一杯白兰地让场面柔和起来。

门田又喝了一口轩尼诗，以"话说起来可能会有点长"为开场白，说着"关于那起案件，野本先生说不定知道一些什么"。在进行采访时，提到的主要都是野本的部分。酒井没有插嘴，只是时不时地摇晃着酒杯。

"说实话，能够凑齐拼图是我来到北海道之后的事情。这儿有与我在神田仓库看到的画一样的风景，还有与滋贺县英语班的名字一样的补习班，我还弄清了自称桥本孝子的女性其实就是野本优美。以及，现在通过酒井先生您，野本贵彦和优美联系在了一起。"

酒井一边将白兰地注入空酒杯，一边看着前方。

"门田先生，您是追寻现场的人啊。"

"不，到了现在这个年纪，像这样认真采访，还是第一次。"

二人同时笑了起来，门田抛出了最开始的问题。

"以前'英语班彩虹'所在的伊达市内的土地，是酒井先生您名下的资产。这点没错吧？”

“没错。那儿本来是我给父母买的，他们去世之后，基本上就变成空房子。”

“平成五年，您把那栋房子借给了野本优美对吧？”

“是的。为了能让她办补习班，我稍微改装了一下。”

“您借给她的契机是什么呢？”

酒井避开了正面回答，回复道：“您应该能猜到吧。”

“因为您被岸朔之介先生委托了？”

酒井喝了一口酒，点了点头。

“野本夫妻住在补习班的那栋房子里吗？”

“不，他们住在其他地方。”

“也是酒井先生您安排的？”

“对。”

门田说着“您可真大方啊”，将上半身倚靠在了沙发上。

“都怪朔之介先生啊，戳中了我的弱点。”

对于即便如今满头白发，浑身依然散发着光芒的成功商业人士而言，能想象出的弱点只有一个。

“看来酒井先生您也被野本贵彦的才能吸引住了啊。”

“已经不会再有那样的画家了。多亏了‘TOKI 美术馆’和网络的发展，如今轻轻松松就能欣赏写实画，以前即便有‘写实’这个词语，但作为绘画的一种门类，并没有被大众认可。我第一次看到他的画时，心想‘竟然会有这样的画’，一时间说不出话来。"

酒井一边回忆着，一边抬起视线，嘴角上扬。

"您第一次看到野本的画是在什么时候？"

"我想应该是在平成年代的初期，当时朔之介先生说想介绍一名画家给我，由此我在东京见到了野本。"

看来是野本刚成为"六花"的专属画家后的事情。酒井看到了他的作品后，立刻委托他画了北海道的风景画。

"我听野本先生的画家朋友说，他似乎与大学时代的老师发生了矛盾。"

"他的确说过这件事情，朔之介先生也铆足了干劲，说着要'对抗权威主义''下次要举办个人展览来进行反击'。"

"那场个人展览，您去过吗？"

"没有，我不记得我去过。"

恐怕就是那场被迫终止的"福荣"的个人展览。酒井很早就与野本产生了接触。对于朔之介而言，酒井一定也是非常值得信赖的收藏家。

"您会与野本先生定期见面吗？"

"不，从最开始见面算起，应该是过了一段时间。等朔之介先生再次联系我，就是他拜托我准备合适的住处了。"

酒井的语气越来越随意，谈话的内容也进入了关键。

"刚刚我曾提到'关于那起案件，野本先生说不定知道一些什么'，其实那起案件与一个孩子有关联。"

酒井点了点头，催促着门田继续往下说。

"是一个叫内藤亮的少年。一九九一年，平成三年的十二月份，他被绑架了。被人们称为'神奈川两名儿童同时被绑架案件'，详情我暂且省略。在那两名儿童中，有一名就是亮。他如今化名为如月条，是一名画家。写实画家。"

酒井并没有任何惊讶的反应，也就是说这些信息他"都知道"。

"这个是岸朔之介先生保管的作品之一，画中所描绘的公园的模型是'伊达纹别站'南侧的儿童公园。"

门田在手机里点开那张照片，并递了出去。随后从采访包里取出平板电脑，显示出另一幅画。

"这幅是如月条的作品。穿着校服的少女将单只脚放在了蘑菇物件上，这个蘑菇物件以及草坪的样子，与野本那幅公园的画几乎一模一样。"

酒井依然保持着沉默，静静地对比着手机与平板电脑里显示的画。

"内藤亮被绑架的同一时期，野本夫妇的身影也随之消失。他们一开始去的地方应该是关西。滋贺的英语班、高木滨的风景画、美术杂志里曾提到的京都书斋的画作，这些都留下了他们的足迹。还有，内藤亮也在这个时期给他的母亲寄过明信片。那张明信片上的邮戳是京都的风景画。"

一口气说了这么多，门田喝了一口白兰地润了润喉咙。

"之后，野本夫妇来到北海道居住，比起我，酒井先生您应该更清楚。明信片上京都的风景画邮戳，还有野本与亮的画中相似的物件。关东、滋贺、北海道，一男一女，再加上一个孩子，同一时间出现在同一座城市。我想，实在是不能称之为偶然。"

将想说的全部说完，这次轮到门田保持沉默了。他已经没有任何可以再补充的了。

"朔之介先生仓库里的作品，其中北海道的画是我买下来的。"

酒井的话语着实让门田有些意外，他正要去拿酒杯的手，伸在半空中停了下来。

"身为收藏家的酒井先生您为何不将作品放在自己的手边呢？"

"因为野本先生不希望自己的作品被公开。滋贺的风景画也是一样，于是我就拜托朔之介先生帮我保管。毕竟我自己也把收藏的画作委托给了专业人士保管，因为如果自己持有的话，有被他人看到的可能性。"

野本之所以没有公开自己的作品，究竟是为了掩盖"逃跑行踪"，还是因为担心被发现后，这些画会变为证据？野本的意图只能通过猜想，而酒井是知道了这一切，仍然选择买下了他的画。

酒井将手机和平板电脑还给了门田，指了指他右手边的梯形飘窗的方向。那儿有一个简易的架子，上面放着一个插入式的箱子。

"能麻烦您把那个箱子拿过来吗？"

在门田搬运着布制的大箱子时，酒井将轩尼诗的酒瓶和两个玻璃杯移到了自己沙发旁侧的小桌上。

"能麻烦您把画从箱子里取出，放到这儿吗？"

门田按照酒井的指示，从箱子里取出包裹着黄色袋子的画作。箱子很精致，为了不让箱子掉下来，他用双手缓缓地递给了酒井。

酒井将画框从黄色袋子中拿出，在圆形桌子的中央，朝着门田的方向静静地放下。

"这个是……"

门田实在是太吃惊了，不由得站着探出身子。

是刚刚在平板电脑里显示的、少女将单只脚放在蘑菇物件上的那幅作品。通过液晶画面无法表现出来的油画特有的鲜艳感，毫无疑问，这就是作品的原画。

"为什么酒井先生您会……"

坐在沙发上的酒井冷淡地说道："因为这幅画是我买的。"

门田正拼命地在大脑中整理突如其来的大量信息，酒井继续说着。

"这名身穿校服的女孩子，是我的孙女。"

"咦？是您的孙女……"

"是我委托内藤亮君帮我画的。"

"彩虹"所在的土地，本人的肖像画，以自己的孙女为模特的画。这三个人的线索通过酒井龙男聚集在了一起。正说明了野本夫妇和亮曾经在这片土地上生活过。酒井话里提到的并非"如月条"，而是"内藤亮"，证明了这一点。

"酒井先生您认识少年时期的内藤亮对吗？"

酒井并没有回答，而是说着"请您先坐下"，门田顺着他的话，在沙发上坐了下来。

"我自知当着门田先生您的面说这种话很失礼，其实我不太喜欢记者。我年轻的时候，曾经有好几篇令我很厌恶的报道。我最生气的是那些记者根本没有好好地进行调查，就直接乱写一通。大部分报道的方向性从一开始就决定了，明明是很过分的内容，却连一次正经的采访都没有。虽然我创立的是一家微不足道的小公司，但对于工作，我自认为还是非常认真地对待了。"

非常尖锐的一席话。门田自身也曾经因为太忙，而根据现成的材料写过原稿。在网络社会下，对于不踏入现场的罪恶感也越来越薄弱。

"但是您和他们不一样。门田先生您能够来到这儿，一路上应该花费了不少精力。正因为如此，我才想问问您。"

酒井在旁侧的小桌，往门田的玻璃杯里注满白兰地，然后递了过去。门田伸长手臂接了过来，他并没有立刻送入嘴边，而是端正了姿势。

"您为何要写？"

酒井问道，接着将两只胳膊靠在扶手旁，悠然地坐在沙发上。墙上的肖像画散发着"强大"，与之相对的，眼前的酒井龙男则浑身萦绕着"深沉"。

门田非常清楚如果此时不认真地回答这个问题，自己的采访基本上就到此为止了。既然酒井龙男掌握着所有的信息，那么这个问题将会是给采访画上句点的最后一个试炼。

给人，而且还是给孩子，带来不幸的案件。将调查到的信息公开，给社会一个警醒。这是身为一名记者，理所当然应该肩负起的使命。随着社交平台的发展，很多人随意暴露他人的个人隐私，另一方面，也能够将那些"毫不关心应该被全社会认知的事实"的人甄别出来。只因是受害者，便不假思索地输入"别打扰他了"，而一周之后便会忘得干干净净。

人类从失败抑或成功、伟业抑或愚行、幸运抑或不幸中学习，并不断向前进。在那儿，应该通常会有一名"传达者"的存在。

但是门田并没有认真对待记者这一职业，因而没有资格高谈阔论。他和没有责任的社交平台上的用户一样，为了完成业绩，用停止思考的大脑写了不少报道。

至今为止的报道和这次的采访有何不同？决定性的差异

究竟在哪儿……

"在我采访的途中，见到了一名退休刑警。通过他跟我说的一件事，让我彻底改变了对案件的看法。七岁的亮回到横滨时，在他带回来的物品中，有一件至今仍然未被媒体提到的东西。那就是他的乳牙。"

"乳牙？"

"没错。一个装着大约十颗乳牙的手工盒子。那个盒子呈嘴的形状，牙齿脱落的日期也细心地写在了上面。"

酒井立刻变成一副很疑惑的神情。似乎并不知情。

"从孩子被绑走的那一瞬间，绑架就是相当恶劣的犯罪行为。查清事实，通过司法以及新闻的不断检验，最终提高侦查能力以及防范意识。这是非常重要的。比较夸张地说，我认为公正报道说不定能够成为社会的共同财产。"

门田小饮了一口白兰地，将嘴唇润湿。

"但是，如果仅通过那样的视角来写的话，世人对于犯罪报道的印象就只会停留在'与自己无关的坏人引发的案件'。然而在现实生活中，被绑架者和犯罪者都是有血有肉的人。经过了那'空白的三年'，亮变成一个能够读书识字，非常有礼貌的孩子。他的祖母木岛塔子曾经和熟识的刑警说过这样一句话：虽然很丢脸，但是生恩不如养恩大，原来是真的啊。"

木岛塔子的这句话，酒井当然是第一次听说。他的反应很新鲜，频频点头。

"我想好好地写'人'。即便被认为是在袒护嫌疑犯，我也不想带着'嫌疑犯'的成见，去看待那些细心地保存乳牙的人们。虽然有些班门弄斧，但这就是我的真实想法。只要是人，都会有言不由衷的时候。"

门田说完后，酒井沉思了一会儿，问道："您刚刚所说的，都是真心话吗？"

门田挺直了腰背，看着受访者的眼睛说："我会写'人'。"

酒井盯着门田的脸看了好一会儿，接着从上衣的口袋中取出折叠手机，按了两三个按键后，把手机贴在了耳边。

"啊，我是酒井……对……没错。大致的情况他都知晓了……是的……我想将一丝希望寄托在他身上，您怎么想？"

酒井说着"我明白了，那么就按照您说的来"挂断电话后，再一次看向了门田。

"门田先生，您今天就住在这儿吧。"

面对突然的提议，门田有些困惑。酒井握着轩尼诗的酒瓶接着说道："明天，朔之介先生会过来。"

5

一声"咚"，提示系好安全带的橘黄色灯亮了。

还有十分钟，飞机就会在新千岁机场着陆。里穗看着窗外蓝色的大海，对于如今沉稳冷静的自己感到有些意外。稍稍有些高涨的心情，与其说是因为"他"，不如说是因为自己正在旅途中。

内藤亮至今仍然在自己遥远的记忆深处。与他之间的回忆，并没有打上一个完美的结，绳子至今依旧散落着。既没有"有空再见面呀"，也没有"请多珍重"，更没有"再见"，他就消失了。

自己到底有多久没有在学习以外的事情上如此拼命了？

里穗将亲手做的巧克力装入盒子中，一边包装，一边呆呆地思考。对于应考生而言，情人节的日期实在是太糟糕了。不仅在考试前最紧张的时候，而且同时还有着"高中最后的机会"的压力。

但是到了二月中旬，"都到了这个时候再慌慌张张地复习也来不及了"也是事实，里穗对于这久违的放松时间，意外很享受。

令她感到厌烦的是父亲。启介嘲弄地看着在餐桌旁不停地更换包装纸的女儿。

"那样的色彩搭配，到底能不能入未来大画家的眼呢……？"

父亲一只手拿着美术杂志，一只手将老花眼镜往上抬了抬，往上看。这副样子怎么看都像是在挖苦她。里穗没有做出任何反应，只是冷冷地瞥了父亲一眼。不正面回应父亲就是最好的回应。

大部分的准备工作结束之后，里穗在玄关前的镜子整理了一下自己的刘海和围巾。出门后，她戴上粗花呢的手套，将装饰着蝴蝶结的小纸袋放入自行车前方的篮子里。为了不让巧克力倒下，她小心地朝着木岛家的方向骑行着。

寒假结束后，进入了第三学期。但学校并没有安排课程，大部分学生都在家中自习，里穗也不例外。她减少了睡眠时间，一直坐在书桌前学习。也正因为如此，成绩离她的第一志愿也越来越近。

里穗所在的重点高中，直接选择就业的学生很少，内藤亮就是其中之一。不，选择就业但至今还没有找到工作的他，是非常罕见的存在。即便到了考试季，亮依旧从容不迫，周围的同学带有一丝嫉妒的心情纷纷说道："有钱人的时间就是不一样。"

既没有上课也没有考试的他，每天究竟在干什么呢？虽然里穗很感兴趣，但自从那次亮来探望自己后，二人之间的关系变得有一丝别扭。即便在学校里碰见了，最多也只是说一句"早上好"和"再见"。但比起后来发生的"终极尴尬"事件，他们那时候的关系还能称得上良好。

里穗所在的高中，高三学生在五月份会举办修学旅行。虽说在札幌和小樽待了三天两晚，但因为班级不一样，她和亮没怎么说上话。有一点令她印象十分深刻。当其他的朋友沉迷于小樽的八音盒、玻璃制品，还有美食时，亮却独自望着小小的运河，仿佛怎么看也看不腻。以红砖建筑物为背景，他在桥上沉思的侧脸很有魅力。于是里穗再一次意识到，自己是喜欢他的。

修学旅行归来后，由专业摄影师拍的照片在学校里展示并售卖。在数不清的照片之中，里穗唯独被一张照片所吸引。是亮望着小樽运河的照片。照片整体是远景构图，虽说周围有好几个里穗的朋友，但镜头的焦点在亮的侧脸上。里穗一边担心被朋友发现，一边买下了那张照片。当秘密没有被发现，顺利地收到那张照片时，她悄悄地松了一口气。

但那不过是"终极尴尬"事件的前兆，里穗的宝物以最坏的方式暴露了出来。

秋日，某一天放学后，里穗看到亮独自一人走在前方，她静静地推着自行车靠近亮。因为太过紧张而不敢上前搭话，所以打算装作和他偶然遇见。人一旦想太多，身体有时会不听使唤。等里穗回过神来，随着一声巨响，她和自行车一起摔倒在地。

"没事吧？"

虽然她的膝盖和手心有些擦破皮了，但因为被亮扶起来了，所以疼痛也瞬间减轻了。他似乎有点担心里穗之前骨折过的左手腕，但所幸并没有太大的问题。不，实际上，在其他地方发生了大的问题。

书包从自行车的车筐里掉落，包里的东西也全都撒了出来。夹在笔记本里的亮的照片——小樽运河的他，正面朝上地掉落下来。按照当时的气氛，拾起那张照片并递给里穗的人自然是照片主人公亮。

亮发现她并没有受太大的伤后，便递给里穗一条手帕，说着"拜拜"就离开了。

这是里穗所能设想到的最坏的结局。由于太过害羞，她大约有十天都没能好好睡觉。过了一段时间，虽然她的精神状态渐渐恢复了，但不用说，自从那件事情发生后，她再也无法直视亮的脸。

大约过了四个月，虽然她仍然有些胆怯，但毕竟今年的情人节是"高中生活最后的机会"。里穗将自己所有的勇气都拿了出来，用力地踩着踏板。

抵达豪宅，将自行车停好后，接下来就是关键了。然而里穗一直犹犹豫豫，按不下去门铃。虽然隔着手套，但里穗仍然哈了一口气，试图温暖冰冷的指尖。她就这样鼓舞着自己，大约过了十分钟，结果仍然什么也没做，门竟然先打开了。

"咦？"

铁门打开后，探出头的，是亮本人。

"怎么了？"

因为实在是太意外了，里穗仿佛今天早上刚完成的巧克力一样，凝住了。

"我刚好在附近散步……想着给你带一盒巧克力……"

实在是太紧张了，里穗也不知道自己在说些什么。亮仿佛想起了什么似的，嘟囔着："啊，巧克力。"看来他也因为害羞而说不出"情人节"这个词。

"如果你不介意的话，请收下。"

"谢谢。"

纸袋交到亮的手中后，仿佛显得更小了。里穗从即便表情不太丰富的他脸上，也能够感受到他很开心。

"如果有时间的话，倒是想请你进屋坐一坐。不过，我现在刚好有事必须要出门……"

深灰色的及膝长外套让亮看起来更成熟。毕竟是情人节，说不定他接下来有约会的安排。这样的想象难免让里穗有些泄气，但她挤出笑容说着："能赶在你出门之前把东西交给你真是太好了。"然后，骑上了自行车。

"土屋同学！"

里穗骑着自行车开始往前进时，被亮叫住了。因为从未听过他用这么大的声音说话，里穗不知发生了何事，停下车回过头。

"考试，好好加油！"

为她打气的亮的笑容，在里穗眼中显得特别耀眼。由于太过高兴，而胸口变得有些难受。如果继续待在这儿的话，她的神情一定会变得恍惚。于是里穗道谢后，再一次踩上自行车的脚踏板。

他那一句"土屋同学"，回响在里穗的记忆深处。虽然高中生活快要结束了，他对于里穗的称呼依然加上了"同学"二字，但并没有感觉到他的疏远。

受到鼓励的里穗，甚至开始觉得"日期糟糕"的情人节在考试前夕真是太好了。

一个月后的白色情人节，早上六点，里穗就从被子里钻了出来。从她平时的作息时间来看，简直难以想象。在人生中屈指可数的，自发起早床的一天。洗脸，换上外出穿的毛衣和长裙，并将头发扎了起来。稍稍犹豫了一会儿，最终在眼角和嘴角化了淡妆。

虽然不想让他察觉出自己花了一番心思，但又想将自己为了这一天好好做了准备的心情传达给他。将这种复杂的想法变为能看得见的着装和外表后，里穗回到了自己的房间。

自从里穗被自己填报的第一志愿录取后，与朋友们去唱歌，在家看 DVD，过着懒散的生活。毫无疑问，心身耗竭了。虽然多多少少会有些愧疚感，但晚睡晚起的生活很舒适，因此根本无法想象在早上六点起床。

即使里穗的大脑因睡眠不足而有些恍惚，她也一直小心谨慎地盯着大路的方向。仿佛埋伏的警察一样从房间里眺望着窗外。不用说，她这样做是为了第一时间能够发现亮。

和情人节那天一样，早上十点多，一名背着托特包的青年的身影出现在了她的视野中。直觉告诉里穗，他就是亮。里穗将手放在心潮起伏的胸口，深呼吸后，走出了房间。

　　里穗本打算在门铃响起之前都待在屋内的，但无法控制住自己加速的心跳，把玄关的门打开了。而此时恰好与走到家门口的亮对视了，完全暴露了自己正在等待他的事实。但看到他的笑脸后，早上的那些小心思全都从头脑中消失了。

　　"你怎么来了？"

　　面对佯装不知的里穗，亮模仿着她之前的说辞："我刚好在附近散步……想着给你带一份薄礼……"

　　"薄礼？"

　　里穗正感到疑惑，看到他从托特包里取出一个插入式的箱子后，一下子全明白了。

　　"如果你不介意的话，请收下这个。"

　　从亮手里接过 F6 号大小的箱子后，里穗不知道该说些什么。她从未想过收到的回礼会是画。

　　"……这幅画太珍贵了，和巧克力的价值可一点也不对等呢。"

　　"是吗？那个巧克力，很好吃呢。"

　　"那种东西，你想吃多少我都能给你做。比起这个，让你费心了，实在是太抱歉了……啊，你要进来喝杯茶吗？我父亲应该会很开心的。"

她装作一副若无其事的样子试着邀请亮，不用说，这也是她精心练习过的成果。

"啊，抱歉。虽然我也想和你好好聊一聊，但不巧我待会儿还有其他事情……"

还没有决定好今后出路的他到底在忙些什么呢？再加上今天是白色情人节，里穗又擅自想象出了女孩子的身影，不由得变得有些沮丧。

亮离开后，里穗回到自己的房间，首先调整了呼吸。

从箱子里取出黄色的袋子，为了避免磕到画，她小心翼翼地将袋子往下拉。看着露出全貌的油画，里穗刚明白画中的模特是谁后，泪水就不禁涌了出来。

北海道大学的校园。在小河流淌着的草坪上，拿着奶茶罐微笑的自己。这是修学旅行后，摄影师售卖的照片中的一张，当然，里穗也买了。

虽然里穗流泪的理由有好几个，但最让她的内心产生动摇的是，画家所传递出的信息。

也就是说，亮也有这张照片。

去年秋天，书包里的东西全撒了出来，导致夹在笔记本里的照片被亮看到。那时，里穗恨不得想就这样冬眠下去，而没想到亮也偷偷买下了自己的照片。

对于亮特意选择了油画，里穗也十分感动。考虑到压倒性的真实感以及细腻的笔触，能够看出这决不是一个月就能完成的画作。

他在很早之前就开始画这幅画了……

看着画中仿佛下一秒就要张口说话的自己，对于如此高的完成度，里穗不由得感慨了一会儿。当看到箱子里的卡片上写着"恭喜你考入理想的大学"，她再一次哭了。

毫无疑问，这是她最幸福的一天。

当天晚上，里穗给亮打了一通电话，表达了感谢。在那之后，她仿佛摇身一变，成了一名作家。她以毕业典礼前的一周为截止日期，一直不停地写信。草稿用电脑写了五天，正式稿件用钢笔誊抄了两天。将信笺放入信封里，贴上封纸，其实是在毕业典礼的当天早晨。

这封信承载着里穗内心重要的，一直未能对亮表达的情感。性格内敛的里穗之所以下定决心将这封表白信亲手交给亮，不用说，自然是因为那幅画给了她巨大的勇气。一想到亮手中有自己的照片，里穗就已经足够幸福了。

一到学校，里穗就四处寻找亮的身影，然而在哪儿都没有看到他。在毕业典礼进行时，里穗也十分在意亮，可惜直到最后也没能在学校找到他。

依然穿着校服的里穗骑上自行车，仿佛被什么驱动着一样赶往木岛家，是因为她的内心有一种不祥的预感。

她将自行车停在房子跟前，气喘吁吁地按了门铃，但没有任何应答。做好被骂的觉悟后，她不停地多次按下门铃。

随着时间的流逝，不祥的预感渐渐变成现实。

木岛家的门牌和庭园的花草和以前一样没有任何变化，在她的眼前真实存在着。但是，那儿感受不到一丝人的气息。

飞机的高度下降，里穗的双耳感受到些许不适。

再过不久，飞机就会降落在北海道的土地上。修学旅行以来，自己已经有十七年没有来过北海道了。

被岸优作先生委托后的三个月间，里穗不停地给亮写信。将最初的一封信交给优作时，对方告诉里穗，亮陷入了瓶颈期。由于那篇周刊杂志的报道，虽然亮一直装作无事发生，但实际上画笔明显有些迟钝。

里穗在信中将高中毕业之后发生的零零散散的事情都写了出来。亮一直没有任何回信，不过里穗一点也不介意。比起毕业典礼的那一天所感受到的失落，根本不算什么。亮看过自己写的信，仅仅这个事实就已经让里穗感到满足了。即便是自己的一厢情愿。

"我知道这有些突然，你能来一趟北海道吗？"昨天里穗接到了优作的电话，于是她立刻预订了机票。

里穗打开笔记本，将那张照片拿在手上。

十七年前，站在小樽运河桥上的他。一想到马上就能见面了，旅行的心情终于变为紧张。她将照片贴在胸口，轻轻地叹了一口气。

　　里穗如实地接受了内心的期待与不安，以此来感受自己真实地"存在"于此刻。她乘坐的班机已经着陆并开始滑行，机体巨大的振动让她的身体也随之颤抖。

第七章　画坛

1

在这个世界上，没有比绅士和淑女更不讲信用的人了。

聚集在东京都内酒店宴会场里的成年人们，不管男女都盛装打扮，单手拿着酒杯谈笑风生。在即便仰起头也无法尽收眼底的又高又长的天花板，宛若紫藤般的枝形吊灯等间隔地垂落，向四面散发出光芒。

说起奢侈程度，还有美食。宽敞的长方形会场的四周被山珍海味围绕着，使用高级食材的料理和牛排等自不用说，甜品的种类也十分丰富。

而自从宴会开始后，野本贵彦的压力越来越大。目之所及，几乎与他没什么关系，全是假象。

"野本，老师的酒杯空了。"

松本丰宽在贵彦的耳边说道。那冷淡的声音与他在大学任教时一模一样。

东都艺美大学的教授松本，明年即将迎来花甲之年，外表却十分年轻。一头精心修饰过的短发，今天也穿着 DC 品牌的黑西装。

贵彦从"艺美"毕业后，已经过了十年。与研究室的教授至今仍然无法切断联系。

"老师，请把您的空杯子给我。"

贵彦将天地信幸的空杯子换了过来，接着又退到了松本的身后。

天地从他手中接过装满香槟的杯子后，不仅没有道谢，甚至都没有看他。

虽然天地身材短小、大腹便便，外表苍老的状态与他的年龄很相称，但是与他所剩不多的秃顶白发相反，眼睛里藏着不小的野心，让这个七十一岁的男人满脸谄媚的，是这个会场的中心人物。

贵彦的上面有松本，而松本的上面是其老师天地。天地的上面则是今天的主角。

大河原兼光　米寿生日宴

大河原兼光是站在绘画界顶端的洋画家。

不仅是日本最大的公募团体"民展"的看板，而且还是"国立艺术院"的会员，得到过文化勋章。作为一名艺术家，他几乎集齐了所有光环，称得上是艺术界的泰斗。

在会场上，绘画界的人士自不用说，还有来自政治、经济、文化、娱乐、体育等社会各界的代表人物。这是与枝形吊灯的光芒非常相称的、属于成功者的宴会。

"大河原老师，希望您和您的名字一样，永远健康[1]！我的致辞到此结束。"

现任文部大臣圆滑熟练的致辞让会场沸腾起来，随后他与大河原简单交谈了几句后，带着秘书们快步离去了。随后，与大河原交情颇深的汽车公司和电视台的社长接连上台，堆砌着一些浅薄浮夸的赞美辞藻。

即便是不太了解世态人情的自己都十分眼熟的企业家、演员和设计师在眼前走动的这个空间，在贵彦眼中显得有点不太真实。对于习惯了华丽场面的出席者而言，这是人际交往和商业社交的一环，但对于没有任何光环的人而言，单纯是一种煎熬。

不管来场的人抱着何种想法，最终的目的都是聚集在"大河原兼光"的看板之下，召开了盛大的庆祝会这个事实更重要。通过今夜，大画家的威望应该会越来越高吧。

"好像真的坐飞机跑了……"

野本隐约听到了周围全国性报纸的美术负责人之间的对话。他们在谈论某个百货商店的外商员工的谣言。

空前盛况的崩溃已经到达不能忽视的状况，由于去年财政部突然的收紧措施，让日本经济陷入疲软的状态。八十年代最后的繁荣——四万日元的日经平均股价，仅仅九个月的

---

1 "兼光"的日语发音与"健康"相同。

时间，就跌落了一半。

到了今年，经济大国的伪装也渐渐剥落了。导演出一片假象、飞到高空中的泡沫绅士们，因强大的地心引力而狠狠地摔落在地。土地开发商、投机商以及银行职员等这出金融喜剧的演员们，都是戴上了手铐之后才回到现实。他们拥有着没有品位的别名，成为后来平成经济事件的主要人物。

与高尔夫会员权齐平的、泡沫时代经营手段的代名词，是绘画销售。刚才新闻记者们所说的也是能够被称为时代象征的事件。在百货商店负责外商的男子，自从认识了被称为"黑暗社会帝王"的泡沫绅士之后，仿佛自己的职业生涯就此一帆风顺，结果他根据"帝王"的指示，伪造了绘画鉴定书。最终不得不逃亡海外。

即便不提像这样的犯罪行为，以投资为目的的绘画售卖中，也有着无法想象的大额资金流动。百货商店将美术画廊的外观翻新，增加了大量人手。即便是没什么名气的画家，仅仅几年，稿费就上涨到了让本人都担心的程度。

最近社会上流行一种叫作"不是挺好的嘛"的舞蹈。媒体连日介绍了高中生舞蹈以及三个月前刚开业的有着中心舞池的迪斯科。爱情片全都打破了有史以来的最高收视纪录，F1会场人潮涌动。通过全国电视台的播放，吉本新喜剧的噱头在街头巷尾流传着。在这个会场中，也残留着经济的盛况，如实地反映出与金融业界的时差。

由登上过《红白歌会》的女性歌手带来的表演结束后，接下来就是大家畅谈的时间。

　　前方立着一面仿佛战国时期的旗帜，上面写着"大河原兼光"，贵彦不由得瞪圆了眼睛。朝着那面旗帜前进的出席者已经形成了一列队伍，这副光景正如大名游行一般，到了米寿之年，自我表现欲仍旧旺盛的将军，以及崇拜他的民众。

　　着实是让人感到不快的场景。而天地和松本似乎铆足了劲儿，跟在了队伍的末尾。

　　大约等了四十分钟，终于轮到他俩了。天地为了与坐在椅子上的大河原处于同一视线，跪了下来。没有任何犹豫，平稳地将重心往前移动。

　　"老师，我是天地。真诚地恭喜您迎来了米寿之年。不愧是老师，今天的场面真是太壮观了。仿佛全日本的鲜花都聚集在了这儿，是一场非常盛大的宴会。"

　　天地丝毫没有摆出对贵彦等年轻人才会有的傲慢架子，表现出了彻底的商人风范。

　　"前几日，'福荣'的个人展览对于我来说简直是非常幸福的时刻。特别是《太阳微笑之时》，实在是太高贵了，我一时间震撼得无法动弹。"

　　面对拼命谄媚的后辈，大河原用沙哑的声音回复着："这样啊。"随后喝了一口茶。

"虽然有些僭越，但我拜托美术画廊，将《太阳微笑之时》强硬地买下了。请您允许我把这幅画珍藏在我的画室里。"

　　"是吗？那还真是谢谢你了。"

　　对于大河原来说，手下的人买下自己的画作，以此来接近自己，是理所当然的事情。

　　"您言重了！需要道谢的人是我才对！我每天都会好好欣赏您的画作，用心学习。"

　　负责管理大河原行程的男性秘书，用指腹抬了抬没有缝隙的黑框眼镜，靠近天地。后面的队伍丝毫没有中断的样子，看样子"陈情"还在继续。

　　因为所剩的时间已经不多了，天地突然将脸凑近了大河原，小声说道："老师，这个秋天，我将拼尽全力。"

　　大河原一下子有些茫然，嘟囔着"秋天……"，天地重重地点了点头，说道："是的！"八十八岁和七十一岁近距离地试探对方的样子实在是太怪异了，贵彦不由得移开了视线。

　　"原来是这样啊……菊地[1]，终于也轮到你了啊。"

　　不知道是他故意的，还是真的记不清楚，大河原对于说错天地的名字，毫不在意。

1　天地与菊地的日文读音接近。

"等天气稍微变得凉爽了，我一定会再去拜访您。"

眼看着男秘书就要上前劝止了，天地迅速站起来，和松本一起深深地鞠了一躬。

"老师，希望您今后也一直身体康健！如果有需要用到我的地方，您尽管吩咐。那么，就请允许我先失礼了。"

离开队伍之后，天地松了松领带，随后快步离开了会场。贵彦和松本一起追着他圆圆的后背，也跟了出去。

"野本，去拿行李。"

贵彦在物品寄存处取回天地和松本的包后，急急忙忙地跑向电梯。二人已经到了一楼大厅，一脸愁容，像在说什么。

"松本，你怎么看？"

"您是指'菊地'吗？"

"对，不知道是他故意的，还是真的记不清楚。"

"他应该记不清名字了吧。中务老师似乎也被他叫过'菊地'。"

"中务和菊地的读音可完全不一样啊。看来不管是谁，他都打算以菊地来称呼对方啊。"

"我想他应该没有深意。"

天地现在一直皱着眉头，和刚才完全相反。

"老师，您接下来有什么安排？"

"没有其他安排，我准备直接回家。实在是太累了。明天差不多中午的时候，给我打个电话。"

"好的。"

天地从贵彦手中取过包，搭乘出租车离开了。

贵彦被"绅士淑女"们包围着，也感到有些不适。虽然他想早点回家拿起画笔，但松本似乎并不打算从他手中接过包离开。

"野本，我们去喝一杯吧。"

2

怎么看都是松本会喜欢的酒吧。

热带鱼在被蓝色灯光照亮的水槽里自由地游着。虽然可能不是同一家店，但这种氛围的酒吧似乎在哪个电视剧见过。贵彦与教授面对面地坐在沙发上，旁边就是水槽，刚好可以遮挡来自他人的视线。

"说起来，真是一场粗鄙的聚会啊。"

松本咧开嘴，笑了笑。在这种时候，贵彦总是不能做出恰当的回应。如果是和贵彦同属松本研究室的筱原，肯定会列举刚刚聚会中的某个场面，附和着教授。

贵彦没有好胜心的回答似乎让松本并不开心，沉默持续了好一会儿。

"不过，天地老师接下来才是关键啊。七十一岁仍然在战场里，看来在美术界，还是得活得久一点。"

贵彦预感接下来会提到钱的事情，沉默着点了点头。

"这个世界真是太'美丽'了，我明年就花甲了，如今还必须随手拿着这样的笔记本。"

松本从包里取出有一定年头的黑色笔记本，将凯兰帝[1]的银色圆珠笔在手指间转来转去。

"这次的选举战很难熬啊，志村老师、赤泽老师，再加上我们的天地老师。而只有一个名额，票应该也会分散开来。"

松本所说的是"国立艺术院"的会员选举。而国立美术院则是研讨关于艺术相关的重要事项并向大臣建言的重要组织。

会员约一百二十人，由"美术""文艺""音乐·表演·舞蹈"三个领域组成。而"美术"领域又分为六个种类：日本画、西洋画、雕刻、工艺、书籍、建筑。

"三年前，天地老师在上一届选举中，以第二名惜败。虽说现在他是最有力的候选者，但毕竟基础票并没有增加，所以目前的情况不容乐观。老实说，即便被志村老师反超了也不奇怪。"

松本将笔记本摊开，上面记录了"美术"的所有会员——五十多人的全名，并按照"天地""志村""赤泽"进

---

1 瑞士著名的文具品牌。

行了分类。虽说三名候选者都有各自的推荐人，但是除推荐者以外的会员的票也必须争取。

根据松本的分析，天地与志村的票数仅仅相差两票。"无党派人士"大约有二十个人。

"距离十月的投票只剩两个月了。这次怎么说都一定要选上。"

"天地老师是不是有点太拼命了？"

或许贵彦这个想法单纯的问题有些可笑，松本差一点将鸡尾酒喷洒出来。

"野本，这就是人生啊。如果在这种时候不好好努力，能够名留青史吗？甚至有画家为了选举，卖掉了房子。若是落选，相当于把一亿日元的钞票扔进火炉里了。不管是谁，都会拼命啊。"

艺术院的会员算是兼职的国家公务员，虽然即便什么也不做，每年也能领到二百五十万的退休金，但比这更重要的是名誉。有了一定的权威后，稿费自然会上涨。而天地的话，则将在"民展"有更大的话语权，能够任命各种奖项的评委。去世之后，还能受到"从四位"和"从五位"荣誉的追封。如果这样的金矿真的就摆在眼前，肯定会失去理性。

"最近的几个月，老师几乎都没有拿起画笔。毕竟正是学习会员们作品的关键时期。目前已经掌握的票数自不用说，即便有一丝可能性的会员也不能放过。"

"应该不单只拜访一次吧？"

"至少三次，多的话七次都有可能。因为对方可能在全国各地周游。每次去拜访都会买礼物，还会准备商品券。不管再怎么迎合对方的喜好，如果候选者送了同样的东西，对对方来说也是一种麻烦。因此全靠品位定胜负。因为如果礼物买错了，有的会员会大肆宣扬。"

松本的表情非常生动，完全感受不到与之年龄相符的沉稳。在这个已经半个多世纪都不需要用手持武器的国家，选举说不定正是满足战斗本性的战场。

看着贵彦一副愁眉苦脸的样子，松本再一次转动手里的凯兰帝圆珠笔。

"但这不过是序幕而已。接下来，现金会飞上天空。不仅是天地老师，志村老师和赤泽老师也一样，唯利是图的会员就是这样将自己当初投下的'本金'回收的。这下你明白了无论如何都要成为会员的原因了吗？"

松本满不在乎地说的，并不是高尔夫会员权的事情。在选择为艺术的发展做贡献的人才时，一点也不在乎作品论和创作论，而全是"给谁送什么礼""给谁投票"这种算计和盘算。

在这里根本没有艺术可言……

贵彦的脑海中浮现的是，描绘利欲熏心的医科大学教授选举的《白色巨塔》。那边是国立医科大学的医生，而这边是国家公务员画家。地位让人疯狂。

"你差不多也要开个人展览了吧?"

将手伸向第三杯鸡尾酒的松本,舌头灵活地转动着。

即便提到了个人展览,贵彦也无法抬起一直垂着的双眼。他至今为止已经不知道被骗过多少次了。

"画廊的工作人员也很期待你的作品呢。"

松本不带任何真心的话语,悬浮在酒吧上空。最近贵彦仅仅是从他的口中听"作品"二字,都不太高兴。

在"东都艺美大学"附近、远离美术的中心地——银座的租借式画廊。悄悄地开幕,一周之后再静静地闭幕。几乎没有任何意义的展览会。来参观的人几乎都是大学里的熟人,仿佛自己难堪的一面被暴露了出来,甚至感到很羞愧。

类似于这种的个人展览是表现美术界等级森严的固定模式之一。首先,一周的出展费用由贵彦全额负担,在出展的三十幅画之中,只能卖出经过松本许可的三幅画。虽然松本嘴上说着"艺术家不要画太过商业的作品",但实际上是担心自己弟子的画大卖,而打乱上下级的秩序。如果因为作品卖得好而辞掉公募团体的人陆续出现,不仅出展的收入会减少,而且听话的棋子也会越来越少。

令贵彦更生气的是,松本会从租借式画廊收取回扣,非但没有援助弟子,还让弟子陷入穷苦的境地。

面对一直没有明确回答的贵彦,松本说着:"我会帮你定好日期的，你就别担心了。"强硬地结束了对话。这样的话，就不得不同意了。一想到钱的事情，贵彦的内心就变得沉重起来。

"话说进展怎么样？你之前提过的寺庙的红叶。"

贵彦被兵库县某一座寺庙里的满天星所吸引，打算画一幅能够在"民展"出展的大作，因而每天都非常勤奋地面对着画布。在客厅对面的、铺满后院的红叶，仿佛要燃烧起来的浓厚色彩，吸引了大量游客慕名前来。明明脑海中的颜色非常鲜艳，但一旦想记录在画布上时，就突然变得有些虚假。至于原因到底出在哪儿，贵彦一直没有弄明白。

"无论如何我都没能正确地捕捉对象。感觉特别遥远，最近总是处于无法靠近的状态。"

松本点了第四杯鸡尾酒，用有些昏睡的眼神瞪了弟子一眼。

"即便不这么用心观察，还是能画出来的。对于专业画家而言，最重要的是在截稿日期之前完成画作。特别是像你这样的年轻人，必须更重视画的数量。"

贵彦像石像一样，一动不动，并没有表示赞同。不管画多少幅粗糙的画，也无法提升画技。为什么他总是不明白这一点？不，或许他察觉到了。贵彦实在无法理解他为什么能够无视这一点。

贵彦自己也想多画几幅画。但是松本不允许他在外随意售卖作品，仅仅凭借补习班的工资无法生存下去，他也偷偷地去打一些美术家庭教师的零工，而因为创作以外的事情占据了大量的时间，导致贵彦无法集中精力。

"大胆地放手去画，也是一种方法哦。写实的人容易陷入一种自我满足的状态，你可一定要小心。"

虽然松本是研究室的老师，但是他并不画画。对于迟迟没有完成作品的贵彦，采取了一贯的冷嘲热讽。

"'民展'也一样，不参加的话可得不到任何评价。和你同年级的筱原都已经入围七次了。同样都是人，只要好好努力，还是能做到的。"

"但是如果想要得到评价，还是需要更机灵一点的……"

贵彦拿起啤酒杯，他的言外之意指的是金钱。

首先得拿着红包去拜访评委。如果评委事先看了自己的参赛作品，就要送礼。若是真的入围了，得再次送礼。光是日常生活开销以及买画材都已经捉襟见肘了，贵彦实在是没有闲钱。虽说如果早一点成为能够回收这些钱的人，说不定日子会好过一点，但是在这之前贵彦的身心可能就承受不住了。

筱原是神奈川地主的儿子。出生家庭的差距，有着明显的优势与劣势。在无法从毕业学校和公募团体中逃脱的现状，与以前的等级制度根本没什么区别。

不管是在租借式画廊举办个人展览，还是参加公募展，仿佛幕府时代强调忠义的轮流晋谒制度一样，让贵彦感到厌烦。

"想赚钱的话，我这儿倒有一个兼职。"

不知道是不是因为贵彦将疲惫表现在了脸上，松本的声音变得温柔起来。

"你偶尔也需要休息一会儿，下周，去一趟京都，怎么样？"

"京都吗？"

"因为选举，天地老师需要去一趟关西。而京都的会员特别多，也就需要一名司机。野本，你有驾照对吗？"

看来松本是要去会员家挨个拜访。虽然贵彦明白这一趟会很辛苦，但自由时间可以在京都随意散步还是很难得的。

"我帮你出交通费和住宿费。兼职工资的话，天地老师应该会给的。"

毕竟不能失去这颗用得顺手的棋子，松本在心里应该也好好盘算了一番。总是随意使唤自己的教授，少有地给了一颗糖。

能赚钱，还能旅游的话，多多少少也只能忍耐了。贵彦除了单方面倾听，没有其他选择。

因为松本去洗手间了，所以贵彦望着被灯光照亮的水槽，短暂地放松休息了一会儿。

长长的水草和五颜六色的热带鱼的鱼尾，同步摇晃着。

贵彦从庸俗的世界逃离，叹了一口气。但没过一会儿，他就察觉出一些异样，便站起了身子。

一条黄色的热带鱼仿佛没有了生气，沉向发出妖艳光芒的水槽底部。

3

四天后的夜晚，贵彦在京都的洛北。

住宅街一角的房屋是纯和风的瓦屋顶。虽然是晚上，但因为庭园的树木被橙色的灯光照亮，所以能看出路上铺着碎石子。尽管面积不算大，承载着瓦片的白色墙壁与门旁侧的伊吕波红叶形成的阴影，这样的构造所产生的美感让人不得不感慨——不愧是日本画家的宅邸。

八月下旬的京都，贵彦忍受着盆地特有的像桑拿一样的气候的折磨，在路边等待着木谷风林的归来。

今天早上到达京都站的贵彦，从据说是松本的学生的男子那儿借了车，是一辆日产的"公爵王"。因为刚买没多久，所以座位很柔软，味道也是新的。虽然很舒适，但在不熟悉的地方开车，贵彦还是有些紧张。

吃完午饭，去四条的酒店接到天地夫妻后，接着就开始了拜访艺术院会员的旅程。地点在京都市内，直到下午五点半，已经拜访完了三名会员。礼物盒里悄悄地塞进了装着"实弹"的信封。虽说这三个人都是没有表明态度的无党派，但天地的自我感觉还不错。

坐在后座的七十一岁和六十五岁的夫妇几乎没有进行任何对话，偶尔会聊到礼物和即将要去拜访的会员的事情。引擎声显得格外响，沉重的气氛一直持续着。

抵达凤林宅邸后，得知对方外出后，天地将一部手机递给了贵彦。四个月前刚刚发售的世界上最小最轻的手机，甚至请了好莱坞的演员来做广告，大肆宣传。但据说因为供不应求，所以很难买到。已经买到两部手机的天地，骄傲地说着："接下来是所有人都随身携带手机的时代。"即便贵彦没有主动询问，他仍然滔滔不绝。保证金以及新加入套餐的费用，还有每个月的话费等，进行了具体的说明。

抵达凤林家是在下午六点多，太阳还没有下山，考虑到可能会给附近的居民造成困扰，贵彦将车停在距离凤林家大约一百米的路边。但隔着一个拐角，看不到凤林家的门。松本之所以把手机给了贵彦，是为了让他能够在凤林回来后立刻通知自己。

不知是不是错觉，贵彦觉得眼前的这一栋住宅散发着香味。对于这样有品位的住宅，抱着憧憬和向往的同时，还有一种亲近感。到了三十三岁，他几乎没有什么物质上的欲望。虽说这也是让天地和松本冷待他的原因之一，但如果是这样的房子，他还是想住住看的。关于生活的一些梦想，他的脑海中总是会浮现出妻子优美的脸庞。

大约等了三十分钟，太阳已经落山，如今路灯也点亮了。虽然天一黑，可以遮挡一些来自近邻的目光，但盆地的闷热一直持续着。紧紧握着那部小个头的手机，贵彦在这座富有雅趣的古都消磨着时间。至今为止究竟有多少名艺术家做过同样的事情呢？

　　竞争激烈的会员选举并不是这两天才开始的。据筱原所说，每年的十月份，"美术"的会员就会收到传单，号召大家不要投票给事先拉票的候选者。这种传单从20世纪六七十年代持续至今，因此这个问题相当顽固。

　　不用说，既然会员也是国家公务员，收取钱财就相当于收取贿赂。暗处流动的钱，自然也不会出现在最终纳税申报表上。但是大部分的相关人员并不认为这是一种犯罪，而是一种习惯。因为习惯有时会制造出一种无色无味的同辈压力，"打招呼"不知何时变成常识。已经变得没有办法去单独指责个人了。

　　即便如此，也有不收取任何钱财的会员。抑或为了避免生出龃龉，收下礼物，返还商品券。收下礼物和商品券，返还现金。回一份相应价值的礼物来维持平衡。不同的人，对应方式也不同。实际上，几乎没有为生活所困的会员，觉得这种恶习是一种麻烦的人也不少。

　　木谷凤林就是代表人物之一。从很早以前，他有一些精神洁癖的性格就广为人知，没有进行过任何拉票行为，凭借真才实学和人望成了会员。凤林从始至终都认为没有"回收"的必要。

那么为什么天地会来到这名不收取任何礼物的日本画家的家中呢？那是因为通过会员的妻子们之间的"妻子联络网"得知了一条消息。

凤林似乎收下了自己的竞选对手志村的礼物。天地得知后，立刻四处打听到，得到了凤林喜欢酒这条情报，并准备了很难购买到的大吟酿。

天地毫无疑问在日本洋画界里处于非常高的地位。即便如此也仍然拖着一副苍老的身躯，在全国各地低声下气地来回奔波。

而天地的妻子也被迫加入这场战场，是因为大家默认夫妇需要一起拜访，还有妻子们的情报网有时更可靠一些。

而去外地拜访时，住的酒店太贵或者太便宜都不行。一开始送的现金的金额也是同样的。贵彦曾经听喝醉酒的松本说过，天地甚至给掌握自己丑闻的业内自由记者付了一笔封口费。

如果顺利成功竞选，就能成为文化模范，甚至能获得文化勋章。至少接下来的十年都必须保持身体健康。这样想的话，天地现在或者正处于盛年。

快到下午七点的时候，贵彦被车的前照灯照亮了全身。

一辆丰田"MARK Ⅱ"停在了凤林的家门口，电动卷帘门自动抬了起来。贵彦立刻给天地打了电话。

"在他们进门之前一定要给我打电话，千万别让他们进去。木谷老师的家门口有监控，如果他们进去了，可能就不会再出来了。"

对于天地的情报收集能力，贵彦不得不再次感慨。一直在家门口的自己，丝毫没有注意到门口有监控。

看到车的前照灯熄灭了，贵彦慌忙地朝车库的前方走去。带有屋檐的车库在大门的正侧方，如果卷帘落下的话，就无法从外部看到了。很有可能是从车库可以直接进去庭园的构造。也就是说，在还能看到车的时候不搭话的话，就来不及了。

"木谷老师。"

没有穿和服外套的凤林似乎注意到了家门口的男子，用关西腔询问道："请问有什么事情吗？"一头较短的白发精心修饰过，与薄薄的龟甲眼镜很搭。

从副驾驶走出来的妻子也穿着和服，头发是黑色的，皮肤很白皙。一身典型的京都美人的打扮，双手提着百货商店的纸袋，有些惊讶地看着贵彦。

"我是来自东京的画家，叫野本贵彦。"

因为天地夫妻似乎还没有赶到，所以不得不争取时间的贵彦有些着急。

"首先请您原谅我不请自来的无礼举动……"

凤林虽感到疑惑，但仍然回复了一声"嗯"。虽说都是画家，但日本画与写实画的区别实在是太大了。贵彦一直找不到合适的话语，后背渐渐冒出了冷汗。

"今天我之所以来拜访您，是因为……"

贵彦不知道该从哪儿开始解释比较好，立刻说不出话了。比起凤林，他的夫人似乎看起来更焦急。

"木谷老师！"

天地夫妇上气不接下气地跑了过来。贵彦完成任务后，总算将心中悬着的石头放了下来。凤林看到天地后，总算弄明白了现在的状况，露出了明显的厌恶表情。

"木谷老师，我是洋画天地。久疏问候，请您见谅。在如此炎热的时节，我突然来拜访是……"

"天地先生，我就直接挑明了，如果您是因为那件事而来的话，我帮不了您。"

虽然凤林用关西腔说话时语气十分柔和，但从表情能看出他表达拒绝的意志十分坚定。

"您太言重了！我此次来拜访，绝非想请您帮忙。只是听说……老师您很喜欢大吟酿，因此想分一些给您。"

"但是至今为止我们之间都没什么像样的交际往来，您突然来找我，我想还是因为那件事吧。"

不知是不是双手拎着的东西很重，看凤林妻子的表情，她似乎越来越不耐烦。这样的话，不会产生相反的效果吗？

贵彦不禁有些担心。

天地试图将装入一升日本酒的盒子递给凤林，但凤林在胸前不停地摆手，拒绝收下。

天地夫妻似乎事前商量好了一般，慢慢在地上跪了下来。凤林看到后，急忙走上前去。

"天地先生，请您别这样了。在这么热的天气，您大老远地跑过来着实不容易。但是真的很抱歉，如果我收下了您的礼物，那么对其他人就太不公平了。"

"但是老师，我听说您和志村先生似乎很亲近。"

"这种话到底是谁说的？完全没有这回事。志村先生一次也没有来过这儿，而且我也没有收过他的任何礼物。"

即便如此，天地夫妇也依然保持着跪姿，一动也不动。在七十一岁的日本画家的面前，仿佛暴露自己弱点的狗一样，七十一岁的洋画家放下了所有的自尊心。

贵彦看到这种场景后，由于太过震惊而说不出话，只能呆呆地站着。"不顾体面"说的大概就是这个吧。一想到要做到这种地步，贵彦就变得有些绝望。

"天地先生，如果被附近的人看到，对方一定会误解的。"

"那我现在就离开，但请您一定要收下这瓶大吟酿。我真的没有其他的想法。"

天地再次试图将装有日本酒的盒子递过去，但凤林还是摇了摇头。

"我先失礼了。"

凤林的妻子用京都腔留下一句冷嘲热讽，朝车库深处走去。

有些突然的举动让男人们都有些惊讶，只有天地妻子的嘴角露出有些厌恶的笑容。凤林妻子态度鲜明的离场，像锋利的日本刀一样，让人感到可怕。

"这样的话，我也在此失礼了。天地先生，对不住了。"

凤林追随着妻子的背影，仿佛戏剧落幕了一样，眼前的电动卷帘门慢慢地落了下来。

保持了一段时间跪姿的天地，像被导演说了"咔"的演员一样，切换得非常迅速，对妻子说："志村没有来啊。"随后站了起来。妻子也站到了丈夫身旁说着："果然京都人不好对付啊。"轻轻用手将膝盖的砂砾拂去。

在贵彦眼中，他们两个人才不好对付。看着朝车子的方向走去的这对夫妇的背影，贵彦只觉得一切都显得十分可笑。那是因为天地没有手握画笔，而是每天进行着这样的选举活动。

凤林妻子伴随着一声冷笑的那句"我先失礼了"在贵彦的耳畔回响，他总觉得对方嘲讽的对象似乎也包含自己。当天地夫妻消失在眼前的拐角处，贵彦在不熟悉的古都，面对深不可测的人心，感到无比不安。

4

进入九月后，蝉鸣声依然不断。

即便是周日，从一大早就开始吵个不停，简直就是不会看人脸色的闹钟。因为脖子上的虚汗让人厌烦，所以贵彦选择了起床。

"啊，这么早就醒了？"

坐在榻榻米的客厅看杂志的优美，露出有些恶作剧的笑容，打趣着宿醉的丈夫。

贵彦在坐垫上盘腿坐着，优美在饭桌摆上了蚬贝做的味增汤。仅仅只是喝了一口，心情就变得舒畅起来。贵彦不太能喝酒，因此有应酬的早上，优美总是会给自己做这种汤。

"啊，我总算活过来了。谢谢。"

贵彦正在冷气很足的房间看着电视发呆，优美拿着一个大筐走进了客厅。二人开始将洗好的衣服叠起来。贵彦拿起毛巾，优美拿起衣服。他们在生活中自然而然地形成一种默契。除此之外，还有许多无意识间就决定好的事情。

洗碗的人和擦碗的人。清洁厨房的人和打扫浴室的人。买灯泡的人和换灯泡的人。即便没有事先分工，他们也像这样互相扶持着过日子。

看着优美专心叠衣服的侧脸，贵彦不由得觉得很可爱。虽然从她的眼角看不出任何感情，但有些厚的红嘴唇显得嘴角很可爱。看新闻节目生气的时候，看漫画笑出声的时候，打碎盘子而失望的时候，太过劳累而睡着的时候，优美与其说是大小姐，不如说是一个认真而有风度的人。

贵彦自认为是一个运气不太好的人，如果说有一个不输给任何人的好运气，那就是优美。而且从懂事的时候开始，他们就一直在一起，甚至都没有经历过失恋。

贵彦一九五八年出生于东京根津。老家是经营豆腐店的，有一个比自己大三岁的哥哥雅彦。贵彦三岁的时候，木原昭二一家搬到了他们对面，而木原家的独生女正是优美。

木原在当地经营着合金加工工厂，与加入了同一个工商会的贵彦的父亲关系很好。而且母亲们之间也有来往，孩子们也自然玩在一起。

木原的妻子十分在意优美没有兄弟姐妹这件事，经常邀请贵彦兄弟俩来家中玩。优美的家刚建好没多久，有一种好闻的香味，而且经常能吃到没吃过的零食，不知从何时起，优美家成了豆腐店兄弟俩不可缺少的场所了。

同龄的贵彦和优美在读小学六年，几乎每天都一起上学。雅彦在他五年级的时候就开始一个人上学了。

两家的父母想着性别的差异可能会让二人逐渐疏远，但这样的预感并没有成真。不知是不是因为他们本来性格就很接近，二人有一个共同的爱好，那就是电视动画。

从小的时候开始，只要有空闲的时间，贵彦就会画《魔法使莎莉》和《蝴蝶结骑士》等人气作品里的人物送给优美。到了小学高年级，优美开始根据实际存在的动漫，构思新的故事，而贵彦则将这些重要的场景画出来。通过开始这样的游戏，他们星期日也会去对方的家中。

二人上了同一所初中之后，因为在意周围人打趣的目光，所以没有再继续一起上学了。在这个时期，优美开始意识到英语的有趣之处，而贵彦开始画油画。他们各自找到了自己喜欢的事物，而且因为补习班和社团活动也占据了大部分时间，所以见面的次数减少了。但是如果在家门口偶然遇到，会直接去电影院或者美术馆。他们都没有将这看成是约会，避开朋友的视线，偷偷写信、见面，不知不觉发现周围并没有关系如此好的男性或者女性朋友，才意识到这样的关系有多珍贵。

初三的秋天，贵彦听说优美被同班的男同学告白了。虽然那名男同学不是贵彦的朋友，但据说长得像演员竹胁无我一样很有男子气概。

贵彦既着急又担心，当天无论做什么事，都无法集中注意力。优美和那名男同学挽着胳膊走在街上以及嘴唇重叠在一起的场景，在贵彦的脑海中浮现了出来，而且非常真实，他的内心变得十分不安。

他一直以为自己和优美能够永远在一起。但是一旦面临这样的危机，青梅竹马和恋人有着天差地别的区别。他终于坐不住了。

不，其实他在很早之前就意识到了自己的感情，但觉得没有必要刻意说出口，以及他担心如果自己是单恋，告白失败的话，肯定承受不了。因此为了维系现在的关系，最好的方法就是什么也不做。

但是目前的状况已经容不得他耍这种小心思了。对于贵彦来说，优美作为一名女性，是不可替代的。

晚饭前，贵彦实在是忍不住了，正准备去对面优美的家里一问究竟的时候，门铃响了。

"贵彦！"

"优美！"

像这样仿佛心灵感应的瞬间，二人之间发生过很多次。贵彦买了优美可能会喜欢的画集和唱片，打算送给她。而优美恰好也买了同样的东西送给贵彦。贵彦决定这次一定要诚实地对待自己的心意。

优美抱着装满天妇罗的大盘子站在门前。因为野本家有俩兄弟，所以经常会收到一些木原家分来的食物。

"莲藕脆脆的，很好吃，你一定要吃哦！"

优美说完就往回走了。她每次来送东西的时候，一直是这样，但今天显得格外冷淡。贵彦实在是忍不住了，很想叫住优美，但又害怕知道答案而发不出声音。

优美走到自己的家门口，双手依然在后背交叉着，突然回了头。然后她看着贵彦的脸，注视了一会儿，将表情缓和了下来，说道："我拒绝了哦。"

贵彦放下心来后，突然浑身无力，当场就蹲了下来。因为眼泪就快涌出，所以他低着头，在腹部施加力气，拼命地忍住了。贵彦站了起来，依然抱着天妇罗的盘子，对着优美说："我今天一整天，干什么都像失了魂一样……脑子里一直在想如果优美你答应了该怎么办……"

优美重重地点了点头，满足地笑了起来。

"没关系的。"女生显得更坦然。

他们互相摆了摆手，随后优美走了出去。

贵彦一边回味着那句"没关系的"的意思，一边有些满足地看了一会儿星空，再次意识到自己不想把优美让给任何人。

果然还是要好好向她把自己的感情表达出来。

虽然对于不善言辞的贵彦来说不是一件容易的事情，但他不想再承受像这次忐忑不安的痛苦了。但是发生了一件很严重的事情，给青春期少年多彩的前途上，抹上了黑色的笔墨。

哥哥的雅彦，被警方逮捕了。

将晾晒好的衣物叠好后，贵彦朝工作的房间走去。三室一厅的房子里，其中一间既是他的工作室，也是书斋。大的作品放在自己授课的补习班租借的画室保存，小的作品则放在这栋租的公寓里。

几乎占据了一整面墙的书柜上，画集、写真集、绘画技巧书、哲学书、漫画，等等密集地排列着。

在这之中，贵彦找到了一本在旧书市场买的一直没有看过的单行本。一名被怀疑犯了偷窃罪的男子逃跑了。十三年间，夫妇俩流亡亚洲、欧洲，最终在希腊成了人气漫画家。

贵彦之所以没看过这本书却知道所讲的内容，是因为这个故事是真实存在的。男子给长期的逃亡生涯画上句点，回了国，然后被逮捕了。画家被判处了实刑，不知道现在是否已经出狱了。

虽然有犯罪前科这样的污点，但贵彦很羡慕这名男子。因为他既没有上美术大学，也没有加入公募团体，就成了人气画家。自由又坚强，在贵彦眼中，男子十分耀眼。

拿着书回到客厅，贵彦在自己的固定座位盘着腿，看起书来。而优美则坐到了他的身旁，翻起了杂志。贵彦很喜欢这样安静的时光。沉默让人觉得很舒服。即便不说话，即便看的是不同类型的书，他们也有一种被空气联系在一起的感觉。

贵彦在厨房的桌子上放上两只玻璃杯，往里注入冰凉的大麦茶，然后回到了坐垫上。将一个玻璃杯递到优美面前，而自己则将另一杯一饮而尽，随后叹了一口气。

"昨天的事情？"

只要是有关丈夫的事情，优美总能一眼看穿。贵彦点了点头，将昨天的事情在脑子里稍微整理了一下，告诉了优美。

在东京都内的一家日式餐厅里聚集了四个人。天地和松本，接手二人作品的银座的某个大画商，还有负责杂务的贵彦。

谈论的话题不用说，自然是选举的对策。与志村之间的得票差距几乎已经计算不出来了。乐观一点的话，我方多两票。悲观一点的话，对方多一票。距离投票还剩一个月，如今的关键点在于如何将"无党派人士"拉入我方阵营。

在说话的过程中，天地不停地批判木谷凤林。

"最让人生气的是那个人的妻子。把人当傻子一般对待。对吧，野本君？那个女人的无礼态度，是不是让人无法忍受？"

忍受着面部痉挛，贵彦点了点头。天地对于他冷淡的反应似乎不太满意，所以作为打工费给他的信封里只有一张五千日元的钞票。这件事让贵彦至今都无法释怀。明明把人当牛马一般地使唤，贵彦忍不住想反问一句："到底谁更无礼？"

而与自己同年级的处事圆滑的筱原之所以不在这儿，是因为他瞒着松本偷偷参加大阪的画廊的团体展被发现了。触碰了教授逆鳞的筱原，现在处于被半冷落的状态。这样一来，第八次"民展"应该不会再入围了。

大约四个小时的谈话时间里，男人们说的话题只有选举、画家、画廊的坏话和女性关系。仿佛将人间世俗画在画纸上一样的宴会结束后，画商说的一句话扎在了贵彦的胸口。

"野本先生，所谓的巨匠其实还是能让画商赚钱的人啊。虽然我看不懂一幅画究竟是好还是坏，但我能明白一幅画能不能卖出高价。"

此时在座的人都沸腾起来，各自开始收拾东西准备回家。

贵彦说完后，"真是太愚蠢了"，优美说着将正在看的杂志合了起来。贵彦看着她走向厨房的背影，不禁陷入一种自我厌恶的情绪。

当画家没法维持生计，野本十分清楚这一点。特别是要完成一幅写实画需要花费大量时间，所以如果没有优美在英语班当补课老师的收入，就无法维持正常的生活，抚养孩子更是不可能。

优美也明白这一点。因此没有提过孩子的事情。如果贵彦有这个想法，她应该会举双手赞成吧。正因为如此，贵彦一想到在这样贫困的情况下已经三十三岁的妻子，内心就满是愧疚。

为了成为写实画家，让妻子牺牲了不少。不仅如此，贵彦还无法自由地创作，在不能擅自卖画的环境白白浪费时间。

自己该不会连一幅拿得出手的作品都还没有画出来就死了吧。贵彦时不时会陷入这样的绝望。从噩梦中惊醒，在黑暗中拼命地调整紊乱的呼吸，窝囊地哭泣。

贵彦很讨厌总是如此不成熟的自己。

"啊，对了。我租了碟。"

优美拿着车站前的影碟出租店的尼龙盒子回到了客厅。贵彦接过影碟带，看了看标题上的文字。

"《与哈拉斯在一起的日子》……这是什么电影?"

"好像是和狗相关的。"

看租来的影碟是两个人不怎么花钱的兴趣。他们经常看与动物相关的内容，单纯是因为感人的故事比较多。而贵彦猜测这可能是因为妻子没有孩子，所以才会偏向于看感人的故事。

"我们一边吃零食，一边看吧。"

优美再次回到厨房，而贵彦正准备将影碟带放入播放机时，门铃响了。

"我去开门吧。"

贵彦将优美挂上的防盗链取下，打开了门。

公寓外细窄的走廊站着一名清瘦的中年男性。

"啊……"

"抱歉在您休息的时候突然来访。我因为工作正好来到了附近，所以想着来和您打个招呼……"

一口关西腔的岸朔之介说完便举起手里的蛋糕盒子。

5

"抱歉，我的脸皮这么厚……"

一身西装的朔之介拘谨地在坐垫上端坐着。

"家里什么也没有，真是太抱歉了。"

因为收到了蛋糕，所以优美正在准备茶。而贵彦换了一件有领子的短袖，回到了客厅。

朔之介买了六个蛋糕，而保质期只有一天的蛋糕对两个人而言的确太多了。所以朔之介也吃上了自己带来的蛋糕。

"我是真的只打算把蛋糕拿过来就回去的。"

"您太客气了，我俩也没什么其他事，正打算看租来的影碟呢。对吧？"

优美主要负责沟通交流，而贵彦只是在一旁笑着点点头。这种时候，很感激妻子的社交能力。

"真羡慕野本先生啊，有这么一位优秀的夫人。如果是我家的那位，要是惹她不高兴，可是会在饭菜里下毒的呢。"

"是吗？我们家也会下毒哦。"

"的确是很'优秀'的夫人呢，让我太惶恐了。"

只是多了一名关西腔的大叔，平时安静的家变得热闹起来。

与朔之介相遇是在半年前的租借式画廊的个人展览，那时他对自己的作品赞不绝口。"六花"在业界是非常有名的策划式画廊，因此当贵彦收到名片时高兴得仿佛要飞上天。但是因为顾虑松本，所以不能将作品交给对方的画廊，也就没有下文了。

即便如此，在大约两个月前，朔之介来到贵彦授课的补习班，离开时还请他吃了饭。

"前一段时间见面时也说过的天地老师的选举战，马上就要开始了呢。"

因为当时是筱原在帮忙，所以提到这件事时，贵彦说得很轻松。但他没想到自己竟然也被叫去帮忙了。

"实际上昨天的饭局也因为这件事……"

虽然贵彦也存有一些试探心思，但仍然坦率地说出了自己的烦恼。他对于朔之介奉行的实力主义还是有一些信任。

"我听说，天地老师在京都下跪了？"

朔之介得到消息过于迅速，贵彦不由得瞪大了眼睛，不过才一周的时间。包括贵彦在内，明明只有五个人在场，消息就已经传开了。从中可以窥见充斥着魑魅魍魉的美术业界的一隅。

不知不觉间，贵彦滔滔不绝地讲起自己内心的想法。明明今天没有喝酒，但作品牵扯到金钱，怒气不由得迸发了出来。

"周围的人都太政治化了，而我现在正处于一个与艺术完全无关的地方挣扎着。因为这是一个没有钱就会陷入恶循环的体系，所以像我这样的弱者只能是食物链的底层啊。"

刚好比贵彦大十岁的朔之介，将画家的烦恼像棉花一样全吸收了。贵彦仿佛将身上所有的枷锁都卸下了，十分激动，让优美不禁有些担心。说完之后，贵彦喝了一口冰茶，由于太过激动导致有点头晕目眩。

"野本先生，不，请允许我叫您贵彦先生。您如今的心情，在业界待了这么多年的我非常清楚。我先在这儿断言，画家决不是为了让画商赚钱而存在的。自称是画商，而分辨不清画的好坏，不，是不打算去分辨画的好坏，那种大叔说的话不用放在心上。"

朔之介的话让贵彦长满刺的内心温暖起来。一直感到孤独的贵彦，觉得自己第一次在美术的世界有了理解者。

"勉强凑钱入围八次'民展'，才能成为会友。而要成为会员则必须入围两次特选。但若要入围特选，需要花的钱也会增加。担任三次审查员后，才能成为评议员。获得大臣奖后，接下来就是艺术院奖。然后终于能成为艺术院会员的候选人。而且还要等待出现空位的时机。等到了那时，贵彦先生，您多少岁了？至少我肯定已经死了。"

面对朔之介的戏言，优美毫不顾忌地笑了出来。

"真的是，请来参加我的葬礼啊。"

"我们一定会参加的。阿贵从天地老师那儿拿到了打工费，奠仪钱的话就不用担心了。"

"这样我无法成佛啊，不过说起来，这到底是什么习惯啊，根本没必要花这种意义不明的钱，还不如先把我的奠仪钱留下。"

朔之介的话术有着绝妙的轻重缓急，这样的舒适感，带有一种不小心让人说出真心话的魔力。

"人类啊，是一种不擅长停下步伐和走回头路的生物。这样做的话，至今为止自己所做的一切仿佛都被否定了一般。比如为了得到教授的青睐而为其做免费的苦力，为了入围而费了大量的财力，如果现在停止的话，那么自己之前的努力就全都白费了。但是，若朝着这条路一直走下去，得到的是地位，而非真理。"

真理这个词让贵彦一下子醒悟了。自己一直追求的写实画的真髓。还没有找到一点头绪。

"画家的时间是用来画画的，而不是用来在'民展手册'里记录干部会员的名单和其家庭成员，还有送礼等信息的。"

天地夫妇满不在乎地下跪的身影在贵彦的脑海中闪现。一想到那将会是未来的自己，他的后背就不由得发凉。

"已经打扰你们这么长时间了，我差不多也该走了。贵彦先生，您绝不是弱者。没有比能够认真画画的画家更坚强的人了。就像达·芬奇曾经说过的'艺术没有完成时'。但是在临终之时，怀着憎恨之情而死，抑或积极地拥抱死亡，自己是可以选择的。"

贵彦也很喜欢达·芬奇的那句话。"艺术没有完成时，有的只是放弃。"——他选择的是一条即便花上一辈子时间也无法做到极致的道路。现在不应该是被其他事情分心的时候。

"下次有机会请您和夫人赏脸光顾我的画廊。可以的话，再一起吃一顿饭吧。虽然我相信贵彦先生您的才能，但我也想努力让您能够信任我。"

朔之介从包里取出一个印有书店名的小纸袋。

"这个是给您的小礼物，有空的时候可以看看。"

贵彦提出把朔之介送到车站。但朔之介拒绝了，迈着轻快的步伐快速地走下了公寓的楼梯。

贵彦将玄关的门关上后，立刻将印有书店名的纸袋拆开，里面有一册文库本。

"啊，是毛姆。"

在一旁的优美看了一眼书的封面说道。她似乎看过。

"你知道这本书？"

"英国很有名的作家。这部作品畅销全世界呢。"

贵彦不由得抚摸了一下《月亮与六便士》的封面。朔之介究竟为何要送自己这本书呢?

"这本书是讲什么的?"

优美将叉子叉进小蛋糕的草莓里,陷入沉思。

"我想想……天才画家毁灭的故事吧。"

"毁灭啊……"

"但是很幸福呢。"

面对优美有些前后矛盾的感想,贵彦笑着摇了摇头。

这个世界上真的会有幸福地走向毁灭的事情吗?

"怀着憎恨之情而死,抑或积极地拥抱死亡。"——贵彦想起朔之介说过的话。如果现在的自己是前者,那么就相当于已经毁灭了。

作为画家究竟该如何走下去?贵彦翻开了这本书的第一页。

第八章　逃亡

1

"你要逃跑吗？"

松本脸上的愤怒之色越来越浓。

虽然事先也已经有了心理准备，贵彦由于太害怕了而僵直了身子。松本手里拿着的凯兰帝圆珠笔可能随时会砸过来。他的心脏从未跳得这么快。

选举战的酷热夏季结束，等回过神来，已经到了连虫叫声都很少能听到的十月末。

十五分钟前来到教授办公室时，正用打字机写着原稿的松本心情非常好。

"野本你知道吗？画坛说不定是一生都能够站在最前线的系统啊。你看看七十一岁的天地老师那高兴的样子。不管怎么看都像迎来了十七岁的春天。"

围绕"国立艺术院"的"美术"部门中空缺的一个名额进行的选举战，第二名的志村以五票之差输给了天地。既然天地往上升了一级，那就意味着在"民展"中，天地的地位也会发生变化。

如果七十一岁的男子看上去像十七岁，那么五十四年的成长可能在哪儿停止了，贵彦显得有些冷淡。

不过也有像在京都见到的日本画家木谷凤林那样，凭借自己的实力爬上去的人。自己本来只是因为喜欢画画而上了美术大学，不知何时朝着偏向世俗的那条路走了下去。但是在至今为止的人生中，自己到底在哪一步做错了？

"个人展览的事怎么样了？有进展了吗？"

松本坐在书桌前，让贵彦坐在自己附近的一把破旧的木椅子上。

贵彦的确在准备个人画展，但准备的并不是松本口中的租借式画廊的画展。

朔之介来拜访贵彦的九月的那天晚上，他兴奋得睡不着觉。上大学之后一直被浓雾笼罩着的视野，仿佛突然射进了一束光。看完朔之介送给自己的萨默赛特·毛姆的《月亮与六便士》后，眼前的浓雾渐渐消散了。

英国的证券经纪人思特里·克兰德在四十岁的时候抛弃妻子和工作，逃到了巴黎。主人公是一名作家，接到来自他妻子的委托后，便寻找着他的行踪。好不容易找到他后，对方却非常顽固，不愿意回故乡。

曾经的金融人在这座艺术之城忘我地画画。靠着打零工以及接受别人的施舍，勉强度日，最终成为一名天才的画家。

不管被他人如何厌恶，如何嘲笑，克兰德都没有放弃握住手中的画笔。作为读者的贵彦被这样的主人公吸引了。世人所追求的善恶的标准，越发盲目的话，与真理也会离得越来越远。这与用十五厘米的尺子去量山的高度没什么区别。

当然，贵彦无法做到像克兰德那样自我毁灭的地步。但是，他至少产生了这种意识。

所谓的艺术，终究问题还是出在自己身上。明明是要将自己内心深处的东西吐露出来，却不正视自己，谈何艺术？天地和松本所看重的人际关系、习惯、名誉，全都是外在的东西。

外在的东西很容易被看到，但内在很难被看清。正因为如此，近乎为零的存在是有价值的。至今为止假象所创造出来的恐惧与不安逐渐减轻，所以贵彦也逐渐看清了自己应该采取的行动。

"我不准备参加'民展'的评选了。"

仿佛时间静止了一般，松本脸上的表情消失了。以为不过是野本拙劣的演技，便轻声笑了笑。

"怎么回事？你是指赶不上截止日期了吗？"

"不是，我的意思是今后都不准备参加评选了。"

"不……这样可不行啊，野本。至少先成为会友吧，不然太没面子了。没事的，以你的水平，只要参加就能入围的。即便是特选，提前打点好关系就没事的。"

贵彦早就明白了，松本嘴里只有"顺序"。对于作品本身，丝毫不打算认真看待。

松本对面的画架上立着一块大约五十号大小的画布。一名身穿白色连衣裙的女子站在草原上，浮在空中的新月仿佛牙齿整齐的人类的嘴一般。

　　让人完全不知道画家想表达什么的具象画。这不过是一幅很俗套的画，这点倒是唯一能让人看明白的。

　　能够精致地收纳颜料和画笔的木制盒子看起来确实很美观，但使用起来其实非常不方便，能显而易见地看出松本是因为在意别人的目光而刻意如此摆放的。书架上的绘画技巧和画集之类的书可能他几乎都没看过吧。

　　"我已经做出决定了。"

　　"你干吗擅自做决定？你现在说的话可是相当严重啊，这样一来，你至今为止做的所有努力全都白费了。"

　　松本的声音越来越大。贵彦面对这样的威胁一直以来都是忍气吞声。

　　接着，松本跷着二郎腿，说道："你要逃跑吗？"让贵彦害怕了数十年的这个男人的脸，因怒气而变得扭曲。虽然贵彦感受到了前所未有的压力，但以从克兰德那儿得到的勇气为支撑，继续挣扎。

　　"我并不是逃跑，而是前进。"

　　"给我闭嘴！别给我说这些歪理！"

　　走廊渐渐变得安静下来，应该是因为从教授的办公室传出了高声吧。贵彦挺直了身板，等待暴风雨过去。如果驮着背，他肯定会很消沉。

"野本，如果你选择离开我的门下，相当于放弃当画家了。你不走当画家的王道，而想要成功，这个世界可没那么容易。即便你去当补习班的老师，那可是东都艺美大学的，随时会让你失业。没有地方发表作品，也没有固定收入。你觉得这样能活下去吗？"

松本将贵彦的退路一条一条堵上。一想到生活上的事情，就不禁感到害怕。前天，在同一个补习班任教的又吉圭也和自己说了类似的话——"这可是一条不归路啊。"但是，贵彦笑着回复道："我要向前进。"

"听说有画廊找你？对方和你说什么了？你有才能？画可以卖高价？你可别被这些花言巧语给骗了。不管做什么都需要积累和沉淀，你只需要再坚持一会儿就可以了。"

松本的脸上又浮现出让自己不可大意的笑容。贵彦感到有些意外。因为他没想过松本为了挽留自己做到如此地步。

可能有人逐渐离开松本的门下……和自己同年级的筱原说不定也是主动离开松本的。看来天地、松本这条线也并非所说的那样坚如磐石。

"入围特选两次的话，就有根基了。下次你来我家玩吧。"

贵彦本来就不擅长妥协和一心二用。除了画画，没有其他才能，和优美之外的女性说话都会感到困扰。

大河原兼光夸张的聚会、天地信幸浮于表面的跪姿、松本丰宽虚伪的房间。这所有的一切，他都受够了。

在某个人面前没有意义地下跪，这样的人生他不想再过了。

看到时而愤怒，时而怀柔的松本的态度，贵彦想要切断这所有的一切的意志愈发强烈。

贵彦从椅子上站起身来，仿佛将这数十年的恩怨就此了结，深深地鞠了一躬。

"一直以来，承蒙您的照顾了。"

愤怒的眼神刺向了贵彦的后背。

"你打算恩将仇报吗？"

贵彦没有回答，背着手将门关上。心情瞬间变得轻松了不少。即便只隔着一扇木门，也一定是分隔自己人生中"从前、以后"的边界线。

贵彦无视着学生们好奇的视线穿过走廊，这才有了一种终于从大学毕业了的真实感觉。

2

如果没有人来提醒，自己说不定会忘我地一直画下去。贵彦时不时会这么想。

生活中的变化，几乎都是妻子带来的。从吃饭到外出，被妻子搭话后，贵彦就会停下画笔。特别是每年两次的"穷游"几乎都是交给妻子负责的。

他现在正在画的，是二人前往山中的某个旅馆时的景色。在寒冷的季节，与优美一起眺望着山下的街景。

黄昏时分，能看到枯树对面的茶褐色的农田。天空的调色盘上，夕阳与夜色混合在一起，橘黄色和紫色、群青色的光将转瞬即逝的虚幻变为美丽的存在。时刻变幻的天空，浮着一轮仿佛快要折断的纤细的新月。

农田附近星星点点的民家，流露出暖色的灯光，宣告着今天劳作的结束。

天蓝色的美丽与乡村的寂静所编织出的哀伤。虽说在东京出生长大，但看到山河就会产生一种归巢本能，到底是为什么呢？

贵彦将当时拍的照片夹在腋下，在画布用颜料重新上色。夕阳的色调太难把控了。他从椅子上站起身来，稍微隔了一些距离眺望着整幅画。离完成只差一步，可如今仿佛依然无法接受。

画架旁的工作台上一张手写的便签进入了他的视野。

——正因为不可能，所以才值得相信。

是潦草写下的歌德的名言。贵彦是一名很重视言语的画家。书架上有很多哲学书，也表现出了他对于本质的探求之心。

追求完美的作品，然后遇到挫折——创作就是如此循环往复。不过，说不定不可能才是正解。正因为如此，现在的自己才可信。在长长的道路中，即便迷路，目的地本身是没错的。

贵彦再次坐在画布面前时，脑海中突然闪现了"如果能回到过去"这句话。刚刚所感觉到的归巢本能，说不定并非场所，而是走向过去的自己的道路。

思考过后，重新面对画布，显得十分漫不经心。到底如何才能将那时的哀伤之情表现出来呢⋯⋯

因为电话响了，所以贵彦将手中的画笔放了下来。从厨房传来了优美的声音。

"阿贵，岸先生打来的电话。"

刚拿起听筒，就立刻传来了朔之介兴奋的声音。

"贵彦先生，好消息！明年夏天似乎能在'福荣'开个人展览了！"

"真的吗?！"

贵彦在电话那头不停地低头道谢。

说起"福荣"，是一家一流的百货商店。贵彦从未想过没有取得过任何奖项的自己能够这么快开个人展览。不仅是因为自己的作品受到了认可，朔之介一定花了不少工夫。贵彦不禁有些激动。直到一个月前，松本这道墙都还让自己看不到任何希望。

"还有画室的事，马上就能定下来了，我们到时候再商量吧。"

"抱歉，麻烦您这么多事情……"

"毕竟您将杰作寄托在我这儿，这些小事不足挂齿。"

"您还是别给我施加压力了。"

朔之介说着"不能打扰您的创作"，只是讲完正事，便挂了电话。

能够帮自己找到便宜且用着顺手的画室，实在是太难得了。因为补习班的画室已经不能再继续用了。

和松本分道扬镳的第二天，贵彦就被补习班的校长叫了过去。

"实在是有些难以启齿……"

校长希望贵彦能够在今年之内离职。这份工作本就是因为松本的推荐才得到的，虽然贵彦早就有了心理准备，但是没想到第二天就会接到通知。松本的行动之快，让他不禁有些哑然。

而另一方面，贵彦也打算切断与松本的一切联系。虽然他有些在意自己目前正负责的学生，但是并不缺少寻求讲师职位的优秀画家。

贵彦回复道："那我就干到今天。"知晓缘由的校长很同情他，偷偷准备了补偿金。

贵彦给当天休息的又吉打电话，拜托对方照顾自己留下的学生。又吉十分生气，说着："松本老师真是太过分了！这样简直是对艺术的亵渎！"最后鼓励着贵彦说："野本，你可千万别认输！你的才能是货真价实的！"

　　虽然毕业之后，难受的事情占绝大多数，但与志同道合的朋友又吉之间谈心的时间曾是他内心巨大的支柱。

　　"发生什么好事了吗？"

　　一只手拿着英语教材的优美忍不住发问道。贵彦告诉她个人展览的日子似乎快定下来了，优美高兴得跳了起来。

　　"太好了！在'福荣'开个人展览也太厉害了！阿贵，你简直像画家一样。"

　　"不，我本来就是画家啊。"

　　"终于有回报了呢……"

　　优美感慨的语调在贵彦的心中回响。青梅竹马、恋人、夫妇，随着年龄的增长，关系逐渐加深，正因为如此才能够真正分享快乐。贵彦的幸福就是优美的幸福，反之亦然。

　　"朔之介先生说不定就是天使。"

　　因为优美这么说了，贵彦也想象着穿西装的画商后背长出了翅膀，但实在是太奇怪了，赶紧摇了摇头。不过，朔之介说不定真的是自己的福神。

　　从"天地、松本"的鸟笼中解放，贵彦的精力十分充沛。他已经不用在意展览会的贿赂、门票指标，以及其他杂事。可以将精力只集中在绘画上，沉迷于创作。

　　生活费的话，目前暂时也不用太担心。朔之介给他介绍了一份给某位企业家画肖像画的工作，得到了不少报酬。虽然自己去其公司拜访太过频繁，似乎惹得对方有些厌烦，但社长对于最后的成品似乎非常满意，因而多付了一些稿费。而且还有补习班的校长给他的补偿金。

贵彦走到画布的前方，将从"如果能回到过去"的语感中感受到的哀伤在内心沉淀，仿佛能看到射入隧道的光。

因为至今为止松本禁止他卖画，所以有很多幅未完成的作品。但是开个人展览也就意味着自己的作品将会作为商品售卖。今后的每一幅画都要签名才行。

如果可以的话，他想将这些画一直画下去。但是"艺术没有完成时"。有必要在一处地方画一条界限。

门铃响了。

"我去开门。"从隔壁房间传来了优美的声音，贵彦轻轻地应了一声，在脑海中切换着画的焦距。

"阿贵……"

听到妻子不寻常的僵硬的声音，贵彦回过头。当他看到优美身后的男子时，震惊了。

"哦，你还真努力啊。"

脸上挂着脏兮兮的胡子的男子毫无顾忌地走进了贵彦的工作室。看着画布，用并非发自真心的声音说着："真不错啊。"

再次见到哥哥雅彦，隔了五年。

雅彦第一次被警察拘留，是在他高三的时候，同时也是贵彦上初三的那年秋天。

坏消息毫无征兆，突然就闯进了平静的生活。如果硬要列举征兆的话，以第四次中东战争为背景传出的流言，导致厕纸和洗剂用品被一抢而空，社会因而变得很混乱。

一到周末，贵彦就会跑遍东京的超市和百货店，以及商店街，筹措缺货的砂糖和盐。在这样不安稳的日子中，发生了一件让野本家动荡的事情。

傍晚，贵彦放学回家，发现店内的玻璃窗拉上了褪色的窗帘。还处于营业时间之内，店却关门了。他察觉到异样走进去后，发现灯也关了。放置在狭小店内的玻璃柜、水槽、水桶，以及锅，不知为何看起来都非常暗沉。

父亲在里侧的客厅盘腿坐着。看到父亲一副无精打采的样子，贵彦向他搭了话。父亲只回复说拜托他看家。

"我现在去警察局，等会儿母亲回来后，你和她也一起来一趟。"

"警察局？到底发生什么了……？"

"雅彦被逮捕了。"

贵彦太过吃惊而在父亲面前跌坐了下来。对于家里出现了嫌疑犯这件事感到震惊的同时，内心想着：果然还是发生了。

"哥哥犯了什么事？"

"不知道，具体的事情去了警察局才知道。"

送走父亲后，贵彦变得有些悲观。他很担心自己家是否还能继续开豆腐店，说不定必须搬家。考虑到邻里关系，会羞耻得不敢出门。

作为弟弟的自己究竟会怎么样？如果豆腐店被迫关门，不用说大学，就连高中可能都无法继续念。但贵彦最放心不下的是优美。因为这件事，他们之间可能会生出嫌隙。即便优美愿意，她的父母恐怕也不同意。

店面的玻璃窗响了，贵彦将窗帘拉开了一点缝。随着一声"有人吗？"，优美探出了脑袋。

贵彦的内心极其动摇，想把事情第一个告诉她，而另一方面，现在最不想见到的人也是她。

"店铺关门了？是叔叔生病了吗？"

贵彦觉得可能瞒不过去，因此让优美来到客厅，没有泡茶招待她就直接说明了现在的情况。

听说雅彦被逮捕的瞬间，优美十分惊讶，用手捂住嘴，随后沉默了。对于她而言，雅彦同样也是青梅竹马，非常亲密的人。

"现在还什么都不知道，首先得去确认到底是不是真的。"

虽然优美说着鼓励的话语，但她心里应该很清楚雅彦其实很危险。没怎么去上学，成天在柏青哥和酒吧闲逛的样子被附近的邻居看到过不知道多少次。

虽说是突然降临的不幸，但优美一直在身旁陪着自己，贵彦总算能够让内心稍微平静了下来。

没过多久后，母亲回来了。听说儿子被捕，没想到她用十分沉稳的语调问道："在哪个警察局？"与垂头丧气的父亲相反，平时沉稳的母亲立刻进入了临阵状态。

"抱歉啊，小优美。你好不容易来一趟，连茶水都没能给你准备。"

母亲一边道歉，一边心不在焉地皱着眉头。

贵彦和母亲两个人在路边拦下一辆出租车，赶往了哥哥被拘留的警察局。

雅彦和他初高中的同学尾崎康夫以及当地的前辈，共计四个人，因恐吓勒索一名小学六年级男童被逮捕。贵彦见过尾崎，因为他曾经来贵彦家中玩过很多次。

他们之所以被逮捕，是因为所犯的罪行不仅仅是勒索。前辈将小学生关在自己的公寓三个多小时。因为脸被看到了，所以狠狠地威胁他不要告诉父母，而且还让他从家中偷钱。

被绑架者是牙医的儿子，尾崎发现他身上有补习班的学费，因而把那些钱抢走，并把他带到了前辈的公寓里。

母亲委托的经验丰富的律师强调并主张"嫌疑人为初犯，而且好好反省了"，因此雅彦才得以第二天就从家庭法院回家了。

欺负小学生实在是太丢脸了。父亲一回家，就把雅彦狠狠揍了一顿。父亲用竹刀不停地打，而母亲说着"别打了"从一旁阻止。二人都泣不成声，场面非常凄惨。

在那之后，律师巧妙地促成与被绑架者之间的和解，并帮助雅彦练习和家庭法院的法官之间的谈话，最终没有被处分。

两天后，贵彦和哥哥一起去了不忍池。站在池畔的雅彦给贵彦递了一支烟，但贵彦拒绝了。

"明明是亲兄弟，为何性格相差这么大啊……"

雅彦一边苦笑着，一边吐出烟雾。他们就这样沉默地望着漂浮着简陋人工划桨船的水池。

贵彦呆呆地看着对岸的辩天堂时，雅彦开玩笑地说："要不你把优美给我吧。"

"绝对不行。"

面对拒绝的弟弟，哥哥嘟囔着："可真羡慕你啊。"说完，便踏上归路。

那起事件发生之后，雅彦每天都规矩地去上学，还拿到了当地住宅公司的录用通知书。野本家总算是松了一口气。暴风雨过去，又可以成为东京随处可见的平凡家庭。家里的所有人应该都是这样想的。

高中毕业后的第二天清晨，雅彦消失了。

察觉出面对面坐着的兄弟气氛不太对，端着茶水过来的优美坐到了他们正中间。

"好久不见。"

雅彦将一头蓬乱的头发拨起，笑着说："我还很生龙活虎呢。"音讯消失的五年间，看来他还是和以前一样过着散漫的生活。

"我还以为你不会再来找我了。"

面对弟弟的冷言冷语，"别这么冷淡嘛"，雅彦说着仿佛像要调解一般将双手放在了前方。

"我是一个没出息的哥哥，这点自知之明还是有的。"

"你也看到了，我这儿可没什么金银财宝。"

虽然贵彦的话中带刺，但优美也只是静静地在一旁听着。而这是有原因的。

五年前，父亲突然病逝，想联系雅彦却不知道他的联系方式。父亲即便在弥留之际，也仍然担心着行为放荡的长男，可是儿子却连葬礼都没有出席。

唯一让父亲欣慰的一件事是前几年贵彦和优美结婚了。双方的父母都十分高兴，因为两家都掏了不少钱，所以贵彦他们的新婚旅行去了夏威夷。

虽然职业不太稳定，但次男好歹算是成了家。这样一来，在父亲心中，可能更加担心长男的未来。偶尔给贵彦打电话时，也会问问雅彦的消息。

贵彦对哥哥彻底失望，是在那之后。葬礼结束后，大约过了两个月，雅彦突然回来了。他似乎从哪儿听说了父亲的死讯，但并没有任何的悲伤之情。

"你们是不是还有什么话要对我说？"

仅凭这一句话，母子二人就立刻意识到他指的是钱的事情。

"没有。"贵彦回复道。

"你是不是拿到什么了？遗物之类的。"雅彦居高临下地看着弟弟。

母亲和贵彦的性格都还算是比较沉稳的，但实在是太过失望，于是没有再说话。已经给家里添了不少麻烦了，他是打算把家人的血都吸干吗？

高中毕业之后，过了六年，雅彦又被警察逮捕了。这次是一起强盗案件。他和同伙深夜闯入珠宝店，将展示柜的玻璃击碎，抢走了价值四百多万日元的贵金属。那次的同伙也是同年级的尾崎。

赔偿金以及请律师的费用几乎掏空了家里的积蓄。通过为雅彦做担保，争取到了缓刑的判决。当时二十四岁的雅彦虽然在家里帮了一段时间忙，但渐渐开始抱怨"老家待着不太舒服"，半年之后离开了家。

在那之后，直至父亲离世的七年间，一次也没有露过面，好不容易回来一趟却是为了要钱。雅彦受到了家人的冷眼相待，虽然第二天一大早就离开了，但父亲的手表不见了。

这样的哥哥突然找上门来，让贵彦不得不戒备。

"这个，好看吗？"

雅彦用下巴指了指电视机的方向。

租借的影碟带还没有收拾起来，放在了外面。是贵彦他们在九月份的时候已经看过的《与哈拉斯在一起的日子》。优美很喜欢这部电影，因此又借了一遍。

贵彦没有回答，而是轻轻地叹了一口气。

"你们不打算要孩子吗？"

雅彦噘着嘴喝了一口茶，说了一句没怎么经过大脑的话。即便被无视，他似乎也毫不在意。性格柔和的优美最多也只是苦笑了一下。孩子是让妻子受了不少委屈的雅彦最不想提及的话题。

"优美不是很喜欢小孩子吗？"

"算是吧……"

优美给贵彦递了一个眼神。贵彦咳嗽了一下，直视着哥哥的眼睛说道："我马上就要开个人画展了，所以很抱歉……"

"我本来也不打算在你这儿长坐，我还是很清楚自己的身份的。但有一件事情我想拜托你。"

"钱的话，我可没有。"

"不是钱。我有一对夫妻朋友正在吵架，孩子太可怜了。"

"孩子？"

"没错，才四岁的男孩子。这个孩子能帮我暂时照顾一段时间吗？"

面对意料之外的提议，贵彦不由得皱起了眉头。这件事太奇怪了。

"那个孩子的爷爷和奶奶呢？至少有其他的亲戚吧？"

优美的疑问很正常。贵彦也认为拜托朋友的弟弟照顾，关系隔得实在是太远了。

"我那个朋友其实是个不孝子，虽然这话不该由我来说，那家伙被家里人孤立了。只帮我照看三天也不行吗？我是真心觉得他很可怜啊。"

如果是普通人家的哥哥，贵彦可能二话不说就同意了，但是雅彦一点也不可信。

"话不能这么说，你给家里人添了这么多的麻烦，突然找上门来让我帮忙照顾不认识的孩子，也太自私了吧。"

"真的很抱歉，我也明白我没有资格来拜托你们，但是毕竟不能把小孩子留在那样的环境下。"

"那你自己收留不就得了。"

"放我这儿不太行。我现在在不动产工作，经常需要外出，带着孩子可不能好好工作。"

听到"不动产"这个词，贵彦猜测可能是开发商或者中介，因为不想做过多牵扯，所以没有问得太仔细。从雅彦身上肮脏的棉裤和薄薄的尼龙夹克，能看出他并没有赚到什么大钱。

"当然我不会强迫你们，麻烦你们再好好考虑一下。那个孩子，现在正在老婆的朋友那儿。"

雅彦说着便匆忙站起，不停地说"抱歉，抱歉"，随后便朝玄关走去。

房间恢复平静的同时，空气显得更加浑浊。两个人互相看了一眼，优美仿佛有些困扰地歪了歪头。

有一种不祥的预感——随着朔之介的出现，自己的人生正要发生一些改变。被牵扯进去的话，没有任何好处。心里虽然很清楚，但贵彦很在意那名四岁的男孩子。

到底是一个怎样的孩子呢？

3

不祥的预感成真了。

贵彦在画廊"六花"的接待室。富有光泽的地板、皮革沙发、大理石与玻璃组合在一起的座钟。虽然房间东西很少，但整洁利落，显得非常有品位。将咖啡杯与茶托放在贵彦前方的朔之介，解开了西装外套的纽扣，坐到了对面。一点也没有平时柔和的氛围，一脸暗淡的表情。

"我就单刀直入地说了，个人展览办不成了。"

接到这个好消息才过了不到四天，贵彦吸了一口气，接着沉着地回复道："明白了。"通过被叫到这儿来时的电话声音，他就猜到可能不是什么好事。

"是松本老师吗？"

面对贵彦的问题，朔之介简短地回答："很有可能。"

虽然因失望而心里有点难受，但贵彦意外平静地接受了这个事实。至今为止经历了这么多艰难的事情，不可能就这么简单地走上灿烂的人生。这点他不是没有想过。

"福荣"预定明年召开天地信幸的特别展览。这很有可能是执念颇深的松本故意给贵彦使的绊子。艺术院会员天地与没有名气的画家，根本就不用进行比较。

朔之介满脸写着不甘心和悔恨，能够看出他与百货商店应该进行过抗争了。虽然最终结果很遗憾，但对于朔之介的真心，贵彦感到很高兴。

"我十分清楚，都是我打乱了贵彦先生的人生。这次的事情，我是真的感到很抱歉，请您原谅我。"

"请您别这样。对于朔之介先生，我只有感激之情。"

看到深深地低下头道歉的朔之介，贵彦慌忙地摆了摆手。

"毕竟我还什么成绩都没有取得，现在终于有了一种站在起跑线上的感觉。最重要的是，能够专心画画实在是太让人愉悦了。"

朔之介缓缓地抬起头，沉着脸喝了一口咖啡。

"那就放开手干吧！我们也不会就此认输。贵彦先生正在画的作品和暂时放在我这儿的作品，把这些都卖光吧！"

"卖光？怎么卖呢？"

"就在这儿开个人展览。不用担心，我的脑海中已经有了顾客名单。首先得让贵彦先生增加几个质量高的熟客。"

虽然朔之介沉思着又说了一些什么，但贵彦没有听清楚。看来他的脑海中可能真的浮现出了顾客的脸。

自从和松本诀别后，贵彦总还是有点畏惧松本的影子。但是，个人展览被迫终止，影子成为实物，真实地出现在贵彦面前时，他的内心丝毫没有后悔之情。不如说他与朔之介之间的纽带越来越紧密，心态也变得更加积极了。

朔之介走了出去，重新泡咖啡。贵彦将视线投向了挂在接待室的静物画。

黑色的花瓶里插着一朵白色的山茶花。有很多缺口的米色墙壁与纤细的主体物形成鲜明对比，有一种粗野的魅力。在厚厚的墙壁之中，超脱世俗的山茶花显得很清冽。

看着这样具有冲击力的写实画，贵彦不由得想要立刻拿起画笔。

"是一幅很棒的画，对吗？"

朔之介将重新泡好的咖啡放在桌子上，沉默地盯着画看了一会儿。

"希望能有一天，我的画也能挂在这间接待室里。"

朔之介的嘴角浮现出微笑，将上半身靠在了椅背上。

"您的这句话真令我高兴啊。但是贵彦先生，能够挂在这面墙壁上的都是'六花'的珍藏品啊，您可要下相当大的工夫。"

比起没什么干劲的租借式画廊，将画挂在这儿感觉更有前途。能够在有眼光的人的眼中停留，他想画这种画。

"啊，对了，我想起一件事。"

朔之介从西装的内口袋取出一张折叠纸。

"我找到画室了，还挺宽敞的。刚好转换一下心情，要不要搬家？"

这栋独栋的房子位于东京的多摩地区，据说两年前还有画家住在这儿。一楼开放式的画室对于贵彦来说是一个十分理想的创作环境。

去实地看的时候，优美一眼就喜欢上了，他们便立刻开始准备搬家的手续。

"在这儿能找到工作吗？"

"这附近似乎有好几家英语补习班，我打电话去面试看看。"

在堆满纸箱的房间，两个人钻进暖炉，一边喝着速溶咖啡，一边说话。一个人是职业不稳定的画家，而另一个人再过不久就要辞职。虽然他们漫无目的且没有着落，但现在的日本有一种"跳槽才能赚大钱"的潮流。

"就在十天前，我们也完全没想过会搬家啊。人生真的不知道会发生什么呢。"

优美说得没错。夏天在京都时，曾看到天地夫妻下跪的情形。因为选择了相信朔之介，所以贵彦离开了松本，而导致被辞退了。现在，切断了所有的纠葛，在全新的街道生活。

"总觉得人啊，其实无所不能，只是擅自给自己设定了界限而已。"

"难得能从阿贵口中听到这种话呢。"

优美单手拿着马克杯，微笑着。这种时刻总是让贵彦感到很幸福。

"雨似乎也快停了，我们再加把劲吧！"

从暖炉里钻出的优美舒服地伸了一个懒腰。贵彦也有样学样。再过一周，就要和这栋公寓告别了。

贵彦看了一眼摆在客厅的小座钟。

一九九一年十二月十二日上午十点五十二分。门铃响了。

夫妻之间的日常时间，瞬间停止了。贵彦之所以有些静不下心，是因为前段时间哥哥刚来找过他。可能优美也有同样的直觉，她跟在了朝着玄关处走去的丈夫身后。

"抱歉在年末的时候来打扰你们。"

不祥的预感一直很准。打开门,映入眼帘的是一脸讨好的雅彦和背着双肩包的孩子。

"之前不是和你们说过吗?朋友夫妇的孩子……"

贵彦抓着门把手,将到了嘴边的叹息声忍了回去。本想着赶紧搬家,甩开哥哥,但还是没来得及。

他们相互试探着对方的心思,导致出现了沉默的间隙。在即将搬家的这个节骨眼上,还要照顾孩子实在是太麻烦了。但对方已经带着孩子到了眼前,即便拒绝,也找不到合适的说辞。

牵着雅彦的手的男孩子,一头杂乱的头发,眼神暗淡。薄薄的风衣配上短裤,看上去很冷的样子。

"总之先进来吧。"

虽然明白如果让他们进门的话,局面会不利,但优美可能实在是看不过去了。

"什么啊,你们要搬家吗?"

看到堆满纸箱的房间,雅彦似乎很惊讶。

"你们要搬到哪儿去?"

贵彦和优美的视线重合。新的住所,唯独不想被这个哥哥知道。

"也难怪,你们不想告诉我啊。"

"算是吧。"

“还真是冷淡啊。”

“真亏你说得出来。明明这么多年都没有任何联系。”

在暖炉旁并排坐着的雅彦和男童，看起来像一对寒酸的父子。优美端出了橙汁，小男孩连一句“谢谢”也没有，只是一味地低着头。

“小朋友，你叫什么名字呀？”

优美柔声地问道，小男孩却十分固执，不愿抬起头。

“叫 MASAO……对吧？”

贵彦问汉字怎么写时，雅彦稍微思考了一下回答：“正确的丈夫，写作‘正夫’。”听到这样生硬的解释，贵彦立刻明白这是假名。可能是雅彦根据自己的名字发音而联想[1]到的。

“那你们准备什么时候搬家？”

雅彦改变话题，打算糊弄过去。贵彦不耐烦地说：“一周之后。”

“在这种时候真的很抱歉，他们家的矛盾还没有这么快解决。这个孩子，被之前和你说过的那个朋友家赶出来了。”

“你说被赶出来……本来也只是暂时寄住在人家那儿吧。”

想法浅薄的哥哥把寄放孩子这件事考虑得太过简单了，贵彦的语调不由得变得尖锐起来。优美轻轻拉了一下丈夫的

---

1 “雅彦”的读音为“MASAHIKO”。

手腕，提醒他面前还有一个孩子。

贵彦穿上外套，向哥哥示意去外面谈。走下公寓的楼梯后，雅彦说着"去车上谈吧"，朝着前方径直走去。附近的公园停着一辆丰田的"海狮"。

雅彦坐进驾驶室，贵彦坐上了副驾驶座。

"被你盯着看实在是太难受了，我就漫无目的地开了。"

车内的空气是冰冷的，正如兄弟之间的氛围。在遇到红灯的时候，雅彦开口了。

"三天，你只需要帮我照顾三天，怎么样？"

"'只需要'？你说得也太轻松了，照顾别人的孩子可没那么容易。"

"抱歉，是我说的不对。而且还是在你们搬家前这么忙的时候来拜托你。我明白不太容易，但能麻烦你吗？"

"在说这件事之前，那个叫正夫的孩子是从哪里来的？"

"都内。"

"父母是干什么的？"

"父亲是做涂料行业的，母亲是打零工的。"

据说父亲一喝酒，就会变得很暴躁，进而对母子动手。

"也就是说正夫君也遭受过家暴，对吗？"

"正因为如此才要让他们离婚。黑田，也就是孩子的父亲，虽然工作很认真，也很有责任感，但是喝完酒之后就会性格大变。"

也就是说目前雅彦正介入朋友之间，商量着让他们离婚的事情。虽然雅彦不可信，但是通过正夫沉闷的性格，实在看不出他是一个幸福的孩子。

"三天之内，我一定会解决这件事，别担心。"

十分轻率的一句"别担心"。就连右转的转向灯的声音都给人一种焦躁之感。

但是贵彦非常同情那名身世凄惨的少年。如果拒绝的话，还不知道少年会被带到哪儿去。

"行，我同意了。但是真的只有三天，如果三天之后你还没来接走，我会立刻去找他的父母。"

"谢谢。我会记着你的恩情的，我绝对会来把他接走。"

把车开回到公园的雅彦，没有拔下车钥匙，直接下了车。

"因为有孩子，所以我就把车留在这儿了。停在这儿应该没事。"

"你给我留一个紧急联系方式和那个孩子的父母的住址。"

雅彦从驾驶座的侧兜里拿出窗帘广告的小册子，在背面的空白处用蓝色铅笔沙沙地写下自己的电话号码和男孩父母的住所，接着递给了贵彦。

"那我就先走了，我现在必须去名古屋。"

看着哥哥的背影，贵彦想着自己可能不应该就这样轻易地同意，心中的不安渐渐膨胀。

回到家后，优美正在检查正夫的双肩包。

"阿贵，你看这个。"

优美将以黑色木板为封面的笔记本递了过去。

一看就是雅彦不整洁的字体，潦草地写着地名和金额。

"雅彦似乎将车里的东西随意地放在了孩子的包里。"

贵彦一边生硬地回复优美，一边翻着笔记本。虽然大部分是空白的，但其中有一张拙劣的素描。

是从驾驶室后方的视角画的。贵彦第一眼就看出了这是自己刚刚坐过的"海狮"。虽然笔触显得十分稚嫩，但贵彦惊讶于他细微的观察力。手柄以及换挡杆，他甚至还试图用画笔再现座位上细小的伤痕和污渍，虽然不太专业，但他还描绘了类似于阴影的部分。

"这个是正夫君你画的吗？"贵彦问道。

小男孩轻轻地点了点头。

"你现在四岁对吗？"

看到他再次点头时，贵彦不知道该说些什么了。实在看不出这是小孩子能画出来的画。接着又问了好几个问题后，贵彦将素描本和铅笔递给他，然后在暖炉上放了一个橘子。

"多花点时间也没关系，你试着画一画这个橘子。"

虽然男孩子的表情没有变化，但他用力地点了点头。

最开始让贵彦感到震惊的是，少年凝视着橘子，丝毫没有动笔的意思。一般来说，小孩子画画时，都是什么也不考虑，自由地描绘着线条。然而"正夫"仿佛要将主体物吞进去一样地盯着看。

根据刚刚的提问，他说自己没有学过画画。这样的话，也就是说他是自然而然地学会观察事物的吗？

男孩子开始动笔时，贵彦更加激动了。慢慢地画了一个圆圈，线条的结实程度的确不是一个四岁孩子能画出来的。不知是不是橘子已经刻入了他的脑海中，他的视线从未离开过素描本。紧接着看到他开始画天花板的纹理时，贵彦不由得发出了赞叹。

"试着画一画橘子"其实是一种暗示。大部分人都会将注意力只集中在橘子上。然而，"正夫"试图将眼前所存在的事物"如实地"画出来。

最重要的是，从他画画的态度中，感受到了不寻常的专注力。

这个孩子有画画的才能……

即便电话响了，"正夫"也没有停下手中的铅笔。过了一会儿，优美回到客厅。

"阿贵，有人打电话找雅彦……"

"找哥哥？是谁打来的电话？"

"一个叫'NAKANO'的男子，我说'雅彦不在'后，对方就挂断了电话。"

虽然雅彦擅自报上自己家的电话号码让人生气，但他本来就是这种人。比起这个，贵彦更在意优美有些忧愁的脸色。

"怎么了？"

"那个叫'NAKANO'的男子的声音，我总觉得在哪儿听过，说不定是熟人……"

"莫非是艺人？"

优美用指腹按着太阳穴，心不在焉地回复道："可能是。"

男孩子这次画得比"海狮"的驾驶座那幅画更加细腻。优美看到他的画后，也不禁瞪大双眼。

"阿贵，说不定，这个孩子，很厉害呢。"

"对啊……"

被迫要照顾孩子的阴郁心情一下子消散了，贵彦忽然对这个男孩子产生了兴趣。为什么他会如此擅长画画？少年不起眼的表情与鲜明的才能形成对比，仿佛在黑暗中闪烁的荧光一般。

要看到"正夫"真实的面孔，就必须先卸下他的假面。贵彦盘着腿在孩子的跟前正坐着。

"叔叔我呀，工作就是画画。看到你如此擅长，我很惊讶。"

男孩没有点头，而是缓缓地眨了一下眼睛。非常突出的双眼皮和自己很像，贵彦在心中想着。

"我想和你再多聊聊绘画的事情，所以小朋友啊，我想更进一步了解你。"

自从进入这个房间，他就一直低着头，现在却直视着贵彦的眼睛。

"首先是名字。叔叔我叫野本贵彦。小朋友，希望你也能把名字告诉我。"

"正夫"的脸上露出了迷茫，求助似的看向了优美。即便优美柔声地说着"没关系"，他还是一直犹犹豫豫地抓着短裤的下摆。

"那就等你愿意告诉我的时候再说吧。你想吃什么？"

贵彦温柔地说着，正准备站起身来，男孩小声地嘟囔着什么。因为没听清，所以贵彦反问道："嗯？"这次的声音很响亮。

"内藤……亮。"

4

过了四天，依然没有收到雅彦的联络。

应该说是果不其然。第五天的中午，贵彦拨打了雅彦留给自己的电话号码，打过去后却只有"您拨打的是空号"的自动回复。

"这样的话，这个住址说不定也是他随便写的……"

优美有些悲伤地说着，朝工作室里的亮看了一眼。

四天前，看到贵彦的画后，亮站在画架前久久没有离去。仿佛忘记了呼吸的方式，张着嘴，似乎整个人被吸进了作品中一样。

从他小小的身体，能感受到他的激动。贵彦看到他纯粹、没有任何虚假的反应之后，很开心。对于画家而言，最幸福的时刻就是看到被自己的作品吸引住的人。

"是不是像照片一样？"

"像照片一样"——这句话写实画家听过无数遍了。但是面对小孩子时，话语自然就变得简单起来。

亮将脸靠近画布，来回转动脑袋，仔细地确认油画颜料的凹凸感。与其说是出于小孩子的好奇心，不如说他真的是在认真观察。

"不是照片。"

亮回过头说道。明明是一句非常理所当然的话，却深入了贵彦的内心。

偶尔有人会说："照片这个评价不是挺好的吗？"但自己的内心很坚定。贵彦想把自己内心的想法一个一个地教给这个孩子。之所以会产生这种心情，应该是因为怜爱孩子的人类的本能，抑或是因为敬佩才能的艺术家的本性。

回过神来，贵彦已经削好了深浅不同的六支铅笔，让亮握住。而贵彦自己也将铅笔握在手心，说着："有很多种握笔的方式哦。"在素描本上落下了笔。

直线、曲线、波浪线。亲眼看到专业人士画的自由自在的线条，亮的脸上第一次出现了笑容。看到和自己长得很像的双眼皮的眼睛眯成一条缝时，贵彦被他可爱的样子打动了。

第一天晚上，和亮一起去澡堂时，看到瘦骨嶙峋的亮后，贵彦实在是太心疼了而不知道该说些什么。为了不让亮察觉，贵彦故意表现得很开朗，细心地帮亮清洗骨瘦如柴的身体和满头都是头皮屑的头发。

亮钻进被烘干机加热过的被子，蒙着脸，静静地开始抽泣。仿佛抑制着自己内心的情感，呼吸紊乱的样子非常可怜。

"是不是想父亲和母亲了？"

优美将手搭在他的被子上问道。脸上还残留着泪痕的亮从被子里探出了头。

"被子很温暖。"

在贵彦的心中，亮是一个不会说谎的孩子。他在画画时，捕捉对象物的眼睛太过纯粹，正像贵彦本人一样。

正因为如此，贵彦能够通过这句话窥探出这个孩子至今为止的生活环境。家人和温暖的被子触动了孩子冰冷内心的琴弦。

优美实在是太心疼，忍不住移动到了旁边的被子，紧紧地抱住亮瘦弱的身躯。持续了一段时间的哭声渐渐转变为熟睡的呼吸声。

在那之后，他们一起度过了同寝同食、亲密无间的四天，而对于一直回避的现实，夫妇也迎来了不得不面对的时刻。

学生时代，贵彦曾经和优美一起去看过松本清张的作品改编的电影《鬼畜》。男人被妻子要求去"处理掉"与情人之间的孩子，而将幼小的长女带到东京塔遗弃的场景，贵彦至今都无法忘记。

留在展望台的女儿与独自一人走进电梯的父亲。电梯门即将关闭时，父女重合的视线非常哀伤。而性质恶劣的是，这个无情的男人事先确认过女儿说不出父亲的名字和住址，因而做了这件愚蠢的事情。

"亮，你的家在东京吗？"

有些担心的贵彦走进工作间询问道。正在描绘线条的亮停下手里的动作，抬起脸，摇了摇头。

"你父亲的名字是……？"

看到亮无法回答的样子，贵彦不禁出了一身冷汗。

这个孩子不会被抛弃了吧……

"你的母亲呢？"

"瞳。"

至少知道了他母亲的名字。

如果告诉警察"内藤瞳"这个名字，应该还是能缩小一定范围的。

"亮，你'啊'一下……"

察觉到丈夫意图的优美，让亮张大了嘴巴。

"这个孩子，虫牙基本上都治好了。"

"虫牙？"

"对，我曾经在书里看到过，既然有过治疗的痕迹，也就是说可以对照牙医那边的记录……"

"啊，也就是像指纹那种能够确定个人身份的信息对吧？"

关于这方面，警察是专家，肯定能用普通人所不知道的方法找到亮的父母。想到这儿，贵彦觉得肩上的重任稍微减轻了一点。

"毕竟哥哥不值得信任，还是先让亮在这儿再待一段时间，如果一直没有消息，就必须想今后的事情了……"

"是的。"

表情阴郁的优美，摸了摸正在画画的亮柔软的头发。

虽然只有仅仅四天时间，但男孩的存在给夫妇带来了不小的影响。二人世界的生活里只是多了一个人，时间的变化竟会如此之大。夫妇切身感受着"一个人"的分量。如果亮像大部分孩子一样无忧无虑、性格开朗，说不定能安心地把他送走。但是这个孩子有着刺激保护欲的弱小的一面。正因为如此，贵彦和优美才会一直犹豫不决。

"好了，我要出去买点东西，亮就拜托你了。"

仿佛是为了转换心情，优美快速地站起身来。

想着亮差不多线条也画腻了，贵彦教给了他更进一步的素描技巧。

"画画时，'差不多是这个感觉'是不可取的。你能明白吗？一定要画出主体物本来的样子。例如在画这个橘子的时候，一开始呢，像这样先画一个刚好能装下这个橘子的四边形……"

原本眼睛就很好的亮，已经有了"边框"的感觉。但是为了去除捕捉主体物时的成见，贵彦向他解释了阴影的重要性。

玄关的开门声过早地传来，优美踏着急促的脚步走进了工作室。

看到妻子面无血色的表情，贵彦立刻意识到发生了什么重大的事情。

"阿贵……"

贵彦拉住优美的手腕，穿过客厅，来到了厨房。

"你看这个……"

优美的手里握着的是全国性的报纸。

神奈川两名儿童被同时绑架——

白底黑字的标题仿佛横幅一般跃于纸面。

贵彦被报纸其中一个版面中部刊登的照片吸引住了眼球，被救下来的小学生男孩与家人拥抱在了一起。在无数的闪光灯下，是一边哭泣一边紧紧抱住儿子的母亲。这样的场景有着将文字全部吹走的力量。这一张照片诉说着一切并非虚构而是现实。

关于事件的详情有共计五个版面的报道，能看出事件的确给社会造成了一定的影响。有一个版面整理了这起事件的概要。

六天前，也就是十二月十一日晚上，神奈川县厚木市内的小学六年级的男孩，在补习班下课后，骑自行车回家时，被两名男子绑走了。而第二天下午一点左右，这次是横滨市内的木岛茂，家中接到了使用变声器的恐吓电话，具体的内容是"我把你的孙子绑架了""赶紧准备一亿日元的现金"。

贵彦看到下一行时，用力地抓住了报纸。

被绑架的是木岛先生的孙子，内藤亮（四岁）——

面对这难以置信的事态，贵彦仰着头，闭上了眼睛。总是十分坚强的优美也遮住脸，蹲了下去。这次带来的冲击与十八年前经历过的雅彦被逮捕时的感受完全不能比。

这个人到底干的是什么事啊……

很早就对哥哥不抱有任何希望。贵彦曾有过无数次想和他断绝兄弟关系的念头，但是没想到他竟然会做出这样愚蠢的事情……

"啊！"

优美依然蹲着，抬头看向贵彦的脸。

"不是有电话打来吗？雅彦来我们家的那天。"

"对，我记得你说过那个声音很耳熟。"

"没错，那个人很有可能是雅彦的同学。"

"同学？"

"是的，被一起逮捕的那个人。"

"尾崎吗？"

"对！"

尾崎康夫曾经两次和雅彦一起被逮捕过。尾崎的声音嘶哑，不是很容易让人听清，的确很有特点。

高三的时候，雅彦和尾崎绑架过一名上补习班的小学生……和这次厚木的事件一样。

贵彦忘我地看着报纸。他处于震惊状态的大脑，渐渐地开始转动了。

嫌疑犯给木岛家打恐吓电话是在十二日下午一点左右。雅彦带亮来这儿是在大约两个小时之前。一切都合得上。

厚木的一名叫立花敦之的少年在十二日的晚上，在川崎市内的仓库被救出。自那之后，嫌疑犯就没有任何动作了，侦查本部请求警视厅和附近县警的支援，全力搜寻亮的下落。

贵彦看了一眼工作室，亮正在专注地画着圆圈。

在这里……警察，不，全国都在寻找的孩子在这个房间里。一阵寒气袭来，握着报纸的手止不住地颤抖。

根据报道，相关侦查人员认为"厚木是幌子，横滨的案件才是本命"。这个观点非常有说服力。内藤亮的绑架案件就是如此棘手。

　　嫌疑犯让亮的祖父准备好一亿日元现金，还使用事先准备好的指示书让受害者家属先后去了横滨市内的咖啡店和出租屋。在最终的目的地公园，由于视野开阔，警方的行动受到了限制。

　　虽然报纸上宣传的是"嫌疑人十分狡猾"，但是贵彦通过最终的结局，也就是赎金最终被当作失物送到了派出所这件事，感觉出嫌疑犯其实是门外汉。

　　哥哥的脸庞在脑海中闪现，贵彦想起了五天前的事情。似乎是被亮不小心放进背包里的笔记本。贵彦走进工作室，将那本笔记本翻了开来。

　　上面的字大部分都无法辨认，即便能辨认，写的也不过是交易地名和金额，以及日程，没有太多信息。但是在亮的那幅画的前一页有一些标记让贵彦很在意。

　　黑木→"电影"小中→"丹泰斯"尾崎→"文学馆"

　　在类似于暗号的描述中，找到了"尾崎"。虽然不太懂具体的意思，但是总觉得与案件有关。

　　知道得越多，内心也就更加确信。

　　"正夫"这个名字、父母之间的矛盾、都内的住址——雅彦所说的全都是假的。

报纸中提到了有关报道协定的说明文。作为结束报道协定的理由，有以下几点。内藤亮被绑架后，已经过了一段时间。赎金被当作失物送到了派出所。还没有收到来自嫌疑犯的任何联系。因此警察将这个案件转变为公开侦查。

优美把放在厨房的报纸拿了过来，表情有些诧异。

"你有没有发现，报纸上没有亮的照片呢。"

贵彦这才意识到这个重要的问题。刊登了全名却没有刊登照片，这太不合理了。而且，在没有受害者本人照片的情况下，进行公开侦查真的有效果吗？

报道协定期间，贵彦和优美在毫不知情的情况下，与突然出现在他们生活中的孩子一起平稳地过着日子。这与贵彦所知道的"绑架"相差甚远。

但是，在如今各种证据的指引下，现状非常残酷而又写实。到了这个地步，贵彦不得不承认。

亮，就是内藤亮。

优美抓住贵彦的手腕，把他带到了玄关前。

"虽然眼前有很多必须考虑的事情，但可以确定的是，继续待在这儿会很危险。"

然后，优美用力摇晃着贵彦的胳膊，说道："如果把这个孩子还给雅彦，他可就没命了。"

两个小时之后，贵彦坐上了开往横滨的电车。

二人察觉到危险后，往"海狮"的后备箱里塞满了纸箱，优美直接开着车，带亮去了新家，而贵彦则前往了横滨方向。

　　必须尽快报警。贵彦和优美的想法一致。但问题的关键人物亮，却让他们很难办。

　　"赶紧回到父母那儿去呀。"

　　优美这样安慰亮时，亮僵直了身子摇了摇头。

　　但是在绑架案正在进行中的这个节点下，他们不可能再继续照顾亮了。优美尝试着说服他时，亮的情绪渐渐高涨，一改之前乖巧老实的性格，号啕大哭："我不要!"仿佛发狂似的固执地拒绝。

　　有些惊讶的贵彦想起了看报纸时察觉的异样感。母亲的名字"内藤瞳"与亮所说的"瞳"是一致的，这位母亲本应该是中心人物，但关于她的内容几乎没有。报道以搬运赎金的祖父为主当然是无可厚非的，然而关于父母的信息为何会如此少？报纸上没有刊登亮的照片的理由也就浮现了出来。

　　贵彦将铅笔和素描本递给哭得累了、安静下来的亮。虽然一开始想让他把家附近的周边地图画出来，但对于小孩子来说还是有点困难。知道的信息只有他家附近有一家叫"连接"的超市。

　　"你自己的家，能画出来吗？"

　　亮画出来的自然是没有照片那样精确，但完全看不出是四岁孩子画出来的。在这幅两层公寓的全景图里，散落着总户数和屋顶的形状，以及楼梯的位置等细节，十分实用。

在不知道亮如此抵触回家的原因之前，贵彦无法轻易做决定。根据报纸里描述的大致住址、超市"连接"，还有亮拼尽全力画出来的画，贵彦决定去寻找内藤瞳。

贵彦穿过了JR"石川町站"的检票口，往青空商店街的方向前进，在拐角处停下了脚步。他将视线落在了报纸上。有一幅总结木岛茂搬运赎金地点的草图。木岛茂遵循嫌疑犯的指示，最开始去的咖啡店应该就在这附近。

贵彦看到了一块绿色的看板，上面写着"满天、咖啡和轻食"，他心想或许就是这儿，并打算待会儿按照草图在这附近转转。

但目前最重要的是找到内藤瞳。大约走了十五分钟，来到了报纸上所写的住址附近，然而并没有看到超市"连接"。没过多久，他发现南北方向的道路上停了很多辆面包车和出租车。贵彦发现是电视台的直播后，找到了记者们。摄影师们正在拍摄两层的破旧公寓。

确认了屋顶的形状和楼梯的位置之后，贵彦确信这就是亮画的公寓。

"果然很奇怪，那个母亲。"

"这个不好说，她在这附近很有名吗？"

"她经常出入柏青哥店，绝对有嫌疑。"

骑在自行车上的中年男子与看起来像记者的西装男子聊着天来打发时间。

"您有孩子的照片吗？"

"我没有，毕竟和他们家没有交集。那个孩子，一直都是一个人，真的很可怜啊。"

"那您认识可能会有孩子照片的人吗？"

"一张照片也没有吗？那可真是太奇怪了。有那样的母亲，也不知道孩子的父亲是谁。她经常换男朋友……啊，她出来了。"

单反相机的快门声一齐响了起来。在公寓二楼的阳台出现的是一头亮色头发的年轻女子。她抱着一个大塑料筐，把衣服塞进洗衣机里。所有的过程都被报纸和电视的相机记录了下来。

"她就是孩子的母亲吗？"

"没错。她总是这副倦懒的样子。"

记者和周围的好事者仿佛很早就认识的熟人一样聊着天。住宅区的闯入者与本地居民创造出来一个异样的空间。对于本应该是受害者的女子没有任何同情，上演了一出戏剧。

担任戏剧主角的内藤瞳，嘴里叼着一根烟。孩子被绑架了，至今生死不明，而她看起来仿佛一点也不担心。

回到屋子里后，过了几分钟，瞳再次走了出来。她背着斜挎包，踏着轻快的脚步走下了楼梯。只要离开了家就可以进行采访，不知道是不是有这条规则，大概五十名左右的记者朝着瞳追了过去。贵彦也慌忙跟了上去。

瞳一瞬间就被人群包围了，电视台的记者朝她伸出了话筒。虽然大家仿佛有些挂虑似的问着她现在的心情，但是这样接二连三的提问方式，实在看不出来是在对受害者进行采访。

瞳板着脸，说着："喂，给我滚开啊！我要去柏青哥店！"虽然她这样粗鲁的反应大多是出于本人的性格，但媒体毫不客气的采访方式似乎是故意给她设下的陷阱。

贵彦从现场离开，目送着人群。他的内心涌上一股难以言表的情感。内藤瞳的举止实在是让他无法接受。自己的孩子被绑架了，难道不应该是人生中最黑暗的时刻吗？

这样一来，贵彦也明白了为何亮的身体会如此瘦弱以及为何亮如此固执地拒绝回家。那样的生活环境实在不是孩子应该待的地方。

看到嘴里叼着一根烟洗着衣服、毫不在乎地去柏青哥店的瞳，仿佛绑架案与她无关一样。看媒体的态度，恐怕已经认定她是嫌疑犯了，现在拍下的素材等抓捕之后都可以用。

但是贵彦知道嫌疑犯是谁。从远处看过去，记者们仿佛围绕着蜂巢的蜜蜂一样。如果自己的亲哥哥被逮捕，那些带着毒针的蜜蜂们可能会让贵彦和优美的生活变得一团糟。

光是想象，腿就止不住地发抖。贵彦再次意识到自己的亲人所犯下的罪行之重大。如果举报，那就再也无法回头了。巨大的压力让贵彦喘不过气来。

从内藤瞳所在的公寓离开后，贵彦一边看着报纸的缩略图，一边追寻着木岛茂曾经走过的道路。

以刚刚看到的"满天"为起点，贵彦这次朝着商店街的东面前进。到达了"第二现场"——影碟出租屋。招牌上写着店名"电影"。贵彦记得雅彦潦草的笔迹也有过这样的字样，似乎还写了一个名字。这已经不只是巧合了。

贵彦又朝着元町购物大街的方向走去。穿过人群，在石板路上快步行走。当到达"第三现场的家具店时，他不禁有一种熟悉的感觉。"站在人行道上，将四周环视了一圈，目光停留在二楼的一块招牌上。仿佛在黑白的风景中点了一滴水彩一样的神奇感觉。

丹泰斯……

那本笔记本不过只是在头脑中闪现了一会儿，贵彦的记忆盒子仿佛突然被打开了。

他曾经来过这儿……应该是小学六年级的时候，雅彦带着他，还有优美，三个人来元町玩。

雅彦请他们吃了薄煎饼。那天他们聊了一些什么，穿着什么样的衣服，具体已经记不清了。但是结账的时候，掏出一万日元的雅彦看起来非常成熟。这一点让贵彦印象非常深刻。

　　"电影"以及"丹泰斯"。几乎已经可以确定了。忍住想要大声喊出来的冲动，贵彦用力咬着左手的食指。随着痛感加深，也让他更加清楚地意识到这是现实。

　　他作为画家一直所追求现实。但是所谓现实为何会如此残酷？贵彦再一次抬头看向了"丹泰斯"的招牌。

　　当年还是中学生的哥哥，在二十一年后，成了绑架犯。

第九章　空白

1

从放满冷水的盆子中将西瓜取出。

双手拿着西瓜，放在水槽旁的做菜区域。仿佛敲门似的轻轻敲了敲西瓜厚厚的皮。在拿菜刀之前，用冰冷的手在脖子上拍了拍。让身体稍稍凉爽过后，优美在使出力气之前，给自己打了打气。她将自己的体重压在菜刀上，把西瓜二等分，接着切成小块。

虽然从一大早开始蝉鸣声就很喧闹，但天气并不算太热。混凝土的玄关有风吹进来，很舒服，暂时还没有开空调的必要。

像古老的民家一样，玄关一直延伸至里侧，尽头是做饭的区域。虽然冬天冷得让人受不了，但是现在这个季节很舒适。

优美朝客厅的方向看去，贵彦和亮正在一边看着米开朗基罗的作品集，一边聊着天。贵彦激动地说着，亮则在一旁安静地听着。这样的场景，优美已经习惯了。

"这是墙壁上的画，也就是壁画。必须用未干透的石灰一口气画完。如果弄错的话，就必须全部削去，因此不允许失败。据说这是他一个人完成的，你能相信吗？米开朗基罗还真是厉害啊……"

壁画和石灰什么的，即便和一个五岁的孩子说这些，他也不一定能明白。但看到亮郑重地点了点头，优美觉得很可爱。

"看着这样的作品会发现绘画本身就必须是崇高的。能够成为祈祷的对象……必须画出本源。达·芬奇也提到过解剖学，他曾经学过身体的组织结构……"

看样子他们一时半会儿结束不了，优美将切好的西瓜装在盘子里，走进了客厅。

"解剖学什么的，他可听不懂啊。对吧？"

不知道该和谁站在一边的亮，歪着脑袋笑了笑。

"即便听不懂，意思也能传达过去。"

"听不懂怎么可能把意思传达过去呢？"

三个人一边吹着电风扇，一边吃着西瓜。很神奇的是，夫妇的对话中只是多了一个孩子，内容就变得丰富多彩起来。

在这栋木制的旧房子中，全是和室房间，总共有五间房。为了通风，现在把所有的门都打开了。

"写实画的最终目标，就是要画出能从画布中听到呼吸声的画，再说得深一点就是，能够画出让观赏者仿佛身处画布之中的画……"

经过这七个月的时间，亮打开了自己的内心。但这绝不是单方面的，大人们也一样。贵彦有时会通过与亮聊天来整理自己的思绪，对于创作变得更加有热情。当他全神贯注的时候，从清晨到深夜，除了吃饭和洗澡的时间，几乎都坐在画架前。

人生有了翻天覆地的变化。看到宽敞广阔的家，优美不禁再次这样想。

去年十二月的那天晚上，贵彦从横滨回到多摩地区的新家后，用从未有过的僵硬表情说道："实在是不能把孩子还给那样的母亲。"

看报纸时所察觉到的异样感变为了现实，现在的局面是既不能把孩子还给他的母亲，也不能把孩子交给雅彦。即便将孩子送回木岛家，孩子也很有可能再次被内藤瞳领走。

"我们现在继续待在东京真的没事吗？"

突然被卷入绑架案之中的年轻夫妇，头脑中自然是没有应对突发状况时的应急对策。不知道是幸还是不幸，搬家所需要的行李已经整理好了。优美辞掉了英语补习班的工作，而贵彦在哪里都能画画。

也就是说，想逃跑的话，随时都能逃跑。

看着亮的睡颜，两个人得出了一个幼稚又拙劣的结论。

"我大学时期的朋友的老家，可能有空房子。"

根据贵彦所说，以前工艺学科的朋友曾经说过可以便宜租给他。但是毕竟已经毕业十年了，现在到底如何也不好说。

"那个人的老家在哪儿?"

"滋贺。"

听到这个地名,脑海中最多也只是浮现出琵琶湖。在优美的字典里,几乎没有关于"滋贺"的信息。

据说那个朋友现在在佐贺当陶艺家,父母住在奈良。贵彦似乎与他的父母也见过面。

"我去打个电话问问。"

因为新家还没有装电话,所以贵彦拿着电话本,打算出去找公用电话。

暖气只有小小的电暖炉,在微弱的光线下用毛毯包裹着身体,寂寞与不安之感仿佛要将自己吞没。

虽然想保护孩子的心情绝对没有任何虚假,但优美总觉得他们现在正朝着一种错误的方向前进。不管理由为何,如果带着这个孩子逃跑的话,等于是罪犯的帮凶。

在这种时候,如果有可靠的、能够商量的人,事情肯定会变得不一样。不过优美和贵彦至今为止生活的圈子都十分狭窄。小小的英语补习班的老师与没名气的画家。虽然与金钱和浮华的生活没什么缘分,但他们也很满足。然而,这样平稳的生活一旦偏移了轨道,他们会就一筹莫展。

拿着电话本回来的贵彦走到电暖炉的前方,一边搓着双手,一边说道:"房子,可以免费租给我们。"

在那之后，两个人之间的沉默沉重得喘不过气来。本应是不太现实的计划，一下子所有的准备都做好了。

接下来，就只剩做出决定了。但是，面对黑暗的未来，优美和贵彦感到有些害怕。结果什么决定都没有做出，二人就这样睡着了。

第二天，贵彦盯着万里无云的天空，嘟囔道："我们去滋贺吧。"

从那之后，过了七个月。优美在滋贺抱着西瓜，呆呆地望着院子。

头脑中一片乱糟糟的应该是因为缺乏睡眠。昨天太紧张了导致几乎没怎么睡着。以今天为界限，人生的轨迹说不定会再次发生变动。

他们开着车从东京朝着滋贺的方向前进。中途，贵彦在服务区的电话亭联系了朔之介。

"我们无法再见面了，请您忘了我。"

听到丈夫提到这件事情时，优美本来觉得还有更恰当的说辞，但这样笨拙的方式正是出于贵彦的性格，最后也接受了。

在那之后冬日结束，度过春日，迎来了夏日。手忙脚乱的日子过去后，三个人的生活渐渐成为日常。仿佛担心余震一样，平稳的日子反而让他们提心吊胆。

优美和贵彦都不认为从此就可以继续养育着亮。警察说不定已经掌握了线索，而且接下来，亮上了学之后，很有可能会被邻居怀疑。

越是感到幸福，当那一刻来临时，刀刃也就越锋利。

不论如何，在眼看着就要捉襟见肘的时候，年轻的夫妇能够依赖的只有一个人。

前天，贵彦给画廊"六花"打了电话，告诉对方现在他住在滋贺，朔之介说着"我去见你"，随后问了具体的住址。然后今天晚上，朔之介会来这里。

贵彦和亮洗完手后，就走向了被当作画室的里屋。里屋是一间大约十六平方米的和室，画架上总是放着画布，周围的台子上摆放着一套绘画的工具。用来收纳画集和哲学书的是原本屋子里就有的书架。

讽刺的是比起在东京的公寓，这儿的创作环境更充实。

"如果太在意细节，就会忘记'细小的部分存在于全体之中'这件事。因此通过将细小的部分与大的全体像来回进行观察，从而来进行创作……"

贵彦一边翻着木炭纸，一边向亮搭话。亮现在沉迷于用木炭画素描。二人的对话大部分都与绘画有关。虽然贵彦说的话一点也不像"父亲"，但应该也没有比他更热情的美术老师了吧。

与优美形成对比，贵彦的声音不知是不是无意识的，听起来似乎很愉快。虽然心里明白现在的状况很严峻，但是时隔这么久能够再次见到朔之介，他应该很期待。

那天刻意去"八渊瀑布"写生，是为了让亮多走一些路，尽可能多活动一下身体，这样到了晚上就会睡得很沉。正如夫妇所设想的，亮非常活泼，在山道上跑来跑去。

回到家后，晚餐吃得较早，接着洗了澡。这一天既运动了，也画了素描，过得十分充实。优美在给亮读着绘本的时候，亮就发出了均匀的呼吸声。

乡村寂静的夜晚响起皮鞋的轻微脚步声，是在晚上十点左右。

磨砂玻璃的对面出现了模糊的人影。优美滑动拉门，一名将皮质公文包夹在腋下、穿着夏日西装的男子站在门前。

"晚上打扰了。"

说完，朔之介举了举手里的纸袋，和蔼可亲的样子与以前一模一样。

优美放下心来，说着"您请进"，为朔之介带路。

"啊，这个家可真棒。"

朔之介似乎很喜欢这栋旧民家的氛围，在玄关处将屋里环视了一圈，笑着对优美说："平房的天花板很高，让人很舒适呢。"

优美刚打开客厅的门，就看到贵彦站在不远处。

"啊，贵彦先生，好久不见。"

看到朔之介的身影后，贵彦沉默着深深地鞠了一躬。从鞠躬的角度来看，比起打招呼，更像是道歉。

"这家的点心，评价很好呢。"

朔之介刚坐下来，就从纸袋中取出了一盒点心。

"这个点心盒相当大呢。"

优美指出了这一点后，朔之介说着："我想着万一不够吃的话，可就糟糕了。"将点心盒递给了面前的夫妇。

"我记得朔之介先生最开始来东京的公寓时，买了六块蛋糕呢。"

面对笑出声的优美，"啊，说起来确实是这样"，朔之介说着，从皮质公文包里拿出扇子。

"没想到你们竟然来到了关西。"

当桌子上摆好了茶水后，朔之介看准时机温和地开了口。贵彦说着"没错……"，之后便一直低着头，于是朔之介看向了优美。在这种时候，贵彦总是不太可靠。

"似乎有一个孩子……对吗？我在门口看到鞋了。"

优美朝旁边的贵彦看了一眼，贵彦同意地点了点头，于是优美决定和盘托出。

"我接下来要和您说的事，光是开口都需要极大勇气……"

"不管我听到什么，绝不会往外泄露，这一点请放心。"

优美将报道那起案件的全国性报纸的晨报放在了桌子上。

神奈川两名儿童被同时绑架——

拿到报纸、看到白底黑字的标题后，朔之介立刻变得无法动弹。他快速瞥了夫妇一眼，接着从头开始看报道。虽然他一言不发，但看样子似乎知道应该看哪些内容。

看完与案件有关的所有报道后，朔之介将报纸还给了优美。

"请让我先深呼吸一下。"

朔之介缓缓地呼了一口气，用指尖摸了摸下颚。虽说他在银座与各式各样的老江湖都打过交道，但也不过是以"画商"的身份。现在的情况，即便是他，也丝毫没有料想到吧。

"你们二人之所以突然离开东京，是与这起绑架案件有关。我可以这样认为吗?"

"是的。"夫妇的声音自然而然地重合在了一起。

终于说了出来。优美的心脏仿佛正通过太阳穴的血管搏动。刹车已经不管用了。

"为什么会变成这个样子，以及接下去该如何是好。我和阿贵都不知道。"

"既然其中一个孩子已经被找到了，也就是说玄关处的鞋是报道中的内藤……内藤亮的对吗?"

敏锐的朔之介现下已经掌握了状况。但是将所有的一切都说出来需要相应的勇气。

"正因为是你们二人，所以我相信你们肯定有一些难言之隐。慢慢来也没关系，请将事情如实地告诉我。"

看到优美似乎有些犹豫不决，"还是由我来说吧"，贵彦说着，端正了坐姿。

"我有一个比我大三岁的哥哥，叫雅彦。去年十二月，哥哥拜托我照顾一个孩子。说实话，我并不喜欢我的哥哥，那次见面也是时隔了五年。"

贵彦详细地说明了雅彦的前科以及对父母不孝的事情。

朔之介除了点头聆听之外，没有插话。当贵彦得知雅彦带来的孩子其实是被绑架的受害者，他无比震惊和愤怒。朔之介听到这里时，深深地叹了一口气。

"报纸是我买来的。当我看到标题时，心里总觉得很不安。"

"吓了一跳对吧？"

"当时我震惊得说不出话来……雅彦以前就是一个靠不住的人，但没想到他竟然会做这么卑劣的犯罪行为……我真的为他感到羞愧。"

一想到这七个月发生的事情，泪水就涌了出来。自己和贵彦的人生到底为何会如此坎坷？

"你们没想过把亮还给他的父母吗？"

朔之介的疑问非常合乎道理。优美曾经也想过，如果他们采取了那样理所当然的做法，如今说不定在东京过着平静的生活。

"我们也曾经这样想过，但是报道中有一件事情让我们十分在意。"

"父母的事情对吗?"

因为朔之介实在是太敏锐了，优美甚至有一种他是不是知道一些什么的错觉。优美将双手放在桌上，将身子前倾。

"虽然周刊杂志上写的内容大多都不可信，据说那名母亲似乎不是什么好人。自己的孩子被绑架了，还频繁出入柏青哥店，和男人约会。"

虽然他们来到了滋贺，但优美担心亮会看到新闻，因此将与案件有关的消息尽量都屏蔽掉了。其实，他们是害怕知道案件侦查的进展，因此通过遮住双眼、捂住耳朵，来逃避现实。

"其实我曾经去横滨见过那名母亲。"

贵彦将那时内藤瞳的行为举止，以及他在澡堂见到的骨瘦如柴的亮，还有亮异样害怕与人接触的性格一一进行了说明。"我实在是不忍心把孩子还回去。"他无力地摇了摇头。

"我们最担心的是亮的安危。一想到嫌疑犯肯定不会放过知道他们长相的孩子，我们就十分害怕孩子会受伤害。而且即便把孩子还回去，在那样的母亲身边生活，谁也不知道雅彦会不会再次接近亮。"

"我……"

声音有些嘶哑，贵彦咳嗽了一下。

"我在横滨看到那一大群媒体记者后，就变得有些害怕。

虽然很丢脸，但如果哥哥被逮捕，我们的人生可能也会陷入一片黑暗。母亲已经六十多岁了，我不敢想象再让她知道这件事……我这样只是完全为了保全自己。"

"你们二人是怎么和父母解释搬到滋贺这件事的?"

"因为在哪儿都能画画，所以我就说我暂时住在有支持者的滋贺。"

优美也和父母做了同样的解释。直到现在，虽然父母都没有产生任何怀疑，但就连对父母也无法说出真相令他们感到很难受。

"货真价实的'在逃中的画家'啊。"

这样说起来，现在的状况和贵彦以前看过的非虚构的小说情节很相似。朔之介的这句话让紧张的气氛稍稍缓和了下来。

"虽然这件事有些让人无法相信，但大致的情况我已经了解了。我还以为贵彦先生转去找其他的画廊了，我担心的其实是这一点。"

"不，这种事情是绝对不可能的。"

感念朔之介恩情的贵彦用强烈的语气否定了。

"即便贵彦先生没有这个意思，也有一些专门用花言巧语来哄骗画家的画廊啊。所以我在东京的画廊转了一圈，可仍然没有找到你们的踪迹，不由得担心起来。"

"抱歉，给您添麻烦了……"

优美看到低头道歉的丈夫后，也同样低下了头。

"只不过，没想到想象与现实的差距竟然这样大。都到了这个分上，我就不拐弯抹角了。你们的生活还能维持下去吗？"

优美看了贵彦一眼，随后告诉朔之介自己目前在英语补习班教书。

"是一个叫'彩虹'的小型补习班，只是给对方看了简历，就被顺利聘用了。补习班比较老旧，工资也是通过现金发给我的。"

优美在补习班担任英语老师的时间比较长，最大的原因可能是她取得了"英语一级"的证书。

"贵彦先生呢？"

"朔之介先生您之前给我介绍的画肖像画的工作得到的稿费，再加上补习班校长给的补偿金，我把这些钱省着慢慢用，没有新的收入。"

"这样啊……大致情况我了解了。"

朔之介朝客厅里侧紧闭的隔扇看去。

"话说，亮是一个什么样的孩子呢？"

贵彦将手边的一沓木炭纸递了过去。朔之介接过后，看到第一张素描时，脸上的笑容一下子就收了进去。

由十个大小相同的正方形竖着排列起来的灰色标度。越往上，颜色就越浅。用一根木炭细腻地表现出了十个不同程度的灰度。正方形仿佛用尺子画出来的一样，线条非常漂亮，没有任何紊乱。

"这是那个孩子画的？"

贵彦点了点头，朔之介似乎有些怀疑，接着问道："但他不是才四岁吗？"

"他已经过了生日，现在五岁了。"

"不，不管是四岁还是五岁，这都有些令人难以置信。"

"这七个月，他每天都会画素描。即便我们不说，他也会一直画。"

朔之介接着又往后翻看描绘被子烘干机和西瓜等日常的静物画。等全部看完后，朔之介闭着眼睛，一动不动。

"啊，我不知道该说些什么……"

虽然优美也觉得亮有绘画的才能，但看到眼光毒辣的朔之介也被震惊后，再次确信自己的想法没有错，亮的确是有才能的。因为亮的才能是第一次被第三者承认，优美仿佛自己的事情一样感到非常高兴。

在那之后，因为贵彦带着朔之介去参观了画室，所以优美把朔之介的床铺好之后就去休息了。

看着亮熟睡的脸庞，感受到他的未来拥有无限的可能性。一想到这里，优美就有些担心现在的生活会不会剥夺了亮未来的可能性。但是孩子不见了还能毫不在乎地去柏青哥店，她实在是不认为那样的母亲能够让亮过得幸福。

而另一方面，将事情和盘托出后，朔之介的反应意外冷静，这让优美放下心来。即便只是一时的安心，怀抱着重大秘密生活的精神压力不是一般大。可能是因为向值得信赖的人说出了心底的秘密，那天晚上优美睡得格外沉。

第二天，太阳早已升了起来，优美慌忙地从被子里钻了出来。玻璃窗被打开了，亮坐在长廊旁，画着素描。与平时不同的是，朔之介在亮的身后默默地看着亮。不愧是银座的画商，已经换好了有领衬衣和西裤。

亮若无其事地回过头，看到了身后的朔之介。可能是他没有注意到朔之介的存在，身体一下子僵住了。但是他立刻发现了优美，一边喊着"妈妈"，一边朝优美跑去。

不知从何时开始，优美已经习惯了被亮称呼为"妈妈"。

亮第一次这样叫优美，是在海津大崎的樱花树满开的时候。在县道上，贵彦在驾驶席开着车，优美和亮坐在后座。亮将一块裹着包装纸的巧克力递给了优美。"这个，你要给谁？"面对这样询问的优美，亮用蚊子一样的声音回复道："给妈妈。"

看到害羞地低下头的亮，优美觉得实在是太可爱了，不由得将他拥入怀里，说着："谢谢！"可能是因为这段时间一直过着神经紧张的生活，就连这样微不足道的事情也让优美幸福到落泪。

那个亮，如今正藏在自己的身后，看着"闯入者"。

"啊，真是抱歉吓着你了。叔叔我啊，是你妈妈的朋友。你不用担心。"

之后，朔之介也和他们一起围在饭桌旁吃早餐，而亮由于太紧张，几乎把饭菜都剩下了。

为了孩子着想而提前动身离开的朔之介，向贵彦提了一个建议。

"信？"

"没错。我想着是不是将亮平安无事的消息告诉木岛家，这样做可能会更好。"

"但是……"

看到欲言又止的优美，贵彦补充道："朔之介先生会先帮忙调查木岛家。如果他们是一户正常的人家，那就可以代替亮的母亲抚养亮。"

"朔之介先生是这样说的吗？"

"是的。我们寄出信后，他还想看看这封信会不会被媒体曝光。"

朔之介看问题一般都考虑得相当长远，一定也为他们想过解决这件事情最好的方式了。但是，一旦事情有了往前推进的征兆，优美的心中便投下了一缕阴影。不管过程如何，最终的结果都是与亮分别。与将自己称为"妈妈"的孩子，今后再也无法见面。一想到这儿，优美就很难受。

看着回到长廊，继续画着素描的亮，优美不由得想从身后抱住他。

与朔之介之间的沟通方式很简单，贵彦会定期通过公共电话与他联系。给木岛家寄的第一封信的内容中，除了道歉，还包含了亮目前很安全，以及亮本人希望能够在祖父母家中生活的意愿等信息。其实并没有直接从亮口中听到有关茂和塔子的事情，这是朔之介建议加上的内容。为了证明这封信不是恶作剧，用亮的画代替了照片，夹在信封中。

这封信首先寄给了银座的画廊"六花"，抹掉信封上的指纹后，在关东的邮筒随机投递了出去。

让优美意外的是，当她询问是否要给内藤瞳寄明信片时，亮的反应很积极。虽然被朔之介先生阻止了，但还是没能敌过内心的愧疚，三个人去京都的夏日节的时候偷偷地寄了出去。亮认真地画着瞳喜欢的桃子。优美看着他的侧脸，感觉到一丝寂寞与孤独。

朔之介再次造访滋贺之时，夏天已经快结束了。身经百战的画商准备的对策是三十六色的彩色铅笔。朔之介在素描本上迅速地把客厅的餐桌画了出来，然后试着加上了颜色。看到这一幕，亮的眼睛放出了光，走近素描画。因为他一直画的都是黑白画，所以看到这样多彩的颜色似乎感到很新奇。

那天晚饭时，发生了一起小事件。正在吃着腌制品的亮，突然从嘴里吐出了一个东西。

"啊，这不是牙齿吗？"

优美用指尖捏起像碎片一样的白色东西。一脸不可思议的亮张着嘴，他下方的那一排门牙，有一个小小的缺口。

"真的！乳牙脱落了。这应该是第一次吧？"朔之介用关西腔说着。

优美再次仔细观察亮的口腔，其他的小颗牙齿都整齐地排列着。

"这可是第一次啊，亮。小孩子的牙齿脱落了，马上大人的牙齿就会长出来啦。"

优美将可爱的乳牙放在食指的指腹上，大人们笑了起来。亮有些害羞地歪着头。

"优美，这个可不能扔啊。"

"也对……但是，该怎么保存呢？"

"我来做一个盒子吧。"

贵彦做了一个口腔形状的盒子，这样一来，具体掉的是哪一颗牙齿就能一目了然。

"全部集齐的话，应该很有趣吧。"

"把牙齿脱落的日期也写上如何？会不会让人更容易回忆起来？"

看着两个男人在一旁激动地讨论，优美虽然也附和说"真好啊"，但一想到那个盒子，心中就产生了一股复杂的情感。

孩子的乳牙脱落，对于父母至亲而言本应该是一件非常值得期待的事情。虽然不清楚内藤瞳的想法，但优美一想到自己剥夺了亮的祖父母的期待，内心就无比难受。

更加让她难受的是，这个盒子的完成之日，他们与亮继续待在一起的可能性非常小。在制作这个盒子的过程中，不知道哪一天就必须与这个孩子分别。虽然在一起生活了不过八个月的时间，优美对于自己情绪的起伏感到有些惊讶。优美很容易想象出，在接下来的日子，只要再继续与亮同食共寝，内心的悲伤就会愈发加重。

那天晚上，在院子里放了烟花。平时不怎么在外面玩的亮，因为烟花发出的绚烂多彩的光芒以及夸张的声音，十分激动，像寻常人家的孩子一样喧闹。可能是出于让亮受了委屈的愧疚之心，贵彦也和他一样喧闹起来。

"之前的那封信，目前为止还没有任何反应。"

蹲着玩线香烟花的朔之介用只有优美能听到的声音搭话道。优美也蹲下身子点燃了一支线香烟花。

"莫非他们没有告诉警察吗？"

"暂时还不清楚。也有警察知晓了却并未立刻采取行动的可能性。我再继续试探一下，也并非一筹莫展。"

"真的太抱歉了。但是，您可千万别勉强自己。我们本来就已经给您添了许多麻烦了。"

"没关系。不如说，我很开心你们能够依赖我。毕竟我很清楚你们二位的人品。看到亮那样开心的脸庞，我甚至不知道怎样的处理方式才是正确的。"

亮开始双手拿着烟花追着贵彦跑。周围弥漫着火药味。烟花燃烧着自己，吐出白色的烟雾。这些烟雾在黑暗中仿佛龙一样升起。

"只不过啊。"

朔之介在此停顿了一会儿，看了一眼优美。

"这样的生活，不会长久。"

尖锐的话语，让优美的手不禁微微颤抖。

星火散尽的线香烟花，仿佛日落般，掉落了一个夕阳色的圆球。

2

朝霞的颜色，为何会如此温柔？

刚出生的太阳，将天空渲染成淡蓝色和浅粉色。直到今天凌晨还飘着雪的云，已经无影无踪。高木滨的砂石似乎全部被雪所覆盖，纯白的湖岸几乎没有任何足迹。

波浪拍打在岸边，将白雪融化的时候，水面反射着阳光，形成一个 U 字形。湖岸线尽头的松树林，在平静的湖面上形成倒影。

穿着长靴的贵彦和亮，在雪地将折叠椅打开，并排坐着，从后方看着一起画素描的两个人，优美有一些感伤。

当然，有一部分原因是眼前如此美丽的白色世界非常少见，但最大的原因还是他们可能是最后一次站在这个地方了，对于这样的状况，优美的内心感触颇深。

大约在两周前，过完新年后第二次的补习课，下课后，从英语补习班里的学生家长口中听说了一件奇怪的事情。

"老师您有儿子吗?"

来接孩子下课回家的母亲问道。这让优美有些慌张。

"没有……您为何会这么问?"

"我看到您和您丈夫，还有一个小男孩，三个人上了一辆车。"

毕竟只是暂时住在这儿，因而没有加入町内会，也尽量避免不必要的人际交往。因为不想在走路的时候被搭话，所以尽量都是开车出行。既然是上车的时候被人看到了，那也是没有办法的事情。

"啊，那应该是我的侄子。"

虽然和补习班的人说过自己已经结婚了，但说的是自己没有孩子。补习班和家之间开车差不多二十分钟，所以可能日子久了，自己也变得有些大意了。

"这样的话，就不用担心了。如果您有儿子的话，想着提醒您小心一点。"

"小心一点?"

"这附近好像有警察在寻找带着孩子的流浪者，不过我也是听说的，具体不太清楚呢。"

优美瞬间面如土色。

警察所寻找的可能是与他们毫无关联的亲子，这种可能性更高。但是，万一警察找到了他们家，进而发现了亮，他们真的能够辩解吗？

虽然驾照上写的是野本优美，但在补习班她自称是来自埼玉县的桥本孝子。如果亮的事情被人怀疑，警察找到了"彩虹英语班"……内心的不安让她产生了不好的想象，优美十分害怕。

回到家后，和贵彦商量过后，贵彦立刻联系了"六花"。"刚听说这样的消息，就突然消失会让周围的人起疑心的……"朔之介这样说着，并建议先观察两周看看情况。

根据朔之介所言，案件发生大约一年后，各大报纸都做了详细且完整的报道，电视上也放映了与绑架相关的综艺节目。可即便如此，一张亮的照片也没有，所以并没有引起太大的话题。

优美和补习班解释说："因为父母病了，所以决定回埼玉。"没有被补习班的人怀疑，她顺利地辞了职。但是收拾行李的这半个月时间，几乎魂不守舍。不知何时警察就会按响门铃，破门而入。事实上，优美也曾多次梦见两名警察来家中搜查，吓得突然惊醒。

"这片雪景，即便不加任何修饰也会觉得很美对吧？美丽的事物原本就很美。但如果刻意想要表现出美，反而会失去一切。"

贵彦又和小孩子说着一些晦涩难懂的话。而亮则耐心努力地倾听。

"即便闭上双眼，画面也会浮现在脑海中。爸爸我啊，想画出这种能够留在人们心中的画。"

在滋贺生活的这段日子，亮开始称呼他们为"爸爸"和"妈妈"。虽然一开始有些抱歉和害羞，而如今已经完全习惯了。

贵彦和亮将素描本放在椅子上，走近湖面。真的是一座非常棒的城市。没想到到了最后竟然会送他们这样一幅美景作为礼物。

今天，他们将离开滋贺。这让优美心中一直紧绷的弦终于松了下来。但是一想到自己再也无法与亮一起站在这琵琶湖的湖畔，内心便充满了寂寥之情。

二人向远处走去，在棉花般的新雪上，留下了一大一小的足迹。看到此景，优美的眼角不禁浸湿了。因为二人相依而行的足迹，怎么看都像是亲子留下的。

湖水的波浪总是非常安静。吸一口湖畔凛冽的空气，缓缓吐出。

然后，优美向这座城市告别。

来到北海道，已经是晚上了。

破旧的"海狮"从轮渡的甲板来到陆地，发出低沉的引擎声在港口行驶着。坐在后座的亮回过头，似乎有些不舍地望着轮渡站的灯光，驶离港口后，他握着优美的手，闭上了眼睛。

暖气并不怎么管用，车内异常寒冷。优美给亮盖上毛毯后，轻轻地拍着他的肩膀，哄他入睡。没过多长时间就听到了亮均匀的呼吸声。看来他是真的累了。

离开滋贺已经过了六天。他们开着车一路北上。中途他们有时会下高速，在桑拿浴场和便宜的旅馆稍作休息。因为是沿着日本海岸的路线行驶，所以不会经过东京。不管怎么说，带着孩子也回不了老家。虽然也顺道去了加贺的温泉和秋田的男鹿海岸，但脱离不了搬家的气氛，是一场没什么太大趣味的旅行。硬要说的话，也就是在途中迎来了二月份，还有优美发现贵彦其实是一个没什么方向感的人。

他们在八户告别本州岛，搭乘能够装载汽车的轮渡前往苫小牧。因为是午后的船次，所以到达苫小牧港口时，太阳已经下山了。

苫小牧是一座十分典型的港口城市，港口附近有许多民房和店铺，飘荡着生活的气息。但是驶离港口后，灯光也越来越少。疲惫，再加上安静的环境，还有车适度的震动，不一会儿优美就处于半梦半醒的状态。

听到声音后，优美慌忙地直起身子。

"啊，你睡着了？抱歉。"

"意识有些模糊而已，我才要说抱歉，明明你还在开车。"

她看向窗外，绿色更加浓郁了。

"这里是哪儿？"

"果然北海道还真是辽阔啊。"

"也就是说？"

"我好像迷路了。"

在这六天的时间里，这句话不知道听过多少次了。优美说着"又来了"，不禁笑了出来。

"现在书店应该都关门了吧。"

"说起来，这儿好像本来就没有书店。"

没想到贵彦竟然连一份北海道的地图都没有准备，优美不知道该说些什么。

"附近也没有派出所，真是让人头痛啊。"

"如果方向反了，就糟糕了。"

"应该不会，刚刚路过信号灯时看过指示牌，我想方向应该是没错的。"

"不过也没什么紧急的事情，实在不行就在车上睡吧。"

"如果熄火了，一定会被冻死。还好在八户的时候加满油了。"

黑暗宽敞的道路看不到尽头。本来夜晚就会让人感到不安，再加上附近是他们不熟悉的乡村道路，就更不用说了。在安静的车内，看着没有什么变化的风景，优美仿佛有一种被黑暗吸进去的错觉。

漂流到了此地——这样的形容似乎非常贴切，心头涌上一股凄凉之感。

"咦？似乎有一个非常亮的地方。"

顺着贵彦的声音，优美朝着前方望去，左手边能看见一片运动场。

"应该是夜间照明。那儿似乎有人。"

贵彦的声音很激动。可能黑夜也让独自一人在前排驾驶的他感觉到了不安。

"是不是在举办什么活动啊？"

"阿贵，我们去那儿看看吧？顺便还能问一问路。"

贵彦将车停在了运动场附近，这时，亮醒了。于是他们一起下了车，因为实在是太冷了，三个人都僵住了。

与小学的校园一般大小的运动场其实是溜冰场。作为运动设施，其实有些简陋。在被灯光照亮的冰面上，三十多个小孩子玩闹着。

"竟然在溜冰……真是让人难以置信。"

亮担心地抬头看向嘴唇有些微微颤抖的优美。优美将亮小小的手放进自己的外套口袋里，试图温暖他。

"那个溜冰场，应该是人工的吧？你看，周围还残留着积雪。"

"这个我也不太清楚……"

从溜冰场上传来了孩子们嬉笑打闹的声音。虽然因为走夜路，导致内心非常不安，但其实现在才晚上八点而已。

在这片只是多了两顶白色帐篷，十分普通的运动场，人们尽情地滑冰、玩耍。而且还开了夜间照明。

"我们是真的来到了北海道啊。"

听到优美有感而发的话语，贵彦点了点头。

亮一边在原地踏步走着，一边呆呆地望着那群滑冰的孩子。

"亮也想滑冰吗？"

优美柔声问道，亮却摇了摇头。虽然她早就猜到性格内敛的亮一定会这么回答，但看到溜冰场上欢声笑语的孩子们，优美就觉得有些愧疚。

越是为亮着想，那一件又一件无法为亮做的事情就越是让优美难受。放弃育儿的内藤瞳自然是值得批判的，而像他们现在这样带着孩子东躲西藏也不怎么光彩。

"我去问问路。"贵彦说道。

优美实在是冷得受不了了，打算带着亮回到车里。来到滑动车门的前方时，她回头望了望滑冰场，不禁在心中这样想。

不知道可以在北海道待多久呢。

3

太鼓的节奏声与人们的喧闹声混合在一起，让人心情愉悦。

北海道五月的风非常爽朗，新绿色在城市里随处可见。打算趁着休息，尽情地欣赏初夏的风景，于是优美他们来到了北海道中央机动车道的"有珠山服务区"。据说在当地因景致优美而闻名。

那天恰好碰上了服务区举办活动。在聚集了许多小商店的设施前，包着头巾的男子们露出大腿，敲着太鼓。还有一个台子专门放着一个巨大的太鼓，上面写着"武者太鼓、伊达"。优美再次意识到自己所居住的这座城市，与伊达家有着深远的关系。她之所以会在图书馆看平时不怎么看的地方史，是因为开了新的补习班而想要更加了解这座城市，再加上她对于北海道不太熟悉。

四处飘扬着旗帜，再加上还售卖着地方特产，节日的气氛非常浓厚。似乎有一个叫做"高速奔跑"的活动，孩子们在周围跑来跑去。

优美在距离热闹的会场有一段距离的地方，看见了贵彦和亮的身影，他们似乎是在她看太鼓的演奏时走过去的。

"真是遗憾啊。"

原本在展望台上能够看到驹岳和有珠山，但因为春天的雾霭导致连伊达的街道都几乎看不清。优美希望贵彦有一天能够将晴天从这儿眺望的景色画出来。

"我刚刚还在和亮说呢,这片雾霭在我看来实在是太美了。"

"是吗?但什么也看不见呀。"

"将焦点放在雾霭上的话,似乎都在发光呢。静静地发着光。虽然与天空和大海那样明艳的蓝色相比,的确是灰蒙蒙的,但雾霭本身就是一种沉稳的颜色。"

"总觉得阿贵你很幸福呢。"

"这多亏了亮呀,我最近终于有了成为一名画家的感觉。"

即便经济繁荣的泡沫消散后,世间也依然充斥着浅显易懂和容易入手的东西。这样的浮华就连优美也能感觉出来。至今为止被庸俗的画坛所毒害的贵彦,讽刺的是通过和亮一起逃亡,变得能够直面艺术。

说不定,有必要尝试着将所有的一切扔掉一次。

原本贵彦愈发变得感性是一件值得高兴的事情。但一想到作为丈夫的贵彦也有了变化,优美不禁产生了一种只有自己停滞不前的空虚感。

刚刚听起来还觉得华丽雀跃的太鼓声,蒙上了一层悲伤之感,打乱了优美的心绪。

他们移居的伊达市,在北海道属于相对温暖的地区。正因为被好天气所眷顾,所以蔬菜的品质也很好。优美他们的家在远离市区的地方,周围有一大片土豆田。

颜色较深的土壤和树林繁茂的新叶。在一望无际的大自然中，绿色的芒草随风飘荡，小鸟在不远处的树枝上休息，发出清澈的啼叫声。

仿佛让人忘记一切烦恼，生活非常舒适宜人。

他们新的住所和在滋贺时一样，都是平房。虽说不是旧民家，但房子也有一定年数了。

房子里四处都有高低差，收纳的柜子也很少。拉门的闭合状况也不太好，薄薄的地毯上有很多污垢。原本就有的餐桌和暖气炉的年代也很久远。

但是，房间的数量很多，而且庭园也非常宽阔。优美终于开始了她期待已久的家庭菜园，种了番茄、黄瓜，还有毛豆。她无比感激在这种情况下对他们伸出援手的朔之介。

贵彦在百货商店"福荣"的个人展览被迫终止后，朔之介拼尽全力地将画家——野本贵彦推荐给了几名有实力的收藏家。酒井龙男就是其中之一。

酒井在北海道是一位小有名气的商人。尤其是在他的出生地伊达市，作为一名成功人士，几乎无人不知。他一手将"北星物流"发展壮大成为一家优良企业，而另一方面，也在文化事业里投入了不少精力。在北海道的美术界，他作为绘画收藏家也有一定的知名度。

虽然酒井很欣赏贵彦的画，但因为贵彦的作品本身就很少，只入手了一幅静物画。朔之介试探性地问他能否在北海道关照贵彦一段时间，酒井连声答应了。

朔之介十分细心，还考虑到了优美的情况。虽然找到了后援者，但如果没有完成画作，生活方面暂时还是会有一些困难。朔之介找酒井商量优美的工作，酒井说着："既然如此擅长英语，那就开一个补习班吧。"把家里的空房子借给他们了。

朔之介曾经带着优美去拜访过酒井，向他表达感谢。他们在酒井小樽的家中受到了热情招待，但因为贵彦也同席了，所以没办法只能把亮也带去了。

当然酒井并不知道那起绑架案件。优美打算将亮的年龄说小一岁，并准备好了"因为贵彦的工作需要四处奔波，所以暂时在家里接受教育"的说辞。不过到了后援者的家中，之前准备的说辞都没有用上。实际上他们大部分时间都在聊美术、事业的失败经历，还有看亮的绘画。酒井似乎对于父母教孩子读书写字的故事很感动，过了几天给优美他们家送了大量的练习题以及绘本。

优美对于没有任何架子的酒井的印象很好，时不时就会给他寄表达感谢的手写信。

在这样的逃亡生活中，有几件很讽刺的事情。对于优美来说，实现了自己一直想开英语补习班的梦想。房租几乎是免费的，而桌椅、黑板，还有教材等初期的费用，也受到了酒井的援助。

"可能有一段时间生活会比较艰苦，但您先生的画一定会受到很高的评价，请您好好加油！"

酒井单手拿着白兰地的杯子，开朗地说完后，接着又补充道："没有经历过苦难的人生是没有回顾价值的。"

优美将"彩虹"作为补习班的名字，虽然也有一部分原因是她单纯很喜欢彩虹，但更大的原因在于她对于被自己半路抛下的滋贺的学生怀有愧疚之情。优美打算继续高岛的生活。补习班虽说算不上很成功，但不用额外花钱请员工的个人补习班的收入，让他们的生活稍稍宽裕了一些。

在十三平方米大小的画室，贵彦像往常一样拿着画笔。

画布上是高岛的梯田。青色农田被缓缓的山脊线所描绘的山脉所环抱着，形成有规律的高低差，同时让人感到耀眼。比起山的深绿，农田的绿色显得更加清新。没有经过人工修饰过的自然与经过人类加工过的自然，在这一幅画中共存着，没有任何异样。优美即便从远处看，也觉得是一幅很棒的画。

"已经画完了吗？"

看到贵彦搁下画笔、舒展身体，亮在一旁看着酒井送的书，一边询问道。

"还没有，虽然到了最后也只能放弃，但我还想再加把劲。"

贵彦喝着咖啡，轻轻叹了口气，看着画布说道。

"如果一直没有完成，就会既感到害怕又感到空虚。而画家只能将这些感情一并接纳。"

贵彦准备了新的木制调色盘，用油画刀将颜料与干性油混合在一起。

开始和亮生活在一起后，扔掉不再使用的颜料和不能使用的画笔时，贵彦变得毫不犹豫。在优美看来，丈夫集中精力进行创作时，渐渐有了"舍弃"的意识。

不仅仅是绘画工具，在别人眼中十分壮丽的景色，也就是所谓的风景名胜，贵彦对于这些渐渐失去了兴趣，而是转向了车站和儿童公园等偏向日常生活的事物，增加了素描时间。

向亮诉说自己内心含糊不清的想法，是贵彦非常重要的察觉自我的时间。

那天吃晚饭时，亮说自己的喉咙很痛。优美找到一次性的暖宝宝，用毛巾裹住，温暖着亮的喉咙，八点钟就哄着他睡着了。他们一起生活的这段时间，亮一直都很健康，至今只发烧过一次。

因为亮还是孩子，所以优美和贵彦很乐观，想着睡一觉第二天就能恢复。但是从夜里开始流了不少汗，一量体温，竟然有三十九点二摄氏度。

在橡胶制的冷水枕头里装入冰块，从壁橱里取出毛毯，不管怎么说，必须先温暖身体。

"如果体温再继续上升的话，可能就必须去医院了。"

听到优美的话后，贵彦沉默地低下了头。把亮带去医院究竟意味着什么，两个人非常清楚。

既没有保险证也没有母子手账。如果要住院的话，也无法找借口说"待会儿再拿过来"。去医院的话，风险实在是太大了。

优美的脑海里浮现出了英语补习班附近的内科医院。她和那家医院的医生是熟人，说不定对方会帮忙。虽说现在是深夜，但他的家似乎就在附近。

不过，正因为是熟人，在保险证上就更不能撒谎了。而家里也没有任何关于医学的书，特别是他们完全不知道该如何照顾生病的小孩子。越是绞尽脑汁，真正能够实行的办法就越少。

以这样的形式突然结束和亮一起的生活，优美的内心无比混乱。当手指触碰到亮变成紫色的嘴唇时，她意识到了一个重要的问题。

亮没有接种疫苗……

这是她至今为止一直在意的事情。万一不小心罹患了重病，那可是性命攸关的大事。果然还是得带亮去医院。正当她准备把亮抱起时，贵彦将手轻轻地放在了优美的肩上。

"我们给朔之介先生打电话吧。"

"那也没用啊，毕竟画商又不是医生。"

"你先冷静一下。"

"不能再等了，这个孩子可是没有接种过疫苗啊，说不定得了很严重的病！"

"不管怎么说，先等我给朔之介先生打个电话吧。"

"为什么啊？明明是我们做得不对！让亮这么难受……他明明这样痛苦，却连医院都无法带他去……"

慌乱之中，泪水止不住地往下流，优美双手撑在被子上哭泣。

贵彦沉默地站起身，走到客厅去打电话。听着贵彦的说话声，优美渐渐恢复了冷静，也来到了客厅。

"啊，吓了一跳对吗？"

优美刚从贵彦手中接过听筒，就听到电话那头传来朔之介爽朗的笑声。听到对方悠闲的声音，优美这才终于松了口气。

"小孩子很容易发烧的，可能不需要退烧药，我之前不是给你们寄了不少生活用品吗？"

朔之介偶尔会给优美他们寄洗涤剂和速食食品等生活用品。

"那些生活用品里应该有一个装着创可贴等小东西的袋子，袋子里有医院开的退烧药。"

"真的吗？！"

"我家小女儿去看儿科的时候，医生给她开的。并没有过太长的时间，我想应该还能吃。如果要给亮的话，切一半服用更好。"

终于得救了，优美这样想着不禁又哭了出来。

"朔之介先生，真的太感谢您了……真的……"

呼吸紊乱，优美连感谢的话语都无法好好地表达出来。

"别太担心。不过，如果发烧超过四十度了，那还是得去医院看看。"

优美在电话前不停地低头道谢，挂断电话后，她又量了一下亮的体温。三十八点七摄氏度。她找到朔之介提到的退烧药，切了一半给亮服下。

第二天早上，亮的体温终于降到了三十七度左右，脸色也好了许多，食欲渐渐恢复，等到了第三天，体温就恢复到了正常值。

那个周末，一边工作一边照顾亮，可能是过于疲劳，这次优美倒下了。一个人在被子里睡得迷迷糊糊的时候，优美的脑海中浮现出朔之介在滋贺曾经说过的话。

"这样的生活，不会长久。"

4

久违喝醉酒了。

从几乎满员的居酒屋传出十分爽朗的声音。优美坐在坐垫上，喝了一口凉白开。顺利完成任务的安心感和店里吵闹的氛围，让本不太能喝酒的优美接连喝了好几杯。

"今年可是空前盛况啊。"

横山医生在对面盘腿坐着，单手拿着烧酒杯自豪地说道。同样的话，他已经说了不下十次了。在他旁边坐着的大卫也竖起大拇指，表达着"盛况"。似乎已经不用翻译了。

大卫·巴克是澳大利亚一家经营进口杂货物品公司的社长。大卫的儿子留学时曾经寄宿在横山家，两家通过这个缘分直到现在都还有联系。

这次大卫来日本的时候刚好碰上"伊达武士节"，横山拜托在附近开设英语补习班的优美帮他翻译。

明治时代仙台藩主分家的亘理伊达氏从宫城县移居并开拓了北海道的这片区域。伊达的地名也是由来于此。在夏日节表演武士游行已经是这座城市的传统了。

今天的重头戏是晚上的花车巡礼。描绘着有魄力的武士画的巨大花车一个接着一个在街上游行，最终在当地小学的运动场上集结，总共二十一架花车，被称为"凯旋式"。在黑暗之中，挂满灯饰的花车聚集在一起的样子十分壮观。当烟花在天空中绽放时，三千名左右的观众齐声喝彩，大卫也跟着拍手叫好。

"桥本老师的英语真是流畅啊。我这种人耳朵也不太好，完全听不懂。"

优美已经习惯了"桥本老师""孝子老师"的称呼。虽然她将自己的真实姓名告诉了酒井，但还是无法摆脱逃亡的心理状态。

明天下午开始将会有身穿盔甲武士的游行，自己可能还要继续帮忙翻译。

优美看了看手表，发现竟然已经十一点多了，连忙向横山告别。她接受了横山的好意，搭乘出租车回去了。在车内感到非常充实，因为自己的工作被认同而十分开心。

能够开设英语补习班，优美是发自内心感激。几乎与成年人没有任何交流机会，优美时常担心自己的英语水平会下降。对于优美来说，英语称得上是她人生的支柱。她总是羡慕男人能够将所有的注意力都集中在自己的工作上。正因为如此，自己的能力被他人需求、认可，在优美心中，今天这个日子很特殊。

为了以防万一，让出租车停在了距离自己家还有一段距离的地方。因为她以前在东京搭出租车的时候，打开家门的过程都被司机看得一清二楚。

虽说是夏天，但今天一整天都没什么太阳，还有一丝寒意。夜风吹在有些喝醉的优美身上，她感到很舒适，悠闲地边走边看着星星，不禁觉得像现在这样一个人独处的时间很珍贵。

优美朝家门口望去，发现门前有一个人影。在昏暗的灯光下，端坐着的人影竟然是亮。

"亮！"

优美喊道。亮的身体动一下，抬起了头。他似乎睡着了。

"啊，妈妈。"

看到亮高兴地笑起来，优美蹲下来抱住了他。

"你在等我吗？"

优美摸了摸他柔软的头发，传来一股洗发水的香味。怀里传来一声温柔的"嗯"，太幸福了。虽然刚刚还在享受一个人的时间，但现在等待自己归来的亮实在是太惹人怜爱了。

"你坐在这儿不冷吗？"

虽然只穿了一件薄薄的长袖，但亮摇了摇头。至今为止亮入睡时，从未有过优美不在身边的情况。她一想到亮可能是感到有些害怕，愧疚之情不禁油然而生。

"爸爸呢？"

"睡着了。"

两个人相视一笑。走进家中的同时，优美突然想到亮在横滨的时候说不定也有过同样的经历。脑海中浮现出少年在公寓冰冷的楼梯等待还未归家的母亲的情形，忍不住再一次摸了摸亮柔软的头发。

贵彦坐在画布前，直勾勾地盯着立在左侧的照片。

从画室里传来了乔治·温斯顿的《孤独的爱》。每当听到这首曲子的时候，优美就会想起夏威夷的海滩。八年前，在夏威夷的新婚旅行是她人生中重要的一章。

一大早起床，然后沿着海岸线跑一千米，接着在海滩边的餐厅吃早餐。在购物中心给贵彦买了一件不适合他的夏威夷衬衫，乘着巴士漫无目的地在岛上游览。优美很开心能够不用在意他人的眼光和贵彦黏在一起。

当即将落山的夕阳把天空渲染成一种梦幻的色彩时，在能够看到海景的酒吧里，白人钢琴家演奏的景象，优美至今都记忆犹新。那名钢琴家演奏的曲目就是《孤独的爱》。她一面侧耳倾听着钢琴的琴音，一面在心底希望这份幸福能够永远持续下去。

"是否把头发一根一根地画出来，每一位画家都有不同的看法。当然，头发是一根一根的，如实将其画出来才称得上是写实，这种说法的确没错。但是，像这样用肉眼看的话，头发是一块整体对吧？因此也有这样一种看法。将这样实际上看到的事物画出来才是写实。"

对小孩子而言，贵彦今天说的话也是晦涩难懂。

优美最近和亮说话时，听到亮嘴里蹦出"肉眼""对象"这样的词汇会很震惊。虽然才六岁，但因为每天和贵彦聊着天，他变成一个很奇怪的孩子。

优美时常会担心。亮以后踏入社会的时候，耐心地花时间去看问题，会不会适得其反？认真的态度不太符合主流价值，他会不会被贴上"不明事理""迟钝"的标签？这样与世人格格不入的性格会很痛苦。贵彦就是一个很好的例子。

"不用想画得多么精致。重要的是存在感。爸爸的这幅画啊，虽然将作为模特的叔叔画得还行，但是背景很薄弱，没有紧张感，所以看起来很虚假。用眼睛捕捉绘画的主体物是不行的。你明白吗？画布之内的东西都是同等价值的。也就是说，所有东西都同样重要。"

贵彦作为写实画家，一直不断探寻追逐着真理。这一点优美十分清楚。如果是以前的话，看到他逐渐成为一名成熟的艺术家会发自心底感到高兴。而最近优美总有一种奇怪的压力感，甚至有些困惑。和贵彦说话时，甚至觉得他遥不可及。

门铃响了，优美朝玄关走去。一打开门，她震惊了。

一名穿着制服的警察站在门外。

她的心跳立刻加速起来，连呼吸都不太顺畅了。由于太紧张，客套话也说不出来，勉强挤出了笑容。

"啊，太太您好。在休息日来打扰您真是太抱歉了。"

短小微胖体型的警察一边微笑着一边鞠了一躬。

"我们正在制作紧急联络簿。能麻烦您把家庭成员一一告诉我吗？"

耳边传来不太熟悉的话语，还没有完全掌握目前的状况，优美一听对方想知道家庭成员，全身就变得十分僵硬，动弹不得。

"啊，我不是什么可疑人物。"

警察解释说自己是从附近的派出所过来的，为了在发生灾害和交通事故时能够顺利和居民取得联系，所以才提前制作紧急联络簿。

即便如此，眼前的警察也不可信。会不会有人告密了？只要她一说出亮的名字，是不是就会被逮捕？优美变得疑神疑鬼，脑子里一片乱糟糟的。

虽然想争取一些考虑的时间，但眼下这个情况似乎不管说什么都会被怀疑，优美愈发焦虑。

"先生您好。"

贵彦悄无声息地走上前，将家庭成员的名字、生日流利地说了出来。看着十分自然应对的丈夫，优美的紧张感渐渐消散。如果故意糊弄或是撒谎，风险太高了。

"原来您是画家呀，我是真的很羡慕像您这样有才华的人。"

"画家这个称呼可是太抬举我了，我不过就是个画画的，家人们跟着我吃了不少苦。"

贵彦不知何时起变得能堂堂正正地和人进行交流了，优美以一种家长的心态看着他。

"我顺便还想问一个问题。这栋房子以前是'北星物流'的酒井社长的亲戚住的，您和他们是有什么关系吗？"

紧急联络簿上有备注栏，上面用铅笔写着："北星物流"酒井社长亲戚的房子。一想到对方事先调查过，优美就觉得很可怕。

　　"在创作方面，我一直深受酒井社长的照顾。"

　　"啊，原来是这样啊。也就是所谓的后援对吗？您果然是一名很厉害的画家呢。"

　　警察在备注栏里用潦草的字迹写上"社长支援绘画创作"，接着讲了几起附近发生的小案件，随后离开了。

　　将玄关的门关上后，优美一下子蹲了下来。

　　"还真是有点吃惊呢。"

　　因为贵彦的态度有些轻描淡写，优美抗议道："可不只是'有点'啊！"她抓住丈夫伸出的手站起来的时候，突然想起了一件事情。

　　对方会不会发现她在补习班使用了假名？说不定警察会去补习班确认这件事情。在滋贺的时候，她也有过同样担惊受怕的经历。但是，木已成舟，已经没有其他的应对方法，只能听天由命了。

　　优美把手朝背后伸去，拉了一下被汗水浸湿而贴在后背的衬衣。

　　5

　　移居到伊达已经过去了一年。二月的北海道是雪国。

被称为小富士山的羊蹄山悠然地耸立着，仿佛撒上了一层砂糖般雪白。经过漫长的年月才出现的涌水，流淌在岩石之间形成激烈落差，最终变成一条小河流。平时长满绿色青苔的岩石，今天也落上了一层雪。

优美他们所在的"强风公园"位于京极町，从伊达的家出发，开车大约一个小时。这座公园被树林环绕，自然风景独特，放眼望去是一片雪白的世界。

从涌水池上方经过的步行道也被白雪覆盖，形成了一条雪白的小路。贵彦和亮坐在小的折叠椅上，一边看着涌出的水，一边画着素描。高木浜的沙滩被白雪覆盖的时候，两个人也同样在雪地里画着素描。

一年前刚来到北海道时，在夜色中开车还感到有些不安，如今他们已经完全习惯了在这片北方土地的生活。那天晚上，优美第一次有来到了很遥远的地方的真实感觉，是因为看到运动场上人工造的溜冰场。这座公园里流淌着的清澈的涌水和树木上的雪花，也非常有北海道的风趣。

听到亮用鼻子哼着歌的声音，优美眯起了眼睛。虽然也有一部分原因在于他是真的很喜欢这个地方，但最近亮的确变得很爱笑了。这在两年前，亮被雅彦第一次带到他们面前时，是完全无法想象的。

涌水轻快的声音仿佛被积雪吸进去了一般，早晨的公园十分寂静。

"如果有电动画架就好了。即便是再大的画布也不用搭梯子，直接坐着就能画，想想就觉得很棒。"

　　在舒适的空气里，贵彦描述着自己的理想画室。

　　"高高的纯白天花板，大理石的调色板，还带着别院，没有任何生活的气息，只有创作的凛然氛围。"

　　看到心情愉悦的贵彦，亮也跟着一起开心地露出笑脸。因为有两颗门牙掉了，所以笑容显得有些憨厚可爱。

　　"如果有一天能实现就好了。"

　　优美从后方搭话。亮回头说道："这儿就挺好的。"

　　"咦？你想在这座公园建画室？"

　　看到亮一脸高兴地点点头，贵彦为难地说着"即便是市长也很难办成啊。"随后，三个人一齐笑出了声。

　　因为周围的人渐渐增多，所以他们准备回去了。贵彦将折叠椅收起，站起身来，发现亮正依依不舍地望着水池，于是摸了摸他的头。

　　"希望有一天我们能一起在宽敞的画室里画画。"

　　一九九四年七月，离开东京已经过了两年七个月。

　　不知道哪儿的风铃响了，乘着风，响彻了整个房间。而一声声巨响将这样夏日的趣味完全糟蹋了。贵彦正在用订书机将钉子打在画布的木框上。优美和亮则为了不让画布表面松弛下来，用力拉住罩在木框上的麻布。画会以人看不见的程度缩小，因此现在不加把劲，到时候画布会变得很松弛。如果是面积较大的画布，那可就真的是体力活。

打完钉子后，将白色的颜料混在溶剂里，开始做底色的准备。用板刷涂满整个表面，让颜料渗入麻布的每一个孔。再重复涂上两三次，使上色变得更加顺滑，也增加了画布的厚重感。最近贵彦在画底色时，更倾向于涂得非常厚，凹凸分明。因此在上色之前，画布就有一种墙壁的存在感。

这些年不断进行着创作，准备的时间也越来越长。从头到尾一直在贵彦身边观察的优美，感觉他的作品也变得更加细腻精致。

刚涂完底色，门铃响了。

"好久不见。"

朔之介在玄关处摘下柔软的帽子，打了一声招呼。

他是第二次来到这个家中。上一次来这儿是优美他们搬家后的一个月左右，所以已经时隔了一年多。聊工作上的事情时，贵彦和朔之介一般都是在小樽见面。

对于在狭小的圈子里生活的亮而言，朔之介是他接触外界的唯一途径。虽然只见过几面，亮已经亲昵地将朔之介称呼为"神户的叔叔"。在孩子眼中，比起银座的画商，关西腔的叔叔给他留下的印象更加深刻吧。

而那名"神户的叔叔"这次给亮买了高达的塑料模型。因为是面向大人的"Z高达"，所以对于孩子来说，可能难度有点高。但是亮非常欢喜，将零部件撒在地板上，立马开始拼装。

不巧的是那天优美要去给补习班的孩子上课，因此没有时间准备饭菜。于是他们打算在以前优美和横山医生去过的居酒屋招待客人。

优美下课后就直接去了店里，当她看到亮拿着"Z高达"的塑料模型后，不禁笑了出来。据说是三个男人一起拼好的。一想到亮让两个大人陪着他拼高达的情形，优美就觉得很有趣。

因为亮看上去很困，所以吃完饭后他们就立刻结账回了家。做好睡觉的准备、躺在床上的亮向身旁的优美不停地说着"Z高达"他最喜欢的部件，样子十分自豪。

"据说如果上色的话，会变得更加帅气呢。下次'神户的叔叔'说会给我买喷雾器哦！"

亮罕见地说了很长时间的话，过了一会儿，手里拿着高达就直接睡着了。优美看着亮天真无邪的脸庞，回味着眼前的幸福。随后她去了客厅。

"孩子睡着了吗？"

"对，他似乎非常开心，兴奋了好久呢。"

说完，优美向朔之介郑重地道谢。朔之介摆了摆手："我家的长男现在正处于叛逆期呢，看着亮让我久违地想起孩子那段可爱的时光。"说着便心情愉悦地喝了一口酒。

等气氛缓和下来之后，朔之介用严肃的声音说道："其实啊……关于木岛先生，有一些消息想告诉你们。"

一听到木岛的名字，优美就有一种被电流击中的感觉。而身旁的贵彦则立刻将笑容收了起来。

"亮的爷爷，也就是茂先生，似乎收藏了不少很有价值的日本画。据说是在银座的某个画廊买下的。毕竟这个圈子很小，我和店主也见过两三次面，所以我尽量表现得自然来接近对方。"

似乎是以画商之间交换信息的名目，朔之介得以确认茂的确是在那间画廊买下了日本画。

"今年春天，茂先生突然出现在了那间画廊，店主慌张地接待了他。虽说聊的几乎全是有关绘画的事情，但是等到了最后，茂说自己只有在欣赏画和听音乐的时候内心才能得到休息。当店主有些担心地说'您真是辛苦啊'的时候，茂似乎流露出一句'只要警察不捣乱就行'，随后就离开了。"

至今为止给木岛家寄过三封信。每一封信都以"让亮在木岛家抚养"和"不要告诉警察"为条件，陈述了亮的近况，并附上了亮的画。这些信由朔之介在东京、埼玉、千叶的邮筒投递出去。

因为那几封信直至现在都还没有被媒体曝光，所以优美他们逐渐开始相信对方是真的没有报警。

"之前我在小樽和贵彦先生您见面的时候，应该给过您几张报纸的剪纸对吧？"

去年十二月，在距离案件发生恰好过了整整两年的时间点，在全国性的报纸发表的报道。优美从贵彦那儿拿到了那些剪纸，自然也看过。

"根据记者的跟踪报道，茂先生很明显不信任警察，曾说过'警察放跑了嫌疑犯这件事是毫无疑问的'。"

在交付赎金的"见港湾丘公园"，警察和嫌疑犯展开了攻防战。而警察跟丢了雾笛桥上的可疑人物，茂对此进行了指摘。

桥的南边是"神奈川近代文学馆"，优美想起雅彦的笔记本上有"尾崎、文学馆"的描述。尾崎康夫是雅彦初中和高中的同学，曾经和雅彦一起被逮捕了两次的狐朋狗友。

"至今为止写的信都没有被泄露，我想茂先生对警察的不信任感应该是真的。贵彦先生，我啊，觉得接下来应该会很顺利。"

朔之介所说的"很顺利"指的是亮在木岛家抚养，而贵彦夫妇则像什么也没发生过一样，回归以前的生活。也就是说表面上将时针拨回到一九九一年，那起案件发生之前。

"但是，仅凭那名画商的说辞和新闻报道，还是不能推测出警方的动向吧。"

贵彦罕见地直接反驳道。优美也点了点头，对贵彦的话表示赞同。

"的确如您所说。不过在此之上继续进行确认的话，我自己可能也会有危险，而且说不定反而会引来警察的追踪。"

"我们真的给朔之介先生添了很多麻烦……"

"不，我并不是想让您道歉。该怎么说呢，从现实的角度来看，'时间'已经到了。"

优美现在总算明白了朔之介的来意。就像刚刚所说的，他的确是来讲"现实"的事情。

"酒井社长很在意亮上小学的事情。"

朔之介将她一直回避的问题摆在了眼前，优美仿佛被人紧紧捏住了心脏。

"酒井社长曾热心地说'如果不介意的话，上小学的书包就让我来准备吧'。即便拒绝对方的好意，装作在上小学的样子也是有极限的。更何况还要考虑周围邻居的目光。前段时间不是有警察上门询问关于紧急联络簿的事情吗？只需要一个契机，警方随时都会找到你们。毫无疑问，接下来可以走的路越来越窄。"

朔之介说得十分有道理，剩下的时间的确不多了。也就是说他们该做好心理准备了。

"按道理来说，亮应该已经上小学一年级。越是往后拖延，他本人以后想要回到正常的生活轨迹，也会更痛苦。"

而且优美一直很在意接种疫苗的事情，万一亮染上了重病，到时候事情可就无法挽回了。

"您二位的人生也应该回归正常。"

优美的脑海里再次浮现出朔之介刚刚说的"很顺利"。与亮分别，而且很有可能此生再也无法见面。她实在不认为这是一件"很顺利"的事情。

另一方面，优美对于东躲西藏的生活也有些疲惫了。她时常被亮生了重病以及警察突然找上门的噩梦惊醒，半夜里起来擦冷汗已经成了她的一种习惯。

在场的三个人都一言不发，仿佛都在心里挑选着合适的话语。情况的严峻性逐渐凸显了出来。

"时机……差不多到了。"

贵彦嘶哑的声音透露出一丝痛苦。无法克制住自己感情的优美用手帕擦拭着眼角。朔之介看到这一幕后，故作开朗地说着："不管怎么说，今天先早点休息吧。"

第二天早晨，朔之介从旅行包里拿出了小竹子。

"马上到七夕了，把这些在家里装饰起来吧。"

面对着从一大早就非常有活力的画商，优美很抱歉地说："谢谢您……但是北海道的七夕节要比关东晚上一个月。"

"咦？为什么啊？"

亮没有理会有些吃惊的朔之介，开始在信笺上写自己的愿望。

"竟然还有这种像樱花前线一样的时间差异啊。"

大人们谈笑了一番之后，搁下铅笔的亮立刻将信笺翻了面，似乎有些害羞。

优美央求地说着"让我看看"，于是亮将信笺挂在了小竹子上。

想和大家永远生活在一起。

6

光线十分耀眼，让人不由得眯起眼睛。

像圣诞树一样挂满灯饰的观光船平稳地摇晃着，仿佛在做出航前的准备运动。

到了十月下旬，夜晚的洞爷湖就已经让人感觉到一丝冬日的寒意。亮站在正中间，一家三口手牵着手快步走上了船。

观光船的整体造型像中世纪的古代城堡。类似于石垣一样的白色瓷砖，散落在船的四个角落与正中间的三角屋顶小塔，营造出了一种异国气氛。

在小小的亮的眼中，这艘三层的观光船即便看上去不像城堡，应该也像一栋大的豪宅。他大摇大摆地在一楼的客房走来走去，随后又有些害怕地望着通向二楼的楼梯。船开动后，亮便坐到了优美的身旁，饶有兴趣地看着被灯饰照亮的湖面。

看到亮发自内心地享受着夜景巡航游，优美的内心十分复杂。

"爸爸，水应该怎么画呀？"

"不要总想着去画水……将自己实际看到的东西用心画出来就行。比如透过水看到的石头、太阳光，还有水面的波纹之类的。将这些一个一个地画出来之后，不知不觉间就有了水的感觉。"

"也就是说与画其他事物没有什么区别对吗？"

"没错，没有区别。我之前和你说过'明暗'和'色彩'对吧？画布之中，有一个瞬间是这两个状态完美地重合在一起，这时，画会显得宁静澄澈。"

"也就是说如果我继续努力，就能画得像真正的水一样对吗？"

亮以前只是笑眯眯地静静听着贵彦的话，从夏天开始变得爱提问题了。他似乎因为自己的疑惑得以解开，对问题加深了理解而感到高兴。优美能从中感受到孩子的确有了成长。

三楼有一块区域是甲板，没有可以遮风的地方。优美给亮系上围巾，并把毛线手套递给了他。

甲板有一段楼梯是通往展望台的，虽然那儿的视野更好，但狭窄的地方聚集了不少人，于是他们决定还是留在三楼。

一年中有一半的时间，洞爷湖的上空都会绽放烟花。虽然优美最开始知道这件事的时候着实有些惊讶，但如今在烟花开始绽放的晚春和烟花进入休眠的秋天，逐渐感受到了季节的变换。

至今为止也带亮在湖畔看过很多次烟花，不过还是第一次登上游览船看。

"马上就开始了呢。"

在一堆折叠救生艇的旁侧，亮抬头看向了优美。没过多久，不远处的小船传来类似于枪声的响声，一阵寂静过后，"嘭"的破裂音响彻湖面。夜空中闪烁着绿色和红色的光点，这些光点形成无数的光线，拖着尾巴，随后逐渐消失。

"好大！这个烟花真是太大了！"

仿佛为了不输给周围的欢呼声，亮也兴奋地用手拍了拍栏杆。

在黑色的背景下绽放的巨型烟花，本以为不过是像垂樱一般摇晃着金色的树枝，没想到在湖面附近四处飞散的绿色光点呈放射状形成了一片扇形。

洞爷湖的天空十分绚丽多彩。白色的烟雾如雾霭一般飘浮，月亮看起来也有些朦胧。在绚烂的天空的对比下，从游览船望去，温泉街的灯光显得有些寂寥。不知是不是因为内心变得有些伤感，在优美眼中那些朦胧的灯光仿佛渔火一般。

渐入佳境之后，烟花也越来越有魄力。金黄色的烟花一个又一个在空中飞舞，几乎同时，湖面也喷发出了同样颜色的光芒。

"哇！太厉害了，妈妈，真是太壮观啦！"

亮被变换了一个又一个颜色的天空所震撼。这时贵彦瞟了优美一眼，微微摇了摇头。

本打算在这艘船上向亮坦白的。但是，面对如此天真无邪的笑容，他们实在是无法鼓足勇气。

这个月，朔之介终于与木岛茂成功联系上了。

在这之前，贵彦写了第四封信。更加郑重地陈述了对木岛家的歉意，以及对亮的爱意。并再次强调了两个条件——"让亮在木岛家抚养"和"不要将信的内容告诉其他人"。收到回复之后，会在当年找一个合适的时机归还孙子。最后，将亮画的插图一并装入了信封。

如果茂接受这些条件，就在指定的时间内前往"见港湾丘公园"，将刻有名字的钢笔埋在"英国馆"前方的花坛里，然后离去。朔之介在相应地点已经事先埋好了塑料钢笔盒，让茂能够顺利地将钢笔放进去。当然，在信中也附上了花坛的照片并在埋钢笔盒的位置打上了标记。

朔之介也和嫌疑犯一样利用了"见港湾丘公园"的视觉优势，打算在那儿进行交涉。如果用这样的方法，也不会被第三个人知道。

即便如此，风险也很高。但既然前三封信都没有被媒体曝光，所以朔之介打算赌一赌。

当天晚上，朔之介前往公园时，双脚止不住地颤抖。

"我想着如果被警察发现了，就像那起案件一样，把钢笔拿到派出所去。"

朔之介在给贵彦打电话时，笑着说道。

在极度紧张、不停冒冷汗的情况下，朔之介在黑暗中没有打开手电筒，而是直接迅速地将钢笔盒回收了。当他看到盒子中的钢笔时，忍不住想要发出喊叫声，但首要任务还是赶紧回家。

确认没有人跟踪后，换乘了两辆出租车，最终确信这次交涉成功。回到家后，他在自家的书斋拭去盒子外表的泥土，取出钢笔。放下心来后，甚至感到有些头昏眼花。

根据朔之介所说，钢笔是"万宝龙大班系列149"。笔盖上用草书刻着"S.Kijima"。令他吃惊的是，笔盖里面有一张细长的纸条。

我一定会遵守约定。

看到这句用深蓝色墨水写下的工整字迹后，朔之介的直觉告诉他这应该是茂本人的字。

从拿到钢笔又过了两周，还没有任何警察的踪迹。贵彦非常感激冒着极大危险将事情往前推进的朔之介，而同时内心也十分痛苦。正因为如此，无论如何也要向亮坦白。

烟花结束后，船朝着出发点的方向返航。三角屋顶上方的旗帜随着风不停地激烈飘动。仰望天空看得太入迷了，都没有注意到身体似乎长时间暴露在冰凉的夜风之中。

优美和贵彦一起牵着亮的手，慢慢走下楼梯。

回到一楼的客房，亮开始一个人在中央区域的座位转来转去。在船上看到从头顶上空发射的烟花后，亮的情绪似乎变得高涨起来。

优美以一种复杂的心情看着跑来跑去的亮，最终忍不住将视线投向了窗外。缠绕在船体的灯饰散发的光芒在湖面形成倒映，越是往前进，波纹也就越紊乱。

结果，他们直到亮入睡前都没能说出口。

如果能这样一直生活在一起该有多好。一想到这里，内心就备受煎熬。但是，那也就意味着夺走了亮的人生。

优美将亮的小被子铺在正中间，形成了一个"川"字。贵彦在被子上正坐着，喊道："亮。"亮似乎感觉出贵彦的声音和平时不一样，有些僵硬地坐到了优美的膝盖上。

"接下来，我要说一件很重要的事情，你认真听哦。"

亮点了点头，贵彦深呼吸了一口气后开始说道：

"世间的事物总会迎来结束的那一天，就像今天的烟花一样，越是美丽的东西，消失越快。"

贵彦润了润嘴唇之后，看着亮的眼睛继续说道："你无法永远像现在这样和爸爸妈妈一起生活。"

坐在自己膝盖上的小小的身体突然变得紧绷，优美能察觉出他受到的打击相当大。

"现在，爸爸正在做一件坏事。我把所有的事情都向你坦白……亮住在横滨的妈妈似乎是一个不太擅长抚养孩子的人，但是茂爷爷和塔子奶奶非常喜欢亮呢，很想见你。"

亮没有做出任何反应，只是一个劲地盯着贵彦的脸。

"其实我们应该更早地把你送回去，但是不知道爷爷和奶奶是否真的愿意承担起抚养责任……"

贵彦"哈"了一声，痛苦地叹了一口气，接着用双手拍了拍脸颊。

"爸爸我啊，第一次看到亮的画时，甚至觉得你是和我血脉相连的孩子。每天聊着绘画，一起吃饭、泡澡……我开始无法想象没有亮的生活。"

优美的内心也很难受，眼泪溢了出来。在这三年左右的时间里，亮的笑容逐渐增加了。全家人一起去了很多地方，晚上读故事书，教亮写字和使用筷子。但是另一方面，和亮生活在一起，被他纯粹的心灵打动，反而是优美他们学到的东西更多。

"为什么我必须回去呢？"

听到亮微弱的声音，"是啊，我想想……"贵彦说着说着忽然没了声音，用毛巾按在眼角处，一动也不动。

坐在优美膝盖上的亮，身体微微颤抖，静静地流下了眼泪。体温传达出了他的悲伤。

"我们还会见面吗?"

"不知道。但是即便见不了面,通过绘画也能联系在一起……画家可不能害怕孤独。因为到最后,还是要与自己进行战斗啊。"

在优美看来,这句话更像是贵彦说给自己听的。

"多看书,多与人交流,希望你能懂得更多的语言。画画时,尽量把'想画什么''为什么想画'用语言表达出来。因为在你面对着画布之前,比赛就已经开始了。"

即便在这种时候,贵彦说的也只是和绘画有关的事情。这种笨拙的表达方式,本人应该也意识到了。但是他以自己独有的表现形式将重要的事情传达给亮,也传达给了优美。

"接下去世界会变得越来越便利,人也因此变得更加轻松。这样的话,即便不去实地,也觉得任何事情都和自己想象的一样。这种人一定会增加。正因为如此,'存在'才很重要啊。当'存在'从世界上消失的时候,写实画的需求一定会增加。而这并非局限于绘画,还有关思考方式和生活方式。"

虽然不认为亮能够全部听懂,但他郑重地点了点头。贵彦温柔地抚摸着亮的脑袋,优美也把自己的额头埋在亮柔软的头发里哭了出来。原本三个人聚在一起的幸福时刻,今天却如此悲伤。

不知是不是因为优美哭了，亮担心地回过头问道："妈妈会被警察叔叔抓住吗？"

"会没事的。"

虽然优美是这样回复的，但是其实对于他们夫妻今后将何去何从完全没有头绪。从归还亮的那一天开始，警察应该会全力搜捕嫌疑犯吧。虽然就这样顺利地逃脱并非不可能，但他们已经放弃了。

"我们还能继续在一起生活大约两个月，所以在那期间尽可能地多聊聊'存在'。虽然我已经说过很多次了，画写实画也就意味着思考'存在'，但爸爸能够教给亮的也就只有这些了。"

"两个月之后的话，是冬天吗？"

"没错。珍惜从现在开始的每一天，到了十二月，'神户的叔叔'会来接你。你和叔叔一起去横滨，然后……"

贵彦再次把毛巾按在眼角处，用力挤出声音：

"把和你一起生活过的爸爸妈妈……都忘掉。"

7

十二月的那天早晨，下雪了。

亮在天还没亮的时候就醒了，他钻进优美的被子里呜咽地哭泣。来到东京公寓的第一个夜晚，他也在被烘干机温暖过的被子里哭过。

自那之后，已经过了三年。优美一边抚摸着亮的小脑袋，一边看向没有窗帘的高窗，眺望着漫天飞舞的雪花。不久，她一个人站起身来，打开厨房的石油炉，取了一会儿暖。在盥洗池洗完脸后走进客厅，用手持的小镜子化上淡妆。

因为客厅的电热毯没有关，所以很暖和。化完妆后，她检查了一下亮离开时要带上的背包。将换洗的毛衣拿到手里时，她再次真实感受到了亮的成长。随后把贵彦做的木盒取了出来。打开盒子，上下牙齿形状的洞有几个还空着，里面大约有九颗不规则白色乳牙。

当优美看到这些可爱的乳牙时，实在是控制不住自己的情绪，将木盒放在地板上，为了不发出声音，用双手捂住了嘴。

第一颗牙齿——下颌的门牙是在滋贺掉的。和朔之介一起吃晚饭时，咬腌菜的时候脱落了，亮吃惊地吐了出来。优美回想起当时的情形，泪水仿佛决堤，脑海中浮现出无数个"亮"。

坐轮渡刚来到北海道时，在夜晚冰冷的车内包裹着毛毯的亮。发着高烧，但无法去医院而感到难受的亮。因为"伊达武士节"晚归了，坐在玄关等待自己归来的亮。不安、愧疚、喜悦……如果没有孩子就不能体会到的各种各样的感情，让优美渐渐成熟起来。

因为和他们待在一起，所以不能交朋友、不能接种疫苗、不能上小学，亮被迫过上了不自由的生活。

即便如此，每天都无比开心。孩子的成长，对自己的依赖，作为家人养育。她从未想过这些事情竟然会如此珍贵。

如果再这样继续沉浸在与亮的回忆之中，内心肯定承受不了。优美硬生生地克制住自己的感情，用颤抖的手将装有乳牙的木盒放回背包里。

"我不想回去。"

听到背后传来的声音，优美吃惊地回过头，看到少年哭肿了的双眼。

亮戳了好一会儿左手拇指的指尖，然后仿佛鼓起勇气似的眼神坚定地看着优美说道：

"没有任何缘由地突然被打，即便再冷也要乖乖地待在楼梯，嘴里被塞进僵硬的米饭……'讨厌'和'去死'这类的话，我已经不想再听了。而且这么长时间都没有回去，他们肯定生气了。"

看到紧紧地闭上双眼说着"我好害怕"的亮，优美的心都快碎了。

这是亮一直藏在心底没能说出口的话。而优美现在却让亮不得不将这些话说出口，她为自己感到丢脸。

"接下来爷爷和奶奶会养育你的，一定会没事的。这一点他们一定会遵守的。"

优美紧紧地抱着亮，轻轻拍着他瘦弱的后背，像咒语一样地念着："没事的，没事的……"

　　吃完最后一顿早餐后，贵彦将一块漂亮的朱里樱调色盘送给了亮。

　　"我们可没有真正分别哦。之前我也说过，我们通过绘画联系在一起。"

　　上午十点左右，朔之介来了。

　　"我们来拍一张纪念照吧。"

　　他没有浪费时间坐下喝茶，而是从大挎包中取出精致的单反相机和折叠三脚架。

　　贵彦把走廊的门打开，在前方摆上椅子。优美让亮坐在了正中间，但其实外面还在下雪，着实有点冷。

　　"好了，笑一个吧……大家的表情太僵硬了，三个人都像外行人一样。"

　　他们被朔之介的关西腔逗乐了，终于笑了出来。朔之介不停地按下快门，说着"总有一张拍得好的"，接着，将相机和三脚架收回包里。

　　趁着亮去厕所的时候，朔之介将茂亲笔写下的"我一定会遵守约定"的纸条递给了贵彦。

　　"优美的英语补习班就开到今年年底对吧？你们处理完这边的事情，也赶紧回东京吧。毫无疑问，亮的照片肯定会被媒体曝光的，这里也将变得不安全。"

贵彦将写给酒井龙男的道歉信交给了朔之介。

"这段时间肯定会很不太平，等事态平息之后，我们三个人再去正式道歉吧。酒井先生了解你们的人品，我想他一定会理解的。"

"您要不要来一杯茶？"优美询问道。但朔之介说："我路过小樽之后就直接走了。"拒绝了。他应该也明白在这儿待的时间越长，分别的时候就越痛苦。

这次真的是最后的告别了。优美在玄关处膝盖点地，给亮戴上围巾，然后紧紧地抱住经过三年成长的亮的身体。

"谢谢，亮。真的谢谢你……谢谢，谢谢……"

一直忍住没有哭的亮，终于大声哭喊了出来并用力抱紧优美。优美仿佛将自己所有的情感寄托在双臂上，把这个惹人怜爱的孩子拥在怀里。

"我们永远是你的后盾。不管发生什么，有我们在。我们会一直思念着亮。"

朔之介牵起亮的手，渐渐远去。周围是一片银装素裹的农田，没有任何遮挡物。雪落无声，时而有小鸟鸣叫。

两个人踏着田间小路，身影越变越小。看着雪景，优美不禁想起在滋贺的高木浜看到的贵彦和亮如同"父子般"的脚印。接着脑海里浮现出在"有珠山服务区"注视着春日雾霭、在洞爷湖抬起头看烟花的亮的侧脸，她迫切想要再一次抚摸亮柔软的头发。

不管在心中如何叫喊着"不要走"，也无法实现了。在播放着《孤独的爱》的画室，亮和贵彦两个人忘我地画画。那样的场面再也看不到了。

在下坡路口，亮回过头，将双手举过头顶不停地摆动着。优美和贵彦也用尽全力回应。

不知朔之介说了什么，亮点了点头，最后一次用力摆动双手，消失在了下坡路口。

神明啊，请一定保佑这个孩子能够平安成长。

优美双手合十在内心默默祈祷着。跑回玄关后，她立刻蹲了下来，用足以留下咬痕的力气咬着手指，哭了出来。

她把放在外套口袋里的七夕信笺拿在手中，止不住的泪水将可爱幼小的字迹浸湿了。

想和大家永远生活在一起。

终章　再会

没有尽头的直行道，一直延续到地平线。

朔之介驾驶的"雷克萨斯"发出平稳的引擎声顺畅地向前行驶。

坐在后座上的门田打开了一点窗户，晴天的北海道特有的凉风吹在了脸上。风吹得很舒服，如果闭上双眼，仿佛就要睡着一般。

让高龄者握着方向盘，而自己在后座悠闲地吹风，门田心有愧疚。曾无数次提出由他来开车，但每次都被爽朗地拒绝了。

"没剩几年，我就必须归还驾照了。好景色，再加上好车。实在是太奢侈了。"

门田也认为这是一种奢侈。在晴天的北海道开车，公司的人际关系和因衰老而感受到的寂寞都会被抛诸脑后。

在茶褐色的广阔田地的对面，羊蹄山悠然地耸立着。

"从这个角度看，真的像富士山一样呢。"

"像阪神[1]的帽子一样对吧？"

这的确像是老关西人会有的感想。不过羊蹄山看起来确

---

1 阪神老虎棒球队。

实有点阪神图标独特的样子。

昨天朔之介来到酒井龙男的家后，刚在接待室坐下，就以"振奋精神"为由，自酌了一杯轩尼诗。从那毫无顾忌的样子来看，他与酒井应该有着很深的信赖关系。

"在我内心的某个角落，可能一直期待着这一天的到来。"

朔之介以这句话为开场白，详细地说明了野本贵彦、优美，还有内藤亮一起度过的那空白的三年，以及他们三个人之后发生的事情。

朔之介将这有些不同寻常的"亲子"关系，没有任何破绽、合情合理地讲述了出来，甚至让人怀疑他是不是事先已经写过稿子了。不过这也印证了他"一直期待着这一天的到来"。

晚饭过后，朔之介的自白一直持续到了深夜。门田时不时会提出几个问题，逐渐靠近了真相。

全部讲完之后，朔之介的脸色已经很疲惫了，说着："我不能再一个人继续独占野本贵彦的画了。"

这是三十多年来一直遵守诺言、守护着秘密的画商的真心话。

窗外不停变幻的景色，让门田的内心也产生了动摇。坐在车上，他回忆起那些警察们曾经付出的，但不为人知的努力。

警察的确将重要的嫌疑人跟丢了，同时也失去了木岛茂的信任。但是，即便案件过了追诉时效，即便被媒体责难，他们也没有忘记身为警察的职责。

独自一人以渺小的线索为依据，退休后也在全国四处奔波的中泽。即使身体不能自由活动，也要前往"见港湾丘公园"的三村。从未停止追寻在雾笛桥周围消失的嫌疑人的富冈。和中泽同样作为负责被绑架者应对小组的一员的先崎，一直不停地制作并完善嫌疑犯的关系图。

特别是不太喜欢记者的先崎。虽说案件过了追诉时效，但对他来说，委托记者调查案件应该是一种屈辱吧。不过他一定是因为顾虑着门田和中泽的关系，才向门田提供案件信息的。

和那些警察有着不浅缘分的门田，在内心向他们默默地说着：

"接下来我会去填补那三年的空白。"

一直看似很遥远的羊蹄山，渐渐离得越来越近。

车开进了目的地所在的京极町。

里穗透过前窗玻璃看到的新叶仿佛在向她招手一般摇晃着，四周一片和风煦煦。

在树林中前进的日产"君爵"缓缓地将四轮驱动的轮胎停下。

"就是这儿。"

岸优作从驾驶室走了下来，里穗也拉开了后座的拉门。

从新千岁机场开车大约两个小时。终于到达了据说是酒井龙男在京极町修建的宅邸。

"这片树林，全部都是这座宅邸的庭园吗？"

"果然企业家的格局就是不一样啊。"

里穗跟在优作的身后。周围并没有原生林，都是人为加工过的自然。铺着草坪的小山丘随处可见，高高耸立的树木聚在一处，投下一片阴影。

在视线的前方有一栋雅致的建筑。是凝聚了日本和西洋特色的两层建筑。外墙铺着木板，二楼整齐排列着纵长的格子窗。与之形成对比的瓦片屋顶显得很重，仿佛头盔一样。根据优作所言，这间主屋和酒井在小樽的家很像。

不知能不能说是连在一起的，伫立在往东大约三十米的地方的建筑物显得更加别致。

将立方体和直方体凑在一起形成一个"L"形，仿佛小孩子也能画出的简单外观。眼前的立方体是平房，靠里侧的直方体可能有两层，高度约为平房的一倍。但其实之所以看不出实际上是否有两层，是因为建筑物的正面没有一扇窗户。而且外墙全都是像白鹭一样的白色。这栋散发着独特气息的建筑物，就是画家如月条的画室。

亮就在这儿。

一想到这里，里穗的心就怦怦直跳。

她看了一眼手机的屏保。坐在北海道大学的草地上，拿着奶茶罐的自己。看到高中时亮为自己画的画，鼓足勇气。

侧耳倾听着从屋内流露出的微弱钢琴声，里穗踏入了玄关。铺着大块的灰色瓷砖，没有高低差异的宽敞区域，给人一种沉稳的感觉。

走廊的尽头是厕所，左右是房间。极简的设计。没有任何生活气息，去除创作之外的所有杂念，能让人感受到居住者强烈的意志。

从左手边直方体的房间里传来的钢琴声，并不是CD，而是现场演奏的。里穗通过旋律立刻明白了演奏者是谁。

乔治·温斯顿的《孤独的爱》，对于他们两个人而言是非常重要的一首曲子。里穗对于他如此流畅的演奏十分惊讶。一想到他可能一直都坚持练习着，里穗的内心就变得十分激动。

"据他所说，弹钢琴的时候能让头脑放空。总之，先来这儿吧。"

优作领着里穗走进一个房间，是如月条的作品展示室。仿佛将正方形的空间填满一样，整个房间大约挂了二十多幅画，还有几幅小的作品立在了细长的铁制台座上。

虽然除了画之外也有一些让里穗在意的东西，但一开始感动她的是挂在米色墙壁前的作品。她的记忆与现实同步了。

有好几幅画与高中时她在亮的画室看过的画拥有同样的构图。素描本里的被子烘干机和滋贺县高岛的梯田。眼前画中的绿油油的梯田和素描本里的素描，与里穗亲眼见到的梯田雪景重合在一起。

在一幅画前，里穗变得动弹不得。是曾经在亮画室的画架上看到的那幅河流的画。没想到亮竟然从高中时期开始就一直在完善这幅画。画中跃动的水流描绘得十分精细，当年的水平根本无法与现在相提并论。

"这幅涌水的画，很棒对吧？"

"涌水？"

她记得亮也说过同样的话。里穗有些怀念地回忆起了当时的情形。她正打算询问画的取景地，亮的奶奶恰好走了进来。

"这附近有一个叫'强风公园'的地方，这幅画画的就是那儿的涌水。今天请一定去看一看。清澈透明的水流真的很漂亮。"

藏在里穗心底的笔记本里又增添了一个重要章节。自己能够去实地探访亮曾经见过的风景。找到了"他的过去"与"自己的现在"之间的交集，里穗的内心涌起一阵喜悦之情。

这个房间还有其他大小不一的风景和静物的写实画，每一幅画都释放出一种非常有魄力的存在感。而他最具有人气的美人画，一幅也没有。里穗觉得这间作品展示室与其说是

"如月条"的，不如说是"内藤亮"的。

被绘画和钢琴声所包围，用全身感受着亮的里穗，耳边传来一阵汽车的引擎声。

"真像出现在童话里的建筑呢。"

门田下车后，以一种自来熟的感觉靠近了画室。纯白的外墙让人不由得想要去触碰，这样的质感光靠喷漆上色是表现不出来的。泥瓦匠应该花了不少工夫将这样的明亮感与厚重感同时表现出来。

门田拍了一些照片后，跟在朔之介身后走进玄关。听到现场演奏的钢琴声后，门田有些惊讶，不过朔之介领着他去的是与声音相反的房间。

"我们先在这里等一会儿吧。"

如月作品的展示室里已经有了客人。虽然两个人都戴着口罩，但是门田察觉出其中之一是朔之介的儿子优作。但是他身旁看上去三十岁左右的女子，门田并不认识。

"先喝杯茶吧。里面有沙发，坐下来休息一下吧。"

朔之介说完后便离开了展示室。

房间的里侧有露台，还摆放着半圆形的沙发和细长的玻璃茶几。因为比门田早到的客人一直站在那儿，所以他将名片拿在手上，说着"抱歉，打扰你们了"，走近对方。

优作和门田交换名片的时候，笑着说："我从父亲口中听说过您的事情。没想到就连我的父亲也败给了您啊。"

那名女子的名片是"若叶画廊土屋里穗"。门田询问道："土屋女士与如月先生也有交情吗?"优作接话道："土屋女士和亮是高中同学。"

"所以,我今天是以同学的身份来这儿的。"

虽然不知道为什么亮的同学会来这儿,但门田得知亮有朋友后,顿时放下心来。昨天朔之介和他说的事情,仍然留在他的心底无法释怀。

一名戴着浅灰色口罩的女子推着放有茶杯的推车,和朔之介一起走了进来。听说亮是一个人住在那栋凝聚了日本和西洋特色的建筑里,但朔之介似乎说过除了亮之外,还有一名女佣。

从气质上能感觉出那名女子是一名高龄者。他们从推车各自拿起红茶和曲奇饼,放在茶几上。因为沙发是半圆形的,所以他们保持着合适的距离坐了下来。

虽然建筑物的正面没有窗户,但是侧面有酒井会喜欢的洋风格子窗,能够看到庭园里的绿色植被。

大家相互看了一眼,取下了口罩。门田正打算伸手拿红茶的时候,和里穗的视线重合了。

他们之所以对视了好一会儿,应该是因为这种熟悉感不是门田单方面的。

"啊!"

发出声音的是里穗。门田也想了起来。

是高木浜。在被雪覆盖的湖边，门田找到了贵彦的风景画的取景地。而在他之后来到湖岸的女子，正是里穗。

对于这奇迹般的重逢，两个人都笑出了声。问了之后才知道，里穗是寻找着亮的画的取景地，才去了滋贺。

"是那幅梯田的画。"

里穗所指的那幅梯田的作品，贵彦也画过。同样都是从关东出发，一个追寻着贵彦的身影，一个追寻着亮的身影，在银装素裹的琵琶湖相遇了。

"没想到还有这种事啊。"

虽然这句话在门田长长的记者人生中不知道说过多少次了，但是还从未有过如此巧合的经历。

门田还记得里穗曾经用大衣厚厚的袖子擦拭着眼泪。她一定也有自己的故事吧。

喝完茶后，朔之介带着门田参观了这间展示室。中央有一个仿佛为了与这栋建筑物搭配而设置的正方形展示台，陈列着被子烘干机和木制调色盘等静物作品的模型。调色盘似乎是贵彦送给亮的朱里樱。从颜色的深度来看，亮应该用了很长时间。

门田在一台高达的塑料模型前停下了脚步。这是朔之介在亮小时候买给他的，也是后来警察在亮的背包里发现的。一九九〇年发售的旧式模型。因为中泽也拥有同样的模型，所以门田的心中有一种说不出的感觉。

从"有珠山服务区"看到的春日雾霭的那幅画，亮也与贵彦用同样大小的画布画了出来。

"被美术界的杂音震碎鼓膜的野本贵彦。我认为他会在绘画中追寻哲学是理所当然的。在这里，所谓的'商业画'，一幅也没有。亮身上流淌着的是野本流派。"

朔之介说得一点也没错。像这样静静欣赏着亮的作品，能够渐渐感受到他的确在一直追寻着画家野本贵彦的背影。

那名画家不停地演奏着同一首曲子。什么时候结束、以什么契机结束，在座的所有人都不知道。唯一能够确定的是当演奏结束时，他将回归绘画的世界。

门田对看起来应该是昭和时期生产的被子烘干机很感兴趣，经过允许后，拿在手上默默地看了很久。

久久持续的钢琴声戛然而止。

优作从沙发上站起身来，对着门田和里穗说道："我们过去吧。"

终于迎来了这一天。

跟在优作身后走进画室的里穗，仿佛有一种不小心闯入了异世界的错觉。

这间画室和外墙一样，放眼望去都是白色。在高高的天花板的中央嵌入了一个很大的正方形照明灯。中央靠近里侧的地方是放满绘画工具的工作台，像盒子一样的笔架上放置着的画笔从细笔到角笔，大约有十五支。颜料的软管也整齐地立着，四方形的调色盘是大理石的。

虽然里穗在工作上很少有机会造访画家的画室，但画室里一般都会放着几种静物画的模型。但是这间画室里的东西极其少，也正因为如此，大约八十平方米的空间显得更加空旷。

在他们后面进来的朔之介和门田都一言不发，恐怕是由于这个空间散发出的紧张的氛围感。可能是为了保持阳光的均衡，室内没有窗户。天花板很高，面积也很大。按道理来说，更多的应该是一种开放感，但空间里流动着一种仿佛不允许人放松下来的紧张的空气。

在社交平台上流行使用"慢慢地""悠闲地"等词汇，但是如月条的创作现场完全无视了这种世间的气氛。

在来到京极町的路上，里穗向优作打听到了许多关于亮的过去。因此，她立刻就明白了这儿就是野本贵彦曾经说过的理想的画室。

入口的对角线上有一架三角钢琴，而坐在钢琴凳上的亮正仰望着天花板。

沐浴着室内白色光线的样子显得很神秘，仿佛在场的五个人之中，只有他处于异世界一样。

亮没有戴口罩，这点仿佛印证了他几乎不怎么与人见面一样。薄薄的黑灰色长袖衬衣，加上褪色的牛仔裤，穿得很随性。如今并不怎么过度追求时尚的里穗，很憧憬能将朴素的衣服穿得很像样的人。而亮无论穿什么衣服，自身的存在感本来就很强烈。

亮从钢琴凳上站起身来，走到中央的工作台旁边，向来访者们轻轻地鞠了一躬。里穗也慌忙回了一礼，抬起头的同时，亮直直地看向了自己的眼睛。

终于见到他了……想到这儿，里穗的眼泪就涌了出来。她回看着亮那双漂亮的双眼皮。

"我的进步很大对吧？"

里穗很高兴他主动向自己搭话。意识到他指的是钢琴后，里穗一边用手帕擦着眼角，一边笑着说："简直像脱胎换骨。"钢琴曲将演奏者的情感传达了出来，是一场非常棒的演奏。

明明有一双可以绘出那么精细的画的手，亮的钢琴才能却令人非常绝望。掌握不了八度音，一边害羞地念着音阶一边敲着键盘。不过，如今一点也看不出当年的男高中生的影子。

"没想到你能将那么难的曲子弹得一点错误都没有。"

"那是因为我只会弹这一首曲子。"

安静的画室响起一阵笑声。

"我每次来都被迫听同一首曲子，可没那么好受啊。"

优作的玩笑话让在场的气氛缓和了下来。虽然没有使用关西腔，但能言善道的优点可能继承自他的父亲。优作移动起脚步，里穗他们也跟着往前走，正好在房间的两侧以面对面的形式站立。

"今天劳烦您二位特意过来，真的很抱歉。"

亮再次鞠躬后，靠近了工作台旁的银色装置。分别有两个开关和小的把手。

"有一幅画我想让您二位看一看。"

亮按下按钮后，随着一声低沉的机械声，从他身后地板上的长沟槽里，一幅特大号的画布慢慢显现了出来。

这样的电动画架，就连身为画商女儿的里穗都没见过，而且规模如此之大，让人不由得哑然，仿佛是出现在电影中的一幕，十分震撼。

画布的全貌渐渐显露了出来。多亏提前向优作打听了，里穗得以察觉出画中的主人公是谁。

电动画架停下，画布完全显现了出来。如果不抬头仰望的话，就无法尽收眼底的大作。在这样的作品面前，里穗自不用说，门田也震撼到说不出话来。虽然同样都是人物画，但和畅销的美人画简直是两个类别。

这幅画看起来应该有五百号吧。在民家的走廊，坐在椅子上的家庭三个人。右侧的男性是野本贵彦，左侧的女性是野本优美，中间的少年应该就是亮吧。两个大人还算勉强挤出了笑容，但亮瘪着嘴，一副下一秒就要哭出来的样子。

背景是庭院的树木和灰色的围墙，还能看到少许远方的山脉。在院子里飞舞的雪花既美丽又缥缈。虽说是在室内拍的照片，但因为窗户都敞开着，增添了一丝风景画的趣味。

在这幅画中，里穗被野本优美的表情吸引住了，从那端正的脸庞很难看出她的内心。哀愁和平静，沉稳以及爱念。角度和看法不同，解释也不同。画布上的女性十分多样。

令里穗惊讶的是，野本贵彦和亮长得十分相像。他们没有血缘关系，但两个人都给人一种纤细以及中性的氛围，显眼的双眼皮仿佛遗传一样。

画布左侧有一块银色的面板，放大的家人照片被吸铁石固定住。但是那张照片的职责已经结束了，这幅画已经拥有了十足的临场感以及魄力，里穗现在甚至觉得这张画布介于二次元和三次元之间。

这幅作品中充斥着人与人之间的温情，简单来说，除了家人，想不到其他词汇来描述他们之间的关系。从父母身上能感受到品格，从孩子身上能感受到可能性，亲子三个人的确融为一体了。

"这是父亲的画。"

听到意料之外的发言，里穗条件反射地问道："这不是亮的画？"如果是别人的画，那么特意用电动画架固定，在面板上贴上照片就没有什么意义了。

亮抬头仰望着画布回答道："我只是继承了这幅未完成的画。"

门田偷偷看了一眼身旁的朔之介。

这张照片是他们三个人在一起生活的最后一天,由朔之介拍摄的。没有人想到这张照片竟然会变成这样一幅充满灵性的画。

"艺术没有完成时,有的只是放弃。"

朔之介呢喃的是达·芬奇的名言,贵彦曾经很喜欢引用这句话。虽然声音很小,但在安静的画室中显得十分响亮。

"但是放弃这幅画的节点,我依然没有找到。作为一名写实画家,拥有一道未完成的作业也不是一件坏事。我现在是怀抱着这样的想法来画这幅画的。"

随着退休日渐临近,门田开始思考"嘱托的幸福"。父母将信念嘱托给孩子,前辈将经验嘱托给后辈。这样社会才能不断向前发展。自己主动将接力棒放下的孤寂与遗憾,只有通过嘱托给他人来释怀。有人接过了自己的接力棒——这样的幸福对于现在的门田而言十分耀眼。

"油画真的是很神奇。土地的空气会进入颜料层,因此在画这幅画时,我和父亲见面了。"

作为嘱托者与继承者,野本贵彦和内藤亮通过一条绳索联系在一起。

在看到这幅画之前,门田一直将"空白的三年"理解为"为期三年的模拟家人"。不过,他的这个想法是错误的。这个家庭一直活在画布中，在这幅永远不会完成的画作之中。

当亮出现在横滨的木岛家时，全日本陷入一片慌乱之中。警察自不用说，各大媒体都尽最大可能地追踪嫌疑犯。但是这些组织都遇到了意料之外的阻力。

那就是木岛茂。茂遵守了和贵彦之间的约定，既不配合警方调查，也不接受任何媒体的采访。

而世间的舆论成了茂的帮手。对于媒体而言，能否有新的素材很重要，因此世间总会有新的热点出现。当世间的目光移向其他地方，案件的侦破压力自然会变小。即便现场的刑警坚持进行调查，可是如果没有证据也无法维持公审，检察官自然也会面露难色。

但实际上在水面之下，事态仍然在发展。

一九九五年一月，亮回到横滨后过了一个月，朔之介以及野本夫妻，与酒井在小樽见面，把所有的一切都和盘托出。因为贵彦事先在信中就已经解释过了，再加上媒体对于案件的持续报道，所以酒井很快就理解了事情的来龙去脉。

"毕竟已经骑虎难下了，我会尽最大努力帮助你们的。"

闯过无数道风浪的企业家的心胸十分宽广，贵彦和优美对此十分感激。

但是命运的齿轮已经开始错位了。动荡不断的一九九五年。特别是一月的"阪神大地震"和三月的"地铁沙林毒气事件"。这两起历史性的悲剧引起了动荡不安。

野本夫妻回到东京生活后，表面上看起来已经习惯了，但因害怕警察，优美的情绪变得非常不稳定，身体各处都出现了疼痛的状况。

他们无比思念亮。虽然贵彦和优美都非常担心亮，但又不想打扰这个正在努力适应和祖父母一起生活的孩子。经济上的差距当然是一方面，而更重要的是贵彦他们无法背叛遵守了约定的木岛茂。

在入职新的英语补习班后，优美开始经常请假，而贵彦也不再为了新的作品出去找外景。以他在以前的旧作上签名、由酒井买下的形式，勉强来维持生计。

虽说回到了东京，但时针无法拨回到原点。对亮的思念，再加上对警察的恐惧。夫妇原本圆满的二人生活，不知从何时起消失得无影无踪。朔之介很在意这对年轻的夫妇，因此时不时就会邀请他们吃饭。但也没起到什么作用，特别是优美，每次见面她的笑容都越来越少。

这样苦闷的日子大约持续了两年，一九九七年二月的某一天。早晨，冬日的天空里弥漫着黑色的积雨云。贵彦看到后产生了一种不祥的预感，不禁叹了一口气。过了大约一两分钟，他的预感就变为现实。

从窗户抬头仰望天空的贵彦收回目光时，发现路边站着一名男子。

哥哥……

因为戴着黑色帽子的雅彦正朝着贵彦所在的方向靠近，所以贵彦慌忙地跑向了玄关处。为了优美，绝对不能让他进屋子里来。

"你可真是给我干了一件好事啊。"

在雅彦驾驶的小型汽车的副驾驶座上，贵彦一直保持着沉默。雅彦的车是型号比较旧的手动挡，大幅震动以及硬邦邦的座椅，给人的感觉不是很舒适。不过这正如实地反映了雅彦的近况。

"我就单刀直入地说了，绑走内藤亮的那些人，准备将你们的事情全部告诉警察。"

和贵彦料想的一样，果然是封口费的事情。但是无论哥哥说什么，贵彦都非常顽固，并不打算开口。沉默是为了不给对方留下话柄。而从雅彦的立场来看，他不可能轻易放弃这棵摇钱树。

"如果不安抚好他们的话，那些家伙会来找你们的。现在可多亏了我在拼命地阻止他们。"

雅彦对一直无视自己的弟弟失去了耐心。可无论他怎么软硬兼施，贵彦依然没有开口。

"你可能不知道，如果被逮捕了，那可不好受啊。只要有过前科，就不可能从头再来。不仅是你，优美也会跟着吃苦。"

虽然雅彦尝试着使用各种方式来笼络贵彦，最终实在没有办法，留下一句"要是你和黑帮的人为敌，可没什么好果子吃"，便离开了。

贵彦之所以在离家大约两三千米的地方就下了车，是因为他不知道该如何告诉优美。但他觉得撒谎对于第六感很强的妻子行不通，因此如实地坦白了。

和优美商量过后，贵彦决定寻求朔之介的意见。朔之介认为这对年轻的夫妇还是离开东京为妙，于是再次向酒井求助，然而后援者的回复却让他们很意外。

自首说不定也是一种办法。

酒井似乎从朔之介那儿听说了夫妇精神状态的恶化，无论会有什么样的惩罚，酒井都会承担起责任，支援他们。

买下自己画的后援者建议自己去自首，这给野本夫妻带来了不小的打击。他们一直害怕的事情正在一点一点成为现实。

正因为这个决断会给接下来的人生带来巨大的变化，所以朔之介建议他们慎重思考之后再做决定。

两个月后的四月，雅彦又找上了门。他这次强硬地走进了屋子里，优美也被迫与他打了照面。

"已经没有退路了，你们真的会没命的。"

时隔两个月才再去找贵彦他们，说明雅彦自己也有一些缘由不能长期待在东京。贵彦在心里这样猜想。从脸色到服装，雅彦整个人看起来非常散漫，能明显看出他应该是被逼迫得相当紧。

"贵彦，你似乎在银座的一家叫'六花'的画廊混得不错啊。"

即便处于火烧眉毛的状态，雅彦也像个无赖一样将对方的弱点都调查了一遍。他的无耻程度超乎了贵彦的想象。

贵彦太过生气，眼看着就要爆发的时候，一旁的优美冷淡地说道："这和雅彦你没有什么关系吧。"

"但是如果你们没钱的话，那就只能去找那个画商了。"

对于仍然不死心、死皮赖脸地要钱的哥哥，贵彦忍无可忍，将他赶走了。

但是，哥哥绝不会就此罢休。如果雅彦将一切都公之于众……对于这个没有任何道德下限的男人，为了钱财而出卖情报是非常有可能的。

如果事情到了那个地步，不仅会给木岛家和朔之介添麻烦，还会给亮的人生带来极坏的影响。

而另一方面，如果他们自首的话，通过审判，详情被公开肯定是无法避免的。不管选择哪条路，结果都是一样的。

认真地商量了几天，夫妇决定去自首。与其被无赖骗走钱财，不如先赎清罪过，然后从头开始。

五月，夫妇打算和刚好来东京出差的酒井见面，并把这个决定告诉他。而在前一天，和朔之介打电话时，贵彦说着说着就开始哭，并对于将朔之介卷入犯罪行为一事不停地道歉。挂断电话前，贵彦用嘶哑的声音说道："果然，还是不能做坏事啊。"

不过，当天出现的只有优美一个人。恍然若失的她一脸疲惫地告诉酒井："阿贵不见了。"

酒井十分后悔，认为说不定是自己的那封信将内心本就脆弱的画家逼上了绝路。在没有告知真相的情况下，警方会帮忙寻找没有事件性的失踪者的可能性很小。而她也无法瞒着贵彦，自己一个人去将那"空白的三年"坦白。

酒井和朔之介都束手无策，只能静静等待贵彦归来，一整夜都没合眼，然而不过是虚度光阴。

六月的一个下雨天，朔之介造访了夫妇的家，发现优美也不见了。朔之介之所以有一种不祥的预感，是因为家里没有任何生活的气息。他向周围的邻居打听了一圈，但没有人知道这对年轻夫妇的去向。

自此之后，两个人音信全无。

门田不由得开始思考因背负犯罪行为所承受的心理压力。

朔之介的计划巧妙地处理了与被绑架者家属，以及警察之间的关系，乍一看似乎成功了。但是贵彦和优美作为夫妇在一起生活都变得非常困难。而事实上，他们回到东京后的生活仅仅持续了两年半。

门田去小樽的时候，酒井给朔之介在电话里是这样说的。

"我想将一丝希望寄托在他身上。"

他指的是通过门田的报道，试图联系上那对夫妇。

被祖父母抚养长大的亮，上了初中之后第一次来到了"六花"。他被朔之介带到神田仓库，看到野本贵彦留下的作品后，久久无法动弹。尤其是高岛以及伊达的风景，感动至极哭了出来。

面对央求着想要见贵彦和优美的亮，朔之介能告诉他的却只有一句话。

"我也不知道他们现在在哪儿。"

在握紧拳头面对现实的亮的面前，挂着一幅未完成的大作。画布中的双亲正微笑地看着亮。

从那之后，化身为"如月条"的画家亮，正仰望着从野本贵彦那儿继承的画。

思考有关"亮"的事情时，门田总是不禁想起"大日新闻"的记者们搜集到的那些情报。

穿着变得越来越重的尿布，把地上拾到的面包直接放入嘴里。饿得瘦骨嶙峋，但只要一看到吃的，就会因为吃过量而拉肚子。被赶出来，独自一人在公寓的楼梯画花纸牌的画……

正因为如此，他才想与自己真正的"父亲"和"母亲"见面。

"父亲通过画写实画，教给了我'在缺乏质感的时代，着重于现实'。可能再也见不到他了。但是，这幅画没有截稿日期。我不会放弃。"

亮真挚的言语，门田用钢笔记在了笔记本上。

"正因为不可能，所以才值得相信。"

绿色的隧道，红褐色的下坡路。

高高的树木上传来蝉的叫声，里穗有些吃惊。在五月凉爽的北海道，类似于暮蝉一样的蝉发出了叫声。

下坡后，走到了涌水的喷出口。

究竟有多久没有像这样和亮两个人一起散步了？

"我画的就是这儿。"

里穗抬头看了看走在身旁的亮，接着将视线移向流水声的方向。

眼看着就要跃出的涌水泛着白色的水花，在长满青苔的岩石间流动。四周树枝上的嫩叶随着微风飘动，蝉鸣的大合唱，再加上椋鸟的叫声，十分悦耳。

从羊蹄山孕育而出的新鲜的水和充满希望的嫩叶，在阳光的照耀下闪闪发光。这里是一个让人能够鼓起勇气，充满着生命力的地方。

十八年前，在亮的画室里看到的三十号大小的画布。那幅画的世界，现在就在自己的眼前。

"亮曾经就在这儿啊。"

仅仅只是站在强风公园，望着这片风景，一股喜悦之情就涌上心头。里穗仿佛重生了一般，深吸了一口气，将清新的空气吸入肺里。只要活着，就会有如此美好的瞬间。

至今为止，她一直认为能和喜欢的人长相守才是幸福。但是，现在她的想法有了变化。让自己喜欢到无法忘怀的人，不论选择了哪条路，都像太阳一直照亮着自己的内心。她现在意识到能和这样的人相遇本身就已经很幸福了。

"下次，我们去那里吧？"

里穗歪着头表示不解，亮补充道："横滨港标志塔。"于是，两个人同时笑出了声。

回想起来，他们的相遇有些奇怪。伴随着《孤独的爱》的旋律，脑海中浮现出他忘我地画着楼梯的素描的侧脸。不知是何缘分，他们在高中校园的楼梯上又重逢了。

后来，他们虽然踏上了不同的道路，但是命运又把他们引导到了同一个地方。

"高中的时候，在亮的画室，我曾经拜托你为我家的画廊画一幅画，当时你同意了。还记得吗？"

亮怀念地点了点头，说道："再画一次楼梯对吗？"

两个人慢悠悠地走着，从散步路上眺望着被一片新绿环绕着的池子。澄澈的涌水反射着阳光，不规则的波纹摇晃着树叶的阴影。

"毕业典礼的那一天，我一直在找你。"

毕业典礼结束后，里穗骑着自行车赶往亮的家里。但是，那儿早已没有了生活的气息。

"想着把这个给你。"

里穗从包里取出那封令她无比怀念的信封，递给了亮。

这封信汇聚了她对亮真实的心意。如果那时将这封信顺利地交到亮手中，不知道他们二人的未来是否会有变化。

亮沉默地盯着信封看了良久，然后抬头望向天空说道：

"我还是想再画一次土屋你。"

内心充满着喜悦，里穗一时间说不出话来。

满怀着希望的高中生的自己，与经历了各种各样的事情、有了一定阅历的自己。成长的痕迹能够由世界上她最喜欢的画家画出来的这份幸福。

"能和我做这个约定吗？"

亮伸出了小拇指，两个人面对面地对视着，里穗的眼睑不知不觉间浸湿了。

视线前方，他长长的手指显得有些模糊，里穗用颤抖的小拇指将其轻轻地勾住。

四周环绕着高大挺拔的树木，叶子随着五月的风摇动。

门田一边听着这悦耳的声音，一边在画室外的树林中散步。

在闯入了"空白的三年"的如今，脑海中浮现出中泽曾经问过自己很多次的问题。

　　"所以，小门是为什么当新闻记者呢？"

　　三十一年前，在警察厅的记者协会，得知被绑架男童的近照一张也没有。那时门田所感受到的黑暗，被一束光点亮了。而那束光正是野本贵彦的艺术和优美的爱。

　　那起绑架案件背后存在的不容置疑的事实。明明双眼能看到，却从未在意过。为了将这种被人忽视的美丽展现给世人，贵彦和亮一直没有放弃画笔。

　　门田在心底是这样想的，贵彦和亮想要画的是"实际存在"的事物，"生存着"的重量，以及"生存过"的可贵。

　　当这篇报道的原稿完成之时，说不定自己能够回答中泽的问题。

　　在凝聚了日本和西洋特色的宅邸和亮的画室之间，有一个小小的菜园。刚刚给他们端来茶水的女子，正在用喷水壶给绿油油的叶子浇水。

　　站在稍远处静静地看了一会儿，随后门田将视线移向了纯白的画室。

　　那幅全家福的画，到底什么时候会完成呢？刚想到这儿，门田的脑海中便浮现出作品展示室里的景象，内心总感觉静不下来。当他察觉到有些不对劲时，正方形展示台上的旧型被子烘干机在脑海中无意识地被放大了。

为什么那个会在这里……?

无意识地改变视角的门田，对于眼前的景象生出一丝异样感。

给家庭菜园浇水的女子，单手拿着喷水壶正对着门田所在的方向。

偏瘦的体型，白色的衬衣和藏青色的长裙很适合她沉静的气质。

白色的衬衣……一张照片出现在了门田的脑海里。这时，前方的女子摘下了口罩。

门田的时针拨回到了三十年前。在滋贺的"彩虹英语班"拍的照片、亮从贵彦那儿继承的五百号大小的画，以及在前方大约十米处拿着喷水壶的女子——得到了像指纹一样精确的答案。

默默守护着两名写实画家。既是妻子，也是母亲的女子。

母子重逢了……

难以言表的激动之情直击了门田的心。这是连孩子的一颗乳牙都十分珍视的人，抵达的不可动摇的终点。

在北海道春蝉此起彼伏的叫声之中，内心产生动摇的记者久久伫立。

野本优美向门田深深地鞠了一躬，戴上口罩，然后转过身，迈着毫不犹豫的步伐朝宅邸的大门走去。